A CASA
DE DOCES

Sobre *A visita cruel do tempo*

"Como um disco perfeito, esse livro pede uma repetição imediata."
San Francisco Chronicle

"Brilhantemente construído. Uma escritora audaz, que não tem medo de usar tanto suas poderosas habilidades intuitivas quanto seus projetos ambiciosos."
Elle

"Em meio a todos os floreios pós-modernos, *A visita cruel do tempo* é tão tradicional quanto um romance de Dickens. O objetivo [de Egan] não é explodir a narrativa convencional, mas explorar como essa narrativa responde às pressões e às oportunidades da época digital."
Newsweek

"Incrível. O tom do livro é perfeito. Sombrio e espetacularmente engraçado. Egan tem o olhar de um sátiro e o coração de um romancista"
The New York Times Book Review

"Um romance esplêndido e inesquecível sobre decadência e resignação, sobre indivíduos em um mundo em constante mudança. Egan é uma das escritoras mais talentosas da atualidade."
The New York Review of Books

"O romance de Jennifer Egan é engraçado de um jeito sério, complexo de maneira direta... e contém uma das prosas mais efervescentes do ano."
The Telegraph

"Inteligente. Mordaz. Um livro fundador... Personagens marcantes com os quais você se envolverá à medida que lhes assiste fazer coisas que não deveriam, agir gloriosamente, ser irritantemente humanos."
The Chicago Tribune

Sobre *A casa de doces*

"*A casa de doces* é um palácio espetacular todo feito de passagens secretas para outras realidades. (...) Um esforço ambicioso para reduzir uma rede infinita à escala humana."
The New York Times

"**Um livro sobre novas tecnologias e antigas feridas.**"
The Guardian

"Complexo e interessante, um testemunho da escrita magistral de Jennifer Egan."
Time

"Inventivo, efervescente... Egan entrelaça técnicas narrativas para destacar as inúmeras maneiras pelas quais nossos próprios desejos nos traem nesse admirável mundo novo e codificado."
Oprah Daily

"Uma demonstração brilhante dos prazeres imensuráveis da boa ficção."
The Washington Post

"Uma obra-prima polifônica sobre a busca de significado em um mundo louco."
Entertainment Weekly

A CASA DE DOCES

JENNIFER EGAN

TRADUÇÃO DE DÉBORA LANDSBERG

Copyright © 2022 by Jennifer Egan

TÍTULO ORIGINAL
The Candy House

REVISÃO
João Sette Camara
Juliana Brandt

ADAPTAÇÃO DE PROJETO GRÁFICO E DIAGRAMAÇÃO
Ilustrarte Design e Produção Editorial

DESIGN DE CAPA
Jamie Keenan

ADAPTAÇÃO DE CAPA
Laísa Andrade

Trecho do poema "O cérebro é mais amplo do que o céu" reproduzido na página 7: tradução de José Lira, na obra *Alguns Poemas*, Iluminuras, São Paulo, 2006.

Trecho de James Baldwin reproduzido na página 7: tradução de Paulo Henriques Britto, na obra *O quarto de Giovanni*, Companhia das Letras, São Paulo, 2018.

CIP-BRASIL. CATALOGAÇÃO NA PUBLICAÇÃO
SINDICATO NACIONAL DOS EDITORES DE LIVROS, RJ

E27c

    Egan, Jennifer, 1962-
       A casa de doces / Jennifer Egan ; tradução Débora Landsberg. - 1. ed. - Rio de Janeiro : Intrínseca, 2022.
       384 p. ; 21 cm.

       Tradução de: The candy house
       ISBN 978-65-5560-416-0

       1. Ficção americana. I. Landsberg, Débora. II. Título.

22-7839

CDD: 813
CDU: 82-3(73)

Meri Gleice Rodrigues de Souza - Bibliotecária - CRB-7/6439

[2022]
Todos os direitos desta edição reservados à
Editora Intrínseca Ltda.
Rua Marques de São Vicente, 99, 6o andar
22451-041 — Gávea
Rio de Janeiro — RJ
Tel./Fax: (21) 3206-7400
www.intrinseca.com.br

Ao meu grupo de escritores:
colaboradores e compatriotas,

Ruth Danon
Lisa Fugard
Melissa Maxwell
David Rosenstock
Elizabeth Tippens

O Cérebro – é mais amplo do que o Céu –
Se lado a lado – os tens –
Com folga este naquele caberá –
Cabendo-te também –

EMILY DICKINSON

Pois nada é mais insuportável, uma vez obtido, que a liberdade.

JAMES BALDWIN, O quarto de Giovanni

CONSTRUÇÃO

O Encanto da Afinidade

I

— Eu estou com um desejo — disse Bix, de pé ao lado da cama, alongando os ombros e a coluna, um ritual que fazia toda noite antes de se deitar. — De simplesmente conversar.

Lizzie olhou por cima dos cachos pretos de Gregory, o caçula deles, que mamava em seu peito.

— Estou ouvindo — murmurou ela.

— É...

Gregory respirou fundo.

— Não sei. Difícil.

Lizzie se sentou e Bix entendeu que a havia assustado. Desalojado do seio, Gregory protestou:

— Mamãe! Não consigo pegar.

Ele tinha acabado de completar 3 anos.

— A gente precisa desmamar esse menino — resmungou Bix.

— Não — contestou Gregory enfaticamente, com um olhar de reprovação para Bix. — Eu não quero.

Lizzie sucumbiu aos puxões de Gregory e tornou a se recostar. Bix se perguntava se o último dos quatro filhos não iria, com a cumplicidade da esposa, prolongar a infância até a idade adulta. Ele se espreguiçou ao lado dos dois e olhou-a com ansiedade.

— O que houve, amor? — sussurrou Lizzie.

— Nada — mentiu Bix, porque o problema era difuso demais, amorfo demais para explicar.

Em seguida, soltou uma verdade:

— Não paro de pensar na rua Sete. Naquelas conversas.

— Outra vez — disse ela baixinho.

— Outra vez.

— Mas por quê?

Bix não sabia, principalmente porque, lá na rua Sete, no lado leste, só tinha entreouvido Lizzie e seus amigos em meio a uma nuvem de fumaça de maconha, andarilhos desorientados em um vale nevoento: *Qual é a diferença entre amor e luxúria? O mal realmente existe?* Bix estava na metade do doutorado quando Lizzie se mudou para a casa dele, e ele já tivera aquelas conversas no colégio e nos primeiros anos na Penn. A nostalgia atual era pelo que sentira ao *entreouvir* Lizzie e seus amigos, empoleirado diante do computador SPARCstation conectado a um *modem* à Viola World Wide Web: a informação secreta, arrebatadora, de que o mundo que aqueles graduandos estavam tão ocupados definindo, em 1992, em breve estaria obsoleto.

Gregory mamava. Lizzie cochilava.

— Podemos? — pressionou Bix. — Ter uma conversa daquelas?

— *Agora?*

Lizzie parecia sugada: *estava* sendo sugada diante de seus olhos! Bix sabia que ela se levantaria às seis para cuidar das crianças enquanto ele meditava e depois, quando começaria a fazer suas ligações para a Ásia. Ele sentiu uma onda de desespero. Com quem poderia conversar daquele jeito casual, franco, juvenil, com que as pessoas conversavam na faculdade? Qualquer um que trabalhasse na Mandala tentaria, de uma forma ou de outra, agradá-lo. Qualquer um que não trabalhasse, presumiria segundas intenções, talvez um teste, bem provavelmente um teste cuja recompensa seria um emprego na Mandala! Os pais, as irmãs? Nunca falava com eles desse jeito, por mais que os amasse.

Quando Lizzie e Gregory estavam dormindo profundamente, Bix carregou o filho pelo corredor rumo à sua caminha. Resolveu se vestir de novo e sair. Já passava das onze. Ele andar pelas ruas de Nova York sozinho a qualquer hora que fosse, que dirá após o anoitecer, violava as medidas de segurança do conselho, e por isso Bix evitou sua marca registrada, o paletó desconstruído que tinha acabado de tirar (inspirado pelas bandas de ska que adorava nos tempos de colégio) e o chapéu pequeno de couro que usava desde que saíra da NYU quinze anos antes para amenizar a nudez bizarra que sentia depois de ter cortado os *dreads*. Desencavou do *closet* uma jaqueta camuflada e um par de botas gastas e adentrou a noite em Chelsea com a cabeça descoberta, resistindo à brisa fria no couro cabeludo — agora calvo no topo, era verdade. Estava prestes a acenar para a câmera, para que os guardas o deixassem voltar para pegar o chapéu, quando reparou em um camelô na esquina da Sétima avenida. Percorreu a rua Vinte e Um até a banca e provou um gorro de lã preto, conferindo o visual no espelhinho redondo afixado à lateral da barraca. Parecia uma pessoa totalmente comum com o acessório, até para si mesmo. O camelô aceitou sua nota de cinco dólares como aceitaria a de qualquer um, e a transação inundou o coração de Bix com um deleite travesso. Havia passado a esperar reconhecimento aonde quer que fosse. O anonimato era uma novidade.

Era início de outubro, uma navalha fria na brisa. Bix foi subindo até a Sétima avenida com a intenção de dobrar a esquina depois de alguns quarteirões. Mas andar no escuro era bom. Sentia-se de volta aos anos da rua Sete: aquelas noites esporádicas, bem no começo, em que os pais de Lizzie vinham de San Antonio. Eles achavam que ela dividia o apartamento com uma amiga, Sasha, também aluna de segundo ano da NYU; uma armação que Sasha corroborou lavando roupa no banheiro no dia em que os pais de Lizzie foram ver o apartamento no começo do semestre de outono. Lizzie fora criada em um mundo cego às pessoas negras, à exceção daquelas que serviam as mesas ou carregavam os tacos no *country club* que seus pais frequentavam. Tinha tanto medo do suposto horror que os dois sentiriam ao vê-la morando com o namorado negro que Bix foi banido da cama durante as primeiras visitas, mesmo que tenham ficado hospedados em um hotel na área central da ilha! Não importava: eles simplesmente *saberiam*. Então Bix caminhava, vez por outra desabando no laboratório de engenharia sob o pretexto de virar a noite trabalhando. Essas caminhadas haviam deixado uma memória corporal: o imperativo obstinado de seguir em frente apesar do ressentimento e da exaustão. Ficava revoltado ao pensar que tinha se sujeitado àquilo — embora achasse que, em uma planilha de equilíbrio cósmico, isso justificava o fato de agora Lizzie administrar todos os aspectos da vida doméstica para que ele pudesse trabalhar e viajar quando quisesse. A legião de coisas boas que tinha conseguido desde então podia ser considerada uma recompensa por aquelas caminhadas. Mas, ainda assim, *por quê?* O sexo era tão bom assim? (Bom, era.) Sua autoestima era tão baixa a ponto de ceder ao pensamento mágico da namorada branca sem protestar? Ele havia gostado de ser o segredo ilícito dela?

Nada disso. O que tinha alimentado a tolerância de Bix, sua resistência, era a servidão à sua Vision, que ardia com uma clareza hipnótica naquelas noites arrastadas de exílio. Lizzie e seus amigos mal sabiam o que era a internet em 1992, mas Bix sentia as vibrações de uma rede invisível de conexões abrindo seu caminho à força pelo mundo como o conhecíamos, como rachaduras craquelando um para-brisa. A vida que levavam logo seria estilhaçada e varrida, momento em que todos ressurgiriam em uma nova esfera metafísica. Bix imaginava a ocasião como as pinturas do Juízo Final, cujas reproduções colecionava, só que sem o inferno. Pelo contrário: desencarnados, ele acreditava, os negros seriam salvos do ódio que os cercava e limitava no plano físico. Poderiam enfim se movimentar e se reunir à vontade, sem a pressão exercida por gente como os pais de Lizzie: aqueles texanos sem rosto que se opunham a Bix sem saber que ele existia. O termo "mídia social" só seria cunhado para descrever a atividade da Mandala quase uma década depois, mas Bix o concebera muito antes de transformá-lo em realidade.

Tinha guardado aquela fantasia utópica para si, graças a Deus — parecia de uma ingenuidade cômica do ponto de vista de 2010.

Mas a arquitetura básica da Vision — tanto global quanto pessoal — havia se mostrado certeira. Os pais de Lizzie tinham comparecido (friamente) ao casamento deles no Tompkins Square Park em 1996, mas não mais friamente do que os pais do próprio Bix, para os quais bodas decentes não incluíam um mágico, malabaristas ou violinistas. Quando as crianças começaram a nascer, todo mundo relaxou. Desde que o pai de Lizzie falecera, no ano anterior, a mãe dela passara a ligar para *ele* de madrugada, quando sabia que Lizzie estaria dormindo, para falar da família: será que Richard, o mais velho, não gostaria de aprender a andar a cavalo? Será que as meninas curtiriam um musical da Broadway? Em pessoa, o sotaque texano nasalado da sogra irritava Bix, mas não tinha como negar o quê de satisfação que essa mesma voz, desencarnada à noite, lhe proporcionava. Cada palavra que trocavam através do éter era um lembrete de que ele estivera certo.

As conversas da rua Sete, lado leste, se encerraram em uma manhã. Depois de uma noite de farra, dois dos melhores amigos de Lizzie foram nadar no East River e, levado pela correnteza, um deles se afogou. Os pais de Lizzie estavam de visita na época, um detalhe que poderia ter colocado Bix perto da tragédia. Tinha esbarrado com Rob e Drew no East Village de manhãzinha e tomado *ecstasy* com eles, e os três tinham cruzado a passarela até o rio juntos, ao amanhecer. O nado impetuoso acontecera depois de Bix ir para casa, que ficava mais abaixo seguindo o rio. Apesar de ter repetido todos os pormenores daquela manhã para o inquérito policial, agora eram todos vagos. Já haviam se passado dezessete anos. Bix mal conseguia visualizar os dois garotos.

Virou à esquerda na Broadway e foi até a rua 110 — era sua primeira perambulação dessas desde que se tornara famoso, mais de uma década atrás. Nunca havia passado tanto tempo nos arredores de Columbia, e algo o atraía naquelas ruas íngremes e edifícios magníficos construídos antes da guerra. Erguendo os olhos para as janelas iluminadas de um deles, Bix achou que praticamente podia ouvir a potência das ideias que fervilhavam atrás delas.

A caminho do metrô (outra primeira-vez-em-uma-década), ele parou diante de um poste de luz coberto de folhetos que anunciavam bichinhos perdidos e móveis usados. Um pôster impresso chamou sua atenção: uma palestra no *campus* que seria dada por Miranda Kline, a antropóloga. Bix conhecia Miranda Klein muito bem, e ela também o conhecia. Ele havia se deparado com o livro dela, *Padrões de afinidade*, um ano depois de criar a Mandala, e suas ideias explodiram na cabeça dele como a tinta de uma lula e o tornaram muito rico. O fato de MK (como Kline era carinhosamente chamada no universo dele) deplorar os usos que Bix e sua laia tinham feito de sua teoria só aguçava seu fascínio por ela.

Um folheto escrito à mão estava grudado ao lado do pôster: "Vamos conversar! Grandiosos questionamentos interdisciplinares em linguagem simples." Três semanas após a palestra de Kline haveria uma reunião introdutória. Bix ficou animado com a coincidência. Tirou uma foto do pôster e então, só para fazer graça, arrancou um dos canhotos da parte inferior do "Vamos conversar" e o enfiou no bolso, admirado com o fato de que, mesmo no novo mundo que ajudara a criar, as pessoas ainda colassem papéis em postes de luz.

2

Três semanas depois, Bix se viu no oitavo andar de um daqueles prédios residenciais imponentes, desbotados, nos entornos do *campus* de Columbia — talvez justamente aquele que tinha admirado da rua. O apartamento tinha uma agradável semelhança com o que Bix imaginara: assoalho de parquete desgastado, frisos brancos manchados, gravuras emolduradas e pequenas esculturas (os anfitriões eram professores de história da arte) penduradas nas paredes e sobre o vão das portas, enfiadas entre fileiras de livros.

Fora os anfitriões e um casal, nenhum dos oito participantes do "Vamos conversar" se conhecia. Bix havia decidido faltar à palestra de Miranda Kline (supondo-se que tivesse dado um jeito de entrar); a antipatia que a mulher tinha por ele lhe dava a impressão de que seria errado comparecer, mesmo estando disfarçado. Seu disfarce era de "Walter Wade", aluno de pós-graduação em engenharia elétrica — em outras palavras, o próprio Bix dezessete anos antes. O que lhe deu o descaramento de posar de aluno de pós-graduação tantos anos depois foi a convicção de que parecia bem mais jovem aos 41 anos do que a maioria dos brancos. Mas Bix se enganara ao presumir que os outros membros do grupo de discussão seriam todos brancos: Portia, uma das anfitriãs, historiadora de arte, era asiática, e havia uma professora brasileira de estudos animais. Rebecca Amari, a mais nova, doutoranda em sociologia (a única outra estudante além de "Walter Wade"), era de etnia ambígua e, ele desconfiava, negra — houvera uma pontada de identificação entre os dois. Rebecca também tinha uma beleza irresistível, um fato salientado, em vez de atenuado, por seus óculos à la Dick Tracy.

Por sorte, Bix tinha preparado outras ferramentas para ocultar sua identidade. Comprara pela internet uma bandana com *dreadlocks* embutidos. Tinha sido caríssima, mas os *dreads* pareciam reais ao olhar e ao toque, e o peso deles entre suas escápulas era como o toque de um fantasma. Tendo sentido aquele peso durante muitos anos, estava gostando de tê-lo de volta.

Depois que todos se acomodaram em sofás e cadeiras e se apresentaram, Bix, incapaz de conter a curiosidade, perguntou:

— Então, como ela é, a Miranda Klein?

— Supreendentemente engraçada — disse Ted Hollander.

O marido de Portia, também historiador de arte, parecia ter cinquenta e tantos anos, uma geração acima da de Portia. A filha bebê dos dois já tinha irrompido sala de estar adentro, seguida por uma babá que era universitária.

— Eu achei que seria azeda, mas ela é quase divertida.

— O que deixa ela azeda é o pessoal que rouba as ideias dela — disse Fern, decana do departamento de estudos das mulheres e ela mesma bastante azeda, ponderou Bix.

— As pessoas usaram as ideias dela de uns jeitos que ela não pretendia — declarou Ted. — Mas acho que nem a Kline chama isso de roubo.

— Ela chama de "deturpação", não é? — perguntou Rebecca, hesitante.

— Fiquei surpresa com a beleza dela — disse Tessa, uma jovem professora de dança cujo marido, Cyril (matemática), também estava presente. — Mesmo tendo 60 anos.

— Opa — disse Ted em tom afável. — Sessenta não é tanta idade assim.

— A aparência dela é relevante? — perguntou Fern, provocando Tessa.

Cyril, que tomava partido de Tessa em tudo, ficou eriçado.

— Miranda Kline diria que é relevante — afirmou ele. — Mais da metade dos Traços de Afinidade do livro dela têm a ver com a aparência física.

— O *Padrões de afinidade* provavelmente explica cada uma das nossas reações à Miranda Kline — disse Tessa.

Apesar dos murmúrios de aprovação, Bix tinha absoluta certeza de que, além de si mesmo (e ele não diria nada), só Cyril e Tessa tinham lido a obra-prima de Kline, uma monografia fina com algoritmos que explicavam a confiança e a influência entre membros de uma tribo brasileira. Volta e meia era chamada de "O Genoma das Propensões".

— É uma tristeza — disse Portia. — Kline é mais conhecida por ter tido sua obra cooptada pelas empresas de mídia social do que pela obra em si.

— Se não tivesse sido cooptada, não haveria quinhentas pessoas naquele auditório — comentou Eamon.

Eamon era historiador cultural, visitante da Universidade de Edimburgo, e estava escrevendo um livro sobre resenhas de produtos. Seu rosto comprido e inexpressivo parecia encobrir uma empolgação ilícita, pensou Bix, como uma casa de fachada comum que abrigasse um laboratório de metanfetamina.

— Talvez lutar pelo objetivo original da obra seja uma forma de continuar conectada a ela... de possui-la — disse Kacia, a professora brasileira de estudos animais.

— Se não estivesse tão ocupada lutando pela velha talvez a esta altura ela já tivesse umas teorias novas — contrapôs Eamon.

— Quantas teorias seminais um acadêmico é capaz de produzir na vida? — questionou Cyril.

— Realmente — murmurou Bix, e sentiu a comoção de um receio conhecido.

— Ainda mais se ela começou tarde — acrescentou Fern.

— Ou teve filhos — disse Portia, com uma olhada aflita para o fogãozinho de brinquedo da filha no canto da sala.

— Foi exatamente por isso que Miranda Kline começou tarde — explicou Fern. — Ela teve duas filhas, uma logo após a outra, e o marido largou ela quando ainda usavam fraldas. Kline é o sobrenome dele, não dela. O cara era produtor musical.

— Que merda — disse Bix, soltando o palavrão como parte do disfarce.

Ele era conhecido por *não* praguejar: a mãe, professora de gramática do sétimo ano, demonstrava um desdém tão contundente pela imbecilidade repetitiva e o conteúdo infantil dos palavrões que tinha conseguido aniquilar seu poder de transgressão. Mais tarde, Bix saboreava o fato de que não xingar o distinguia de outras lideranças da tecnologia, cujos surtos desbocados eram infames.

— Bom, o marido já morreu — declarou Fern. — Ele que vá para o inferno.

— Ora, ora, um retributivista entre nós — comentou Eamon mexendo as sobrancelhas de forma sugestiva.

Apesar da meta declarada de usar "linguagem simples", os professores não conseguiam conter sua propensão a academicismos;

Bix imaginava que a conversa de Cyril e Tessa na cama incluísse termos como "desiderato" e "puramente nocional".

Rebecca chamou sua atenção e Bix deu um sorriso largo — uma sensação tão inebriante quanto tirar a camiseta. No aniversário de 41 anos, no ano anterior, ele recebera de presente um folheto de papel cuchê intitulado "Bixpressões", que compilava, com fotografias, um sistema de significados atribuídos a mudanças quase imperceptíveis nos seus olhos, mãos e postura. Na época em que era o único estudante negro de doutorado do laboratório de engenharia da NYU, Bix se via gargalhando das piadas alheias e tentando fazer os outros gargalharem, uma dinâmica que o deixava vazio e deprimido. Quando obteve o doutorado, parou de rir no trabalho; depois, parou de sorrir, preferindo cultivar um ar compenetrado de hiperatenção. Escutava, testemunhava, mas praticamente sem reação visível. Essa disciplina tinha intensificado seu foco a nível de deixá-lo convicto, em retrospecto, de que ela o ajudara a ser mais esperto e passar a perna nas forças que estavam de prontidão para absorvê-lo, cooptá-lo, botá-lo de lado e substituí-lo pelos homens brancos que todos esperavam ver. Tinham ido até ele, é claro — vindos de cima e de baixo, de dentro e de todos os lados. Às vezes eram seus amigos; às vezes confiava neles. Mas nunca além da conta. Bix previra cada campanha para miná-lo ou derrubá-lo muito antes de a tropa se reunir, e tinha resposta pronta quando isso acontecia. Não conseguiam passar na sua frente. No final das contas, Bix deu emprego a alguns, valendo-se da energia ardilosa dessas pessoas para desenvolver o trabalho dele mesmo.

O próprio pai tinha encarado a ascensão de Bix com cautela. Homem corporativo, viciado em trabalho, que usava o relógio de prata com que fora presenteado ao se aposentar de um cargo administrativo em uma empresa de aquecimento e refrigeração perto da Filadélfia, o pai de Bix havia *defendido* a decisão do prefeito Goode de bombardear a casa dos "preguiçosos" do grupo radical de libertação negra MOVE, que "tinha colocado o prefeito numa situação delicada" (palavras do pai) em 1985. Bix tinha 16 anos, e as brigas travadas com o pai por conta da bomba e da consequente destruição de dois quarteirões da cidade havia criado um abismo entre eles que nunca se fecharia verdadeiramente. Até hoje Bix sentia o cheiro da reprovação do pai — por ter ido além, por ter virado uma celebridade (e, portanto, um alvo), por não ter prestado atenção aos sermões do pai (até agora abundantemente proferidos do leme da pequena lancha que o pai usava para pescar na costa da Flórida), cujo refrão, aos ouvidos de Bix, era: *Pense pequeno ou sofra.*

— Fico aqui pensando — disse Rebecca, com certa timidez — se o que aconteceu com a teoria dela não transforma Miranda Kline numa figura trágica. Digo, no sentido de Grécia Antiga.

— Interessante — disse Tessa.

— A gente deve ter *Poética* — disse Portia.

Bix observou atônito quando Ted se levantou da cadeira para procurar um exemplar em papel. Nenhum daqueles acadêmicos parecia ter sequer um BlackBerry, quanto mais um iPhone, e em 2010! Era como se infiltrar num submundo ludita! Bix se levantou também, aparentemente para ajudar Ted a procurar o livro, mas na verdade era uma desculpa para dar uma olhada no apartamento. Estantes embutidas cobriam todas as paredes, até as do corredor, e ele andava devagar entre elas, examinando as lombadas de livros de arte enormes em capa dura e brochuras amareladas. Fotografias desbotadas espalhavam-se em pequenos porta-retratos entre os livros: garotinhos sorridentes em frente a uma casa ampla no meio de montes de folhas rasteladas, ou de montes de neve, ou do verde de alto verão. Meninos com tacos de beisebol, bolas de futebol. Quem seriam? A resposta chegou com a foto de um Ted Hollander bem mais novo erguendo um dos meninos para que colocasse a estrela no alto de uma árvore de Natal. Então o professor tinha uma vida pregressa no subúrbio, ou talvez no interior, onde tinha criado filhos antes do advento da fotografia digital. Portia tinha sido sua aluna? A diferença de idade era sugestiva. Mas por que supor que Ted havia rompido com sua vida pregressa? Talvez sua vida pregressa tivesse rompido com ele.

É possível recomeçar *sem* romper com tudo?

A pergunta aumentou o receio que Bix sentira minutos antes, e ele se refugiou no banheiro para superá-lo. Um espelho manchado pelo tempo estava pendurado sobre a bojuda pia de porcelana, e ele se sentou no tampo do vaso para evitá-lo. Fechou os olhos e se concentrou na respiração. Sua Vision original — a esfera luminosa de interconexões que tinha concebido na época da rua Sete — havia se tornado a função da Mandala: implementar, expandir, manipular, monetizar, vender, sustentar, aprimorar, renovar, universalizar, padronizar e globalizá-la. Em breve a missão estaria completa. E depois? Fazia tempos que estava ciente do umbral sugestivo em sua paisagem mental, à meia distância, para além do qual sua visão seguinte o aguardava. Mas sempre que tentava dar uma olhada para além desse umbral, sua cabeça era tomada por um branco. A princípio ele se aproximara desse espaço pálido com curiosidade: seriam *icebergs*? Uma visão relacionada ao clima? A cortina branca de uma visão teatral ou a tela vazia de uma visão cinematográfica? Aos poucos, começou a perceber que a brancura não era uma substância, mas uma ausência. Era o nada. Bix não tinha visão nenhuma além daquela que já havia praticamente esgotado.

Essa compreensão chegou de forma categórica em uma manhã de domingo alguns meses depois de seu quadragésimo aniversário, quando descansava na cama com Lizzie e as crianças, e o horror sacolejante que causou o fez correr para o banheiro e vomitar às escondidas. A ausência de uma nova visão desestabilizou sua percepção de tudo o que havia feito: valia a pena se levava a nada — se, aos 40, estava limitado a comprar ou roubar o restante de suas ideias? A ideia lhe deu uma sensação assombrada, assombrosa. *Teria* mesmo passado da conta? No ano transcorrido desde aquela manhã horrível, a Anti-Vision lhe fizera sombra, às vezes quase imperceptível, mas sem jamais sumir por completo, estivesse ele levando as crianças à escola ou jantando na Casa Branca, o que já tinha feito quatro vezes no ano e meio desde que Barack e Michelle haviam tomado posse. Podia estar se dirigindo a uma plateia de milhares de pessoas ou na cama, ajudando Lizzie a atingir seu orgasmo fugidio, quando o vazio agourento começava a zumbir ao redor, arauto de um vácuo que o assolava e assustava. Foi mais de uma vez que se imaginou agarrado a Lizzie, choramingando: "Me ajuda. Estou acabado." Mas Bix Bouton jamais poderia dizer uma coisa dessas a ninguém. Acima de tudo, precisava se preservar: cumprir os papéis de marido, pai, patrão, ícone da tecnologia, filho obediente, grande colaborador político e parceiro sexual infatiga-velmente atencioso. O homem que desejava voltar à universidade, na esperança de provocar uma nova revelação que moldasse o res-to de sua vida, precisaria ser outro homem.

Voltou à sala e se deparou com Cyril e Tessa examinando um livro com um arrebatamento carnal, como se fosse um pote de sorvete.

—Vocês acharam — exclamou Bix.

Tessa sorriu, erguendo um tomo de Aristóteles da mesma série de "Grandes Livros" que os pais dele tinham comprado junto com a estimada *Enciclopédia Britannica*. Bix consultava a *Britannica* com ar de reverência quando criança, citando-a em trabalhos escolares sobre canibais, cicuta e Plutão; lendo os verbetes sobre animais puramente por prazer. Quatro anos atrás, quando os pais se muda-ram para o humilde apartamento na Flórida — tendo recusado sua ajuda para comprar um maior, por orgulho (o pai) e modéstia (a mãe) —, Bix encaixotou os volumes e os deixou na calçada em frente à casa onde tinha sido criado, na zona oeste da Filadélfia. No novo mundo que tinha ajudado a inventar, ninguém jamais precisaria abrir uma enciclopédia de papel.

— Na minha interpretação de Aristóteles — declarou Tessa — … e levem em conta que sou professora de dança, deve existir um milhão de páginas acadêmicas sobre isso… mas a Miranda Kline *não é* uma figura trágica. Para que fosse trágica-trágica, as pessoas que se apropriaram da teoria teriam que ser parentes dela. Isso incrementaria a traição e a ironia dramática.

A CASA DE DOCES

— Além do mais, ela não *vendeu* a teoria? Ou os algoritmos? — perguntou Kacia.

— Acho que existe um mistério em torno disso — disse Portia. — Alguém vendeu, mas não foi a Kline.

— Era propriedade intelectual dela — disse Fern. — Como é que outra pessoa poderia vender?

Sendo um dos compradores dos algoritmos de Kline, Bix se contorceu em um estado de ambivalência melindroso. Ficou aliviado quando Ted disse:

— Faço outra pergunta: os algoritmos da Miranda Kline ajudaram as empresas de mídia social a prever confiança e influência, e fizeram fortuna com eles. Isso é necessariamente ruim?

Todo mundo se voltou para ele com ar de surpresa.

— Não estou dizendo que *não é* ruim — disse Ted. — Mas não vamos considerar isso um ponto pacífico, vamos analisar. No beisebol, por exemplo, cada ato é mensurável: a velocidade e os tipos de lançamento, quem chega à base e de que jeito. O jogo é uma interação dinâmica entre seres humanos, mas também pode ser descrito quantitativamente, com números e símbolos, a quem sabe interpretá-los.

— Você é uma dessas pessoas? — perguntou Cyril, incrédulo.

— Ele é uma dessas pessoas — confirmou Portia dando uma risada e passando o braço em torno do marido.

— Meus três filhos jogaram na Liga Infantil — explicou Ted. — Pode chamar de síndrome de Estocolmo.

— Três? — indagou Bix. — Achei que fossem dois. Pelas suas fotos.

— É o problema do filho do meio — disse Ted. — Todo mundo se esquece do pobre Ames. Bom, meu argumento é o de que a quantificação propriamente dita não estraga o beisebol. Na verdade, aprofunda nosso conhecimento sobre ele. Então por que somos tão avessos a permitir que *nós* sejamos quantificados?

Bix sabia, graças a uma rápida pesquisa na internet, que o sucesso acadêmico de Ted Hollander se dera em 1998, o mesmo ano em que Bix tinha formado a Mandala. Já no meio de sua carreira, Ted havia lançado *Van Gogh, pintor do som*, revelando correlações entre os tipos de pincelada do pintor e a proximidade de bichos que faziam barulho, como cigarras, abelhas, grilos e pica-paus, cujos rastros microscópicos foram detectados em sua tinta.

— Discordo do Ted nesse ponto — declarou Portia. — Eu acho que se o objetivo de quantificar seres humanos é lucrar com os atos deles, é desumanizante… orwelliano, até.

— Mas ciência *é* quantificação — rebateu Kacia. — É assim que a gente soluciona mistérios e faz descobertas. E a cada novo passo existe sempre a preocupação de que possamos estar "cruzando a linha". Antigamente chamavam isso de blasfêmia, mas agora é algo mais vago, que se resume a *saber demais*. Por exemplo, no meu laboratório nós começamos a externalizar a consciência animal…

— Perdão — interrompeu Bix, acreditando ter ouvido mal. —Vocês estão fazendo o quê?

— Nós podemos fazer *uploads* das percepções de um animal — disse Kacia. — Usando sensores cerebrais. Por exemplo, eu posso captar parte da consciência de um gato e depois assistir isso com um visor exatamente como se eu fosse o gato. Em última análise, isso vai nos ajudar a descobrir como animais diferentes percebem as coisas e do que eles se lembram… como pensam, basicamente.

Bix formigava com uma súbita vivacidade.

— A tecnologia ainda é muito rudimentar — disse Kacia. — Mas já gerou polêmica: estamos *cruzando a linha* ao violar a mente de outro ser senciente? Estamos abrindo a caixa de Pandora?

— E assim voltamos ao problema do livre arbítrio — constatou Eamon. — Se Deus é onipotente, então somos marionetes? E se somos marionetes, é melhor a gente saber disso ou não?

— Deus que vá para o inferno — exclamou Fern. — Estou preocupada é com a internet.

—Você se refere a uma entidade que tudo vê e tudo sabe, e que talvez esteja prevendo e controlando seu comportamento até mesmo quando você acha que está escolhendo por conta própria? — perguntou Eamon a Rebecca com uma olhada marota.

Ele vinha flertando com ela a noite inteira.

— Opa! — soltou Tessa, pegando na mão de Cyril. — A conversa está ficando interessante.

3

Bix foi embora do apartamento de Ted e Portia cheio de esperança. Havia sentido uma mudança dentro de si em certos momentos da discussão, o despertar de uma ideia que parecia conhecer de tempos atrás. Pegou o elevador com Eamon, Cyril e Tessa enquanto os outros ficaram para trás, observando algumas peças de gesso com relevos que Ted tinha trazido de uma viagem a Nápoles décadas antes. Em frente ao prédio, Bix ficou um tempinho em uma roda de conversa fiada, sem saber direito como se afastar sem parecer mal-educado. Relutava em informar que estava a caminho do Centro da cidade; será que um estudante de pós-graduação de Columbia *moraria* no Centro da cidade?

No fim das contas, Eamon seguiria para oeste e Cyril e Tessa pegariam o trem para Inwood, onde moravam depois de terem sido expulsos dos arredores de Columbia pelos preços e, na condição de professores assistentes, não terem conseguido uma das moradias disponíveis para docentes. Cheio de culpa, Bix pensou em sua casa de cinco andares. Os professores tinham mencionado que não tinham filhos, e uma das laterais dos óculos com armação de metal de Cyril estava presa com um clipe de papel. Mas percebia-se um estalo de condutividade entre os dois: ao que parecia, as ideias bastavam.

Animado pela sensação de que poderia ir aonde quisesse como Walter Wade, Bix caminhou em direção ao Central Park. Mas as silhuetas das árvores meio desfolhadas contra o céu amarelado o dissuadiram antes que chegasse à entrada. Queria que estivesse nevando: adorava as noites em que nevava em Nova York. Estava ansioso para se deitar ao lado de Lizzie e das crianças que tivessem desaguado, por pesadelos ou pela amamentação, na cama oceânica dos dois. Já passava das onze. Voltou para a Broadway e embarcou no trem 1, depois reparou em um expresso na Noventa e Seis e trocou, na esperança de alcançar um trem parador mais rápido. Da mochila de Walter, desencavou outro elemento de seu disfarce: um exemplar de *Ulisses* que tinha lido durante a pós-graduação com o objetivo explícito de adquirir profundidade literária. O que o tomo lhe deu concretamente foi Lizzie, em quem (por meio de um cálculo que Miranda Kline sem dúvida poderia explicar) a mistura de James Joyce com *dreads* que batiam na cintura provocou um desejo sexual irresistível. Da parte de Bix, o cálculo envolvera as botas de couro envernizado caramelo que iam além dos joelhos de Lizzie. Ele tinha guardado *Ulisses* como artefato romântico, embora seu aspecto gasto viesse mais da passagem dos anos do que de releituras. Ele o abriu ao acaso.

"*Eureka!* Buck Mulligan gritou. *Eureka!*"

Enquanto lia, Bix começou a se sentir vigiado. A sensação era tão familiar em sua vida normal que demorou a reagir, mas por fim levantou a cabeça. Rebecca Amari estava sentada do outro lado do vagão do metrô, observando-o. Ele sorriu para ela e levantou a mão. Ela agiu da mesma forma, e ele ficou aliviado ao perceber que parecia não ter problema ficarem afastados em mútuo reconhecimento amistoso. Ou teria problema? Talvez fosse antissocial dar um cumprimento não verbal distante depois de algumas horas de discussão animada em grupo. Era tão raro Bix precisar se debater com questões de etiqueta social comum que havia se esquecido das regras. *Quando estiver na dúvida, tome a atitude educada*: tinha internalizado essa máxima de sua mãe escrupulosamente educada de forma definitiva demais para desaprendê-la. Com relutância, guardou o *Ulisses* e atravessou o vagão em direção a Rebecca, se instalando no assento a seu lado. Bix se sentiu mal na mesma hora — estavam se encostando do joelho ao ombro! Ou o contato de corpo inteiro seria mesmo a norma para quem usava o metrô? O sangue ardeu em seu rosto com tanta força que sentiu vertigem. Ele se censurou: quando interações sociais mundanas tornavam-se gatilhos de ataques cardíacos, algo estava errado. A fama o deixara frouxo.

—Você mora no Centro? — perguntou ele, com esforço.

— Estou indo encontrar uns amigos. E você?

—Também.

Naquele momento, Bix viu sua estação — a rua Vinte e Três — passar voando pela janela: tinha se esquecido de que estava no expresso. Ficou se perguntando se Rebecca desceria na estação seguinte, na rua Catorze, a caminho da região conhecida como MALANDA, por conta da Mandala-lândia. Bix abrira seu novo *campus* ali no ano seguinte ao Onze de Setembro, e em oito anos ele havia se ampliado em fábricas, armazéns e fileiras inteiras de casas com terraço, até que as pessoas começaram a brincar que as torneiras abaixo da rua Vinte do lado oeste vertiam água da Mandala. Quando o trem se aproximou da rua Catorze, Bix cogitou descer e ir andando para casa, mas atravessar o próprio *campus* disfarçado lhe parecia uma atitude absurdamente provocadora. Um trem parador que ia para o Centro chegava na estação; Bix resolveu seguir até a próxima e voltar no parador rumo ao norte da ilha.

— Sua estação é essa? — indagou Rebecca quando ambos saíam do trem.

— Só vou trocar.

—Ah… eu também.

Os dois continuaram de pé no trem 1 rumo ao sul. Bix ficou um pouco ressabiado: seria possível que Rebecca soubesse quem ele era e o estivesse seguindo? Mas ela parecia tranquila, não deslumbrada, e a desconfiança sucumbiu ao prazer de andar de metrô ao lado de uma moça bonita. Foi tomado por uma fantasia: poderia descer no Centro da cidade e ir andando até o apartamento antigo no lado leste da rua Sete! Poderia olhar para as janelas do apartamento dele e de Lizzie pela primeira vez em mais de uma década.

Preparando-se para saltar na Christopher Street, Bix reparou que Rebecca também fazia movimentos que indicavam uma partida. Como não poderia deixar de ser, ela saltou.

— Será que a gente não está indo para o mesmo lugar? — disse ela, rindo enquanto subiam a escada da saída.

— Pouco provável — respondeu Bix.

Mas Rebecca também virou na rua Quatro, lado oeste. A desconfiança de Bix foi despertada outra vez.

— Os seus amigos estão na NYU? — perguntou ele.

— Alguns.

— Cabreira.

— É a minha personalidade.

— Paranoica?

— Cautelosa.

Bix ficou contente pelo barulho da cidade que preenchia o silêncio. Rebecca caminhava olhando sempre em frente, o que permitia a Bix curtir, em olhadas de soslaio, a simetria delicada de seu rosto, as bochechas sardentas que o faziam pensar em asas de borboleta. Talvez ser tão linda assim a tornasse cautelosa. Talvez os óculos de Dick Tracy servissem para encobrir a beleza.

Ela o espiou e o pegou olhando.

— É bizarro — disse ela. — O quanto você se parece com Bix. Vocês podiam muito bem ser irmãos.

— Nós dois somos negros — disse ele com um sorriso, citando a fala que tinha preparado de antemão caso fosse questionado por um branco.

Rebecca riu.

— Minha mãe é negra — declarou. — Metade negra, metade indonésia. Meu pai é metade sueco, metade judeu sírio. Fui criada como judia.

— E não ganhou prêmio nenhum por isso tudo? Na corrida de mistura de raças?

— Na verdade, ganhei, sim. As pessoas sempre acham que eu sou igual a elas.

Bix a fitou.

—Você tem o Encanto da Afinidade — disse ele, maravilhado.

Era um termo de *Padrões de afinidade*. Segundo Miranda Kline, o Encanto da Afinidade era um trunfo potente, que garantia a seus raros detentores o *status* fiável, invejável, de Aliado Universal.

— Espera um segundo — disse Rebecca. —Você não estava na palestra dela.

— Eu... eu li.

Estavam esperando o sinal abrir na Bowery, e percorreram o quarteirão seguinte calados. Na esquina da Segunda avenida, Rebecca se virou para ele de repente.

— No meu último ano na Smith, três anos atrás — disse ela, meio que às pressas —, o Departamento de Segurança Nacional entrevistou todos os acadêmicos de alto desempenho que eram de "raça indeterminada". Principalmente os que estudavam idiomas.

— Uau.

— Foram bastante insistentes — explicou Rebecca. — Não queriam ouvir "não".

— Eu imagino. Com o Encanto da Afinidade, você poderia trabalhar em qualquer lugar.

Ao se aproximarem da Primeira avenida, Bix começou a se recordar de seus pontos de referência favoritos: Benny's Burritos; Polonia e suas sopas incríveis; a banca de jornal no Tompkins Square Park que vendia *egg cream*. Estava se perguntando quais ainda estariam ali. Na Primeira avenida, se deteve para se despedir antes de virar à esquerda — mas Rebecca também seguia rumo ao norte. A desconfiança se intensificou dentro dele, impossível de ignorar. Acelerou o passo e olhou para a longa avenida cinza, pensando qual seria a melhor forma de confrontá-la.

Rebecca se virou para encará-lo.

— Jura que você não trabalha para eles?

Ele foi pego de surpresa.

— Eu? Que doideira. Trabalhar para quem?

Mas Bix estava bem atento ao fato de estar disfarçado.

Rebecca parou de andar. Estavam perto da esquina da rua Seis. Examinando o rosto dele, ela disse:

—Você poderia jurar que é mesmo o Walter Sei-lá-o-quê, aluno de pós-graduação em engenharia elétrica na Columbia?

Bix a fitou, o coração pulando no peito.

— Caramba — soltou Rebecca.

Ela dobrou à direita na rua Seis, lado leste, com Bix acompanhando seus passos. Ele precisava consertar a situação.

— Escuta — sussurrou ele —, você tem razão. Eu sou... quem eu pareço ser.

— *Bix Bouton?* — perguntou ela com indignação. — Pff, dá um tempo! Você usa *dreads*, pelo amor de Deus.

Ela acelerou o passo, como se tentasse fugir dele sem correr.

— Eu sou — insistiu Bix com delicadeza.

Mas fazer tal alegação enquanto meio que perseguia uma bela desconhecida pelo East Village, depois da meia-noite, o levou a duvidar de si mesmo. Ele *era* Bix Bouton? Já tinha sido algum dia?

— Eu que te dei essa ideia — retrucou Rebecca. — Lembra?

—Você notou a semelhança.

— É, tipo, uma atitude típica.

Ela sorria, mas Bix sentia que estava com medo. Era uma situação problemática. Para seu alívio, ela parou de andar rápido e o analisou sob a luz ácida do poste. Tinham, sabe-se lá como, chegado quase à avenida C.

— Você nem se parece tanto assim com ele — concluiu ela. — Seu rosto é diferente.

— É porque eu estou sorrindo, e Bix não sorri.

—Você está falando dele na terceira pessoa.

— Puta que o pariu.

Ela deu uma risada desdenhosa.

— Bix não fala palavrão, todo mundo sabe.

— Mas que merda!

Bix se ouviu exclamar, mas então suas próprias desconfianças voltaram ao horizonte.

— Calma aí — disse, e algo em seu tom fez Rebecca parar e escutar. — Foi você quem apareceu do nada. Acho que você me seguiu desde a casa do Ted e da Portia. Como é que eu vou saber se você não disse sim ao Departamento de Segurança Nacional?

Ela soltou uma gargalhada indignada.

— Que psicótico.

Mas Bix percebeu um tremor de ansiedade na negação dela, um espelho da própria.

— Escrevi minha dissertação de mestrado sobre Nella Larsen. Pode me perguntar qualquer coisa sobre ela.

— Nunca ouvi falar dela.

Se entreolharam com desconfiança. Bix ficou tão assustado que se lembrou de uma onda ruim de cogumelo que tivera na adolescência, quando, depois de um show do Uptones, ele e os amigos haviam se dispersado rapidamente de tanto medo. Ele respirou fundo três vezes, a base de sua prática de *mindfulness*, e sentiu o mundo se estabilizar de novo ao seu redor. Rebecca poderia ser o que fosse, mas era uma criança. Ele era no mínimo quinze anos mais velho.

— Escuta — disse ele, guardando uma distância respeitosa. — Acho que nenhum de nós é uma pessoa perigosa.

Ela engoliu em seco, erguendo os olhos para ele.

— Concordo.

— Eu aceito que você seja Rebecca Amari, aluna de pós-graduação em sociologia da Columbia.

— Eu aceito que você seja Walter Sei-lá-o-quê, aluno de pós-graduação de engenharia elétrica da Columbia.

— Está bem — disse ele. — Fechamos um acordo.

4

No fim das contas, Rebecca tinha contornado seu destino, um bar na avenida B, ao qual retornou depois que chegaram ao frágil pacto. Bix recusou o convite para acompanhá-la. Precisava refletir sobre a situação delicada e avaliar os danos. Haveria alguma forma de voltar ao grupo de discussão? Será que Rebecca voltaria?

Tinha ido muitos quarteirões além do apartamento da rua Sete, lado leste, e agora estava perto da passarela da rua Seis que dava no East River Park. Subiu os degraus, atravessou a via expressa FDR e se deparou com uma praça que havia se transformado desde a última vez que estivera ali: havia arbustos esculpidos, uma pontezinha pitoresca e gente fazendo caminhada até aquela hora.

Foi ao parapeito e se debruçou sobre o rio, observando a superfície se alternar entre as luzes coloridas da cidade. Seus passeios noturnos volta e meia terminavam ali, o sol deslizando do rio oleoso até atingir seus olhos. Por que alguém nadaria ali? A pergunta o levou a reparar que estava no ponto em que estivera com Rob e Drew na manhã em que Rob se afogara. "Senhores, bom dia", de repente se recordou de ter dito aos dois, um braço em torno de cada um. Uma imagem de Rob lhe veio à mente: um garoto branco atlético e atarracado com um sorriso de metido a sabichão e olhos atormentados, evasivos. Onde essa lembrança tinha estado? E onde estava o restante: a voz de Rob e de Drew, e tudo o que tinham dito e feito naquela última manhã da vida de Rob? Ao se despedir, Bix teria perdido alguma pista do que aconteceria em seguida? Ele sentiu o mistério do próprio inconsciente se avultar, uma baleia invisível abaixo de um minúsculo nadador. Se não podia pesquisar, recuperar ou ver o próprio passado, ele não lhe pertencia de verdade. Estava perdido.

Endireitou as costas como se tivesse escutado seu nome. Uma conexão fez sua mente vibrar. Olhou para um lado e o outro do rio. Duas mulheres brancas que corriam em sua direção pareceram se desviar quando Bix se virou. Ou teria imaginado? Ele repassou o momento — um enigma antigo, inquietante, que enevoava a nova ideia que tentava se formar. De repente, sentiu-se exausto, como se estivesse andando havia dias, como se tivesse se afastado demais da própria vida para retornar a ela.

A CASA DE DOCES

Ligou para Lizzie, o número gravado nos favoritos da agenda do celular, querendo reduzir a distância entre eles, mas desistiu antes que completasse. Ela devia estar dormindo, provavelmente com Gregory no peito, o celular carregando longe do alcance das mãos. Ela correria até o aparelho, assustada. E como exatamente explicaria seu bizarro paradeiro àquela hora?

Os pais dele? Pensariam que alguém tinha morrido.

Ligou para a sogra. Bix quase nunca tomava a iniciativa de ligar, e duvidava que ela fosse atender. Ele se pegou torcendo para que não atendesse.

— Beresford — atendeu ela.

— Joan.

Ela chamava todo mundo de "querido" e todos a chamavam de "Joanie". Mas Bix e a sogra se chamavam pelos nomes verdadeiros.

— Está todo mundo bem? — perguntou com sua lacônica voz arrastada.

— Ah, sim. Está tudo bem – respondeu Bix.

Houve um intervalo.

— E você?

— Eu… também estou bem.

— Não vem com essa pra cima de mim — disse Joan.

Bix a ouviu acender um cigarro sob o ruído dos cortadores de grama. Tudo indicava que cortavam a grama à noite em San Antonio.

— O que se passa aí nessa cabeça?

— Nada de mais — disse ele. — Eu só estava aqui pensando… o que devia acontecer agora.

— Todo mundo é assim.

— Eu devia saber — explicou ele. — É meu trabalho.

— É pedir demais.

Ele fitou as cores se mexendo e se fundindo no rio. O cigarro de Joan crepitou em seu ouvido quando ela deu uma longa tragada.

— Eu ouço preocupação — disse ela em tom enfumaçado. — Isso aí é um silêncio preocupado.

— Estou com medo de não conseguir fazer o que eu fiz outra vez.

Era a primeira vez que Bix dizia essas palavras, ou palavras parecidas, a quem quer que fosse. No intervalo que se seguiu, ele se retraiu com a confissão.

— Porra nenhuma — disse Joan, e ele quase sentiu o sopro quente de fumaça de cigarro batendo nas bochechas. — Você pode e vai conseguir. Aposto que você está bem mais perto do que imagina.

As palavras dela, ditas em tom casual, causaram uma onda de alívio inexplicável. Talvez fosse por ela se dirigir a ele pelo nome, que ele raramente ouvia, ou pelo fato de que Joan geralmente não fazia o gênero incentivadora. Talvez ouvir qualquer um dizer "Você pode e vai conseguir" naquele instante fosse fazer com que parecesse verdade.

—Vou te dar um conselho, Beresford — disse Joan. —Vem do amor que eu tenho no meu coração. Está pronto?

Ele fechou os olhos e sentiu o vento nas pálpebras. Ondinhas lambiam a balaustrada sob seus pés. Havia o aroma de maresia: pássaros, sal, peixes, tudo misturado, incongruentemente, com a respiração chiada de Joan.

— Estou.

—Vai dormir. E dê um beijo naquela louca da minha filha.

Ele obedeceu.

Estudo de caso:
Ninguém se machucou

I

Ninguém, nem o próprio Alfred Hollander, tem certeza de quando ele passou a ter uma reação violenta — "alérgica" é a palavra que ele usa — ao artifício da TV. Começou com o noticiário: aqueles sorrisos falsos. Aqueles cabelos! Seriam robôs? Seriam aqueles bonequinhos que balançam a cabeça? Seriam as bonecas vivas que tinha visto nos pôsteres de filmes de terror? Ficara impossível assistir ao jornal com Alfred. Ficara difícil assistir ao seriado *Cheers* com Alfred. Era preferível não ver nada com Alfred, que estava disposto a berrar do sofá, ainda com um leve ceceio: "Quanto estão pagando a ela?" ou "Quem ele pensa que engana!". Quebrava o clima.

Desligar a TV não bastava; aos 9 anos, a intolerância de Alfred a fingimentos havia extrapolado a barreira vida/arte e entrado em seu mundo cotidiano. Tinha olhado atrás da cortina e visto as maneiras com que as pessoas representavam a si mesmas ou — o que era mais insidioso — versões de si mesmas que cooptavam da TV: Mãe Estressada. Pai Reticente. Professora Carrancuda. Treinador Incentivador. Alfred não queria — não conseguia — suportar essas apropriações. "Para de fingir que eu te respondo", ele informava ao interlocutor surpreso, ou, sendo mais direto, "Que falsidade". O gato e o cachorro da família, Vincent e Theo, atravessavam seus dias sem fingimento. Esse também era o caso dos esquilos, cervos, marmotas e peixes que povoavam a região abundante em lagos do norte do estado de Nova York em que Alfred foi criado e onde seu pai, Ted Hollander, lecionava história da arte em uma faculdade local. Por que as pessoas tinham que fingir ser o que já eram?

Havia um problema óbvio: Alfred era difícil — ou "um puta pesadelo", para citar diversas testemunhas. E havia uma questão ainda mais complicada: ele envenenava o próprio mundo. Muitos de nós, quando falsamente acusados de, digamos, espionagem para o Departamento de Segurança Nacional, ou de perseguição a uma pessoa famosa que na verdade não identificamos, reagimos com culpa, ansiedade e tentativas de sinalizar nossa inocência. Nos comportamos, em outras palavras, exatamente como um agente da Segurança Nacional, ou um perseguidor sorrateiro, se comportaria. Os adultos instados por Alfred a "parar de usar essa voz falsa" também se esforçavam para agir com mais naturalidade e acabavam agindo com menos: pais representavam pais; professoras representavam professoras; treinadores de beisebol representavam treinadores de beisebol. E fugiam o mais rápido possível.

A vida familiar era o epicentro do descontentamento de Alfred. No jantar, sentia-se "asfixiado" pela supremacia silenciosa de Miles, o irmão mais velho, que era organizado e talentoso, e pelo vácuo forçado de Ames, o filho do meio, que era invisível no ir e vir e cujos verdadeiros pensamentos eram sempre inacessíveis. Ao responder às perguntas inócuas dos pais sobre seu dia na escola, Alfred em geral vociferava, "Eu não suporto essa conversa", aborrecendo a mãe, Susan, que dava muito valor aos momentos em família.

Aos 11 anos, Alfred adquiriu o hábito de usar um saco de papel pardo na cabeça com buracos para os olhos durante as férias com os parentes. Ficava com o saco na cabeça ao longo das refeições, enfiando garfadas de peru ou torta de pecã pelo buraco retangular da boca. Seu objetivo era criar uma perturbação tão extrema que provocasse reações genuínas — embora negativas — das pessoas à sua volta.

— O que é isso que o Alfred está fazendo? — perguntava um avô.

A casa de doces

— Estou usando um saco de papel na cabeça — respondia Alfred de dentro do saco.

— Ele está insatisfeito com a aparência?

— Estou bem aqui, vovó, a senhora pode perguntar a mim.

— Mas eu não estou vendo ele...

Certos indivíduos raros tinham o dom de *induzir* a naturalidade, e esses eram os únicos destinatários da consideração de Alfred. O principal era Jack Stevens, o melhor amigo de seu irmão Miles. "Use o saco, Alf", implorava Jack, gargalhando de expectativa, mas o saco era desnecessário com Jack presente — ele deixava a família inteira à vontade. Jack passava muitas noites na casa da família Hollander, pois sua mãe tinha morrido de câncer quando era novo. Alfred descreve Jack como um menino arruaceiro, espontâneo, ávido por estímulos, um cara que levava barris de cerveja à "praia", um trechinho de areia no terreno de uma finada colônia de férias que era um *point* para festas entre os adolescentes da região. Jack era conhecido por deflorar animadoras de torcida nas velhas cabanas da colônia, mas os corações partidos eram apaziguados (na cabeça de Alfred) pela boa vontade de Jack, seu bom humor e os lampejos ocasionais de sofrimento por não ter mãe, perceptível (de novo, para Alfred) em sua tendência a ficar observando o lago, que era fundo e gelado, formado por geleiras e povoado por milhares de gansos canadenses no outono.

Miles e Jack Stevens continuaram próximos durante a faculdade, mas romperam de maneira raivosa pouco depois. Com seu irmão e seu ídolo sem se falarem, Alfred perdeu o contato com essa parte integrante de sua infância.

Como aluno de graduação da SUNY New Paltz, Alfred formou um pequeno grupo de amigos que compartilhava seu desprezo pelos "embustes" que os rodeavam. Mas após a formatura, em 2004, ele se desiludiu com a "pseudomaturidade" desses mesmos amigos. Ao completar a formação em direito, fingiam ser advogados, ou trabalhar em empresas de marketing ou de engenharia ou de internet que se recompunham depois do fiasco da bolha da internet.

Quando uma amiga da faculdade perdia peso ou operava o nariz ou começava a usar lentes de contato coloridas, Alfred tentava corrigir esses "disfarces" com perguntas como: "Você se vê como uma pessoa gorda que por acaso está magra?" ou "Você às vezes se pergunta se escolheu o nariz *certo*?" ou "Minha pele parece verde com essas lentes?" Mudanças de nome não valiam nada para ele: "Anastasia" ainda era a Amy de sempre apesar das ameaças de desconvidar Alfred para seu casamento caso ele insistisse em chamá-la assim, o que ela acabou fazendo depois de vários avisos.

Amigos de faculdade se afastaram em alta velocidade, e Alfred ficou aliviado de se livrar deles e desolado sem eles. Tinha se mudado para um quarto no apartamento de um casal idoso na rua Vinte e Oito, lado oeste, em troca da organização de seus porta-comprimidos semanais, ler seus e-mails em voz alta e digitar as respostas que ditavam. Trabalhava em uma oficina de bicicletas e destinava todos os seus recursos a fazer um documentário de três horas sobre o padrão migratório dos gansos norte-americanos. Intitulado *Os padrões migratórios dos gansos norte-americanos*, era narrado em uma voz completamente despojada de artifícios — isto é, desprovida de qualquer expressividade. O filme conseguiu provocar o coma em todos que compareceram à exibição exclusiva em Manhattan pela qual Alfred tinha pagado. Miles, um notório insone, teve de ser acordado à força quando o filme terminou. Miles implorou que Alfred lhe desse um DVD de *Gansos* para levar para Chicago, que assistiria na hora de dormir. Enfurecido e arrasado, Alfred negou.

2

A primeira vez que ouvi falar em Alfred Hollander foi em 2010, um ano depois de *Os padrões migratórios dos gansos norte-americanos* ser finalizado. O pai de Alfred, Ted, recebeu um grupo de discussão com a segunda esposa, Portia (os pais de Alfred se divorciaram no ano em que ele saiu de casa para cursar a faculdade), de que participei quando era aluna de pós-graduação da Columbia. Mandei um e-mail a Alfred várias vezes, pedindo uma entrevista para a minha tese, uma análise sobre a autenticidade na era digital. Como não me respondeu, fui procurá-lo na oficina de bicicletas onde trabalhava. Eu me deparei com um cara afável de cabelo ruivo cuja alegria tinha um quê de hostilidade.

— Com todo o respeito, *Rebecca Amari* — disse ele num tom que me levou a questionar se eu não teria inventado esse nome —, você acha que eu deixaria você cooptar minhas ideias e transformá-las numa papagaiada pretensamente acadêmica só para você conseguir ser professora titular?

Expliquei que não estava a ponto de buscar a titularidade, apenas meu doutorado e, se desse sorte, um cargo de professora em algum canto, e assegurei a Alfred da minha intenção de reconhecer que a história dele era dele mesmo enquanto me esforçaria para codificar e contextualizar o fenômeno que descrevia.

— Não me leve a mal, mas eu não preciso de você pra isso — disse ele.

— Com todo o respeito — rebati —, eu acho que precisa.

— Por quê?

— Porque a única coisa que você conseguiu produzir até agora foi um filme impossível de se assistir sobre gansos — declarei.

— Não me leve a mal.

Ele largou a ferramenta que estava segurando e inclinou a cabeça para mim.

— A gente já se viu? — perguntou ele. — Você me parece familiar.

— Nós dois temos sardas — eu disse, e arranquei seu primeiro sorriso genuíno. — Imagino que eu te lembre de você mesmo. Além do mais, sou a única pessoa do mundo tão obcecada por autenticidade quanto você.

Levei um ano para ter notícias dele.

★ ★ ★

Eu já sabia, pelo pai de Alfred, que ele havia embarcado em um projeto ainda mais alienante e extremo do que o uso do saco de papel na cabeça no Ensino Fundamental. Seu estímulo datava de uma manhã no final do verão em que Alfred levou a cachorra, uma *Dachshund* adotada chamada Maple Tree, a uma escola de Ensino Fundamental no dia da matrícula. Ele informou às duas mulheres que trabalhavam na secretaria que gostaria de matricular Maple Tree na pré-escola e então se acomodou para saborear a perplexidade delas.

— Ela é muito inteligente — declarou ele. — Só que tem outro estilo de aprendizado.

"Ela não sabe falar, mas entende tudo.

"Ela fica sentada, quietinha, e presta atenção contanto que você jogue um petisco de poucos em poucos minutos."

As moças, cujas unhas curvas haviam sido banhadas em uma pintura normalmente reservada a pranchas de surfe dignas de museu, escutavam com uma vontade mal contida de rir.

—Você quer matricular sua cachorra na escola — entoou ela, a boca se encrespando.

— O que é que vai acontecer quando as outras crianças quiserem trazer os bichinhos delas para a escola? — replicou a outra.

— Ela sabe usar o banheiro? Não podemos aceitar alguém que fique mijando no chão...

— Ela sabe o alfabeto ou os números?

Alfred percebeu as moças trocando olhares ardilosos e começou a suspeitar de uma trapaça encenada. Depois de passar batom às escondidas, uma delas disse:

—Tá bem, querido, tem uma fila de gente esperando lá fora. Já pode revelar a coisa toda, OK?

— Do que você está falando? — perguntou Alfred, apertando Maple Tree contra o peito.

— Está em você, na mochila ou na cachorra?

—Tomara que esteja na cachorra — disse a primeira. — Meu melhor ângulo é o que está virado pra filhotinha.

A CASA DE DOCES

Ao descobrir que Alfred não tinha nenhuma câmera escondida gravando o encontro absurdo — que tinham acabado de desperdiçar vinte minutos atendendo um pateta sem a perspectiva de fazerem fama no YouTube — as moças o botaram para fora.

Assim se deu o despertar de Alfred para a Era da Autovigilância.

De volta ao quarto na rua Vinte e Oito, ele fitava desesperançado os olhos âmbar de Maple Tree. Nesse novo mundo, truques baixos já não bastavam para gerar reações autênticas: a autenticidade exigia um desmascaramento violento, como vermes se contorcendo diante da retirada ligeira das pedras sob as quais se escondiam. Ele precisava levar as pessoas *além* do limite. Até o Sr. Supremacia Quieta tinha um limite, conforme Alfred descobriu quando o irmão mais velho telefonou para ele na SUNY New Paltz, embriagado e angustiado, durante o último ano de Alfred — foi a primeira vez na vida que ouviu Miles bêbado.

Na época, Miles cursava o segundo ano de Direito da Universidade de Chicago e morava com Jack Stevens, que trabalhava num banco. A mãe deles sempre o visitava. Dissera a Miles que estava saindo com uma pessoa na cidade, que gostava que ela mantivesse a geladeira cheia de frutas frescas. Mas a pessoa com quem ela estava dormindo, afinal, era Jack Stevens.

Miles soltou essa bomba pelo telefone de um Holiday Inn para onde tinha escapado assim que descobrira a verdade.

— Tem certeza? — perguntou Alfred do outro lado da linha.

— Eu nunca mais vou conseguir pensar na escola — disse Miles com a voz arrastada. — Nem em casa. Foi tudo arruinado. Está… liquidado. Porque tudo acabaria dando nisso.

— Escuta — disse Alfred, empurrado para o papel atípico de Agente Apaziguador —, ninguém morreu também.

— É… Cem. Por. Cento. Como se alguém tivesse morrido — retrucou Miles, escorregando nas palavras. — É como se todos nós tivéssemos morrido. Você. Eu. A mamãe. O papai.

— E o Ames? — perguntou Alfred, tentando deixar a situação mais leve.

Todos eram propensos a esquecer de Ames.

O berro furioso de Miles o fez afastar o telefone do ouvido.

— Você não entende, Alf! Você é muito esquisito, você é que nem a mamãe. Nada tem importância pra você.

E, com isso, Miles caiu no choro. Era a primeira vez que Alfred se lembrava de ter ouvido o irmão mais velho chorar.

— Eles estragaram tudo — disse ele, soluçando. — Não sobrou nada.

No dia seguinte, Alfred recebeu um e-mail de Miles: "Ei, Alf, me desculpe pelo sentimentalismo no telefone. Quem é que iria imaginar que sou nostálgico? Vida que segue. Um abraço, Miles."

Miles ficou sem falar com a mãe por mais de um ano, e a essa altura seu namoro com Jack já havia terminado. Nos oito anos que se passaram desde então, Alfred não ouviu nenhuma menção ao nome de Jack Stevens. Mas tinha ouvido Miles chorar de dor, e valorizava essa lembrança.

Em uma aula qualquer de ciências durante o Ensino Médio, havia um módulo sobre dor. Cientistas que estudavam a dor tinham de provocá-la sem causar danos físicos, e para isso usavam o frio: as mãos enfiadas em água gelada sentem uma dor insuportável, mas não sofrem danos. Esse detalhe fascinara Alfred a tal ponto que ele certa vez encheu um balde de água e cubos de gelo no porão da família e manteve os antebraços abaixo da superfície até quase vomitar com a agudez da dor. Porém, nada disso lhe deixou uma marca sequer.

Não muito depois do descalabro de Maple Tree na pré-escola, Alfred ouviu um grito de sua janela na rua Vinte e Oito — não um gritinho ou um berro, mas um grito a plenos pulmões que o atolou num tremor apavorado. Saiu correndo e se deparou com uma mulher embalando um filhotinho de labrador marrom que tinha escapado da guia, corrido entre as rodas de um caminhão e conseguido cambalear incólume. Alfred fitou o filhote e a dona. Houvera alarido, urgência, terror. Mas nem mesmo o cachorro tinha se ferido.

A CASA DE DOCES

3

Alfred começou a gritar em público de vez em quando: no trem L, na Times Square; no mercado Whole Foods; no museu Whitney. Ele se recorda, com clareza digna de nota (uma vez que era ele gritando), do desfile de reações caóticas que vinham em seguida, embora tais descrições sejam curiosamente inertes para o ouvinte, como ouvir alguém narrar um sonho. A exceção é a drogaria Duane Reade da Union Square por conta do que aconteceu depois: conduzido bruscamente para fora da loja por dois seguranças, Alfred encontrou uma menina cujo olhar de curiosidade arrebatada se destacava em meio aos clientes em pânico dentro da farmácia. Ela estava encostada na parede, aparentemente à sua espera.

— O que você estava fazendo lá dentro? — perguntou ela.

A pergunta em si encantou Alfred. A maioria das pessoas diria que ele havia gritado, mas Kristen tinha visto algo mais.

Enquanto comiam *latkes* e tomavam chá quente de maçã no Veselka, Alfred explicou o projeto do grito. Enquanto prestava atenção, os enormes olhos azul-claros de Kristen piscavam para ele como os bicos escancarados dos filhotes de pássaros. Kristen tinha 24 anos, ainda estava na fase aventureira da mudança para a cidade de Nova York para trabalhar em uma agência de design. Alfred tinha quase 29.

— Com que frequência acontece? — perguntou ela. — Os berros. Em média.

— Prefiro "gritos" — observou Alfred. — Às vezes, duas vezes por semana. Às vezes, passa uns dois meses sem acontecer. De modo geral... talvez umas vinte vezes por ano.

—Você faz isso com seus amigos?

— A maioria das pessoas não tolera.

— A família?

—Tolerância zero, citando ao pé da letra.

— Alguém usou a expressão "tolerância zero" para abordar a questão dos seus gritos, é isso?

— É a expressão que todos eles usaram juntos em uma intervenção para abordar a questão dos gritos.

— Uau. O que rolou depois?

— Passei a ver eles com menos frequência.

— Porque você não pode gritar?

— Porque me deprime saber que eles usam expressões como "suplica por atenção negativa" para explicar o meu projeto.

— Famílias — disse Kristen revirando os belos olhos, e então perguntou: — Você faz isso mesmo? Suplica por atenção negativa?

A cafeteria tinha quase se esvaziado e o chá de maçã havia esfriado. Alfred entendeu que a resposta era importante. Estava ligeiramente consciente de que tinha omitido a *necessidade* que às vezes sentia de gritar, como um ímpeto de bocejar ou espirrar. Esperava que fosse óbvio.

— Na verdade, é o contrário — disse ele. — Eu suporto a atenção negativa em troca de outra coisa mais importante.

Kristen o observava atentamente.

— Autenticidade.

Alfred desfraldou aquela palavra como um pergaminho antigo, frágil. Quase nunca a enunciava para evitar que o uso excessivo atenuasse sua força.

— Reações humanas genuínas em vez dos disparates fajutos que exibimos uns aos outros o dia inteiro. Sacrifiquei tudo em nome disso. Acho que vale a pena.

Ele se sentiu incentivado pelo olhar fascinado de Kristen.

— Você faz isso durante o sexo? — perguntou ela.

— Nunca — disse ele, acrescentando com uma audácia impetuosa: — Eu prometo a você.

Oito meses depois, Alfred e Kristen estavam no ônibus Avis no Aeroporto O'Hare de Chicago, indo buscar o carro alugado. O ônibus estava cheio de gente tentando não se esbarrar enquanto o veículo percorria as curvas da estrada e parava em mais um ponto para pegar mais passageiros. Alfred e Kristen estavam de pé no fundo.

Uma comichão conhecida surgiu dentro de Alfred. Tentou reprimi-la; afinal, estava levando sua possível (torcia que sim) namorada séria a uma reunião na casa de Miles para comemorar o batizado de seu segundo filho. A mãe deles chegaria de avião, e o plano era que Alfred e Kristen ficassem na casa de Miles e passeassem por Chicago no fim de semana, indo, inclusive, ao Art Institute para uma exposição de animê japonês que Kristen estava louca para ver. Mas conjurar Miles tornou o ímpeto titilante impossível de conter.

Alfred soltou um esguicho de som curto, ambíguo, que ficou entre o gemido e o latido. Nem mesmo Kristen, a esta altura antenada a seus gritos e já não mais os achando charmosos, teve certeza se era ele a fonte. Só quando viu o rosto dele — o único desprovido de curiosidade — foi que seus olhos azuis se contraíram em uma ameaça. Mas Alfred já saboreava as duas forças opostas que atuavam nos demais passageiros: o desejo coletivo de deixar para lá aquele som inexplicável e a insinuação contrária do pavor. Assim era a Fase da Suspensão, em que todos boiavam juntos em uma maré de mistério cuja solução só Alfred detinha. Ele poderia ter parado por ali; já tinha feito isso, nas raras ocasiões em que o mistério e o poder lhe pareceram suficientes. Mas não hoje. Quando o mistério se liquefez num queixume reavivado a respeito do ônibus abarrotado, Alfred soltou um segundo gemido-latido: mais longo, mais alto e impossível de se ignorar.

Agora vinha a Fase do Questionamento, quando todo mundo que estava perto (menos Kristen, que olhava fixo para a frente) tentava, discretamente, avaliar a natureza de sua reclamação. Seria um som involuntário, que seria melhor que tivessem a educação de ignorar? Ou seria um berro de dor? Preocupados, os outros passageiros se entregaram a um estado infantil de acolhida que era de tirar o fôlego. Eles *esqueceram que estão sendo vistos*. Alfred se deleitou com o assombro despreocupado e ao mesmo tempo inspirou o ar a ponto de quase explodir; em seguida, vomitou o conteúdo de seus pulmões em uma emissão ensurdecedora que foi parte rugido, parte guincho, que enfiou como uma estaca nos rostos desarmados ao redor. Ele uivou como um lobo para a lua, só que não olhava para cima, olhava *para* as pessoas, cujo pânico, horror e tentativas de fugir evocavam a histeria de passageiros em um avião caindo de nariz no oceano.

Observar esses extremos na ausência de uma ameaça verdadeira não era um deleite. Não era um prazer. Era uma *revelação*. E depois que a pessoa tinha essa revelação, Alfred retomava a vida cotidiana atento ao fato de que sob a superfície insossa corria um tumulto secreto. E assim que essa consciência começava a se dissipar, a pessoa em busca dela passava a desejar, com premência cada vez maior, testemunhar outra vez o percurso dessa catarata. Por que outro motivo os pintores renascentistas viviam retratando Cristo na cruz (para usar o exemplo de Alfred) e só num segundo plano distante incluíam pessoas pequeninas curvadas sob enormes cargas de pedras e feno? Porque é a morte transcendental o que as pessoas querem ver, não o transporte de cargas pesadas! E Alfred tinha achado uma maneira de alcançar essa revelação sempre que quisesse, sem precisar morrer ou matar alguém!

Não havia nada parecido com aquele primeiro grito, dizia Alfred, que o comparava ao gorgolejo inicial de um vinho para o palato de um especialista. Mas a última partezinha também era importante, e para chegar nela, precisava continuar gritando. Ele tinha uma única regra: *não interagir.* Sua função era simplesmente e somente gritar e esperar a Fase do Algo Acontece, o "algo" geralmente tomando a forma de uma incursão física. Alfred já tinha sido estapeado, esmurrado, jogado na calçada; tivera um tapete atirado na cabeça, uma laranja enfiada na boca, e uma dose de anestesia ministrada sem seu consentimento. Tinha levado um choque de Taser, golpes de cassetete e sido preso por perturbar a ordem pública. Já havia passado oito noites na cadeia.

Cerca de trinta segundos após o primeiro grito de Alfred, o ônibus Avis deu uma guinada até o meio-fio e o motorista, um afro-americano alto, abriu caminho por entre a multidão descontrolada e marchou até o fundo. Alfred se preparou para o confronto físico, pecando pelo preconceito quanto a homens negros e violência apesar da crença veemente de que não o tinha. Mas o motorista, cujo nome bordado no bolso era "Kinghorn", fixou em Alfred o olhar laparoscópico de um cirurgião que descola o músculo do osso como prelúdio da extração de um tumor. Seu escrutínio invasivo inspirou em Alfred uma descoberta: ser analisado, enquanto gritava, era mais incômodo do que ser empurrado, esmurrado ou chutado. E essa descoberta rendeu uma segunda: agressões físicas, embora doloridas, lhe davam uma maneira de encerrar seus gritos ininterruptos. O que gerou uma terceira descoberta: gritos *não* são ininterruptos. A fim de gritar, é preciso respirar; a fim de respirar, é preciso inspirar; e a fim de inspirar, é preciso interromper o grito.

— Alguém machucou este homem? — perguntou enfaticamente o Sr. Kinghorn durante a primeira dessas interrupções.

Percebendo uma negativa uníssona e reparando em um rosto pálido, consternado, ali perto, o de Kristen, ele se dirigiu a ela falando baixinho.

— A senhora está viajando junto com este homem?

— Estava — murmurou ela.

— Ele tem problemas mentais?

— Não sei — disse Kristen, cansada. — Acho que ele simplesmente gosta de gritar.

O Sr. Kinghorn se insinuou entre as inspirações seguintes de Alfred:

— O senhor já fez sua barulheira por dois minutos... Vou lhe dar mais trinta segundos... e então ou o senhor para de gritar ou sai do meu ônibus... Fui claro?

Alfred se viu indicando sua concordância com a cabeça, uma infração hedionda à sua regra de "não interagir". O Sr. Kinghorn consultou o relógio — um relógio grandalhão de mergulhador, ou de paraquedista, um relógio capaz de fazer uma omelete ou teletransportar a pessoa a outro milênio. Então aguardou. Porém

Alfred não conseguia continuar gritando como antes: a autoridade do Sr. Kinghorn havia apaziguado os passageiros desolados, neutralizando os efeitos dos gritos. Alfred tinha a sensação de uma barraca desmoronando; coberto de tecido, ele se calou.

O Sr. Kinghorn fez um breve aceno com a cabeça.

— Obrigado, meu senhor — disse ele. — Agradeço sua disposição a fechar a boca. Agora vamos em frente.

Sua voz se ergueu com essas últimas palavras, um sonoro barítono que encheu o ônibus e aparentemente o coração das pessoas, pois fizeram uma salva de palmas. O ônibus se afastou do meio-fio e em pouco tempo estava sacolejando rumo ao estacionamento de carros de aluguel da Avis, animado pelo júbilo comunitário que só tinha três exceções: Alfred, derrubado de seu patamar com uma exaustão mortificada; Kristen, que fitava enfurecida a paisagem lúgubre do aeroporto; e o Sr. Kinghorn, cuja habilidade para subjugar passageiros rebeldes deixava claro que não havia nada de muito especial naquele ali.

— Estava aqui pensando como o Sr. Kinghorn deve ser na vida real — ponderou Kristen em tom sonhador quando já estavam no carro alugado da Avis, enredados no trânsito de O'Hare.

— Por que você não liga para o escritório da Avis e pede pra falar com ele? — resmungou Alfred.

—Vejo que não está no melhor dos humores... — disse Kristen. —Você acabou de se entregar ao seu fetiche: isso não devia ter te deixado de bochechas coradas e meio eufórico?

—Vamos esquecer o que aconteceu.

— Quem dera!

Alfred suspirou.

—Você gostava dos meus gritos.

— Eu não diria que *gostava*.

—Você acreditava neles.

— É verdade.

— O que mudou?

A CASA DE DOCES

Kristen refletiu sobre o assunto. Por fim, disse:
— Ficou entediante.

4

O tormento do percurso até a casa de Miles em Winnetka só foi sobrepujado pelo tormento de estar ali: comendo sanduíches no terraço do irmão com vista para o lago Michigan, as folhas caindo das árvores e se instalando na água como vitórias-régias amarelas. A mãe o tinha envolvido em seu abraço com aroma de jasmim. Apresentações a Kristen foram feitas (seguidas por olhares penetrantes, questionadores, que se traduziam em: "Ela é uma graça; é um milagre; ela não deve conhecer ele direito; ou quem sabe ela não tem algum problema que a gente não está vendo...?"). Perguntas sobre a viagem de Nova York foram respondidas (vagamente), e havia o novo bebê, é claro, e ele era pequenininho, é claro, e todo mundo queria segurá-lo, é claro, e embora Kristen estivesse nervosa por conhecer a família de Alfred, agora parecia contente em estar longe de pessoas que estivessem gritando. Alfred havia se esquecido de que Ames estaria presente. Mas Ames estava ali, junto com a habitual tensão amorfa que surgia do enigma obscuro que era sua carreira. Um enigma que se avolumara na mesma proporção que a massa muscular de Ames desde uns anos após o Onze de Setembro, quando foi de soldado alistado a Operações Especiais. Agora, aos 31 anos, supunha-se que estivesse aposentado, mas tinha se tornado ainda mais parrudo, passava a maior parte do tempo fora do país e, à menção do recente assassinato de Bin Laden, por um instante pareceu não saber de quem se tratava.

A Supremacia Quieta de Miles havia se enrijecido ao longo dos anos, formando um exoesqueleto que endurecia mais a cada honraria, até ele parecer quase incapaz de movimento, que dirá de espontaneidade. Aos olhos de Alfred, todos os seus gestos pareciam uma simulação, um encobrimento até. Por que mais os únicos sorrisos genuínos de Miles pareciam vir quando Trudy tirava fotos com seu iPhone? Trudy postava com avidez no Facebook, era uma propagandista das férias em família e de desenhos feitos por bebês, cunhadora de *hashtags* pujantes como #amordemaeefilha e #graçasadeusosavosexistem, e Alfred entrava no Facebook especificamente para vê-los e passar raiva. Seu antídoto para tal artifício geralmente era a lembrança da gritaria recente, mas naquele dia isso o remetia ao ônibus da Avis e à derrota pública. Era impossível se imaginar gritando outra vez. O projeto havia morrido sem aviso prévio, deixando... o quê? O que Alfred poderia fazer ou dizer ou sequer pensar que tornaria possível ficar ali sentado no terraço de Miles por mais uma porra de minuto sequer?

E então a ideia lhe veio. Poderia fazer uma pergunta.

— Ei, Miles — disse ele. —Você ainda tem contato com o Jack Stevens?

Miles interrompeu por um milésimo de segundo o ato de comer, como um salto na imagem de um vídeo.

— Não — respondeu ele com cautela. — Não tenho.

Seguiu-se um silêncio carregado, que Kristen tentou amenizar perguntando vivamente:

— Quem é Jack Stevens?

A boca de Miles formou uma linha reta. Trudy olhou para o terraço. Alfred sentiu o pânico de Kristen diante da possibilidade de ter dito algo errado.

— Ah, francamente, Miles — exclamou a mãe deles. —Vamos pôr um ponto final nesse dramalhão?

Susan (como Miles e Alfred tinham começado a chamar a mãe), ágil e de cabelo acinzentado em um vestido transpassado azul e suéter branco macio, não aparentava seus 57 anos — estava mais jovem, sabe-se lá como, do que quando eram meninos. Na época, era a Mãe Estressada, do tipo que corria até o campo de beisebol entre um ataque do time e outro para passar protetor solar no nariz dos filhos. Mães desse tipo eram sempre meio cômicas, com suas roupas coloridas e pochetes enormes, partindo melancias para o time. Depois do divórcio, tornara-se reservada, observadora, como se já não soubesse que papel assumir. Mas com o tempo tinha adquirido um ar mais sábio e passado a fazer o que bem entendia. Não havia nada de engraçado nela.

— Jack Stevens era amigo de infância do Miles — explicou ela a Kristen. — Foram inseparáveis até a faculdade e até um tempo depois.

— Entendi — disse Kristen, séria. — Alguma coisa… aconteceu com ele?

— Pode-se dizer que sim — respondeu Miles com uma risada melancólica.

A mãe pôs o copo com força na mesa de piquenique.

— Me desculpa, mas que coisa ridícula de se dizer.

— Ah. Você pede desculpa? — perguntou Miles com uma falsa surpresa.

— Até parece que a gente matou alguém, o Jack e eu!

— Entendi mal. Você *não* pede desculpa.

— Não fale com a mamãe nesse tom — disse Ames bem baixinho.

Ele segurava o recém-nascido. Aninhado em seus braços robustos, cheios de veias saltadas, o bebê parecia um rato engolfado por uma jiboia.

— Ah. Agora eu é que sou o malvado — retrucou Miles.

Alfred sentiu uma súbita falta de dor, como a cessação de uma dor de dente.

— Ele ainda mora em Chicago? O Jack?

Miles olhou para o relógio.

— Faz quanto tempo que você chegou? Quarenta minutos? Quarenta e cinco?

— Trinta e sete — afirmou Trudy.

— Você cronometrou o tempo desde a nossa chegada? — perguntou Alfred.

Miles e Trudy trocaram um olhar.

— A gente queria ver quanto tempo você levaria para fazer uma provocação — explicou Miles.

—Trinta e sete minutos já é um avanço — disse Ames, e todo mundo riu, menos Miles.

— Eu não acho ele engraçado — disse Miles.

— *Eu* era engraçado — declarou Ames.

— A Portia é quase trinta anos mais nova do que o seu pai — disse a mãe deles, se dirigindo a Miles. — A meia-irmã de vocês, Beatrice, tem a mesma idade do que a sua filha. Mas nada disso é problema. Poxa, fico me perguntando qual será a diferença?

—A gente não conhecia a Portia antes de o papai se casar com ela — justificou Miles.

—Vocês deram sorte de eu não ter me casado com o Jack.

— *Você* deu sorte de não ter se casado com o Jack. Senão não conheceria seus netos.

Ames ficou de pé com uma agilidade marcial.

— Não. Fale. Com a mamãe. Nesse tom — disse ele num murmúrio quase inaudível.

Trudy arrancou o bebê de seus braços.

— Cuidado — disse Miles a Ames. — O próximo assunto dele pode ser o que você faz da vida.

— Quem é que está provocando agora? — perguntou Susan.

— Sou aposentado — disse Ames sorrindo. — Fico muito feliz em falar disso.

Miles atirou seu sanduíche pelo parapeito do terraço.

—Trinta e sete minutos — repetiu.

Parecia exausto, tinha olheiras escuras, como se a idiotice dos outros sugasse sua força vital.

—Você não respondeu à minha pergunta — retomou Alfred. — Sobre o Jack.

— Sim. Pelo que eu sei, ele ainda mora em Chicago — disse Miles com sarcasmo. — Por quê? Você está planejando fazer uma visita?

— Acho que sim — disse Alfred, e se levantou. — Acho que vou visitar ele agora mesmo.

Ali estava: a franca surpresa nos rostos ao seu redor, desarmados e genuínos — como abrir uma porta aos chutes e descobrir uma luz dourada atrás dela.

Alfred pegou a mochila e olhou para Kristen, meio que esperando que ela ficasse ali. Mas ela foi ao encontro dele na porta.

— Uau — disse ela quando saíram da casa. — É sempre assim?

5

Já dentro do carro alugado, Alfred tentou se aproveitar da alardeada inteligência de seu novo celular, mas o aparelho só parecia ser capaz de dizer que centenas, talvez milhares, de Jack Stevens moravam em Chicago. Seu ímpeto tropeçou nesse fato.

Kristen ficou melancólica.

— E agora? — perguntou. — Nossa bagagem está na casa do seu irmão. Nós vamos voltar lá?

— É claro que vamos voltar — disse Alfred. — Depois de visitarmos o Jack Stevens.

Alfred olhava para Jack Stevens gordos e esqueléticos, jovens e anciãos, sorrindo em *websites* de imobiliárias e de cara fechada em fichas policiais. Tinha a preocupação latente de que Jack fosse apelido de John.

Passado um tempo, Kristen se debruçou para olhar junto com ele, e sua curiosidade estimulou Alfred.

— Aqui! — exclamou ele de repente, depois de mais alguns minutos.

Observaram um rosto: jovial, sorriso largo, tremido de um jeito que indicava movimento ou indecisão.

— Esse é o Jack.

Kristen filtrou os possíveis endereços ligados a esse Jack Stevens estranhamente obscuro e mal fotografado até que um apareceu como o mais provável: um subúrbio a oeste que poderia não ser um subúrbio, ponderou Alfred quando chegaram nele quarenta e cinco minutos depois, mas uma extensão rebaixada de Chicago. Casas modestas se enfileiravam nas ruas, idênticas em todos os detalhes, até no trio frágil de vidraças retangulares embutidas em todas as portas da frente. A casa ficava no meio do quarteirão. Um cortador de grama vermelho de brinquedo e uma patinete cor-de-rosa jaziam no gramado.

Desceram do carro e sentiram o cheiro de grama cortada e óleo lubrificante. O sossego parecia abrupto, como se crianças estivessem brincando ali havia alguns instantes. Alfred sentiu o formigamento de uma ansiedade antiga. Jack Stevens. Por que tinha demorado tanto para procurá-lo?

— Estou nervosa — disse Kristen ao se aproximarem da porta. — E se ele ficar bravo?

— Por que ele ficaria bravo?

— Tem gente que não gosta quando alguém aparece na porta sem avisar.

— O Jack não é assim.

— Na verdade, você não sabe como o Jack é — ressaltou ela. —Você não vê ele desde o colégio.

A campainha emitia um som de três tons, como um sino de verdade. Esperaram, e Alfred apertou de novo.

— Ele não está em casa — concluiu Kristen com um alívio audível.

— Ele não deve estar longe. Tem coisa largada no gramado.

Sentaram-se na entrada para aguardar. Alfred estava surpreso com a uniformidade da vizinhança: não era o que previra para Jack Adulto. Como se lesse seus pensamentos, Kristen perguntou:

— O que é que tem de especial nesse cara? Além de, você sabe. A coisa com a sua mãe.

— O Jack era tipo, lendário — declarou Alfred, mas a palavra era um veículo insatisfatório para o tamanho da lenda que ele queria exprimir. — As pessoas simplesmente... amavam ele. Ele trazia à tona o melhor lado de todo mundo, e meio que... completava todas as situações em que estava.

Alfred se calou, desconcertado pela dificuldade de evocar o efeito mágico de Jack. Mas Kristen fez que sim, mostrando que compreendia.

— Acho que toda escola tem um cara assim — disse ela.

Estava enganada, Alfred queria dizer — *nenhuma* escola tinha um cara como Jack Stevens, só a deles e só ele, mas hesitava em contradizê-la agora que estavam se dando bem outra vez. Ela teria de ver com os próprios olhos.

Trinta minutos depois, um Buick cinza detonado entrou no acesso da garagem, o motorista difícil de distinguir, rostinhos espiando pelas janelas de trás. O carro passou rente a Alfred e Kristen a caminho da garagem atrás da casa. Ouviram a vibração de um portão elétrico se abrindo; depois, fragmentos de vozes infantis e o som metálico da porta de tela. A família tinha entrado em casa pelos fundos.

— Que esquisito — comentou Kristen. — Por que ele não parou?

— Ele estava estacionando — disse Alfred, mas tinha sentido uma centelha de frio quando o carro passou.

Sentiu o suor na palma de Kristen quando pegou sua mão.

— Você prefere esperar no carro?

— De jeito nenhum.

Uma versão um pouco mais velha, um pouco mais forte, um pouco mais calva, um pouco mais calejada de Jack Stevens abriu a porta da frente, os olhos semicerrados como os de um homem que previsse conflitos. Estava segurando um porrete translúcido cor-de-rosa e azul.

— Posso ajudar, camaradas? — disse ele laconicamente através da porta de tela, que deixou fechada.

— Oi, Jack. Sou eu, Alfred.

O rosto de Jack sofreu uma evolução expressiva, como se decifrasse runas.

— Puta merda — disse por fim, empurrando a porta de tela e estreitando os olhos para examiná-los. — Hollander?

— Eu mesmo — disse Alfred, e esticou a mão, mas Jack a ignorou e o puxou para um abraço de urso.

Para possibilitá-lo, Kristen segurou o porrete.

— Alfred Hollander? — repetiu Jack, afastando-se para olhá-lo outra vez. — Que diabos você está fazendo aqui?

— Essa é a Kristen — disse Alfred. — Viemos para visitar o Miles e ficamos curiosos quanto a você.

Jack pegou o porrete da mão de Kristen e apertou a mão dela.

— Entrem — convidou Jack. — *Mi casa, tu casa*, se vocês não se importarem de a minha ex chegar daqui a pouquinho pra pegar as crianças.

Eles o seguiram até uma sala de estar acarpetada e escura. Havia um menino e uma menina sentados no sofá em trajes de banho, mexendo no controle remoto da TV.

— Nada de TV — disse Jack. — Já falei.

— Mas a gente nadou — suplicou a menina.

— Vocês nadaram muito bem. Mas nada de TV.

— São gêmeos? — perguntou Kristen.

— Sim, senhora. Sally e Ricky. Meninos, digam oi aos meus velhos amigos; bom, velho e nova — disse ele com uma piscadela para Kristen.

— Prazer em conhecer — entoaram as crianças, fitando-os com cautela.

— Eles estão tristes porque já está quase na hora de irem embora. Não é verdade, meninos?

— Estamos tristes porque queremos ver TV — retrucou o menino.

— Essa é a minha vida — disse Jack com uma risada.

Ele serviu uma cerveja Old Style a Alfred e outra a Kristen, e todos se acomodaram nas cadeiras de jardim dobráveis no espaço pavimentado entre a porta dos fundos e a garagem. Alfred fez um relato objetivo do casamento do pai com Portia, também historiadora da arte e pouco mais velha do que Miles, e disse que agora eles tinham um filho pequeno. Jack já sabia da importância de Miles no universo jurídico de Chicago. Quando chegaram a Susan, Jack assentiu friamente.

— Uma boa mulher — disse, e, como Alfred havia esquecido de mencioná-lo, perguntou: — E o Ames? Continua no Exército?

Jack soltou risadinhas quando Alfred mencionou a "aposentadoria" das Operações Especiais e as enigmáticas atividades no exterior.

— Muito bem, Ames! — disse Jack.

No que dizia respeito a si mesmo, ele lhes disse, não tinha do que reclamar. Tinha sido demitido um ano depois do início da recessão, e estava trabalhando em regime de meio expediente para pagar as contas. As agências de cobrança viviam no pé, mas ele gostava do horário mais tranquilo, tinha se aprimorado no boliche e jogava numa liga três noites por semana. Mas, acima de tudo, amava os filhos, embora tivesse que brigar para ter mais tempo com eles. A ex era gananciosa, se achava o centro do mundo; também era infiel, mas essa era outra história, e olhe que crianças lindas, tinham um pouco dela, Jack supunha, mas era difícil de enxergar. Queria poder se mudar com eles para o norte do estado; nossa, que saudade sentia dos lagos, o lago Michigan, que mais parecia um mar, com destroços de navios no fundo, mas não poderia sair de Chicago, de jeito nenhum. Ele seria capaz de acampar na portaria da ex só para ficar perto dos filhos… e então a campainha de três tons soou e as crianças berraram "Mamãe!", e fez-se um barulho de passos firmes dentro da casa. Jack deixou sua lata de Old Style no porta-copos embutido na cadeira, se levantou com esforço e entrou.

Alfred e Kristen permaneceram em silêncio enquanto o murmúrio de vozes se deslocava pela casa, da porta da frente até os fundos. Ele sentiu que Kristen o observava. Por fim, ela disse:

— Alfred, o cara é problemático.

As vozes se tornaram estridentes. Alfred entendeu "Eu e o Dan queremos viajar no mês que vem", e sentiu uma tensão semelhante a uma dor no peito.

—Você não percebeu? — perguntou Kristen.

— Claro que percebi.

— Então? Por que você não está gritando? Ou mandando ele parar de mentir e assumir que é um fracasso?

A sugestão o chocou.

— Por que eu faria isso? A verdade está na cara.

— Ué, mas não é assim sempre?

A discussão ficou mais ruidosa; depois, foi silenciada. A porta da frente bateu decisivamente, e a remoção das vozes das crianças para o ar livre deixou um vácuo dentro da casa. Portas de carro se abriram, se fecharam. Alfred imaginou Jack assistindo à partida deles através das vidraças retangulares da porta.

Passado um tempo, Jack ressurgiu com mais três latas de Old Style. Deu um breve sorriso, voltou a se acomodar na cadeira e deu um longo gole. O sol havia se posto, deixando o céu num tom pálido de cor-de-rosa. A lua já estava alta, suave e translúcida como o ovo de uma tartaruga marinha.

— Os poentes daqui são esquisitos — declarou Jack sem muito entusiasmo. — Em comparação com os lagos.

— Não existe nada parecido com os lagos — replicou Alfred com firmeza.

— Como eles são lá em Nova York? Os lagos no norte do estado? — perguntou Kristen, voltando seus olhos de bico de pássaro faminto para Jack.

Ele tomou outro gole demorado, como se juntasse coragem pra responder.

— Bom, o céu é claro — disse por fim —, mas todos são cercados por árvores escuras. E mesmo à noite, você olha para cima, para o céu claro, de dentro desse círculo mais escuro.

— E tem os gansos — complementou Alfred.

— Ah, os gansos! — disse Jack. — Nossa, aqueles gansos.

— Fiz um filme sobre gansos — contou Alfred.

Jack se virou para ele, atento a blefes.

— Mentira.

A CASA DE DOCES

— Se chama *Os padrões migratórios dos gansos norte-americanos*.
Jack caiu na risada.

— Para com isso.

— Passei cinco anos fazendo — disse Alfred. — Mas não deu muito certo. Agora eu entendo.

A transparência teve um efeito reanimador em Jack. Ele se inclinou para frente na cadeira dobrável.

—Tá bem: Ato Um, Cena Um — disse ele. — Faz um passo a passo.

— Por mais estranho que possa parecer à humanidade — recitou Alfred de memória —, para os quais a representação se tornou parte essencial do cotidiano, os animais se centram totalmente na sobrevivência.

— O tom não está certo — disse Kristen. — Está expressivo demais.

— Ela tem razão — confirmou Alfred.

Adotando um tom robótico, ele prosseguiu:

— Para o ser humano, o desejo que o ganso tem de voltar a seu lar canadense pode parecer sentimental, mas "desejo" e "lar" não têm o mesmo sentido para gansos e seres humanos.

Jack se contorceu de tanto rir.

— É todo assim?

—Três horas e sete minutos — confirmou Kristen.

Alfred continuou narrando sem inflexão até Jack enxugar os olhos e suplicar que parasse.

— Preciso dar uma... sabe como é — disse ele antes de entrar.

Alfred vinha tentando, de forma impulsiva, animar Jack. Mas quando Jack voltou com um isopor cheio de Old Style e Alfred retomou a paródia, a sensação era outra. Ele prosseguiu com um senso de finalidade perigoso, como se estivesse desmontando *Os padrões migratórios dos gansos norte-americanos* e ateando fogo a ele diante de Jack para se aquecer.

Foi então, durante o ato de parodiar a obra de sua vida, Alfred me contou depois, que ele resolveu me contatar. Talvez já soubesse que o faria: meu cartão estava guardado em sua carteira desde que havíamos nos conhecido, um ano antes. Naquele momento em que estava jogando fora e dando novo destino a iniciativas fracassadas, por que não sacrificar seu projeto do grito em prol de uma "papagaiada pretensamente acadêmica", afinal de contas? Para isso, ele precisava de mim.

Mas eu também precisava dele. Por que estudar a autenticidade se não para buscá-la — tentar extrair uma derradeira verdade dessa palavra antes que fique tão esvaziada de sentido a ponto de se tornar um invólucro de palavra: uma cápsula sem bala; um termo que só pode ser usado entre aspas? Precisava que Alfred me ajudasse a *evitar* que eu escrevesse uma papagaiada pretensamente acadêmica. Este capítulo colaborativo, por mais híbrido e heterodoxo que possa parecer no contexto acadêmico, representava essa tentativa.

Em retrospecto, então, estávamos os três sentados com Jack Stevens nos fundos da casa naquela noite de outono no Meio--oeste. A escuridão desceu, e a lua surgiu, se enrijeceu e embranqueceu. O silvo da avenida soava como o vento ou o mar. Alfred queria continuar sentado ali para sempre. Prolongou a hilaridade até onde foi possível sustentá-la, adiando o momento em que Jack diria que precisava ir para a cama e a festa seria encerrada.

Uma jornada
Um estranho chega à cidade

MILES

Fazia vinte anos que minha prima Sasha vivia no deserto quando descobri que havia se tornado artista. Estava olhando os *stories* dos filhos dela nas redes sociais, como volta e meia fazia com conhecidos de outras épocas, para ver como tinham envelhecido e tentar avaliar sua felicidade, quando vi um *post* do filho dela: "Orgulhoso da minha mãe" com um *link* para uma matéria sobre Sasha para a *ARTnews*. O retrato mostrava dezenas de balões de ar quente suspensos sobre esculturas extravagantes, coloridas, espalhadas pelo deserto da Califórnia. Segundo a matéria, Sasha fizera os objetos com plástico descartado. Depois derretera as esculturas para criar tijolos compactados que tinham sido expostos e vendidos, além de fotos aéreas desse mesmo plástico em formato de escultura, em galerias de arte.

Sasha! Caramba!

Se alguém exigisse provas de que é impossível prever o desenrolar da vida, essa transformação serviria como resposta. Sasha tinha sido um fracasso até os 30 anos: uma cleptomaníaca que conseguira furtar inúmeros objetos de inúmeras pessoas ao longo de inúmeros anos. Como eu sabia? Porque logo antes de se casar com Drew, em 2008, ela começou a devolver as coisas. Todos os parentes receberam um ou dois artigos, às vezes de tão pouco valor que era incrível que Sasha se lembrasse quem era dono do quê. Meu pai recebeu uma caneta Bic, do tipo que vendiam em caixas de vinte na Staples. Eu também recebi uma caneta, mas a minha era uma Montblanc que valia algumas centenas de dólares. Quase tive uma hemorragia cerebral quando ela desapareceu em um jantar em família em um restaurante coreano durante uma visita a Nova York. Telefonei para o restaurante, a central de táxis, a MTA, responsável pelo metrô; refiz meus passos pelo bairro coreano, me abaixei para esquadrinhar sarjetas. Quando a mesmíssima caneta apareceu na minha caixa de correspondência uns anos depois com um bilhete escrito à mão que começava com "Desde a adolescência eu luto contra a compulsão de roubar, algo que foi fonte de muita angústia para mim e de perdas e frustrações para muitos outros", liguei para o meu pai.

— Eu sei — disse ele. — Recebi uma Bic. Não sei se era minha, talvez fosse do restaurante.

— Podemos cortar relações com ela, pai? — perguntei. — De uma vez por todas? Ela é incorrigível.

— Ela é o contrário de incorrigível. Ela está pondo tudo em pratos limpos.

— Não quero os pratos limpos dela. Quero que ela suma.

— O que te leva a falar essas coisas, Miles?

Recordo exatamente onde eu estava quando tivemos essa conversa: no terraço da casa de Winnetka, à beira do lago, que Trudy e eu tínhamos nos endividado para comprar (ela estava grávida de Polly, nossa primeira) e decorado juntos com muito cuidado: o espaço do idílio doméstico planejado das crianças, das férias e das reuniões de família que imaginávamos com entusiasmo desde que tínhamos nos conhecido, no curso de Direito da Universidade de Chicago. Segurando meu celular, olhando para o cintilante lago Michigan, entendi com repentina clareza que fazer o certo — *estar certo* — não nos garante nada no mundo. São dos pecadores que todo mundo gosta: os que se debatem, os que se arrastam, os ruins de serviço. Não havia nada de *sexy* em acertar de primeira.

A CASA DE DOCES

Foda-se a Sasha, pensei.

Tenho plena consciência de que Sasha emerge destas descrições como uma pessoa simpática, enquanto eu pareço um pedante moralista. Eu *era* um pedante moralista, e não só com a minha prima. Meu pai, que tratava Sasha como filha e eu achava que passava a mão na cabeça dela; minha mãe, cujas aventuras românticas desde o divórcio dos meus pais me causavam náusea; meus irmãos mais novos, Ames e Alfred, que eu já reputava "perdidos" antes de completarem 25 anos — ninguém escapava do raio itinerante, dilacerante, do meu julgamento. Consigo acessar esse raio até mesmo agora, décadas depois: um manancial de impaciência indignada com os defeitos alheios. Como a espécie humana conseguiu sobreviver ao longo de milênios? Como construímos civilizações e inventamos antibióticos se praticamente ninguém, à exceção de Trudy e de mim, parecia ser capaz de aceitar a situação e simplesmente *fazer as coisas acontecerem*?

Se algo pode ser dito em defesa da pessoa que eu era em 2008, o ano em que Sasha botou tudo em pratos limpos e Polly nasceu — o ano em que completei 30 anos — só pode ser que eu era ainda menos clemente comigo mesmo. Todos os passos que dava tinham como objetivo me fustigar até que eu chegasse a um nível formidável de excelência. Mas certas coisas, como o sono, resistem ao controle rigoroso. No Ensino Médio, minha insônia possibilitou que eu me destacasse academicamente enquanto jogava três esportes no time principal, trabalhava para uma empresa de poda de árvores e agradava uma namorada enjoadinha. Eu preenchia as lacunas com manteiga de amendoim, que comia aos potes, e energia de adolescente. Mas Polly tinha cólicas, e a essa altura eu já era o sócio mais novo da história do meu escritório de advocacia, e a carga de trabalho era esmagadora. Comecei a tomar remédios para dormir e Adderall de manhã, para despertar — e, com o tempo, também durante o dia, para ficar atento. Quando o Adderall me deixava irritado, me acalmava com Frontal ou Oxycontin à tarde, antes de me derrubar com mais soníferos na hora de dormir. A meu ver, essa manipulação metabólica nada mais era do que tomar conta das coisas, e a tranquilidade com que lidava quimicamente com minhas deficiências, conjugada com a leve náusea dos medicamentos que sentia volta e meia, me tornava duas vezes mais impaciente com todo mundo. Eu havia me tornado, como dizem, "irascível" — difícil de se ter como chefe e mais difícil ainda de se conviver. Meu padrão elevado intensificava a pressão que eu mesmo sentia, o que significava que não ficava tempo suficiente em casa com os nossos filhos (três em cinco anos, conforme era o nosso plano), nem era um bom companheiro para Trudy — que havia interrompido sua carreira de advogada para criar os filhos —, nem sexualmente, nem sob qualquer outro aspecto. Tudo isso me deixava *mais* irascível, pois sentia que estava fracassando quando a única coisa que tinha feito, a vida inteira, era tentar ser bem-sucedido.

A olho nu, as coisas ainda pareciam bem a esta altura. Eu estava fazendo negócios e levando-os a cabo, mas à custa de um pouco de popularidade no escritório. Em casa, todos pareciam felizes, como eu me lembrava todos os dias olhando o Facebook de Trudy — posteriormente, seu *feed* do Instagram. Ela era um gênio em captar momentos espontâneos e fazê-los parecer emblemáticos. Ao rolar a tela por seus passeios na praia, na praça, no zoológico (em muitos casos com a nossa vizinha Janna e seus quatro filhos) — sorvete escorrendo pelos queixos; um vídeo de cata-ventos coloridos com giz de cera rodopiando na brisa —, eu sentia meu coração desacelerar, meu sangue se acalmar. As migalhas de tempo que conseguia arrancar do trabalho e passar com eles eram sempre prioritárias, e eu me fartava com as fotos de Polly me abraçando que Trudy tirava; de Michael, nosso filho mais velho, me jogando uma bola; de mim enfiando uma colherada de banana amassada na boca de Timothy, nosso bebê. Estava tudo bem, dizia a mim mesmo, tomando fôlego na mesa de cerejeira da minha sala imponente, envidraçada. Eles continuavam ali, continuavam felizes — *nós* estávamos felizes, nós cinco na nossa bela casa à beira do lago, exatamente como Trudy e eu fantasiávamos depois de fazer amor entre uma aula e outra do curso de Direito — só esperando eu chegar.

Em 2013, com a crise dos opioides explodindo, meu médico — que até então prescrevia credulamente qualquer coisa que eu declarasse precisar — de repente fechou a tampa. A perspectiva de ficar sem minhas receitas despertou o mais puro terror: eu era tão capaz de viver sem medicamentos quanto seria sem oxigênio. Meu sono, minha concentração, minha capacidade de trabalhar e relaxar — tudo isso chegaria ao fim: *eu* chegaria ao fim. Com a sensação de que tinha engolido um bastão de dinamite aceso cujo detonador queimava rapidamente, aos tropeços eu realizava atos que me pareciam estranhos já durante sua execução: primeiro me humilhei para que meu médico renovasse as receitas; depois, ergui o punho para ele e fui dispensado como paciente; atraí olhares céticos de possíveis futuros médicos ao catalogar minhas necessidades (dois me mandaram embora com folhetos sobre programas de tratamento); dirigia até fábricas ilegais de remédios, nas quais médicos que pareciam mais viciados do que eu passavam receitas com as mãos trêmulas; e por fim, ao descobrir que Illinois em breve aprovaria um cadastro de remédios controlados para impedir que pessoas como eu catassem receitas com vários médicos, paguei centenas de dólares ao médico de uma fábrica ilegal para ser apresentado a um legítimo traficante de drogas.

Damon e eu íamos de carro até uma esquina combinada e, de lá, dirigíamos até conseguirmos parar lado a lado em algum sinal vermelho sob um dos vários viadutos cujas sombras mosqueadas obscureciam o que acontecia abaixo. Baixávamos as janelas e eu jogava um envelope cheio de dinheiro no carro dele. Damon, que poderia se passar por um advogado novato da minha firma, atirava um saquinho repleto de remédios pela minha janela, dava um sorriso, e íamos embora. Era o triunfo da eficiência! Por que eu tinha desperdiçado tanto tempo discutindo com médicos? Damon vendia os mesmos comprimidos com logotipos que eu vinha tomando desde o começo, e eu tinha renda suficiente à disposição para não ter de economizar cortando e cheirando os remédios, muito menos recorrer a alternativas mais baratas e horrendas como crack e heroína.

Poderia ter continuado assim para sempre, mas uma mudança imprevisível aconteceu: essa vida secreta que eu era forçado a cultivar parecia ter aberto um canal novo, oculto, dentro de mim. Passei a ficar ansioso para me encontrar com Damon no submundo bolorento de Chicago; os viadutos enferrujados e os tijolos amarelos desgastados me pareciam um substrato mais autêntico das torres de aço e vidro em que eu advogava. Com Damon, não havia nem fingimento nem julgamento. Eu precisava das drogas; ele as vendia. A coisa em si — com que frequência a enxergamos? Damon tinha pele limpa, olhos azuis, dentes bons. Dirigia um Nissan Rogue prata novinho. Havia algo de familiar nele, e me perguntava se não teríamos nos encontrado antes, em algum outro contexto. Ficava pensando no resto da vida de Damon, pensei até mesmo em tentar entabular uma conversa com ele naqueles poucos segundos em que ambos estávamos com as janelas dos carros abaixadas. Eu não tinha um grande amigo desde que brigara com Jack Stevens, e me percebia ávido por uma companhia masculina.

Tateando em busca de uma relação menos transacional com Damon, eu lhe mandei uma mensagem de texto numa sexta-feira à tarde: "Planos pro fds?"

Ele respondeu na mesma hora: "O que vc quiser mano."

"Estava falando de vc."

"Mulher? Festa? Me fala vc q eu faço acontecer."

"Obg", escrevi. "Bom saber."

Tudo indicava que era difícil evitar uma relação transacional com o traficante da gente.

Nossos vizinhos estavam recebendo convidados naquela noite. Em certo momento, procurando o banheiro, abri a porta de um dos quartos das crianças por engano. Janna, a anfitriã — amiga de Trudy — estava aninhada em uma poltrona com três dos quatro filhos, lendo *Pof, o dragão mágico*. Ela sorriu para mim, constrangida, e justificou baixinho:

— Eles dormem melhor quando eu faço isso.

Fechei a porta e fiquei no corredor com a testa esmagada contra ela, meus olhos fechados, escutando sua voz rouca.

...Juntos eles viajariam em um barco com velas cheias de vento...

Tenho consciência de que, pela narrativa, meu caso com Janna é um enorme clichê — seus elementos tão conhecidos da vida, ou do canal de TV Lifetime, que poderia ser escrita em termos matemáticos. Como explicar o encanto de vivê-lo? Minha família e trabalho — até então o cerne de tudo o que eu fazia — haviam se tornado o solo superficial que encobria um sistema profundo, de raízes amargas, em que minha vida real acontecia. Depois de adentrar esse sistema, só ele me interessava. Assim como com Damon (a quem eu frequentava num ritmo acelerado), não havia fingimento com Janna, não havia contenção. A coisa em si. Sete filhos e dois esposos somando nós dois não eram nada em comparação com nossos desejos mútuos, e trepávamos em banheiros, na areia gelada à beira do lago depois que escurecia, e na sala de recreação no porão de Janna nas madrugadas em que nenhum dos dois conseguia dormir. Eu a adorava com um descuido que a pobre Trudy nunca vislumbrara em mim; eu mesmo nunca o tinha visto. Disse a Janna que morreria por ela, e acho que presumi que teria de fazê-lo: apesar de todo o fervor da nossa paixão, ela estava impregnada de morte desde o início.

Depois de quatro meses de caso, Trudy me confrontou no nosso terraço depois que as crianças dormiram. De olhos secos, explicou que havia tolerado minha distração e ausência por anos a fio, acreditando que era tudo por conta da visão doméstica que compartilhávamos, mas havia se enganado quanto ao meu caráter. Não havia espaço para negociações: ela já tinha entrado com o pedido de divórcio, e queria que eu saísse de casa até o fim da semana. Enquanto a ouvia, a luz-piloto do meu terror se inflamou com um estrondo, e fui engolfado pela sensação de apocalipse. Como minhas mãos tremiam demais para segurar um copo, enfiei a cabeça embaixo da torneira do banheiro e engoli vários comprimidos de Frontal para tentar me acalmar. Mandei uma mensagem a Janna e esperei de carro em frente à casa dela. Era dia 16 de outubro de 2014. Com Janna a meu lado, corri em direção a Chicago enquanto tentava explicar que tinha chegado a hora de fugirmos juntos, mas minha fala estava enrolada e eu dirigia erraticamente e rápido demais, o que levou Janna a suplicar, depois berrar, que eu a deixasse saltar do carro, e à minha recusa, que por sua vez culminou no acidente de um carro a 145 quilômetros por hora na Lake Shore Drive. Meu carro capotou, voou e caiu na lagoa rasa ao sul de Diversey Harbor. Por sorte, a água só chegava na altura do nosso peito, e provavelmente evitou a explosão do meu tanque de gasolina quase vazio. Mas a perna esquerda de Janna foi parcialmente decepada e esmagada a ponto de ser impossível recuperá-la, e foi preciso amputá-la na altura da coxa.

Tenho uma placa de metal substituindo uma parte do meu crânio. Minha cabeça inteira dói antes de tempestades, e um gosto de metal enche minha boca e me causa arrepios.

Nunca tentei voltar à minha antiga vida. Na verdade, a cada ano — quinze, até Timothy ir embora para a faculdade — eu acreditava menos que a tinha vivido. Olhava para os prédios comerciais envidraçados do Loop com espanto. Eu entrava mesmo em um daqueles todos os dias? Estacionava o carro no estacionamento subterrâneo? Contribuía para a caixinha de Natal dos seguranças? Quando passava por ex-sócios na rua, ou parceiros que antes eu caçava, eu me abaixava e me escondia para não ser reconhecido. Mas aos poucos descobri que, com o cabelo mais comprido e roupas normais, o boné de beisebol que sempre usava para esconder minha placa de metal, eu era invisível para meus ex-colegas. Ninguém me lançava um segundo olhar, era como se eu tivesse caído de um alçapão em um universo paralelo. Parecia não haver um modo de fazer o caminho de volta. Era Trudy quem ia ao Loop todos os dias para trabalhar, e havia se tornado sócia de um dos maiores escritórios de Direito tributário de Chicago. Trudy se casou de novo pouco tempo depois, e eu assumi o comando em relação aos nossos filhos. Ela praticamente me sustentava enquanto aos poucos eu quitava minhas dívidas; embora Janna não tivesse prestado queixa contra mim, ela e o marido se reconciliaram e me processaram. Dei a eles tudo e mais um pouco depois de negociarmos uma indenização.

Trabalhei como orientador psicológico em uma clínica de metadona não muito longe de onde eu costumava comprar drogas de Damon. Minha quitinete ficava perto, e ao caminhar para o trabalho sob aqueles mesmos viadutos em que Damon e eu abaixávamos nossas janelas, eu volta e meia pensava no que teria acontecido com ele. Não precisava ficar pensando, é claro. Graças ao Domine Seu Inconsciente®, podemos localizar uma pessoa que vimos só uma vez na vida. Meu pai foi um grande defensor do Domine Seu Inconsciente quando foi lançado, em 2016; tinha conhecido Bix Bouton, que o inventara. Eu não tinha interesse nenhum em externalizar meu consciente num Cubo Mandala e revisitar minhas lembranças, ou — pior ainda — preencher o que tinha conseguido esquecer. Porém, aos poucos minha curiosidade por Damon foi corroendo meus escrúpulos. Não é sempre assim? Se minha vida me ensinou alguma coisa, foi que curiosidade e conveniência têm um poder sorrateiro, inexorável. Resistir a elas é fácil durante um minuto — uma centena de minutos — até mesmo um ano. Mas não para sempre.

Nos treze anos desde que Domine Seu Inconsciente foi lançado, um de seus recursos secundários — O Consciente Coletivo — gradualmente se tornou central. Ao fazer o *upload* de toda ou parte de sua memória externalizada para um "coletivo" on-line, a pessoa ganhava acesso proporcional a pensamentos anônimos e lembranças de todas as pessoas do mundo, vivas ou mortas, que tinham feito a mesma coisa. Por fim, me rendi e comprei o Ei, O Que Aconteceu Com…?® da Mandala. O processo foi tranquilo como prometido: meia hora com eletrodos presos à minha cabeça enquanto eu fechava os olhos e visualizava minhas interações com Damon (disponibilizando assim essas memórias específicas para o coletivo); em seguida, uma espera de vinte minutos enquanto meu "conteúdo" se mexia no giro coletivo, em busca de compatibilidade facial. Enquanto observava a roda girar no computador da minha quitinete, percebi que rangia os dentes: eu queria que Damon tivesse realizado algo grandioso! O que isso significava, eu não sabia direito: corretor de valores? Sócio-diretor do meu antigo escritório? Governador? (Piada de Illinois.)

Obtive a história pouco depois, em forma de "pedaços cinzas" do Consciente Coletivo: lembranças de pessoas anônimas que incluíam Damon. Vi Damon adolescente com as calças de uniforme de colégio particular, entalhando a parte de baixo de uma mesa; depois, ele um pouco mais velho, com a respiração acelerada em uma sessão de terapia em grupo de adolescentes no matagal, a luz da fogueira lambendo seu rosto aflito; Damon jovem adulto olhando pela janela de uma sala de aula de faculdade para um campanário branquíssimo. E mais ou menos na mesma época (mesmo corte de cabelo, moletom), Damon vendendo um aparelho de som roubado na traseira de um Toyota; Damon como o conheci, um homem jovem trabalhando para um traficante de drogas para quitar uma dívida qualquer. O último pedaço cinza, datado do ano anterior, mostrava Damon de uniforme laranja, fazendo flexões no pátio de uma penitenciária. O sorriso que lançou para o espectador anônimo era exatamente o mesmo que me lembro de ter visto pelas janelas abertas de nossos carros. Me dei conta de que a pessoa que Damon me lembrava era eu mesmo: outro homem branco que tinha conseguido desperdiçar inúmeras vantagens e oportunidades e fracassar de modo catastrófico. Saber que ele havia se saído pior do que eu era deprimente, literalmente. Fiquei deprimido. Não tinha me dado conta de o quanto eu desejava que Damon tivesse prosperado.

No mundo da recuperação, volta e meia falamos de resultados: quem é bem-sucedido no tratamento; quem tem recaídas, desaparece ou morre. Minha capacidade de me manter sóbrio estava mais do que explicada pela minha pontuação de EAI, a métrica de Experiências Adversas na Infância, que no meu caso era um zero quase inédito. Família carinhosa; inexistência de encarceramento, vício ou violência doméstica — o que suscitava a questão do porquê eu havia recorrido às drogas para começo de conversa. Teria eu reprimido algum trauma? Era bastante possível: o Domine Seu Inconsciente havia revelado todo tipo de brutalidade reprimida, e milhares de abusadores tinham sido condenados com base em provas das memórias externalizadas de suas vítimas, vistas em forma de filmes nos tribunais.

Mas eu vivia voltando à minha prima Sasha. A nota do EAI dela tinha sido alta: o pai, um fraudador, tinha sumido quando ela tinha seis anos. Quando era adolescente, Sasha tinha fugido do país e perambulado pela Ásia e pela Europa por alguns anos até meu pai localizá-la em Nápoles e convencê-la a voltar. Enfim eu entendia que os furtos de Sasha eram um vício como o meu. Porém, ela e Drew continuavam casados, e os filhos deles — até o menino, Lincoln, que eu lembrava de ter achado insuportável — pareciam bem. Como Sasha tinha conseguido? Curiosidade: eu precisava saber. Então, pedi ao meu pai que me pusesse em contato com ela e lhe escrevi do nada, perguntando se poderia ir ao condado de San Bernardino para ver suas esculturas. E ela respondeu, sendo mais amável do que eu merecia, me convidando para uma visita.

DREW

A caminho do aeroporto para pegar Miles, Sasha e eu tentamos calcular quanto tempo fazia que não víamos o primo mais velho dela. Ambos nos lembramos da ocasião: uma reunião na casa de Sasha, em Los Angeles, talvez um ano antes do acidente de Miles. Nunca gostei dele. Era o oposto do pai, o tio de Sasha, Ted, que nós dois amamos. Se eu pudesse escolher uma única expressão para traduzir a relação de Miles Hollander com o mundo seria desagrado. A história sofrida de Sasha o levou a fazer cara de desagrado. Nosso filho, Lincoln, que foi uma criança difícil, o levava a fazer cara de desagrado. Algo a ver com Lincoln instigou meu ultimato: não queremos mais saber de Miles Hollander. Olhando para trás, vejo minha própria patologia exposta: eu detestava ter um filho "anormal", um filho que causava desagrado nos outros, porque achava que isso revelava a existência de algo errado em mim. E nada pode ser pior do que ser responsável pela morte de outra pessoa. Eu era um nadador excelente — um salva-vidas —, mas tinha acabado de brigar com o amigo que me seguiu East River adentro no nosso segundo ano na NYU. Eu o estava ignorando. E quando me dei conta de que uma correnteza o havia arrastado, ele já estava longe demais para que eu o alcançasse.

Talvez uma pessoa mediana se espante ao saber da constância com que esses fatos permanecem comigo. Seria de se imaginar que a culpa se abrandaria no decorrer de trinta e seis anos, e por um tempo eu também pensei assim. Mas não contava com a circularidade da vida: a forma com que ela nos leva, com a idade, de volta ao começo. Sonho com o afogamento de Rob, choro por ele, faria qualquer coisa para exorcizá-lo. Mas como? A LojaDaMemória® da Mandala só funciona com traumas recentes: você externaliza a porção da sua memória que contém o "acontecimento" e depois a internaliza com essa parte apagada, substituindo a original. Mas como apagar a consciência que permeou cada minuto da minha vida desde o acontecido? Para isso eu teria que apagar a vida que construí, e não posso. Eu a amo demais da conta.

Os pais de Rob faleceram durante a pandemia, com apenas algumas semanas de intervalo. Antes disso, Sasha e eu íamos a Tampa mais ou menos a cada dois anos para visitá-los. Rob era o único filho (uma irmã mais velha mora em Michigan), e parecia ser muito importante para a mãe e o pai dele ver os amigos de faculdade do filho seguirem em frente com as próprias vidas. Eles acreditavam que Rob e Sasha tinham sido um casal, e nunca os corrigimos — nossa meta era consolá-los, e nossa presença na sala de estar parecia fazer isso. A sala nunca mudou: tapete branco limpo, cinzeiro de cristal lapidado, gatos de porcelana brincando com novelos de lã de porcelana. Retratos emoldurados de Rob com 18 anos, na cartolina da formatura do colégio; no baile com uma menina de vestido diáfano cor-de-rosa; de uniforme de futebol americano, com riscos de graxa preta debaixo dos olhos. Só seus pais mudavam com os anos, os cabelos se embranquecendo, Robert pai, treinador de futebol americano de colégio, no final recebendo oxigênio por conta do enfisema, ambos pareciam se encolher nas almofadas do sofá de tal maneira que o cristal e os artefatos de porcelana pareciam maiores a cada ano que passava. Eu levava dias para me recuperar dessas visitas — para parar de perguntar a mim mesmo, e a Sasha, como a vida dos Freeman teria sido se o filho deles ainda estivesse vivo.

— Você imagina que teria sido melhor — disse Sasha certa vez. — Mas o pai do Rob era muito homofóbico.

— A pessoa estar viva é sempre melhor — declarei.

Bix Bouton foi a última pessoa a ver Rob e eu antes de nosso mergulho no East River. Ele entrou em contato comigo do nada, em 2016, quando Domine Seu Inconsciente estava estourando. Bix escreveu que foi sua lembrança de Rob, e aquela manhã, e aqueles anos — sua dificuldade de recordá-los —, o primeiro estímulo para que tentasse produzir em grande escala um mecanismo de externalização de memória. Fiquei profundamente aliviado ao saber que Bix, que eu não via desde a NYU e havia se tornado, nesse ínterim, um semideus da tecnologia, que o mundo reconhecia pelo primeiro nome, ainda se comovia com a morte de Rob.

Não muito tempo depois de Bix entrar em contato novamente, Sasha e eu fomos a Nova York para visitar Lizzie e ele. Nós quatro assistimos à memória de Bix de 6 de abril de 1993, cada um com seu visor. Bix começou a rodar desde quando chegamos ao East River, ao amanhecer. "Senhores, bom dia", dizia a voz de Bix, e ali estávamos Rob e eu através dos olhos de Bix: dois desgrenhados de

19 anos. *Meninos*, foi meu primeiro pensamento. Como pai, eu enxergava Rob com uma clareza dolorosa através do filtro de sua rala barba ruiva: sua exaustão e preocupação, uma ânsia impaciente de agradar que sua ironia não conseguia esconder. A certa altura, levantou os braços num alongamento e eu vi sua massa muscular de ex--jogador de futebol americano, os sulcos de pele rosada na parte interna dos pulsos. E então havia a parte que não tinha conseguido ver — ou talvez tivesse me recusado a ver — na época: o carinho quando Rob me olhava, uma admiração crédula que obviamente era amor. Por um instante desejei que Bix não tivesse silenciado a parte de pensamento-e-sensação de seu consciente; queria saber se ele tinha visto. Bix teria percebido a proposta desastrada que Rob tinha me feito, uns vinte minutos antes, como algo inevitável?

Mas a verdadeira tortura era me ver aos 19 anos: metido e cheio de esperança, sem saber que *em menos de uma hora* eu começaria a parte do "depois" da minha vida, em que tentaria, incessante e inutilmente, expiar. *Senhores, bom dia*. Revimos a memória inúmeras vezes. Eu apertava a mão de Sasha e a sentia chorar. Mas a repetição embotou sua reação, e a certa altura ela e Lizzie tiraram os visores e subiram para o terraço com uma garrafa de vinho. Eu tinha de continuar assistindo. Tinha algo que eu precisava identificar na calmaria, a última pausa antes de Rob e eu nos despedirmos de Bix com um aceno e começarmos a andar à beira do rio no sentido sul, no sol metálico ofuscante do comecinho da manhã. E então saíamos do campo de visão: Bix tinha virado e cruzava a passarela da rua Seis a caminho de seu apartamento na rua Sete, lado leste.

— Espera. Para — eu não conseguia não bradar para ele. — Dá meia-volta! Chama a gente… para! Para! Para!

Só me dei conta de que gritava quando Bix desligou meu visor e o tirou com delicadeza.

Em frente a uma cerca de arame, esperamos Miles desembarcar do avião. Ele sem dúvida estaria diferente depois de mais de quinze anos, mas a visão do homem encurvado sob um boné desbotado

A CASA DE DOCES

do Cubs é chocante. Enquanto se aproxima de nós, com um sorriso tenso, reparo na leve escoliose torácica, um quê de icterícia nos olhos. Estou tentando romper o hábito do diagnóstico agora que Sasha e eu estamos na faixa dos cinquenta e poucos anos. Amigos e conhecidos começaram a ter azar, e aprendi a duras penas que detectar doenças precocemente me põe em situações complicadas. "Você está querendo dizer que minha aparência está uma merda, doutor?", já me perguntaram, só até certo ponto, em tom de brincadeira. E houve meu grande amigo e parceiro de tênis, Chester, que fez um tratamento bem-sucedido para o linfoma de que suspeitei antes de todo mundo. Mas por razões que sou incapaz de entender, nossa amizade ficou abalada. Agora Chester me evita, e joga tênis com outras pessoas.

A conversa no carro é tranquila, com Miles se atualizando sobre os parentes mais distantes. Fico surpreso com a falta de contato que tem com a maioria. Enquanto olha pela janela de trás, me pergunto se ele já tinha visto um deserto americano. Eu nunca tinha visto.

Já em casa, batemos papo sobre as reformas que fizemos ao longo dos vinte anos que estamos morando nela. Miles dirige sua pergunta a mim, e quando a transfiro a Sasha — ele é primo dela, afinal —, ela responde a mim e não a Miles. Me sinto um intérprete diplomático. Essa versão atenta, titubeante de Miles é tão diferente do babaca com cara de desgosto de quem me recordo que é como se um estranho viesse se hospedar com a gente. O que leva à questão: o que ele está fazendo aqui?

Estou louco para ir para a minha clínica, onde sempre tenho mais a fazer e é sempre algo importante. Mas aprendi a resistir a esse ímpeto. Anos atrás, quando Sasha e eu estávamos enfrentando dificuldades com Lincoln, o hábito de "fugir" para a clínica quase me custou meu casamento. Desde então, submeti meus impulsos de ir para o trabalho a um protocolo em três passos: 1) é necessário que eu vá *neste instante*? 2) Tem alguém em casa que eu queira evitar? 3) Vou decepcionar alguém indo embora agora?

Uma rápida aplicação do protocolo me informa que só vou à clínica no dia seguinte.

Carrego a mala pequena de Miles — espero que seu tamanho indique uma estadia curta — até o quarto de hóspedes, e verifico se não tem escorpiões nos cantos e debaixo da cama. Me deparo com Miles sozinho no alpendre dos fundos, olhando ao longe.

— São tão silenciosos — diz ele, e me dou conta de que se refere aos balões de ar quente que voam a oeste, a alguns quilômetros de distância. — Estão todos no ar para olhar as obras da Sasha?

— Não necessariamente — digo. — As obras ficam lindas de cima, mas o deserto, também.

— Dá para ver as obras sem ser do balão?

— É claro — digo, me lançando nesse jeito de passar o tempo. — A gente pode dar uma olhada agora, antes do jantar, se você não se incomodar com a caminhada.

MILES

Deixamos Sasha picando verduras na cozinha. Ela estava igual — físico esbelto, os olhos semicerrados por conta do sol, o cabelo ruivo empalidecido pelo grisalho. Mas eu me sentia desconfortável perto dela, e tinha a sensação de que ela sentia a mesma coisa. Minha viagem para visitar Sasha, para *compreender* Sasha, tinha sido o foco de semanas de expectativa, mas a lógica da minha visita pareceu evaporar no instante em que desembarquei do avião. Por que vir tão longe para ver uma prima que eu nunca conhecera e de quem nunca tinha gostado?

No que ela claramente almejava que fosse uma surpresa feliz, Sasha me disse que Beatrice, minha meia-irmã, do segundo casamento do meu pai, jantaria conosco naquela noite. Beatrice tinha se formado na UCLA no ano anterior, e havia se tornado próxima da família de Sasha durante a época que passara lá. Mas a perspectiva de ver Beatrice me encheu de vergonha. Mal conhecia minha meia-irmã. E o que ela poderia saber a meu respeito além do meu fracasso espetacular?

Depois que Drew e eu saímos de casa, comecei a sossegar. O sol estava se pondo, a luz rosada, a flora raquítica de um prateado ressecado, iridescente. O vazio do deserto me parecia bíblico, como se nada jamais tivesse acontecido ali — como se toda a história ainda estivesse por vir. Para meu alívio, Drew parecia contente de caminhar em silêncio. Talvez compartilhássemos da impaciência com conversa fiada, sendo ele um cirurgião cardíaco e eu, um orientador psicológico especializado em drogas. O corpo e suas necessidades: a coisa em si. Além da tragédia dos anos de faculdade de Drew, eu pouco sabia sobre ele, mas não saber era cômodo. Percebi que queria conhecê-lo.

Meu primeiro pensamento, quando demos com um conjunto bagunçado de cadeiras coloridas, foi o de que alguém tinha despejado um monte de lixo no deserto. Depois, entendi.

— Isso é uma… escultura?

Drew riu.

— É parte de uma. Elas se conectam ao longo de uma área extensa.

— E é… tudo plástico?

— É. Descartes do condado inteiro.

— A Sasha… junta tudo?

— Ela faz a concepção de grande parte — declarou Drew com orgulho evidente. — Mas ela e os outros fabricantes são uma cooperativa; quando colecionadores e museus adquirem os tijolos e as fotografias, os lucros são divididos.

Seguimos um afluente de canos bem azuis que pareciam um borrão lúgubre na paisagem. Querendo muito esconder minha reação, indaguei:

— Como ela começou?

— Bom, ela sempre gostou de catar coisas — disse Drew, e então, como se ouvisse minha resposta interna cáustica, *Ah, sim.*

Ela catou algumas coisas minhas, ele completou: — Imagino que você saiba do que eu estou falando.

Eu assenti, repreendido.

— Quando as crianças eram pequenas, ela fazia esculturas com os brinquedos velhos — explicou ele. — E também colagens com artefatos de papel: recibos, canhotos de ingressos, listas de afazeres. E a coisa meio que se desenvolveu a partir daí.

Comentários ácidos borbulhavam dentro de mim à medida que seguíamos o rastro de lixo:

Reciclar: que original!

A única coisa mais bonita do que essas "esculturas" seria o deserto sem elas.

Chegamos a uma seção de sacolas de plástico: sacolas dentro de sacolas dentro de sacolas dentro de sacolas, dezenas de milhares de membranas plásticas amassadas enfiadas dentro de enormes caixas de acrílico rachadas, cubos de gelo colossais.

— É tudo derretido? — perguntei.

— Tudo. Monitores avaliam a decomposição dos plásticos esfregando a superfície deles para ter a certeza de que não vão se infiltrar.

Ei, tive uma ideia: que tal reciclar essa porcaria SEM espalhar ela pelo deserto inteiro?

Existe uma direção na qual nós possamos caminhar em que EU NÃO TENHA que ver esses troços?

Os balões voavam acima de nossas cabeças como sentinelas silenciosas. Eu tinha um temor culpado de que estivessem lendo meus pensamentos.

Tem certeza de que não estão lá em cima tentando FUGIR da arte?

Mas fiquei de boca fechada.

DREW

Ao chegarmos em casa, estou apreensivo quanto a Miles. Preciso sempre desacelerar o passo para não deixá-lo para trás, e ainda assim ele está ofegante: preocupante para um cara que já foi tão atlético. Não sei dizer se ele detestou a arte ou não sabe o que dizer, e me irrita ter de especular. Tudo isso me desperta o desejo pavloviano de ir para a clínica, seguido pela compreensão de que não posso ir — de que meu paciente está logo ali, arfando ao meu lado após uma caminhada de três quilômetros. Mas não sei qual é o problema dele, nem como resolvê-lo.

No jantar, Miles se retrai, observando todos nós rindo em torno da churrasqueira. Eu estava louco para exibir Lincoln — que se formou cedo em Stanford e trabalha perto, no ramo da tecnologia — e Alison, que todo mundo adora, estudante de terceiro ano na UCLA. Mas a solidão embaraçosa de Miles faz com que eu me sinta mesquinho por ter almejado esses triunfos. Ele mal interage com Beatrice, a meia-irmã, e fico me perguntando se é timidez — se Sasha e eu devíamos estar fazendo mais perguntas sobre o que anda fazendo. Mas o histórico de Miles torna essas perguntas carregadas, ou condescendentes, e, de qualquer modo, estamos todos na faixa dos cinquenta — as pessoas sequer perguntam o que "fazemos" hoje em dia? Isso já não foi decidido?

Os jovens entram na casa, e o assunto volta ao grupo de colecionadores de arte que chegará no dia seguinte, da Virginia. São o que chamo de ricos corajosos — daquele tipo que sobe o Kilimanjaro, às vezes até o Everest. Vão querer decolar de balão antes do amanhecer, sem dúvida. Depois, vão passear por entre as esculturas com Sasha e decidir quantas peças querem comprar.

— Eu queria andar de balão — diz Miles. — Vocês acham possível que sobre vaga?

— Eu duvido — respondo. — Eles reservam com meses de antecedência.

Sinto a perplexidade de Sasha.

— Em geral tem uma ou duas pessoas que não aparecem — declara ela.

— Eu não tinha como saber — digo. — Nunca fiz o passeio que começa antes do amanhecer.

— Por que vocês dois não vão? — sugere Sasha.

É como antigamente: Sasha me empurrando na direção de nosso filho difícil, eu desesperado para fugir. Senti um quê de frustração em relação a Miles por trazer tudo isso de volta.

— Não precisa se preocupar comigo, Drew — diz ele de pronto, e desconfio que minha relutância seja palpável.

— De jeito nenhum! Vamos juntos — retruco com uma sinceridade que só Sasha saberá que é forçada.

Mais tarde, na cama, ela alisa minha testa com a mão fria.

— Ele passou por situações difíceis, Drew — diz ela. — É pedir muito que você seja paciente com ele?

— Ele não é nosso filho. Não conheço ele, e você também não.

— Ele é da família — responde ela. — Não basta?

Duas horas antes de o dia raiar, Miles e eu nos encontramos na sala de estar escura e nos dirigimos ao carro, para o percurso de uma hora até a área de onde os balões decolam. Não estou inventando a necessidade de estar na clínica: mensagens recebidas durante a noite me convenceram de que não posso dedicar um tempo a um passeio de balão esta manhã. Vou situar Miles e seguir para o trabalho.

A empolgação de Miles enche o carro.

— Nunca voei de balão — diz ele. — Dá medo?

— Não como saltar de paraquedas.

Ele de repente se vira para mim.

— Eu não faço nada de novo faz muito tempo — declara. — Dá pra acreditar que nunca fui à França?

— Um passo de cada vez.

Estacionamos em um grande trecho de cascalho em torno do qual vinte "envelopes" praticamente esvaziados definham no chão, mal iluminados pelas luzinhas fluorescentes. O Clubhouse é ao mesmo tempo frugal e luxuoso — o equilíbrio delicado exigido pelos ricos corajosos. Minha desconfiança dos ricos e famosos é um preconceito, sei bem disso. Mas meus pacientes têm tão pouco — eles herdariam a terra hoje se houvesse justiça. É uma dádiva que Sasha goste de lidar com colecionadores. Ela se veste bem e passa delineador como fazia quando trabalhava na indústria da música, e a Sasha por quem me apaixonei na faculdade é ressuscitada. Ninguém consegue resistir a ela.

Avisam a Miles que ele é o primeiro da fila no caso de uma vaga se abrir, e ele se despede de mim com um aperto de mão.

— Muito obrigado pela carona, Drew. Espero não ter atrapalhado muito o seu sono.

— De jeito nenhum — respondo.

Mas quando estou saindo do Clubhouse para pegar meu carro, imagino o que vai acontecer se Miles *não* conseguir a vaga. Todo mundo em casa está dormindo: quem vai vir buscá-lo?

Portanto, aguardo com ele, tomando um excelente café colombiano enquanto os ricos corajosos se reúnem, com suas camadas caras de roupas para temperaturas baixas e belos cortes de cabelo. Quando começam a se dispersar rumo aos balões que lhes são designados, Miles descobre que todo mundo apareceu — não tem vaga para ele. Pode tentar outra vez à uma da tarde. Visivelmente desapontado, ele me dá um aperto de mão e recomenda que eu siga com o meu dia, insistindo que vai aguardar. Eu me defronto com as alternativas de levá-lo de volta para casa, tirando-o do meu caminho, ou deixar que passe horas ali sem fazer nada.

Os balões começaram a inflar, seus desenhos coloridos transformados em tons de cinza pela fluorescência mortiça. Vou à recepção.

— Meu nome é Drew Blake — digo à jovem reluzente sentada ali. — Marido da Sasha Blake. Estou aqui com o primo dela que veio de Chicago. Não temos como mexer uns pauzinhos para ele fazer o passeio?

A expressão dela, a princípio fechada, se abre numa acolhida, e ela promete tentar. Não sei o que é pior: conhecer pessoas ou não conhecer ninguém.

— Boas notícias, Dr. Blake — informa minha nova amiga alguns minutos depois. — Vamos mandar mais um balão. Tem espaço para vocês dois!

— Não posso ir — digo de imediato. — Preciso ir para a minha clínica.

Diante de sua decepção fugaz, me arrependo da concisão.

— Bom, é o balão cinco — ela diz. — Ele vai ficar com o balão todo para ele.

A felicidade de Miles é tão palpável que também a sinto: uma onda de alívio físico ao trocar desilusão por aventura.

— Número cinco — anuncio. — Divirta-se.

Ele aperta minha mão pela terceira vez e corre para fora. Um primeiro indício de azul pulsa junto ao cume da montanha. Sigo Miles para ter certeza de que achou seu balão. A maioria das cestas contêm vários passageiros, mas o número cinco está vazio a não ser pelo piloto, que ajuda Miles a entrar.

O piloto se vira para mim.

— Eu não vou — informo.

A surpresa momentânea do sujeito, além da corcunda solitária dos ombros de Miles (ele está de costas) espeta meu coração feito uma lança. Ainda que lembre a mim mesmo, desenfreadamente, que já fiz muito mais do que era minha obrigação, me pego imitando os movimentos de um homem vencido por uma tentação irresistível: seguro dois dos cabos e subo até a cesta do balão, quase chutando a cabeça do piloto.

— Ah, que se dane! — urro. — Só se vive uma vez!

Miles se vira, surpreso e visivelmente desconcertado. O piloto, indiferente, tira o pó do paletó com a mão enluvada. Nenhum dos dois dá a mínima para o que faço: eu imaginei o dramalhão inteiro. E agora partimos.

MILES

Vistos de baixo, balões parecem imóveis. Então, a primeira surpresa — depois que Drew entrou na cesta fazendo estardalhaço — foi nossa ascensão oscilante, sacolejante. Fiquei nauseado quando nos lançamos ao vento, e me lembrei de que naquela manhã só tinha tomado uma xícara de café. Abri a caixinha de café da manhã que tinha pegado no Clubhouse e enfiei uma barrinha de granola na boca. Enquanto subíamos pendulando, nossa relação com a luz começou a mudar, e me dei conta de que todo clarear encenado — nos filmes, nas peças — é uma tentativa de captar esse primeiro clarear: o dia despontando na terra. A coisa em si. O deserto entrou furtivamente em nosso campo de visão, em trechos desprovidos de cor. Comi um *burrito* recheado com ovos e olhei para baixo, pouco atento a Drew e o operador do balão papeando às minhas costas. Concluí que era bom que Drew tivesse vindo, afinal: eles poderiam conversar, e eu veria a paisagem em paz.

Quando o sol tocou levemente o topo da montanha, já sobrevoávamos o deserto. Era estranho estar a céu aberto a tamanha altitude: o zumbido intermitente do queimador do balão não era como o barulho de um motor, e era possível ouvir o canto dos pássaros lá embaixo. Enquanto bebia da minha garrafa d'água, a borda superior do sol clareava a montanha e despejava sua luz no mundo abaixo. Naquele instante, uma mistura de cores vibrantes surgiu em nosso campo de visão: a escultura de Sasha. O que do chão parecia uma bagunça, do alto adquiria estrutura e lógica, como rabiscos que vão se enfileirando em prosa. Linhas de cor atravessando o deserto, deslizando e serpenteando, voltando, se engrossando; depois, se espalhando quase ao infinito: uma expressão brincalhona de alegria excessiva que vinha da terra e me cercava. Nos lugares que a escultura não tocava, o deserto parecia vazio.

Meus olhos se encheram de lágrimas, e puxei a viseira do boné para baixo.

— Olha — disse eu a Drew. — Olha o que ela fez.

Drew também parecia maravilhado.

— Nem acredito que eu nunca tinha visto isso ao amanhecer — disse ele.

Enquanto olhava para baixo, lendo o testemunho otimista de Sasha, minha mente se libertou como o nosso balão, afastando-se do chão. De uma nova altitude, vi minha vida com uma simplicidade brutal: meu orgulho e desdém presunçosos, e em seguida, meu fracasso, uma quantidade enorme dele, fracasso para onde quer que olhasse. Deus, eu tinha tentado, eu tinha mesmo tentado. Mas não fora o bastante: não fora nada. Meus filhos eram adultos, plenos, não precisavam de mim; volta e meia eu sentia que os deixava perplexos. Eu estava sozinho, e havia anos vinha desaparecendo em um purgatório que parecia, daquela perspectiva, pior do que a morte. Eu não tinha para onde voltar.

As lágrimas turvaram minha visão, embaçando a escultura de Sasha. Sempre que eu piscava, suas cores piscavam de volta para mim, em código: *Aqui. Agora. Basta. VAI!*

Segurei um dos cabos de aço trançados e subi na beirada da cesta, uma mistura de ar frio e quente espirrava nas minhas pernas suspensas. Por uma fração de segundo me equilibrei ali, minha mente esvaziada por uma intenção hipnótica. Então, me soltei. Houve uma queda breve, horripilante, meu corpo começando a acelerar, e então alguma coisa — a curva de um braço, me pareceu — me segurou por baixo do queixo e apertou minha cabeça contra a lateral da cesta. Berrei, engasgado e me debatendo do pescoço para baixo. A gravidade engolia minhas pernas e parecia estar prestes a arrancar meu corpo da cabeça quando senti a pessoa que me segurava começar a tombar da cesta. Então, um gancho de metal, um grampo, me pegou por baixo da axila esquerda e me puxou para cima e para dentro, me jogando de costas na cesta, onde bati a cabeça no chão. A placa do meu crânio vibrou, e um jato metálico chamuscou minha boca, nariz e olhos. Pisquei várias vezes em meio a um estrobo de estrelas, e vi Drew curvado na minha direção, arfando feito louco. Ele deu um tapa no meu rosto e se sentou com força no meu peito.

— Não, você não vai fazer isso, seu filho da puta — murmurou ele, e me bateu de novo. — Você não vai fazer isso, não.

— Sai de cima dele — berrou o piloto, puxando Drew. — Ele vai desmaiar.

— Que desmaie.

—Você salvou a vida dele e agora vai matar ele?

Pelas janelas do hospital psiquiátrico para onde fui levado de ambulância, as montanhas do deserto, cobertas por uma vegetação atrofiada, parecem um cenário pintado. Contemplei essas montanhas para evitar olhar meus filhos abalados e pais assustados (agora ambos estão na casa dos setenta); meus irmãos, Ames e Alfred; Trudy, que segurou minha mão e perguntou se eu precisava de màis dinheiro. Todos eles queriam ajudar, e o carinho deles me encheu de desespero por ter lhes causado ainda mais dor e decepção. Fracasso atrás de fracasso. Eu chorava descontroladamente, e os médicos procuravam um jeito melhor de me estabilizar. Levaram quase três semanas.

Havia uma exceção ao meu remorso: o homem que salvara a minha vida. Eu odiava Drew por ter cerceado o ímpeto audacioso que agora havia me abandonado. Drew me odiava por, nas palavras dele, tentar matá-lo vinte e quatro horas depois de ter chegado. Agora partilhávamos o prêmio de consolação de seu ato heroico: uma pessoa que ninguém queria, nem eu mesmo.

Nossas trocas grosseiras de hostilidades começaram quando eu ainda estava internado, mas foi depois que tive alta e voltei ao quarto de hóspedes de Drew e Sasha (cujo peitoril da janela ela havia forrado de cactos floridos para me alegrar) que demos total vazão à nossa aversão mútua. Gritei com Drew através do silêncio do deserto, e ele gritou comigo. Sasha implorou que parássemos, mandou que parássemos, e saiu de casa batendo portas quando a ignoramos. Não conseguíamos parar. Uma noite, enquanto um vociferava com o outro separados pelo terraço, Sasha usou a mangueira do jardim para nos molhar que nem Trudy, em Winnetka, fazia para apartar brigas de gatos. Chocados, cobrimos nossas cabeças até que, impotentes e encharcados, nós dois caímos na gargalhada. Foi o divisor de águas. "Vou ter que pegar a mangueira?", perguntava Sasha quando percebia que estávamos entrando em conflito. Drew tinha começado a me forçar a tomar vitaminas no hospital; na casa dele, impunha uma dieta de alimentos frescos ricos em proteína, e me inscreveu em uma sequência punitiva de fisioterapia. À medida que minha cor melhorava e eu começava a mancar menos, de vez em quando flagrava Drew me olhando de um jeito que eu lutava para nomear. Então, entendi: curiosidade. Eu tinha 51 anos. O que fizesse do resto da minha vida pertenceria tanto a mim quanto a Drew. Meus atos tinham relevância imediata e direta. Essa descoberta despertou minha ambição de outrora: eu a sentia voltar à vida como um braço que tivesse passado tanto tempo dormente a ponto de ter me esquecido dele.

Voltei para Chicago nove semanas depois de sair. No trajeto do O'Hare até minha casa, observei os prédios cintilantes do Centro, e senti meu fracasso e exílio se instalarem ao meu lado outra vez. Nada havia mudado. O ato de entrar na minha quitinete foi forense, como visitar a cena de um crime. O ar parado tinha uma leve doçura tóxica. Eu tinha medo de dormir ali e nunca mais acordar. Então, permaneci acordado, organizando meus pertences durante a noite e providenciando que fossem encaixotados e enviados para a casa de Drew e Sasha. Deixei as chaves, instruções e dinheiro para o zelador em um envelope, e torci para que tudo desse certo.

O dia mal tinha raiado quando voltei de Linha Azul ao aeroporto. Enquanto observava as luzes no céu de Chicago, sonhava com o deserto. Queria preencher seu vazio com uma história diferente daquela que tinha vivido até então. Como Sasha fizera.

De volta à San Bernardino, aluguei um quarto na cidade e comecei a estudar para a prova da Ordem dos Advogados da Califórnia, sentindo um retorno ribombante do meu antigo apetite por debates e estatutos. Poucos meses depois, estava prestando serviços jurídicos a alguns dos pacientes indigentes de Drew. No final do primeiro ano, fui eleito prefeito da cidade. Se essas vitórias parecem improváveis, eu o convido a relembrar a força narrativa das histórias de redenção. Para minha sorte, os Estados Unidos adoram pecadores; para a minha sorte.

Drew e eu nunca falamos da nossa história bizarra, mas acho que meu "sucesso" e todo o bem que consegui fazer lhe trouxeram alegria. Sasha me conta, durante seus longos abraços, dos quais me tornei dependente, que o ajudei a relaxar. Depois das nossas partidas de tênis, que acontecem duas vezes por semana, Drew geralmente para e toma uma cerveja comigo em vez de voltar correndo para a clínica. Quando os balões estão no céu, como é frequente, erguemos nossos copos antes de beber.

Esquema de rimas

M tem quatro sardas primárias e aproximadamente vinte e quatro sardas secundárias. Digo "aproximadamente" não porque seja impossível contar as secundárias — poucas coisas no mundo são impossíveis de contar —, mas porque não consigo fitar o nariz de M por tempo suficiente para contar suas sardas secundárias sem que ela fique incomodada. O cabelo dela é mais volumoso do que o cabelo de 40 por cento das mulheres que trabalham conosco, e mais comprido do que o de 57 por cento, e ela usa faixas 24 por cento do tempo, elásticos, 28 por cento do tempo, e cabelo solto, 48 por cento do tempo. É exatamente uma semana mais velha do que eu — 25,56 para o meu 25,54 —, fato que descobri devido a uma brincadeira que nosso chefe, O'Brien, fez para quebrar o gelo, durante a festa regada a *tacos* que deu na casa dele para a equipe inteira quando nos tornamos uma equipe. Cada um de nós falou a data, o horário e o local de nascimento, e O'Brien foi inserindo nossos dados em um modelo dinâmico da Terra em 3D, que depois girou devagar para que víssemos todos os quarenta e três membros da equipe piscarem ao adentrarem a existência ao longo de nossa diferença de idade global. No modelo, M e eu parecíamos ganhar vida no mesmo instante.

Informalmente, fiz um *crowdsourcing* acerca da beleza de M entre os membros da unidade geral de nossa equipe, sob o pretexto de tentar me decidir, como homem heterossexual solteiro, se ela era ou não bonita, mas na verdade o intuito era medir a amplitude e a força da minha concorrência. Dos 81 por cento que consideravam M bonita, 64 por cento não são competitivos, pois são homens ou não binários vinculados a ou interessados em outras pessoas, ou então mulheres — das quais as 15 por cento que se identificam como gay ou bi não são uma ameaça, porque M é "heterossexual". Obviamente, reconheço a existência de um espectro de desejos entre o heterossexual e o gay, mas para situar M nele eu precisaria de um relatório sincero de seu histórico sexual, que não estou em condições de adquirir, ou pedaços cinzas das lembranças e fantasias sexuais de M extraídas do coletivo — um ato tão grotesco de violação pessoal que ela teria razão para me vilipendiar depois, coisa que o tornaria contraproducente.

Dos outros 36 por cento dos homens e não binários que responderam e podem competir comigo na tentativa de uma relação com M, exatamente a metade possui ao menos uma característica pessoal entre-possível-e-provavelmente-desqualificadora: 14 por cento = cheiro de suor perceptível ou outras violações de higiene pessoal (enfiar o dedo no nariz, cutucar o ouvido etc.); 11 por cento = despotismo on-line; 9 por cento = velhice (acima dos trinta e cinco); 7 por cento = obsessão radical consigo mesmo; 6 por cento = obsessão com Bix Bouton; 3 por cento = propensos a ofensas diversas, como participar de reconstituições da Guerra do Iraque, contar piadas sexistas, fumar cigarros ou usar bandanas. Está bem, essa última pode ser uma birra minha, mas é provável que não seja de M. Odeio bandanas.

Agora vamos aos outros 18 por cento dos que responderam à pesquisa e representam possíveis concorrentes competitivos ao afeto de M. E é aqui que os dados começam a falhar, pois como posso calcular quem tem mais chances? A chave para o coração de M talvez esteja em uma peculiaridade e seja impossível de se prever sem conhecimento íntimo de seu passado, suas memórias e sua condição psicológica — que, de novo, eu poderia obter, mas apenas sendo invasivo. Talvez M se apaixone por quem a presenteie com um hipopótamo de pelúcia azul, e quem de nós fará isso? *Eu* vou fazer. Vejo um hipopótamo de pelúcia azul na Walmart e penso, *Quem sabe não é esse o x: o valor desconhecido necessário para obter o amor de M.* E depois tenho o mesmo pensamento a respeito de uma caixinha de música com uma bailarina. E depois tenho o mesmo pensamento a respeito de umas tulipas longuíssimas que na verdade são feitas de seda. E depois a respeito de um pacote de elásticos de cores diversas, e depois a respeito de algumas coisas que recolho do chão e até do lixo, sempre com o pensamento, *Qualquer uma dessas coisas pode ser o x* — aquele detalhe inefável, imprevisível, que faz uma pessoa se apaixonar pela outra.

Agora, dado que sou contador — ou, para usar termos profissionais, empirista veterano e especialista em métricas —, é razoável perguntar se, tentando a sorte aleatoriamente vezes suficientes ao atribuir valor a *x*, vou aumentar estatisticamente as chances de que M se apaixone por mim. A resposta é "sim e não". Sim, porque é possível encontrar uma compatibilidade perfeita de medula óssea entre pessoas totalmente desconhecidas analisando um número suficiente de informações sobre doadores arbitrários. Não, porque eu teria que dedicar o resto da minha vida (considerando-se a expectativa de vida média de um americano normal) mais oitenta e cinco anos apenas à tarefa de adquirir objetos arbitrários para aumentar minha probabilidade estatística de descobrir o "objeto certo", momento em que M e eu já estaríamos mortos. E tudo isso supondo-se que *x* seja um objeto, o que talvez não seja o caso!

E adquirir uma caixa grande repleta de objetos arbitrários, como já fiz, tem seus próprios riscos. Suponhamos que M seja uma minimalista que considere a aquisição de montes de objetos uma característica pessoal desqualificadora assim como, para mim, é o uso de bandanas? Talvez ela reaja como minha irmã, Alison, que vê a caixa contendo o hipopótamo etc. na minha sala de estar e diz, "Que porra é essa, Lincoln, você está ficando igualzinho à mamãe". E apesar de adorarmos nossa mãe, Alison não faz a observação em tom elogioso. O que ela quer insinuar é que estou acumulando objetos arbitrários sem significado, e ela tem razão, mas também está enganada, pois cada objeto tem sua história e relação com os outros objetos e, portanto, só não tem significado até que um significado lhe seja atribuído.

Para atribuir significados ao meu monte de objetos eu precisaria entregar cada um deles a M e perguntar se ele a fez se apaixonar por mim. Mas é complicado conseguir uma apuração sincera sem anonimato, e a pessoa que se apaixonar espontaneamente pelo magricela (mas *muito* saudável) barbudo que é empirista e especialista em métricas e atualmente lhe entrega objetos tirados de uma caixa em sua sala de estar talvez não queira admiti-lo diante dele. Talvez ela sequer seja capaz de dar nome à tempestade de emoções dentro de si quando ele lhe entregar um hipopótamo de pelúcia azul (por exemplo).

A fim de neutralizar a inibição de M, eu teria que disfarçar meu projeto sob o véu de um estudo. Eu diria, "M, eu gostaria que você participasse de um experimento que envolve a representação gráfica de suas reações físicas a um leque aparentemente arbitrário de objetos, usando vários sensores que você poderia prender sozinha ao corpo no meu banheiro extremamente limpo, e que me transforma em uma anomalia estatística diante da opinião *crowdsourced* de que solteiros de vinte e poucos anos são desleixados: um sensor na sua artéria carótida, três perto do coração, um no meio do torso, e um dentro da vagina. Está bem?"

Não, seria ir longe demais. Vamos parar no abdômen.

"Claro, Lincoln, sem problema", responde M (na minha imaginação febril). E assim começamos. E o que *x* acaba sendo? Os elásticos? O hipopótamo? O gatinho chinês que achei em uma venda de garagem e comprei por conta do dado *crowdsourced* de que meninas gostam de gatos? Talvez nada disso funcione, talvez eu esteja olhando para uma série de linhas cujas flutuações estão todas dentro da normalidade, e por fim eu digo, "Está bem, já encerramos; quer uns biscoitos e um copo de leite?" São biscoitos caseiros, porque gosto de cozinhar — outro aspecto em que os dados *crowdsourced* sobre solteiros de vinte e poucos anos não me descrevem —, e sirvo um copo de leite a M e, em um prato, coloco dois biscoitos de aveia com gotas de chocolate, porque ao eliminar as passas nós podemos fundir os dois gêneros com perfeição, e levo os biscoitos e o leite a M e ela dá uma mordida, depois, um gole, e diz, "Obrigada, Lincoln, estão uma delícia", mas eu mal escuto sua voz por causa do alarme disparado do meu sismógrafo, embora não possa ser um sismógrafo e não fabriquem alarmes que criem uma fantasia melhor, e as linhas se desviem do gráfico porque M se apaixonou por mim *naquele exato momento*, os responsáveis foram os biscoitos e o leite! E agora x tem valor, e a equação pode ser concluída e M é minha, que o diabo carregue o resto daqueles 18 por cento, que o diabo carregue, sobretudo, o único membro dos 18 por cento que é verdadeira, inegavelmente ameaçador: a saber, o namorado de M, Marc.

Por que me parece relevante que o nome dos dois comece com M?

M está namorando Marc há cinco meses, seis dias e 2,5 horas, o que estabelece como o primórdio da relação o momento em que Marc entrou no cubículo dela e a convidou para almoçar e ela disse sim. Na marca dos seis meses, terão 32 por cento de probabilidade de dar um passo mais definitivo, tal como o casamento; por isso, estou monitorando os dias com atenção — em certa medida porque um passo definitivo na relação entre M e Marc causará minha morte imediata. Não tenho dados para respaldar essa informação, mas tenho certeza.

Conhecimento é poder, dizem, e, no entanto, qualquer contador lhe dirá que a mera posse de dados, por si só, não é útil nem serve para fazer previsões. Será que me serve de alguma coisa saber que, nos cerca de 5,224 meses que estão namorando, M e Marc passaram aproximadamente uma em cada três noites juntos, ou 53,07 noites? Supondo-se que façam sexo em todas essas noites, e duas vezes, digamos, em metade dessas noites, é provável que tenham feito sexo por volta de 79,6 vezes. Observe que passei de observações a estimativas apesar do fato de o meu cubículo e o cubículo de M compartilharem uma divisória. Fiz essa opção para me livrar da necessidade de reparar se M e Marc chegam ao trabalho juntos pela manhã. Escolhi (com a ajuda de Alison) renunciar a essa coleta de dados em especial por dois motivos: 1) estava me distraindo da coleta de dados que é minha verdadeira função, o que comprometeu meu desempenho a ponto de levar meu chefe de equipe e amigo, O'Brien, a falar desse assunto comigo duas vezes; e 2) porque, com essa coleta de dados, eu estava quase assumindo o papel de um *voyeur* sinistro.

No último Halloween, M veio ao trabalho fantasiada de xícara de chá. É muito revelador a pessoa ser capaz de vir ao trabalho vestida de xícara de chá. Fiquei pensando se Marc viria ao trabalho usando uma fantasia complementar, de bule, por exemplo. Passei a manhã com um pavor desvairado, ávido para ver o que Marc usaria, mas com medo de ver. *Se ele estiver vestido de bule*, ponderei, *desisto da minha campanha para ganhar o amor de M*. Mas no final das contas Marc não estava usando fantasia nenhuma. Fiquei eufórico. *Acabou*, pensei: *não há esperança para esse namoro. Marc não consegue entender essa mulher vestida de xícara de chá*.

Se estivesse namorando M, eu viria ao trabalho vestido de bule.

Eu não quero ser um *voyeur* sinistro. Quero ser o ator do meu próprio drama. E tenho razões para crer que poderia ser, embora listá-las implique em uma imodéstia perigosa, pois apesar de ter sempre preferido matemática a inglês, sei o que é insolência e onde ela nos leva. Então, agora vou transcrever a lista dos meus pontos positivos que foi compilada pela minha irmã, Alison, para me dar esperanças nos dias em que estivesse para baixo, acompanhadas por comentários entre parênteses feitos por mim mesmo:

— Bonito (àqueles que gostam dessas medidas: um metro e oitenta e cinco, barba e cabelo louro-escuros, compleição muscular desengonçada).

— Bom atleta (beisebol, futebol, basquete).

— Popular (uma afirmação contestável, dada a falta de precisão do termo. Neste caso, significa dois amigos homens, um dos quais é meu patrão e chefe da minha equipe, O'Brien, além dos habituais milhares de "amigos" que não conheço e não vejo nunca).

— Bondoso (amo meus pais e irmã, e eles me amam).

— *Sexy* (como é possível uma irmã dizer tal coisa, talvez você pergunte! Bom, ela está baseando a declaração nas nove demonstrações de interesse e afeto por parte de colegas que lhe foram relatadas por mim durante os dois anos em que trabalhei na Harvest, entre as quais se incluem um convite para beber *schnapps*, um pequeno buquê de margaridas no meu aniversário, um saco de cenouras na hora do almoço (amo cenoura) e, o mais intrigante, um bilhete anônimo deixado na minha mesa, no qual se lia "Você tem uma bela bunda e uma ótima personalidade").

— Incrível na profissão que exerce (não é algo que Alison tenha a capacidade de avaliar. Ela é impressionista: uma típica com tendência a ser romântica. Em outras palavras, ela é o oposto dos empiristas, o que levou nossos pais a especularem de brincadeira se Alison e eu não somos uma pessoa dividida em dois. Mas apesar de Alison ser uma humana completa por si só, tenho a impressão de que eu seria um humano mais completo se combinado com Alison. Ela baseia "Incrível na profissão que exerce" em dois pontos de dados, promoções e recompensas, que aconteceram mais rápido comigo do que com meus colegas. Há até um plano em andamento dos chefes da minha unidade e da minha equipe, Avery e O'Brien, para me transferirem para uma sala individual. Resisti a isso porque me afastaria fisicamente de M e criaria uma diferença hierárquica entre nós. Alison insiste que isso é bom, ou pelo menos não é ruim — mas, por ser Alison, ela não tem dados para respaldar a afirmação além da alegação vaga de que "as pessoas sempre têm uma quedinha pelos superiores", e um único ponto de dado para respaldar *essa* informação: ela mesma. E no entanto, apesar do impressionismo de Alison, suas previsões têm um índice de acertos tão grande que fico perplexo.)

Deixei para o final a declaração mais irritante de Alison:
—Você é engraçado.

O humor é o fantasma das pessoas do meu ramo e, portanto, nossa obsessão. É impossível quantificar o humor. Por isso mesmo é uma de nossas maiores ferramentas para apontar substitutos: identidades on-line que são ocas, mantidas por terceiros a fim de esconder o fato de que seus ocupantes humanos se evadiram. Uma identidade "de marca" lucrativa não raro é vendida (o primeiro caso documentado foi o da modelo Charlotte Swenson) e de vez em quando um invasor toma posse de um chassi identitário abandonado. Mas os substitutos, em sua maioria, são animados por "programas de caranguejos-eremitas" que mantêm os padrões estabelecidos de atividades on-line de um indivíduo — comunicação, comércio e mídia — como forma de esconder a realidade de que o ocupante original da identidade a evacuou. A maior parte das substituições é orquestrada pela Mondrian, uma organização sem fins lucrativos com sede em San Francisco. Os substitutos mais sofisticados da Mondrian são profissionais vivos — em geral escritores de ficção, pelo que já ouvi falar — que representam várias identidades ao mesmo tempo. O humor é a melhor ferramenta que temos para identificá-los: é muito difícil até para um substituto humano, que dirá para o programa de caranguejo-eremita, imitar bem o senso de humor de quem se evadiu. Infelizmente para nós, contadores, é igualmente difícil que um programa detecte a imitação frustrada do humor, tornando a identificação de substitutos demorada e trabalhosa. É possível fazê-lo, mas é tarefa dos típicos. A bem da verdade, identificar os substitutos e eliminá-los de nossa contagem é o único âmbito dos nossos negócios em que os típicos levam vantagem.

Mas como é possível que o humor *não possa ser quantificado*? Simples: nos falta um conjunto básico de termos definidores de o que é engraçado. Entretanto, algumas pessoas são engraçadas, e outras, não. Os que são engraçados talvez sejam engraçados de formas que não pretendiam ser. Tenho certeza de que nessa categoria estamos muitos de nós, contadores. Somos quantificadores. Quando crianças, éramos considerados desagradáveis. Até hoje, sou capaz de dizer o tempo exato da pausa em todas as canções da música pop que quiser, começando por Elvis. Essa fixação não me tornou benquisto por ninguém a não ser minha família, e isso porque já era benquisto por ela. Minha fixação era um veneno social — assim como eram, segundo me dizem meus colegas contadores, seus hábitos de medir as cercas dos vizinhos, catalogar armaduras arturianas, mapear e registrar tempestades solares, ou — no caso de M — cuidar de 268 plantas em seu quarto quando era criança, sem contar a grama com que semeou seu carpete que ia de parede a parede, e cujas raízes se embrenharam nas tábuas (constatou-se) deterioradas do assoalho que havia sob o dito carpete até que, depois de vigorosa irrigação, um enorme pedaço do teto do cômodo abaixo do quarto de M (a cozinha, por acaso) se soltou e caiu no meio da mesa de jantar.

Isso sem dúvida é engraçado, pelo menos foi na hora em que M contou a história na festa de O'Brien, quando cada membro da equipe compartilhou um causo da infância. Porém tanto a tristeza quanto o triunfo estão entranhados na comédia — tristeza porque M já estava isolada, sem amigos, e em conflito com a família, e o desastre do teto resultou no desmantelamento de seu sistema de plantas, e — quando depois disso ela se recusou a comer — hospitalização e alimentação por tubos. Triunfo porque agora ela é M!, linda e *sexy* e bem paga, e o mundo se curvou ao seu jeito de ser. A maioria das histórias que contamos — meus colegas contadores e eu — têm esses dois ingredientes, tristeza e triunfo, pois o mundo se instalou ao nosso redor. É inacreditável. Ainda não consigo acreditar. E enquanto nossa classe é fortalecida por típicos, cujas adolescências talvez tenham incluído popularidade e conhecimento estatístico limitado a setores sancionados como estatísticas de beisebol, o fato é que simplesmente somos melhores nos cálculos — somos falantes nativos, por assim dizer, pois muitos de nós entendemos os números antes da linguagem.

Hoje de manhã, nossa unidade inteira — seis equipes ao todo — foi convocada para uma reunião de última hora no Sand Garden. Com base em experiências anteriores com reuniões de unidade de última hora, esta tinha 86 por cento de chances de revelar um problema, 9 por cento de chances de revelar uma recompensa inesperada, e 5 por cento de chances de divulgar uma tragédia pessoal entre os nossos. Todos os 273 vamos em fila até Sand Garden e ficamos lá, aguardando a chegada de Avery. Quando a cascata que normalmente escorre sobre uma pilha de pedras pretas e afiadas foi desligada, os membros da nossa equipe trocaram olhares de preocupação. Algo grande está por vir. O'Brien parece tão desorientado quanto qualquer um.

Avery, chefe da nossa unidade, é uma pessoa não binária que nunca vi demonstrar qualquer tipo de emoção em público. Agora sinais visuais de estresse são evidentes em sua aparência: o cabelo escorrido e sujo, as olheiras sob os olhos, o moletom com uma das mangas suja de ovo; e rímel e *gloss* labial, a única maquiagem que usa — inexiste no rosto.

— Terminamos uma análise profunda da recente confusão quanto aos substitutos — informa Avery —, e concluímos que uma nova geração de programas de caranguejo-eremita foi elaborada especialmente para enganar nossos filtros de substitutos. Esse fato sugere o envolvimento direto de um ou mais membros desta unidade, que estão trabalhando ativamente para ajudar os enganadores a escaparem da nossa contagem.

Confusão é uma referência às formas específicas pelas quais substitutos evitam a nossa detecção. Enganar e substituir não são atos ilegais, mas se alguém da Harvest estiver ajudando os enganadores a nos confundir, maculando assim nossos dados com um número estatisticamente significativo de identidades ocas e, portanto, comprometendo a qualidade e a precisão do nosso trabalho, a atitude se enquadraria na rubrica de crime industrial. O que explica por que Phil e Patrice, nossos *ombudsmen*, estão ladeando Avery, mais do que nunca parecendo policiais.

—Vamos conduzir uma investigação — anuncia Avery. — Vamos entrevistar cada um de vocês individualmente, e receberemos de bom grado qualquer informação confidencial que queiram passar a qualquer momento. Embora não queira plantar sementes de discórdia, peço que tenham certo cuidado. Se tiverem algum motivo para desconfiar do compromisso ou da lealdade de alguém da equipe, por favor compartilhem a informação conosco.

Avery está usando um código que apenas eu e outros contadores nativos conseguimos entender: o desertor é um típico — provavelmente um impressionista — seduzido pela fantasia de liberdade e fuga, um estado de espírito que só compreendo em tese. Não há nada de original no comportamento humano. É possível que qualquer ideia que eu tenha esteja ocorrendo a muitos outros nas minhas categorias demográficas. Vivemos de formas similares, temos pensamentos similares. O que os enganadores querem reconstruir, eu desconfio, é a singularidade que percebiam antes de contabilidades como a nossa revelarem que são muitíssimo parecidos com todo mundo. Mas o que os enganadores entenderam errado é que a quantificação não torna a vida humana menos notável, nem mesmo (é ilógico, eu sei) menos misteriosa — assim como identificar o esquema das rimas não tira o valor do poema. Muito pelo contrário!

Mistérios que são destruídos pela medição nunca foram de fato misteriosos: apenas a nossa ignorância fazia com que assim o parecessem. São como histórias policiais depois que se sabe quem é o criminoso. Será que alguém relê ficção policial? Já o cosmos é um mistério para os seres humanos desde muito antes de sabermos qualquer coisa sobre astronomia ou o espaço — e, agora que sabemos, é ainda mais.

Decodificado, o recado de Avery se resume a: um impressionista está fodendo com os nossos dados por conta de um conceito romântico de que, ao fazê-lo, ele vai ajudar a fomentar uma revolução — quando na verdade só está estragando nossa contagem e pondo nossos empregos em risco. Então, fiquem de olho nos típicos que parecem estar fazendo coisas ruins, e vamos botar o filho da puta para fora.

Há 6,28 meses, ou aproximadamente três semanas antes de M começar a namorar Marc, eu estava trabalhando no meu cubículo quando ela se ergueu sobre a nossa divisória compartilhada, os olhos surgindo primeiro, e depois, o restante do rosto. Os olhos, quando só eles estavam à mostra, pareciam os de um gato dourado. Enquanto eu fitava, hipnotizado, ela balançou a cabeça inteira e disse "Oiê!" e caiu na risada, e eu também ri, e o fato de que eu ria fez com que ela risse mais, e o fato de que ela ria me fez rir mais, e me esforcei para calcular o efeito exponencial das risadas mútuas porque minha sensação era a de que estava me afogando, e um pouquinho de matemática ilustrativa teria me ajudado a fincar os pés no chão. Mas nossa risada era demais para ilustrar. Esse foi o começo.

O namorado de M, Marc, é típico — um termo capcioso porque, entre os contadores, típicos são atípicos e sempre a minoria. Às vezes me animo com a ideia de que é impossível M ter tanto em comum com Marc quanto tem comigo. Por outro lado, meus pais e minha irmã são típicos, e não só eu os amo, como amo especialmente *o fato de serem típicos*! No mês passado, quando fiz uma trilha com minha irmã até uma cachoeira e nos sentamos lado a lado em uns rochedos, fiquei satisfeito em saber que Alison estava pensando algo simples como "que lindo", e não tentando calcular a densidade, a velocidade e a distância até os rochedos lá embaixo e o volume de água que caía. Mas a radiância de apreço que sentia pela minha irmã virou um tormento quando pensei que M devia sentir aquela mesma radiância de apreço por Marc! Ela devia pensar, *é tranquilo e relaxante estar com Marc*. Devia pensar, *estar com Marc faz com que eu me lembre que existem outras formas de se enxergar o mundo.* Deve pensar, *quando o Marc olha para mim, sei que ele está pensando que sou linda, em vez de ficar tentando contar as sardas secundárias do meu nariz.*

Essa sequência de pensamentos me angustiou de tal modo que tive que me deitar ao lado da cachoeira e me encolher em uma bolota.

Foi quando Alison fez a lista de pontos positivos.

Um pouco mais tarde no mesmo dia que começou com a Reunião de Unidade imprevista com Avery, vejo M almoçando sozinha no jardim de pedras. Normalmente ela almoça com Marc — na verdade, o namoro começou com eles almoçando juntos —, portanto, a presença de M a sós no jardim de pedras é uma oportunidade rara para mim.

Fito M pela janela em um estado de ansiedade extrema quanto à melhor maneira de agir. Se me aproximar, existe uma probabilidade de 100 por cento de que precise iniciar a conversa, e é claro que existe uma possibilidade substancial de que essa conversa não seja espontânea nem interessante — sobretudo porque o nervosismo, uma certeza para mim diante da presença de M, vai diminuir em ao menos 50 por cento minha capacidade de falar com naturalidade. Mas meu pai sempre disse, "Para fazer qualquer coisa que seja realmente interessante é preciso dar um salto", dando a entender que a audácia, por definição, zomba da matemática que a precede. E como papai é um típico com propensões matemáticas e um "viciado em política" profundamente envolvido nas métricas da candidatura do nosso primo Miles Hollander a senador do estado, levo a análise dele muito a sério.

As pedrinhas que atravesso em direção a M são 35 por cento xisto cinza pontudo com estrias brancas e outras, 25 por cento pedras argilosas arredondadas. As 40 por cento restantes são minhas prediletas: pedras pretas densas, lisas, que absorvem o calor do sol. As rochas grandes que lembram mobília parecem ter passado do estado líquido ao sólido momentos antes, e dizem por aí que são meteoritos. M está encostada na maior delas, olhando para o céu, que é basicamente um terço de nuvens que se movem rápido e dois terços de azul-deserto.

— Oi — digo.

— Oi — responde M.

Tendo empregado matemática retroativa em uma miríade de interações passadas, cheguei a uma fórmula preditiva que até agora se provou infalível: se uma conversa entre duas pessoas for constrangedora ao longo de oito falas — quatro falas cada, sem contar os cumprimentos —, existe uma probabilidade de 80 por cento de que continue assim, mas se uma conversa se torna natural *durante* essas primeiras oito falas, é possível que permaneça desse modo, e — surpreendentemente — deixe a impressão de naturalidade *não obstante* um máximo de dez falas constrangedoras adicionais! O problema dessa matemática preditiva é que fica mais difícil produzir essa conversa quando nos sentimos pressionados e tensos, e o risco de uma conversa irrevogavelmente constrangedora com a menina por quem se está apaixonado é estressante, principalmente se para fugir da conversa você precisar caminhar por quinze metros de pedras, conferindo a ela a oportunidade prolongada (enquanto observa suas costas se afastarem) de refletir que tolice a sua ter atravessado o jardim de pedras inteiro se não tinha nada a dizer, que é óbvio que você tem uma queda por ela, que é uma pena porque embora goste de partilhar a divisória contigo, ela não sente *a mesma coisa* por você; que talvez sentisse, 6,28 meses atrás, quando se ergueu sobre a divisória e disse "Oiê!" e vocês dois riram muito, mas depois disso você agiu de forma estranha e distante, e então Marc apareceu e agora ela o ama, e ainda que, digamos, 13 por cento de seus pensamentos, ao vê-lo se afastar, envolvam o fato de que você está em excelente forma física, no sistema de vencedor-leva-tudo que vigora na escolha de um parceiro romântico monogâmico, esses 13 por cento acabam sendo estatisticamente irrelevantes.

Portanto. Pressão.

E se mais de oito falas constrangedoras são uma ameaça de constrangimento irrevogável, silêncios como o que transcorre agora entre M e eu são um perigo ainda maior. E eu sou um cara que sabe medir silêncios. Mas enquanto na música uma pausa prolongada agrega força e vivacidade ao refrão que vem em seguida, pausas em conversas têm o efeito contrário, que é degradar o que vier depois a ponto de uma réplica primorosamente inteligente ser reduzida ao equivalente verbal de uma cabeça encolhida, caso uma pausa longa demais a preceda.

O que leva à questão: quanto tempo faz que M e eu trocamos nossos "oi"?

Faz 3,36 segundos.

O quê! Como é possível que tantos pensamentos e observações tenham me ocorrido em um período tão breve? Um impressionista responderia no sentido de "as distorções inerentes à nossa percepção do tempo", mas para nós, contadores, o tempo é um tédio — e não só porque já se disse e já se escreveu muito sobre ele. O tempo é irrelevante à matemática. Perceba que *não* falei que a matemática é irrelevante ao tempo: arremessamos a matemática no tempo na esperança vã de compreendê-lo. O fato de que tantos pensamentos possam ter passado pela minha cabeça em 3,36 segundos é uma prova da infinitude da consciência individual. Ela não tem fim, não existe forma de mensurá-la. A consciência é como o cosmos multiplicado pelo número de pessoas vivas no mundo (supondo-se que a consciência morra conosco, e é possível que isso não aconteça), porque cada uma de nossas mentes é por si só um cosmos: incognoscível até para nós mesmos. Daí o encanto instantâneo do Domine Seu Inconsciente da Mandala. Quem consegue resistir à oportunidade de revisitar memórias, a maioria das quais esquecemos tão completamente a ponto de que pareçam ser de outra pessoa? E depois de fazer isso, quem resiste à ideia de ganhar acesso ao Consciente Coletivo pelo baixo custo de tornar o próprio pesquisável sob anonimato? Todos fomos em frente no nosso aniversário de 21 anos, a idade de consentimento da Mandala, assim como as gerações tecnológicas anteriores foram em frente com o compartilhamento de músicas e análises de DNA, sem nunca avaliar plenamente, na empolgação diante da nova liberdade reveladora, o que cedíamos ao compartilhar a íntegra de nossas percepções com a internet — e, portanto, com contadores como eu. Normas rigorosas regulamentam o uso dos pedaços cinzas pelos coletores de dados, mas há ocasiões em que sou obrigado, no âmbito profissional, a pesquisar a psique de estranhos. É uma sensação estranha — como andar em uma casa desconhecida e ser rodeado por objetos que irradiam significados que não sei decifrar. Nesse casos, pego o que é necessário e vou embora o mais rápido possível.

A boa notícia em relação aos 3,36 (agora 3,76) segundos transcorridos chega via matemática retroativa: uma pausa conversacional pode durar quatro segundos inteiros até explodir, por assim dizer, emanando seu conteúdo tóxico. Até a marca dos quatro segundos, é somente uma bolha em expansão, provocadora, de potencial catastrófico.

— Então — digo —, o que você achou do discurso de Avery?

— Por que você está perguntando?

Embora surpreso com o tom um tanto agressivo de M, estou ciente de que mais seis falas devem ser enunciadas para chegarmos em segurança às oito; por isso, avanço às pressas:

— Bom, porque você e eu trabalhamos juntos, e foi meio que um grande anúncio. Quero conversar sobre esse assunto com alguém.

—Você acha que é o Marc.

— Na verdade, isso não tinha me ocorrido — declaro —, até agora.

— Não é o Marc.

— Está bem — respondo. — Não é o Marc. Tem duzentas e setenta e três pessoas na nossa unidade, por que eu imaginaria ser ele?

Apesar de nosso diálogo não ser inteiramente amistoso, é instante o fato de que chegamos à fala sete sem constrangimento, definindo-se constrangimento como uma conversa constituída de uma série de tentativas fúteis de resolver o problema de o que dizer em seguida.

— Quem você acha que está ajudando os enganadores? — pergunto.

— Um impressionista — diz ela.

— Minha irmã é impressionista — comento.

— A minha também. Mas não dá para mudar de irmão.

— Amo minha irmã — afirmo.

— Talvez você não amasse se não fosse sua irmã.

— Talvez eu não a conhecesse se não fosse minha irmã.

— Exatamente — diz ela.

Eu me sento nos rochedos ao lado de M.

— Você se incomoda se eu me sentar do seu lado? — pergunto.

— Você já se sentou.

— Posso me levantar.

— Não se dê o trabalho.

— Não é trabalho nenhum — digo. — Minhas pernas são fortes.

— Você só quer se exibir.

— A capacidade de me levantar depois de me sentar é normal — eu digo, e me levanto de novo para provar. — Me explica como isso é uma tentativa de me exibir.

— Dá para ver os seus músculos.

Olho para a minha calça jeans e camiseta, mas não vejo músculos.

— E isso é um problema?

— Não — diz ela. — Senta de novo.

Volto a me sentar com meu coração em alvoroço. Isto é um flerte, pura e simplesmente. A euforia que sinto, flertando com M, é justamente o que sempre falta quando tento sair com típicas: nunca sei o que está acontecendo, e como minhas tentativas de descobrir carecem da sutil sentimentalidade que os típicos espalham por todos os seus atos e palavras, dou a impressão de ser hesitante e desagradável.

— Eu gosto de você — digo a M. — Sempre gostei.

— Obrigada. Eu não sabia.

— E o Marc?

— Estou apaixonada por ele — declara ela.

— Ele vai achar ruim o fato de estarmos sentados juntos?

— Não. Ele confia em mim.

—Você confia nele?

Ela titubeia.

— Sim e não.

— O que significa que não. Confiança é tudo ou nada.

— Não. Confiança é um sistema de contagem de vencedor-leva-tudo em que várias gradações entram em jogo.

—Tais como?

— Confio nos sentimentos dele por mim — diz ela. — Mas ele pode estar ajudando os enganadores.

— Por que você diz isso?

— Às vezes ele parece com a cabeça longe.

— O fato de alguém estar com a cabeça longe não significa que a pessoa desertou para uma rede secreta empenhada em destruir nosso negócio.

— Mas pode significar.

— "Poder" e "ser" são coisas tão distantes que chegam a ser opostas.

— Não — responde ela. — "Ser" e "não ser" são opostos.

— Tive uma ideia — digo. — Como você sente atração por mim e eu sinto atração por você, por que a gente não vai para a minha casa e transa e vê o que acontece depois, sem compromisso?

— Seria uma traição ao Marc.

— Você poderia chamar disso, assim como também poderia chamar de um acréscimo de outra gradação ao campo de sua confiabilidade.

— Transar com você me transformaria de confiável em não confiável.

— Não necessariamente — rebato. — Se dormirmos juntos uma vez e não for incrível, você será *mais* confiável e ficará mais comprometida com Marc daí para a frente porque, quando você perceber meus músculos através da minha camiseta e sentir atração por mim, vai pensar, *eu já transei com o Lincoln e não foi tão bom assim; então, quem liga para esses músculos?*

—Você está disfarçando seu desejo com lógica.

— Meu desejo é lógico.

— O desejo nunca é lógico — diz ela. — É biológico.

— Meu desejo por você é totalmente lógico — declaro. — Sua mistura de características atraentes torna impossível que eu resista a você. Na verdade, é um gasto constante de energia segurar o braço para não tocar no seu cabelo neste exato instante.

— Não faça isso — diz ela bruscamente.

— Não vou fazer. Vou continuar gastando energia para resistir ao impulso. Mas não é fácil.

—Você poderia ir embora. Facilitaria.

—Verdade. Mas trabalhamos lado a lado; então, vou continuar ciente da vontade forte que tenho de tocar no seu cabelo.

—Você vai ganhar uma sala em breve — diz ela. —Vai facilitar.

Estou assombrado com a velocidade com que as coisas foram de boas a ruins — que, apesar da atração de M por mim e suas desconfianças a respeito de Marc, ela vá continuar com ele e ser leal a ele. Agora entendo que nada jamais acontecerá entre mim e M, justamente porque chegou perto de acontecer e, no entanto, não aconteceu. Existem razões matemáticas claras para isso, mas para explicá-las eu precisaria de um modelo tridimensional que estou cansado demais para aplicar, até para mim mesmo.

— Não posso ir embora — digo — porque a energia que estou despendendo para resistir à vontade de tocar no seu cabelo não me deixa energia suficiente para andar ou até me levantar do lugar em que estou sentado. Talvez você deva ir embora.

— Sim — diz ela. — Eu acho que vou.

M se levanta e caminha em direção ao prédio. Eu a observo partir. Então, me recosto nas pedrinhas angulosas quentes pontuadas pelas pedras pretas quentes e lisas. Olho para as nuvens que giram em uma espiral em câmera lenta, e fico pensando se o fato de que M nunca vai me amar é resultado da conversa que acabamos de ter, ou se a nossa conversa apenas revelou o fato preexistente. A matemática da nossa conversa foi causal ou meramente ilustrativa? Especular é âmbito dos impressionistas, e enquanto olho as nuvens, sinto minha mãe e irmã em mim. Eu me pergunto se um dia vou amar alguém como amo Alison, mas com o acréscimo das outras coisas. Eu me pergunto se posso sobreviver sem esse amor. Eu me pergunto se o tormento da minha infância e adolescência vai voltar e me jogar de novo no desespero do qual escada matemática nenhuma pode me tirar. Reparo no perolado das espirais de nuvem lá em cima, no azul atrás delas, e me dou conta de que aquilo que observo *é* uma escada matemática. Mas pareço ser incapaz de subi-la.

Na semana seguinte, na reunião matinal da nossa equipe, M e Marc anunciam que estão noivos. M está tímida e exultante, e há em seu dedo um diamante pequenino que parece uma chama tão minúscula quanto uma picada de alfinete.

Vou direto para o apartamento de Alison depois do trabalho para dar a notícia, junto com dados suplementares que aludem à probabilidade enorme — 85 por cento! — de que M e Marc se casem.

—Você está dizendo... que o noivado aumenta a probabilidade de casamento — constata Alison.

— Drasticamente — lamento. — De forma aniquilante.

E então me deito no chão e caio no choro.

Passo os dias seguintes em licença médica na casa dos meus pais, a casa onde fui criado. Fico deitado em minha antiga cama de olhos fechados, e papai tira dois dias de folga da clínica e se senta ao meu lado, onde lê. É uma casa térrea e, em frente à janela, ouço mamãe pregando e colando e juntando coisas para criar suas esculturas. Ocupo minha cabeça fazendo uma lista dos 273 funcionários da minha unidade em ordem de probabilidade de que sejam o desertor — na verdade são 272, pois sei que *eu* não sou o desertor, e, portanto, me coloco em último lugar. Então, desfaço a lista e recomeço, como se embaralhasse cartas. Com outra parte da cabeça, reflito sobre o impacto danoso dos muitos programas de caranguejos-eremitas que não conseguimos eliminar. Como contador, quero acima de tudo que meus dados sejam precisos. A ideia de que minhas análises sejam maculadas por dados falsos, sob a forma de um grande número de substitutos não detectados se passando por seres humanos vivos, me deixa tonto e enjoado. Mas a visão geral acerca dos enganadores não me preocupa. Se obtiverem números altos a ponto de suas redes alternativas fazerem frente à predominância daquela da qual extraímos nossos dados — se conseguirem, na prática, se retirar da nossa sociedade sem serem detectados e formar uma nova, com outra economia e moeda e até linguagem (o tempo todo parecendo, on-line, ainda ser quem eram) — novos contadores logo surgirão em seu meio para contabilizar seus dados. A princípio, essa contagem será apenas resultado residual da conexão e comunicação e acesso que têm entre si. Mesmo quando reconhecidos, os contadores-enganadores parecerão entidades neutras benignas. Mas, aos poucos, virá à tona que, embora os *próprios* contadores não vejam utilidade nos dados que adquirem passivamente, eles estão emprestando, arrendando e vendendo-os a outras entidades que os utilizam de formas imensamente lucrativas. Assim, os enganadores se verão, mais uma vez, representados — em outras palavras, de volta ao ponto de partida. Os mais velhos estarão exaustos demais para começar outra revolução, e céticos demais para acreditar que dará certo. Mas os mais jovens vão — você imaginou direito — tentar enganar os contadores. Vão esvaziar suas identidades e formar uma nova rede secreta, assim se mudando para mais uma nação paralela invisível em que, acreditam, enfim serão livres. E a mesma coisa acontecerá. E a mesma coisa acontecerá. E a mesma coisa acontecerá.

Alguns dias depois do meu retorno ao trabalho, descobre-se que o enganador-aliado é O'Brien, meu chefe direto e líder da equipe e um dos meus dois amigos do sexo masculino. A novidade reverbera em Harvest como o som de música assustadora em um filme. Até ali, havia uma efervescência de animação quanto ao mistério de quem seria o sabotador, mas a revelação de sua identidade é tão chocante que o mistério é substituído não pela informação, mas por mais mistério.

Por quê?

O'Brien é contador nativo — e, no entanto, ajudou um número incalculável de enganadores a escapar da nossa contagem.

O'Brien foi torturado na infância por conta de seu conhecimento a respeito de correntes de vento — velocidade e sentido e flutuações sazonais —, e, contudo, havia ajudado enganadores a nos enganarem.

O'Brien ingressou na indústria eólica e prosperou como executivo; depois, deixou esse sucesso para trás para se juntar a nós, contadores, setor em que ascendeu rapidamente e no qual era benquisto e agia como um cara incrível —, e, no entanto, ele possibilitou que uma nova geração de programas de caranguejos-eremitas confundisse nossa detecção.

Está claro que O'Brien se juntou a nós especificamente para nos solapar. Desde o começo, O'Brien estivera aliado à Mondrian.

E por causa de seu enorme conhecimento de nossos sistemas, a união de O'Brien com os enganadores se provará desastrosa, e deturpará nossos dados a ponto de três quartos de nossos clientes nos abandonarem.

Mas a questão realmente perturbadora não é nenhuma dessas. A questão realmente perturbadora é que O'Brien, que sequer é um típico, muito menos um impressionista, acredite com tanta veemência na capacitação dos enganadores a ponto de ter se infiltrado na Harvest e nos derrubado.

O que significa que enganar *não* é um conceito que atrai apenas típicos impressionistas que romantizam a ideia de se tornarem outras pessoas. Se O'Brien apoia, então deve fazer também um sentido *matemático*.

No dia em que é descoberto, O'Brien é conduzido por uma multidão perplexa até o portão *torii* xintoísta que marca a entrada do nosso *campus*. Avery está em lágrimas, algo que nenhum de nós imaginaria. Antes de cruzar o portão, O'Brien para e se dirige a todos nós:

— Ei, me desculpem por ter fodido com a vida de vocês. Vocês são meus amigos e minha família porque não tenho nenhum outro amigo ou família. Se vocês pensarem no que ganhei possibilitando que tantos substitutos atuassem incólumes, e, portanto, que tantos enganadores conseguissem enganar com êxito... isto é, nada... em comparação com o que perdi... no caso, tudo... vão entender que só uma coisa poderia justificar a análise aterradora de custo-benefício. Essa coisa é fé. Eu tenho fé no que os enganadores estão fazendo, tenho fé no direito deles de agir assim, e a força da minha fé compensa muito o fato de que levar essa ideia a cabo vai me custar todos e tudo o que amo. Não me arrependo, nem mesmo agora — conclui O'Brien —, por mais que vá sentir saudades de vocês.

E então ele atravessa o portão *torii*.

O caos que se segue a essa revelação toma várias formas e tendências. Começa-se a investigar se o homem que fez o discurso era de fato O'Brien ou se o O'Brien de verdade tinha sido raptado pelos enganadores e aquele junto ao portão *torii* era um holograma animado, criado a partir de pedaços cinzas da coletividade para captar os tons, gestos e jeito de falar que ele usava no local de trabalho. Outra hipótese era a de que os enganadores teriam conseguido quebrar o crânio de O'Brien com um gorgulho — um escavador eletrônico capaz de interferir nos pensamentos —, e estariam controlando seu comportamento e falas à distância. É complicado refutar qualquer uma das teses, e devo a alguns típicos confiáveis ter sido convencido de suas improbabilidades com base em dois fatos: 1) tais atos implicariam o uso de tecnologias bastante invasivas, que enganadores abominam e estão tentando enganar; e 2) intervenções

A CASA DE DOCES

como essas extrapolam o leque tecnológico dos enganadores: eles simplesmente não seriam capazes de levá-las a cabo.

Nas reduções e reestruturações que se seguem à deserção de O'Brien, 78 por cento dos funcionários da Harvest são demitidos, entre eles M e Marc. Sobrevivo por um triz, acho que por Avery gostar de mim.

Passados oito meses, sou promovido a chefe de uma nova equipe: menor e mais enxuta do que aquela encabeçada por O'Brien, mas ainda assim uma equipe. E embora obviamente O'Brien não seja um líder cujo exemplo eu queira imitar, não consigo não me lembrar com carinho da festa regada a *tacos* que deu para todos nós logo que nos tornamos uma equipe. Portanto, me obrigo a planejar um churrasco para minha nova equipe na minha casa — missão que seria simples se eu não fosse assolado a ponto de perder o sono por perguntas como: as pessoas vão se divertir? A culpa vai ser minha se não se divertirem? Vão pensar mal de mim para sempre se não se divertirem? Vão contar aos que não estavam presentes que não se divertiram e essa informação vai fazer cair permanentemente o conceito desses outros a meu respeito? Etc. Papai me deu uma grelha nova de Natal, um estímulo para que eu vença meu medo de receber pessoas, e mamãe me acompanha ao supermercado durante o fim de semana para comprar carne e legumes. Na noite do evento, Alison vai à minha casa para oferecer apoio moral. Eu a apresento a todo mundo como "Alison", e não como "minha irmã, Alison", pois, como chefe de equipe, prefiro que não saibam que não posso dar uma festa sem a ajuda da família.

Com Alison presente, fico à vontade, como se um feitiço protetor tivesse sido lançado e nada pudesse dar errado de verdade. O feitiço passa por uma prova imediata e rigorosa quando Tom aparece com M de acompanhante. Ouvi falar meses atrás que M e Marc não se casaram, mas quando a novidade chegou aos meus ouvidos, uma camada providencial de distanciamento já havia se formado entre mim e tudo o que dizia respeito a M, tanto que meu primeiro pensamento, ao saber que ela e Marc haviam terminado, foi o de que o comportamento deles como casal havia passado de estatisticamente normal a estatisticamente aberrante. Sempre surpreendente, mesmo para um contador como eu.

Para meu alívio, meu distanciamento de M resiste até agora, com ela fisicamente presente — ou seria o feitiço protetor da minha irmã? Alison pega meu braço e sinto seu calor e força e calma fluírem para dentro de mim. Ela trouxe um barril de cerveja no carro, e todos bebemos uma boa quantidade. Faço uma fogueira na lareira externa e nos sentamos em volta dela e Tom segura a mão de M e lhe beija a bochecha, mas não sinto nada; as lembranças da minha agonia por M são como pedaços cinzas da vida de um estranho. Minha irmã continua com o braço em torno de mim enquanto também serve bebidas e mantém a felicidade entre meus convidados — é um de seus dons de impressionista saber se as pessoas estão felizes ou infelizes só de olhar para elas, enquanto eu sou mais propenso a especular quantos pelos as sobrancelhas das pessoas contêm. Volta e meia reparo que M não está sorrindo enquanto estamos em volta da fogueira, mas isso quer dizer que está infeliz? As pessoas não precisam sorrir para estarem felizes — às vezes, elas sorriem para esconder a infelicidade. Mas não sei que percentual de sorrisos são sorrisos felizes *versus* sorrisos infelizes-disfarçados, e a autodeclaração seria falha, pois seria improvável que a pessoa que sorri para mascarar a infelicidade, se questionada, admita estar infeliz.

Quando está tarde e escuro e já tomei vários copos de cerveja e estou exultante graças ao óbvio veredicto de que a festa correu bem — está claro que as pessoas estão se divertindo, já é um sucesso, embora ainda esteja acontecendo, então, não tenho mais com o que me preocupar e posso relaxar e me divertir também —, esbarro com M saindo do meu banheiro. Não falo literalmente, mas acontece esse momento engraçado em que ficamos parados no meu corredor, nos olhando.

— Gostei da sua namorada — diz ela.

— Ela é minha irmã.

— Ah — diz ela. — O Tom também não é meu namorado.

—Talvez ele não saiba disso.

Estou ciente, apesar do meu novo distanciamento de M, de como é esquisito vê-la dentro da minha casa: uma situação que imaginei por tanto tempo e com tanto desejo. No fundo do meu armário, ainda guardo a caixa cheia de possíveis valores x que adquiri no ano anterior na esperança de fazer M se apaixonar por mim.

— Ei — digo. — Posso te mostrar uma coisa só por mostrar?

— Claro.

Ela para no meio do meu quarto enquanto desencavo a caixa.

—Aqui — anuncio. — É uma caixa de objetos aparentemente arbitrários. Estava pensando se, ao olhar para eles, alguma coisa especial acontece com você.

Queria que M pegasse os objetos um por um e os plugasse na tomada da equação que é *ela*, para determinar, hipoteticamente, se algum deles por acaso não seria x. Não porque tenha relevância, mas porque detesto que equações fiquem sem solução. Como não instruí M a pegar os artigos um a um, ela se curva em direção à caixa e contempla o amontoado: o pano de prato de crochê cor--de-rosa; o gatinho de porcelana; a escultura de fios nas cores do arco-íris em uma cruz de palito de picolé; a bola de gude grande com um toque de turquesa.

— O que é isso tudo? — pergunta ela, aos risos.

— Só coisas arbitrárias.

— O que deveria acontecer ao olhar para elas?

— Se acontecesse, você saberia — digo, também aos risos.

— Como esses objetos foram adquiridos?

—A maioria eu comprei. No Walmart.

— Então, não são arbitrários — contesta ela. — Representam uma série de escolhas feitas por uma pessóa específica num lugar específico. Poderiam ser representados num diagrama matemático.

— Assim como a arbitrariedade — completo. — Depois do fato.

— Isso é matemática retroativa.

— A História é matemática retroativa — declaro.

Por algum motivo, ambos olhamos para a janela, que fica bem ao lado da minha cama. Seria mais exato dizer que a cama fica bem ao lado da janela, pois aluguei a casa especificamente para botar a cama ao lado da janela e contemplar o céu estrelado do deserto. Na equação do meu amor por esta casa, a janela do quarto é x.

O barulho da festa está distante. Estou sozinho no meu quarto com M, e minha irmã está lá fora garantindo a felicidade de todos. Pego a mão de M e a levo para a cama.

—Vamos olhar as estrelas — digo.

Então, nos deitamos lado a lado e olhamos para elas. Aquela matemática toda, cintilando e bruxuleando para nós.

— Tenho inveja do O'Brien — diz M. — Queria sentir a fé que ele tinha.

— Eu também — falo.

— Ele era realmente o O'Brien que a gente conhecia, ou era outra pessoa?

— Imagino que fosse os dois — respondo.

Sei pela pulsação da mão de M que seu coração bate setenta e cinco vezes no primeiro minuto em que estamos ali deitados, oitenta e cinco no segundo minuto, e o terceiro minuto, no qual estamos agora, promete uma centena de batimentos ou mais. O corpo de M está acelerando, e o meu está fazendo a mesma coisa. Meu batimento cardíaco chapinha no meu ouvido como se alguém esfregasse loucamente meus tímpanos. Conto os batimentos de nós dois e espero que coincidam. Isso parece acontecer por um instante, mas o meu se apressa — uma probabilidade estatística, pois sou homem. No silêncio, percebo que M também está contando.

O sensor vaginal é admissível, afinal. Talvez esse fosse o x.

Ou talvez as estrelas fossem x, e neste caso seria possível argumentar que a janela foi x pela segunda vez. Madeleine diz que, para ela, me ver com Alison foi x. Para mim, "Oiê" sempre será x.

A CASA DE DOCES

Não que isso tenha importância: tudo não passa de matemática retroativa. O andar arbitrário de um bêbado é de interesse geométrico, mas não pode prever o próximo ponto onde vai cambalear.

Em nosso casamento, celebrado pelo senador Miles Hollander, soltamos quinhentos balões biodegradáveis no céu, onde voam em meio aos balões de ar quente que já pairam lá em cima. Meus pais e irmã choram de alegria, mas como o choro é mais ou menos contínuo, e como o deles para e recomeça ao longo de muitas horas felizes, é impossível contar as lágrimas.

QUEBRA

O MISTÉRIO DA NOSSA MÃE

I

Muito tempo atrás, ela nos contou, quando éramos apenas uma esperança em seu coração ou nem isso, porque ela nunca quis ter filhos (ou imaginava não querer), que um poder superior tocou a cabeça da nossa mãe e disse: *Pare o que você está fazendo! Duas mininhas estão esperando para nascer, e você precisa tê-las agora, porque o mundo está desesperado pelo esplendor delas.* Então, ela parou os estudos de antropologia, que ela amava muito e talvez retomasse um dia, *quando vocês estiverem bem crescidinhas e não precisarem mais de mim.*

Sempre vamos precisar de você!

Eu vou sempre precisar de vocês duas, disso eu não tenho dúvida. Vou tentar não enlouquecer vocês com minhas carências de mãe.

Conta o final.

Bom, eu tranquei a faculdade de antropologia e me casei com o papai e nós trouxemos vocês ao mundo. E aí estão vocês! Foi tudo perfeito.

Cadê o papai?

Vocês vão ver ele na semana que vem. Ele vai levar vocês ao balé.

Da última vez ele não apareceu.

Eu vou estar aqui. Só pra garantir.

Ele não sabe fazer coque.

Não tem importância, meu bem.

Antes do balé…?

Sem choradeira, meu amor.

Ele jogou a Tam-Tam pela janela do carro. Falou que as traças a roeram.

Foi uma infelicidade.

Como você pôde se casar com ele?

O amor é um mistério.

O papai te ama?

Ele ama *vocês*. É isso o que importa.

Ele disse que nós somos meninas gastadeiras.

Disse mesmo?

Ele disse…

Dá pra gente não falar do que ele disse?

A gente só está te contando…

Não preciso que vocês me contem. Conheço muito bem o pai de vocês.

Como ela aguentava essas conversas? É claro que nosso pai não a amava, assim como ela não o amava. Ele era quinze anos mais velho do que a nossa mãe, já havia se divorciado duas vezes quando se conheceram, e tinha quatro filhos — dois com cada ex-mulher. Não era um horror como possível marido? Mas era cativante, um produtor musical famoso, e o mais importante (mais tarde conjecturamos) é que não aceitava não como resposta. Por que ele queria que nossa mãe dissesse sim é um mistério: os dois não tinham nada em comum além do gosto pela beleza (ele) e a beleza (ela). Mas nossa mãe nunca viveu em função da beleza — era o tipo de mãe que raramente usava maquiagem, que deixava o cabelo crescer desenfreadamente e não se dava ao trabalho de tomar banho aos domingos, seu dia de folga da agência de viagens em que foi trabalhar depois que nosso pai a abandonou sem dinheiro para nos criar.

O complexo residencial corroído pelo sol onde moramos com a nossa mãe desde bebês, no final dos anos 1970 — a primeira casa da qual nos lembramos — parecia ser povoado somente por mulheres: atrizes envelhecidas de filmes alternativos que recebiam entregas de vinho Gallo aos garrafões e jovens aspirantes a estrela cujos namorados bem mais velhos tinham listras brancas no dedo anelar. Os apartamentos se voltavam para um "jardim" que continha uma única palmeira gigantesca — ou uma relíquia de uma pré-história agrícola daquele terreno ou um artigo decorativo que inflara grotescamente, tornando-se desproporcional ao complexo modesto que enfeitava. O quarto que dividíamos com nossa mãe dava para uma folhagem que parecia os dedos de uma dezena de mãos. Até nos dias ensolarados fazia um barulho de chuva.

Nas manhãs de domingo, nos enfiávamos na cama dela para "ser o monstro", o que significava nos deitarmos com nossos peitos em cima dos dela para sentirmos nossos três corações batendo juntos. Nossos cabelos se emaranhavam aos dela, e nossa respiração se dissolvia na dela até virarmos uma criatura deitada sob as mãos móveis, sussurrantes, de outra criatura, a palmeira. A árvore tinha nome, dizíamos à nossa mãe: Herbert.

E se for uma árvore menina?

Meninas podem se chamar Herbert.

Nossa mãe se apoiou em um dos cotovelos e nos examinou.

Não tem muitos homens por aqui, não é? Vocês gostariam de ver mais o papai?

Não!

Ele ama muito vocês.

Nós amamos *você*.

Vocês podem amar os dois, sabiam?

Não podemos. Não.

O casamento dos nossos pais desmoronou quando uma colegial de San Francisco foi parar na porta da casa deles em Malibu, tendo fugido de casa e pegado carona em direção ao sul depois que nosso pai a seduziu em uma viagem a negócios. Tínhamos 3 e 4 anos. No papel, nosso pai conseguiu aparentar não ter nem um tostão furado. Deixou nossa mãe sem nada além de nós — o que, pelos cálculos dele, provavelmente era menos do que nada. Mas, para a nossa mãe, que não tinha praticamente mais nada, éramos infinitas. Em troca, ela nos amava infinitamente e nos deu uma coisa rara: uma infância feliz. Ela nunca nos contou por que havia largado nosso pai. Muito tempo depois, ele contou.

Nas vezes em que nosso pai aparecia para nos levar ao balé, descíamos de cara amarrada os degraus rachados de nosso apartamento no segundo andar até um de seus vários carros.

Olá, meninas. Uma de vocês quer ir no banco da frente?

Fazíamos que não. Não era seguro, todo mundo sabia disso, menos ele.

Que tal a gente ir comer alguma coisa? Dá tempo antes da aula.

Não comemos antes do balé.

Eu não dou uma dentro com vocês duas, né?

Fazíamos que não, e ele ria e dava partida no carro. Mas quando parava em frente ao centro comercial onde ficava o estúdio de balé, ele se virava e nos espiava no banco de trás.

Sou o pai de vocês. Essa parte vocês entendem, né?

Fazíamos que sim em uníssono pétreo.

Já é alguma coisa. Tem sua importância.

Ele buscava nossos olhos frios.

Vocês não gostam de mim. Por quê?

Não era uma pergunta retórica. Ele estava curioso, à espera de uma resposta.

Olhamos nosso pai com atenção, talvez pela primeira vez: seu bronzeado de surfista castigado pelo tempo e o cabelo louro um tanto comprido, os dentes da frente tortos. Ele nos observou observando-o, e então riu.

Como vocês saberiam, né? São só duas crianças pequenas.

Algumas meninas teriam adorado um pai que aparecesse de vez em quando em um carro vistoso — teriam saudades dele, tentariam ficar bonitas para ele e distraí-lo de namoradas com idades que regulavam mais com as delas do que com a dele; e por fim se tornariam joguetes de outros homens com gostos similares. Foi mais ou menos assim com nossas três meias-irmãs mais velhas, Charlene, Roxy e Kiki. Roxy era quem idolatrávamos quando éramos pequenas: ágil e cheia de vida, tendo participado de dezenas de clipes de músicas, ela havia alcançado tamanha notoriedade aos 17 anos que mal se imaginava a que tipo de futuro isso serviria de prelúdio. Acabou sendo o prelúdio de quase nada: o potencial de Roxy tinha sido seu grande ato. Acabou viciada em metadona, contraiu hepatite C. Com o tempo, apenas nós ainda conseguíamos ver o espectro tremulante de quem ela tinha sido quando jovem, lampejante e com feições de pássaro, como um fantasma travesso que assombra uma mansão caindo aos pedaços. Os maneirismos da heroína, os olhos opacos e os movimentos modorrentos, se tornaram seus maneirismos. A antiga Roxy era invisível para todo mundo, menos para nós.

Um dia, após o balé, nosso pai nos disse que não iríamos direto para casa.

Nós o fulminamos com o olhar.

A mamãe está sabendo?

É claro que a mãe de vocês está sabendo. O que é que vocês pensam que eu sou, um sequestrador?

Ele dirigia de cara amarrada, e nossa falta de entusiasmo claramente o alfinetava. Brincamos de pedra, papel e tesoura no banco de trás, e fingimos que ele não estava ali.

Ei. Tratem de olhar à sua volta pra variar.

Estávamos passando por um despenhadeiro, o oceano tremulando enormemente lá embaixo. Era um mundo totalmente diferente daquele insosso e ressecado em que vivíamos com a nossa mãe, repleto de carros reluzentes em terrenos asfaltados que fervilhavam de calor.

Por fim, descemos o despenhadeiro e chegamos ao acesso de uma casa com telhas e flores magenta que transbordavam das paredes. Não havia outras casas ao redor. Um rock ribombava dentro da casa, mas nosso pai nos levou direto a uma praia cuja areia

A CASA DE DOCES

branca e fina era diferente da areia de Venice Beach, aonde nossa mãe volta e meia nos levava nas tardes de domingo.

Cadê as pessoas?

É uma praia particular. Só nós podemos usar.

É sua?

É minha sim. Vão em frente. Corram por aí. Divirtam-se.

Ficamos ali paradas, olhando para ele.

Anda. Vão brincar.

Como não nos mexíamos, ele disse:

Nunca vi um par de crianças que se recusa a brincar.

Mas a praia é sua.

Eu sou pai de vocês. Minha praia é de vocês.

A gente gosta de praia com gente.

Vocês são muito difíceis, vocês duas. A mãe de vocês já disse isso a vocês?

Fizemos que não.

Ah. Então estou vendo a faceta verdadeira. As facetas verdadeiras, no plural.

Não, ela é que está.

Ela pode até achar que sim. Mas eu é que sei.

Visivelmente animado com essa teoria, ele desabotoou a camisa havaiana. Nosso pai usava short o ano inteiro, dia e noite, mas nunca o tínhamos visto de peito nu. Descobrimos que naquele dia — talvez sempre — seu short era um calção de banho.

Vamos, meninas, disse ele, segurando nossas mãos e nos fazendo trotar pela areia fina rumo ao mar.

Mas nós não temos maiô!

Vocês estão de colã. Dá na mesma.

Era verdade. Usávamos um Danskin sem mangas e por cima uma saia de balé com elástico na cintura, além das sapatilhas macias de couro que tínhamos ganhado de Natal.

Espera! A gente tem que tirar a saia!

Ele parou enquanto as abaixávamos e as colocávamos bem dobradas em cima das sapatilhas: os dois montinhos na brancura ofuscante.

Gostei. Do cuidado que vocês têm com as suas coisas.

Entramos na água resplandecente com o nosso pai. A ausência de gente, de música tocando em aparelhos de som, de patinadores e cachorros e guimbas de cigarro e palitos de picolé enterrados na areia fazia a praia parecer imaginária.

Nadamos os três juntos. Tínhamos 7 e 8 anos, e nos lembramos daquele mergulho como o primeiro momento bom que tivemos com ele.

A música já havia parado quando ele nos levou para dentro da casa, que era grande e arejada, com chão de ladrilhos aquecido e ventiladores de teto que giravam devagar e flores coloridas em vasos e uma piscina no meio de tudo. Tínhamos morado naquela casa, e talvez por isso nos sentíssemos à vontade ali, apesar da grandiosidade. Uma empregada nos mostrou como ligar o chuveiro extravagante, e nos deu enormes toalhas felpudas para nos secarmos. Ficamos enroladas na toalha enquanto nossas Danskins secavam na secadora.

Me falem quando estiverem vestidas, berrou nosso pai do outro lado da porta do banheiro.

Só quando entoamos "Pron-to!" ele a abriu.

A caminho de casa, olhamos do despenhadeiro para um pôr do sol alaranjado. Nos sentíamos revigoradas e limpas e encantadas, como se voltássemos de uma terra de conto de fadas.

Lá embaixo, onde ficava nosso apartamento, já parecia ser noite. Nossa mãe nos esperava na porta.

Nossa, vocês chegaram mais tarde do que eu esperava! ela disse.

Corremos até ela e passamos os braços em torno de sua cintura.

Que saudades! A gente foi na praia!

Nosso pai ficou parado na sombra até nos lembrarmos de virar e dizer tchau.

Eu queria passar mais tempo com elas, disse ele.

Ele aprendeu a fazer marias-chiquinha, rabo de cavalo e até coque de balé, que esculpia meticulosamente, insistindo em recomeçar se

A CASA DE DOCES

alguns fios ficassem para fora ou se ficasse malfeito ou apertado. Outros pais e mães sorriam ao vê-lo com grampos entre os lábios. Todo mundo sabia quem ele era: meu pai tinha feito a carreira de tantas estrelas do rock que ele mesmo virara uma estrela. As pessoas brincavam com ele e tentavam agir como se o conhecessem mais do que o conheciam. Nosso pai reagia com frieza. Era careta quando estava com a gente, como se sua fama fosse um estorvo do qual gostaria de se livrar.

A piscina do nosso pai não tinha nada a ver com as banheiras turquesa berrantes que vislumbrávamos nos complexos residenciais próximos do nosso, sempre cheias de folhagem de palmeira. A dele era cor de pedra, cheia de água um tiquinho salgada, acessível de praticamente qualquer ambiente da casa. A piscina era para a casa dele o que a palmeira era para a nossa.

Em nossa segunda visita ele avaliou nossas braçadas, considerou-as perigosamente insatisfatórias, e providenciou aulas com um instrutor na piscina dele, duas vezes por semana. De vez em quando, ficávamos para o jantar. Eduardo, o cozinheiro do nosso pai, preparava *fajitas*, *guacamole* e jarros de margarita para quem estivesse presente — em geral, uma combinação qualquer de nossos quatro meios-irmãos (que mal conhecíamos) e músicos com os quais nosso pai estava trabalhando. Sob um candelabro de ferro fundido cujas velas grossas pingavam cera no meio da laje enorme que era a mesa de jantar, nosso pai ia ficando barulhento e solto, um *showman* que não reconhecíamos nem gostávamos.

Olhem só a Lana e a Melora, disse ele uma noite. Elas reprovam.

Todo mundo se virou e nossos rostos arderam.

São clientes difíceis, essas aí. Me obrigam a fazer maria-chiquinha. E coque.

Risadas incrédulas.

Não acredito, disse Charlie, nossa irmã mais velha.

Ela arrastou a cadeira para perto do nosso pai e lhe ofereceu seu cabelo dourado, que batia quase na cintura.

Faz um coque, ela o desafiou.

Nosso pai juntou o cabelo de Charlie nas mãos, mas a princípio parecia não saber direito o que fazer com ele.

Meninas, pediu ele para nós. Tragam os grampos e a escova.

Que sério! Que detalhista!, urravam da mesa.

Nosso pai escovou o cabelo de Charlie até ele crepitar à luz de velas. Então, o juntou em um montinho reluzente e o enrolou com habilidade, os grampos apertados entre os dentes. O silêncio tomou o ambiente enquanto todos assistiam. Nosso pai enfiou os grampos no cabelo de Charlie e fez um coque lindo, brilhoso. Charlie parecia uma menininha, embora naquela época devesse estar na faixa dos vinte. As risadas irromperam na mesa, e todos bateram palmas.

Os olhos de Charlie se encheram e transbordaram.

Não sei por que estou chorando, ela não parava de dizer enquanto piscava para afastar as lágrimas. Mas não paravam.

Nós sabíamos o porquê. Estávamos vendo o melhor lado dele.

2

Em algum momento do ano passado, 2024, nossa mãe desapareceu. Esse fato ainda não é de conhecimento geral (supostamente) além do círculo de colegas e alunos de pós-graduação que normalmente esperam vê-la cara a cara. Ela tem 74 anos e uma saúde excelente. Talvez esteja em outro hemisfério e escondida bem debaixo do nariz de todo mundo.

Sua substituta, por enquanto, está realizando seu trabalho. A substituição profissional ainda é novidade, mas os melhores conseguem incutir nas falas dos clientes arbitrariedades e espontaneidade suficientes (sem "sair do personagem") a ponto de parecerem autênticos até para quem os conhece bem. Se você está achando que *nós* estamos atuando como substitutas da nossa mãe, repense; descobrimos sua ausência muito depois de as pessoas que lhe são próximas ficarem sabendo — provavelmente já sabiam havia meses. Isso mostra o quanto ela se afastou de nós.

Substitutos respondem tão rápido, se evadem com tamanha destreza, que mesmo no *chat* de um grupo que tem intimidade, às vezes é difícil ter certeza de que se está falando com um deles.

Oi mamãe.

Meninas!

Estamos com saudades.

Também estou com saudades. Dsclp estar tão ocupada. Espero que as coisas se acalmem logo.

Logo quando?

Tenho que acabar algumas conferências/artigos.

Onde?

Singapura, Reiquiavique, Haia…

Nome das conferências? Não tem nada na internet.

São particulares. Mando tudo pra vcs mais tarde, c/ link. Quem sabe vcs não me encontram numa!

Que tal AQUI em LA? Onde todas nós vivemos!

Me digam datas. Vcs tb são ocupadas!

Precisamos de você, mamãe.

Também preciso de vocês, jujubas.

Precisamos *ver* você.

Vai acontecer logo logo, prometo. Enquanto isso, vocês sabem que estão no meu coração, não sabem?

Estamos mesmo, mamãe? Você parece tão distante.

Estão sempre, estarão pra sempre.

Sem a perspectiva imediata de ver alguém pessoalmente, você pode levar um tempo para ter certeza de que está lidando com uma identidade oca. O substituto tem acesso a todas as declarações digitais que a pessoa fez na vida, além de pedaços cinzas do Consciente Coletivo — embora não devam ser muitos no caso da nossa mãe. Não dividimos nossas memórias externalizadas com a coletividade, e ela jamais externalizaria as dela. Os enganadores querem tanto escapar à onisciência do Consciente Coletivo que estão dispostos a abandonar a própria identidade. Alguns comparam enganadores a animais capturados que roem as próprias patas em troca de liberdade.

No final das contas, a função do substituto é mais a de protelar do que a de ludibriar, assim como o ato de deixar travesseiros simulando um corpo na cama antes de fugir da prisão. O objetivo é ganhar tempo suficiente até que descubram (por reconhecimento facial ou por outro tipo de investigação policial), para que se possa alegar com razão: não sou mais essa pessoa. Ela não existe.

Os substitutos obtêm sucesso porque as pessoas querem acreditar. Enquanto o substituto da nossa mãe se desvia e nos dá a volta, uma parte de nós almeja pensar que sonhamos com seu sumiço; que vamos sugerir algumas datas e ela vai escolher um dia e vamos ao restaurante que adorávamos e ela estará lá, à nossa espera; nossa mãe mágica, linda.

3

Nosso pai deve ter tido alguma participação na decisão da nossa mãe de retomar o curso de antropologia, pois sua volta à pós-graduação o obrigava a pagar nosso sustento e a nos buscar na escola três vezes por semana. Tínhamos 10 e 11 anos. Constrangidas pelos carros vistosos, pedíamos que nos encontrasse no final a rua.

Vocês têm vergonha do velho?

Dos carros.

Na vez seguinte, ele apareceu de Plymouth Fury desbotado, o primeiro carro que teve na vida. Nosso pai jamais abandonava um carro. O Plymouth era vinho e tinha uma capota conversível que sempre implorávamos que ele abaixasse.

Um dia ele nos levou ao escritório, o carro roncando tanto pela avenida que, ao chegarmos, nosso cabelo estava embaraçado

A CASA DE DOCES

131

por causa do vento. No saguão, ele passou o braço em volta das duas e anunciou a todas as pessoas pelas quais passávamos: Minhas filhas, Lana e Melora. Essas são minhas filhas. Ele parecia amar dizer essas palavras. Minhas filhas mais novas, Lana e Melora, não são lindas? E bravas!

Subimos de elevador até o topo do edifício: uma sala encharcada de sol da qual se via a cidade baixa, desgastada, e o mar cinzento piscando feito estática. Era apenas o décimo andar, mas nunca tínhamos entrado em um edifício alto. Nunca tínhamos viajado de avião. A vidraça ia do teto ao chão.

A janela não quebra?

Ainda não quebrou.

As paredes eram cobertas por álbuns de ouro e de platina emoldurados.

Podemos botar esses aí pra tocar?

Eles não são de verdade, são troféus.

Você ganhou troféu à beça!

Para onde quer que olhássemos, havia retratos do nosso pai com músicos: em shows, em estúdios de gravação, em festas. A idade variava, o cabelo de surfista se transformando em fiapos, mas estava sempre de short, sempre em movimento. Era *por isso* que usava short, entendemos — para ter liberdade de movimento. No meio daquela sala, compreendemos a relação entre os movimentos inquietos, incessantes, do nosso pai e os troféus na parede. Uns haviam produzido os outros.

Rolph era o único dos nossos meios-irmãos pelo qual nossa mãe perguntava. "Aquele doce de menino", dizia ela com uma voz falhada que nos deixava perplexas. Seria empatia? Culpa? Não víamos nada em Rolph que inspirasse empatia: tínhamos medo dele. Ele e Charlie eram irmãos de pai e mãe, mas totalmente diferentes; Charlie era descontraída e dedicada ao nosso pai, já as sobrancelhas pretas e grossas de Rolph telegrafavam sua eterna revolta. Partilhava do amor do pai por carros e chegava em casa com os pneus cantando e o pigarro do cascalho que às vezes batia nas janelas. Segundo Roxy, Rolph fazia rachas no deserto, o que nosso pai havia proibido.

Rolph raramente nos olhava nos olhos. Seu olhar vagava ao nosso redor e depois se desviava como se sentisse dor.

Uma vez, enquanto aguardávamos em frente à casa do nosso pai para irmos para casa depois da natação, ouvimos berros agoniados vindos de sua frota de carros. Imaginando que fosse um animal ferido, nos esgueiramos por entre os carros para procurá-lo. Descobrimos Rolph curvado num banco traseiro, de janelas fechadas, soluçando com tamanho desamparo que havia embaçado os vidros. Atônitas, ficamos observando, e então Rolph reparou em nós pela janela e ficou imóvel. Seu rosto estava pálido e delicado, como o de um menino. Anos depois, após seu suicídio, voltaríamos inúmeras vezes àquele rosto através da janela do carro, sua angústia e surpresa. Fitávamos Rolph e ele nos fitava também: três organismos sensíveis se observando como que pelo vidro de um aquário.

Então, nosso pai nos chamou e saímos correndo dali.

O desespero de Rolph era um dos muitos mistérios cujas respostas nosso pai escondia de nós. Não queria que soubéssemos quais drogas eram consumidas em sua casa; que ele mesmo era viciado em cocaína; que Roxy tinha largado o colegial e que Kiki, aos 16 anos, tinha fugido com o líder de seu grupo juvenil; que Charlie havia aderido a um culto no México do qual nosso pai teve que arrancá-la junto com matadores profissionais; que Rolph, seu único menino e o filho favorito, não falava com ele nem dentro da própria casa. Acima de tudo, queria que não soubéssemos que Jocelyn, a bela asiática que volta e meia jantava conosco, era justamente a pessoa que tinha dado fim ao casamento dos nossos pais quando ela mesma ainda estava na escola. E havia coisas que o nosso pai talvez escondesse de si mesmo, como o fato de que Rolph, que tinha exatamente a mesma idade de Jocelyn — tinham nascido no mesmo dia —, também era apaixonado por ela.

A CASA DE DOCES

Nosso pai nos levava direto para casa depois dos jantares em sua casa. Nunca dormíamos lá. Ele controlava o que víamos de sua vida, e nossos olhos vendados pareciam lhe trazer alívio.

Quando estávamos quase entrando no colegial, entreouvimos nosso pai dizer à nossa mãe que queria que fôssemos para o colégio interno. *Para elas ficarem longe da loucura.*

Não tem loucura nenhuma na vida delas, Lou, a não ser que você esteja providenciando alguma. Está?

É claro que não.

Não vou mandar as meninas para longe para que elas fiquem longe de você, se é isso o que você está querendo.

Eu quero o que é melhor para elas. Só isso.

Se você quer que elas tenham um pai adulto, trate de crescer.

Falando com a nossa mãe, nosso pai parecia não ter nada a ver com o pai famoso e todo soltinho que se tornava à noite, na própria casa, depois de algumas margaritas. Falava com ela em tom brando, e ela o observava calmamente com seus olhos castanho--claros que pareciam piscar menos do que os das outras pessoas. Era sempre ele quem desviava o olhar.

Uma vez, na presença dela, ele nos disse:

O único erro que a sua mãe cometeu na vida foi ter se casado comigo.

Que bobagem, Lou. Se a gente não tivesse se casado, não teria tido essas duas criaturinhas perfeitas.

Tem razão, disse ele. Graças a Deus.

Então continuamos em Los Angeles durante o colegial. Depois de dez anos no apartamento da palmeira, nos mudamos com a nossa mãe para um apartamento de dois quartos perto do *campus* da UCLA, onde ela estava terminando as disciplinas do doutorado. Fomos todas estudantes juntas. Quando chegávamos em casa depois das festas, ela estava sempre lá, de short jeans cortado, rodeada de livros: uma orbe de compenetração febril naquela cidade frívola, sempre em crescimento. Só quando cortou o cabelo entendemos que nossa mãe tinha sido uma beldade. Não era mais. Agora era uma Aluna Séria.

Antes de conhecer nosso pai, nossa mãe tinha tido um professor de antropologia na Universidade da Califórnia em Berkeley chamado Nair Fortunata. O professor Fortunata escrevera uma etnografia clássica a respeito dos anos que vivera em uma tribo da floresta tropical brasileira na década de 1960 — o primeiro contato dessa tribo com o mundo externo. Mais tarde, vários alunos de Fortunata foram ao Brasil para tentar localizar a tribo. Todos voltavam frustrados, menos uma, e esta — uma moça de 26 anos chamada Leslie Weiss — não voltou. Depois de meses sem notícias dela, o professor Fortunata foi ao Brasil procurar Leslie Weiss e também desapareceu. O caso suscitou o envolvimento do Ministério das Relações Exteriores e uma busca particular financiada pela família desesperada de Weiss. Veio à tona que um homem que correspondia à descrição de Fortunata tinha saído da floresta cambaleando e entrado no minúsculo vilarejo de Albaís, acometido por uma febre alta demais para ser salvo. Não carregava documento de identidade, e quando os locais se ofereceram para contatar sua família, ele pareceu não entender. Fora enterrado perto do vilarejo. Quando o crânio do sujeito foi exumado, os registros da dentição revelaram que era mesmo Fortunata.

Tudo isso seria apenas trágico se Albaís não fosse uma cidade costeira a milhares de quilômetros dos habitantes da floresta tropical que Fortunata descrevera originalmente. Uma nuvem de suspeitas se formou em torno do finado professor. Teria falsificado a localização de seus objetos de estudo para que outros não conseguissem encontrá-los — e enviado então vários alunos, inclusive a ainda desaparecida (e por fim dada como morta) Leslie Weiss, em uma busca condenada a não dar em nada? Ou jamais havia existido uma tribo com as características, e o isolamento extremo, daquela que fizera a reputação de Fortunata?

Esses fatos aconteceram durante os anos da palmeira, como passamos a enxergá-los, em que nossa mãe estava tão afastada da vida acadêmica que mal se deu conta da polêmica. Mas ao retomar os estudos, ela rechaçava qualquer desconfiança quanto a seu ex-professor com uma veemência que nos intrigava. Fortunata parecia formidável na foto em preto e branco da sobrecapa de seu livro famoso: cabelo volumoso, dentes pontudos, um nariz que obviamente tinha quebrado mais de uma vez. Era um homem que fora acidentalmente esmurrado até se tornar belo. Brincávamos que nossa mãe fora apaixonada por ele, mas ela alegava tê-lo conhecido muito brevemente quando era estudante; embora Fortunata fosse carismático em público, contou ela, era de uma timidez agoniante em particular, incapaz de conversas fiadas. Era o *mistério* do professor Fortunata o que a cativara. Tinha lido tudo o que ele havia escrito, inclusive as anotações à mão de sua pesquisa de campo original. À noite, cercada de papéis com a delicada letra cursiva do professor, ela usava um tocador de Stereo 8, que nosso pai desencavou para ela, e escutava as gravações feitas por Fortunata dos ciclos de canções da tribo: vocais graves, harmoniosos, que surgiam de uma trama de barulhos ambientes que sugeriam árvores e chuva e animais murmurantes. Escutávamos embevecidas, mirando o rosto calejado do professor.

Nossa mãe pisou mais a fundo nesse mistério em 1991, quando estávamos no segundo e no terceiro ano do colegial. Estava com 41 anos. Seu objetivo não era (insistia) localizar os descendentes dos participantes originais do estudo de Fortunata, mas pôr à prova, e reforçar, uma teoria que estava desenvolvendo sobre "afinidades" humanas, ou o que levava uma pessoa a gostar de outra e confiar nela. Para isso, ela precisaria passar um tempo em uma comunidade em que todos os membros soubessem do histórico integral dos outros, e nunca tivessem contato com os meios de comunicação de massa.

Nos mudamos para a casa do nosso pai dois dias antes de a nossa mãe viajar para o Brasil para o que ela previa que seriam oito ou nove meses de pesquisa de campo. Estávamos agitadas e nervosas, pois nunca tínhamos passado a noite com ele, mas nossa mãe hesitava bastante em nos deixar. Ligava todas as noites de São Paulo e tentávamos não chorar ao telefone. Quando tínhamos ficado sem ela? Ela era como a palmeira do nosso antigo complexo residencial, e sua ausência se abria como o buraco que a árvore teria deixado se arrancada.

Vocês são meninas fortes, dizia ela ao telefone naqueles primeiros dias. São mais fortes do que imaginam. Sejam fortes uma pela outra e pelo pai de vocês.

Então as ligações cessaram e ela se perdeu — foi o que sentimos depois de uma semana, duas semanas, sem sua voz. Nós a havíamos perdido. Prevendo nosso luto, ela havia escrito uma série de cinquenta cartas destinadas às "minhas jujubas", que almejava que abríssemos semanalmente. Mas éramos velhas demais para sermos reconfortadas por esse tipo de estratagema, e paramos de lê-las depois das três primeiras. As cartas nos lembravam do círculo caloroso que tínhamos partilhado com a nossa mãe a vida inteira. Lê-las tornava a saudade que tínhamos dela insuportável.

O suicídio de Rolph tinha acontecido alguns meses antes de nossa mãe partir para o Brasil. Ficamos sabendo na noite em que nos deparamos com ela chorando, inconsolável, em nosso apartamento. Semanas se passaram sem que revíssemos nosso pai. Rolph tinha 28 anos. Se houve funeral, missa — qualquer dessas coisas —, nunca soubemos.

Pouco víamos nosso pai nos meses seguintes à morte de Rolph, e ele parecia basicamente o mesmo de antes. Mas não era — nada estava igual, como acabamos entendendo dias depois de nos mudarmos para a casa dele. As festas haviam parado, as visitas sumiram, e Jocelyn fora embora para sempre. Rolph tinha se matado com um tiro, na casa do nosso pai. Não entendíamos direito como sabíamos disso, não queríamos saber, mas sua aniquilação violenta pairava sobre a casa como uma maldição. Olhávamos para a água tremulando na piscina cinza (que nosso pai tinha parado de usar) e nos perguntávamos, Será que foi aqui? Será que foi na cozinha? Na sala de TV? Na sala de ginástica? Em um dos corredores? Em um dos quartos? No quarto que dividíamos? Em meio ao silêncio palpitante, apavorante, as verdades macabras que nosso pai tinha escondido de nós aos poucos vinham engatinhando até a luz.

Uma noite, Charlie ficou bêbada e gritou com o nosso pai, dizendo que era culpa dele Rolph ter feito aquilo. Trancou-se no banheiro com uma tesoura de jardinagem recém-afiada, e nosso pai, imaginando que ela fosse cortar os pulsos, se jogou contra a porta até deslocar o ombro. Dando gritos aterrorizados, ligamos para a emergência. Antes que a polícia chegasse, Charlie abriu a porta do banheiro e emergiu com a cabeça raspada como a de um presidiário, o crânio branco sangrando nos pontos onde a tesoura o beliscara. O longo cabelo dourado, aquele mesmo que nosso pai tinha enrolado em um coque reluzente anos antes, se espalhava pelo chão do banheiro.

— Meu nome é Charlene — disse ela categoricamente a todos nós. — Não me chamem mais de Charlie.

Uma tarde, Roxy cochilou na beirada da piscina e seus lábios e pontas dos dedos ficaram roxos. Ninguém conseguia acordá-la. Nosso pai ligou para a emergência e a acompanhou na ambulância. Deixadas para trás na casa da morte, nos encolhemos em nossas camas e choramos por nossa mãe. Só ela poderia nos proteger daquelas abominações. Agora entendíamos que era isso o que ela tinha feito a nossa vida inteira.

E então, ao longo de um ano, nós crescemos — ou talvez já fôssemos crescidas e só tivéssemos percebido naquela época, sem nossa mãe para cuidar da gente. Fizemos 16 e 17 no ano em que ela esteve no Brasil, e descobrimos que juntas éramos capazes — mais do que nosso pai dilacerado pelo luto e nossas irmãs destruídas. Uma tinha a outra, e dentro de nós, tínhamos nossa mãe. Sentíamos sua lógica tranquila nos guiando enquanto varríamos o cabelo lustroso de Charlene e o enfiávamos em um saco para mandá-lo a alguém que fizesse perucas para pessoas com câncer. Levávamos Roxy a reuniões de reabilitação depois da escola. Apesar das objeções do nosso pai, chamamos um incensado terapeuta de família para que fosse em nossa casa. O Dr. Kray se mostrou um homem risonho, irreverente, com perucas do palhaço Bozo e uma coleção de fantoches de meia que queria que usássemos para falar uns com os outros. O desastre da nossa única sessão com o Dr. Kray provocou a primeira gargalhada sincera que ouvíamos nosso pai dar desde a morte de Rolph. Riu a ponto de lágrimas escorrerem pelo rosto. E com essa risada, o esboço de uma vida nova começou a se afirmar.

A primeira e única carta genuína da nossa mãe chegou sete meses após sua partida, em uma membrana fina de papel enviada por correio aéreo. Ela a tinha escrito no decorrer de semanas, talvez meses, em uma letra minúscula a caneta esferográfica preta que tinha aguentado gotas d'água e tudo quanto era tipo de sujeira orgânica. Não transmitia nenhuma informação objetiva; na verdade, cada frase continha uma impressão ou reflexão:

A floresta é como um animal senciente que toma fôlego ao meu redor.
A claridade da lua tem som. Ressoa no céu.
Tive uma febre que foi complicada, mas deixou meus pensamentos mais nítidos do que antes.
Existe outra forma de se ver o mundo, como olhar através do fundo de um copo.

Lemos a carta à beira da piscina do nosso pai. A luz do sol era fundamental para decifrarmos a caligrafia miúda, que também devia ter sido feita à luz do sol. Nos revezávamos na leitura de trechos em voz alta, e ao terminarmos, ambas ficamos quietas, escutando a cascata escorrendo nos azulejos portugueses. Então nos olhamos e dissemos: ela encontrou.

★ ★ ★

O regresso da nossa mãe se deu em etapas: primeiro sua voz distante em uma ligação do Rio; depois, uma mudança gravitacional enquanto cronometrávamos o avanço de seu voo com destino a Los Angeles. Embora ávidas por ela, sentíamos uma inesperada relutância em tê-la de volta. Em certa medida era mesquinhez: quem quer voltar a um apartamento com a barulheira da rodovia depois de ouvir o mar à noite? Quem quer abrir mão de nadar de madrugada? E nosso pai enfim começava a se revigorar. Tinha voltado a dar suas braçadas matinais.Voltara a ouvir música — voltara a vender música. Depois da escola, íamos para o escritório dele, onde nossa função evoluíra: se antes tentávamos animar uma casca eviscerada pela dor, agora éramos colaboradoras de fato. Escutem essa: o que vocês acham? Eles vão tocar esta noite. Que tal a gente ir lá dar uma conferida? O que é que vocês acham? É uma boa aposta? Aposta ruim? Vale o risco?

Ao contrário das estrelas do rock que íamos encontrar junto com nosso pai, e que emergiam antes dos outros passageiros dos aviões, nossa mãe foi a última a desembarcar. Segurando nossos balões de gás cor-de-rosa e um cartaz dizendo "Bem-vinda!", íamos ficando cada vez mais arrasadas.

Ela parecia menor, mais velha do que nas nossas lembranças. Ela inteira parecia ter um único tom esverdeado: roupas, pele, cabelo, olhos — tudo inscrito naquele mesmo espectro restrito. Tinha um leve cheiro de madeira queimada. Como era possível que aquela mulher pequenina e monocromática fosse nossa mãe?

Então ela nos reuniu em seus braços e a abraçamos, sentindo o calor que vinha de debaixo de sua pele, e voltamos a ser o monstro de três cabeças, com seus três corações saudosos.Abraçamos nossa mãe pelo máximo de tempo possível e mais um pouco, até que ela caiu na risada.

Minhas lindas filhas crescidas, disse ela.

Para o nosso alívio, não se cogitou que voltássemos ao nosso antigo apartamento: nossa mãe tinha passado a detestá-lo.

Não aguento passar o dia todo ouvindo o trânsito, disse ela, nem sentir a imundície nos meus pulmões.

Ela se mudou para um lugar menor: um apartamento de um quarto em que os barulhos da rodovia eram mais tênues. Comprou um enorme sofá-cama e disse:

Vocês duas podem dividir quando quiserem dormir aqui.

Não tínhamos vontade de dormir lá, e nossa mãe parecia saber disso. A tristeza a rondava.

O que houve, mãe? Por que você está triste?

Quem disse que estou?

Dá pra ver.

Não estou triste, só estou me adaptando. A estar de volta.

E quanto tempo vai levar?

Não sei. Nunca tinha feito isso.

A solidão era exacerbada pela única xícara de café e prato e garfo no escorredor ao lado da pia. Uma taça de vinho com a borda vermelho-escuro. Uma planta com folhas pontudas. Havia um comedouro para passarinhos no parapeito da janela, mas acabou que a árvore ficava longe demais para conseguir pendurá-lo.

Nos conta da tribo, pedimos, tocando na planta, cujas folhas pontudas eram inesperadamente macias. Como você falava com as pessoas?

Primeiro por gestos e, aos poucos, usando o idioma deles.

Eles eram legais?

Não sei direito o que isso quer dizer.

Se eram legais *com você*.

Eram.

Por que você não gosta de falar deles?

Porque é como tentar ser ouvida do fundo de um poço.

Quem tem energia para lidar com uma mulher pequenina e triste no fundo de um poço? Crepitávamos com uma impaciência que não conseguíamos disfarçar, em certa medida porque nossa mãe nos conhecia bem demais. Mas também devido ao jeito novo e estranho com que acompanhava nossos movimentos, nossos olhares — até (parecia, às vezes) nossos pensamentos. Ela sempre fora observadora, mas sua vigilância se tornara tão exagerada a ponto de ser uma aberração, como um braço dilatado. Era o contrário do nosso pai, que dissimulava e se vangloriava erraticamente, que chegava a contar mentiras descaradas, mas era legível e fácil de controlar.

Três ou quatro meses depois da volta de nossa mãe, uma camada de pele se formou em torno de sua tristeza, e um novo entusiasmo se apossou dela. Tinha começado a escrever seu livro. O apartamento estava coalhado de anotações. Ela abriu o sofá-cama para criar espaço para mais materiais, abriu varais na sala de estar e pendurou folhas de papel com pregadores de roupas. Havia longas equações matemáticas; estava claro que seria um livro que ninguém leria. Nossa mãe havia enlouquecido.

Passado um ano, ela começou a viajar, e apresentava partes do trabalho em andamento em conferências acadêmicas. Antes de ir, sempre nos ligava na casa do nosso pai, onde tínhamos escolhido morar em vez de debandarmos para a residência estudantil da USC, faculdade na qual estudávamos.

Ei, mãe!, gritávamos com a vivacidade violenta que tínhamos adotado na esperança de estapeá-la para fora daquela tristeza solitária – embora, aparentemente, isso só tenha a afundado ainda mais. Ela então passou a falar com a gente no mesmo tom.

Entrando no avião, meninas!

Vai pra onde?

Ann Arbor!

Mande lembranças à neve!

Pode deixar! Amo vocês duas!

Também te amamos, mãe.

Havia um eco sob toda essa alegria, uma cavidade deixada pelo entrelaçamento profundo que antes nos amparava. Não éramos nada parecidas com a nossa mãe, no fim das contas. Éramos produtos do nosso pai. Amávamos seu império musical e os personagens que o povoavam; montamos um escritório ao lado da sala dele e adaptávamos nossos trabalhos de faculdade para abordar a indústria fonográfica. Adorávamos a tragédia conturbada de sua vida, as pontas soltas e filhos que deram errado; os inimigos e carros esporte e explosões e ideias surgidas à meia-noite; sua impertinência até ao dar as braçadas matinais, resfolegante, e, ao emergir, sacudindo a cabeça como um cachorro. Ele não conseguia fazer nada sem nós; não tomava nenhuma decisão importante sem a nossa ajuda. Era mais do que amor. Era necessidade. Durante toda a nossa vida, tínhamos dependido de nossa mãe; agora, nosso pai dependia de nós.

Certa noite fomos ao apartamento dela para um dos jantares esporádicos que fazíamos e o encontramos livre da papelada. O livro já estava pronto fazia um ano, mas ela aguardava a publicação cercada dos detritos soltos de sua criação, como um gerbo ou outro bicho que faz ninhos.

Você vai se mudar?, perguntamos.

Estou de sala nova na universidade. Me deram um cargo em que posso me tornar titular com base… nisso aqui!

Do peitoril da janela, onde ainda estava o comedouro de passarinhos sem uso, ela pegou dois livros finos de capa dura e entregou um para cada uma. *Padrões de afinidade*, de Miranda Kline. Não havia imagem na capa, apenas um desenho geométrico discreto. Ficamos fascinadas.

Miranda.

É o meu nome.

Mas todo mundo te chama de Mindy.

Não se usa apelido em livro.

Kline?

Eu mantive o sobrenome. Como vocês sabem.

Mas em um livro?

Não quero um sobrenome diferente do de vocês. Nem em livro.

Nossa mãe havia se tornado a autora Miranda Kline. Fomos muito cuidadosas ao levar os dois exemplares para casa — ou à parte da casa do nosso pai que ele nos cedera. Quando lhe mostramos os livros, na mesma hora ele compartilhou da nossa reverência.

Ela conseguiu, disse ele.

Então abriu uma garrafa de champanhe e serviu uma taça para cada um sobre a mesa respingada de cera que agora encabeçávamos, entre amigos e namorados, com a mesma frequência do que ele.

À mãe de vocês, brindou. Uma mulher extraordinária. Ela disse que conseguiria, e pela graça de Deus, conseguiu mesmo.

Brindamos a Miranda Kline e bebemos. Ela havia conseguido. Mas nenhum de nós tinha a mínima noção de o *quê* tinha conseguido.

Muito orgulhosas, colocamos os livros na estante sem abri-los.

4

Quatro anos depois que *Padrões de afinidade* foi lançado, no verão de 1999, o amigo e protegido do nosso pai, Bennie Salazar, veio de Nova York para nos visitar com uma de suas bandas, The Conduits. Àquela altura já tínhamos terminado a faculdade e estávamos trabalhando em período integral com o nosso pai. No escritório, Bennie queria tocar para nós uma canção que não tínhamos em CD. Pedimos a uma das nossas estagiárias, Keisha, que fosse à Tower Records para comprá-lo.

Não precisa, anunciou Keisha. Ela entrou no Napster e tocou a canção para nós.

Faz isso de novo, pediu nosso pai.

Keisha usou o Napster para tocar várias outras músicas, algumas das quais detínhamos os direitos.

Valeu, boneca, disse nosso pai, aparentemente entediado com a aula. Foi muito esclarecedor.

Mais tarde, depois que Bennie e os Conduits jantaram em nossa casa, nosso pai pediu que nós duas déssemos uma caminhada na praia com ele. Geralmente isso queria dizer que tinha uma ideia.

Nossa praia podia ter diversos aspectos à noite: às vezes a água estava clara e a areia, escura, às vezes era o contrário. Naquela noite, a areia tinha uma fluorescência lunar, que criava sombras pretas em volta dos nossos pés descalços.

Sem preâmbulo, nosso pai declarou:

Daqui a cinco anos, ninguém vai pagar pra ouvir música.

Perscrutava um horizonte impossível de se ver na escuridão enevoada.

Estou vendo um maremoto, disse ele. A aniquilação absoluta do meu ramo.

Você está exagerando, papai.

Se é isso o que vocês acham, aprenderam menos do que eu imaginava.

Caímos em um silêncio subjugado. Estávamos aprendendo algo naquele exato instante: as pessoas projetam seu estado de espírito na paisagem. Nosso pai tinha 65 anos. Tinha passado por muita coisa. Ainda tinha vitalidade à beça, mas não a ponto de reinventar a indústria fonográfica. Ele só enxergava um fim.

E nós? Tínhamos 23 e 24 anos, ainda tão próximas da época de faculdade que agir como adultas era como uma realização. Víamos os mesmos fatos que nosso pai, mas de outra forma, *pelo fundo de um copo* — aquela imagem ocorreu às duas, descobrimos depois. As pessoas estavam deixando que a internet entrasse em seus computadores e tocassem suas músicas, e assim também podiam tocar as músicas que não tinham sem ter que comprá-las. A ideia nos melindrava: era como permitir que um estranho revirasse a nossa casa — ou nosso cérebro! Depois que a internet entrasse no computador, saqueasse nossas músicas, o que mais ela poderia resolver olhar?

Não, pensávamos, nosso pai estava enganado. Depois que a novidade perdesse a graça, ninguém seria idiota a ponto de se comportar assim.

$\star\ \star\ \star$

A reputação da nossa mãe havia crescido desde o lançamento de *Padrões de afinidade*, no mundo invisível (para nós, embora tivéssemos acabado de deixá-lo) da academia. Em pouco tempo ela se tornou professora titular, e era adorada pelos alunos, aos quais servia caldeiradas de ensopado de carne com lentilha no bangalô onde morava com Marco, um colega por quem havia se apaixonado.

Pouco depois de a indústria musical entrar em queda livre, exatamente como nosso pai previra, ele sofreu um derrame que o deixou arrastando a perna direita. Nossa mãe compartilhava de nosso pesar ao vê-lo naquele estado.

O pobre coitado do seu pai, disse ela. O que eu posso fazer para ajudar?

Nos finais de semana, ela e Marco levavam nozes, laranjas e siri à nossa casa — presentes tanto para nós quanto para nosso pai.

Meninas, vocês são novas demais para carregar esse fardo, ela sempre nos dizia, mas como seria possível não tentarmos?

Em uma união desesperada, procurávamos formas de acabar com o "compartilhamento" que desmontava os negócios do nosso pai e o nosso pai em si. Cogitamos uma campanha nacional em *outdoors* para lembrar às pessoas da lei eterna: *Nada é de graça!* Só as crianças esperam que seja assim, embora mitos e contos de fadas nos previnam: Rumpelstichen, rei Midas, João e Maria. *Nunca confie em uma casa de doces!* Era só uma questão de tempo até que alguém obrigasse as pessoas a pagar pelo que acreditavam estar conseguindo gratuitamente. Por que ninguém percebia isso?

Os derrames do nosso pai — seis no total — pareciam uma representação bárbara das investidas que o roubo massivo estava causando na indústria que ele ajudara a formatar. Primeiro, mancava; então, ficou com um dos lados paralisado; depois, confinado à cama, quase incapaz de falar. Nossa casa se transformou em um hospital e por fim, em um asilo, com cuidadores dia e noite e ópio intravenoso. Recrutamos Bennie Salazar para nos ajudar a trazer as pessoas que tinham amado nosso pai para se despedirem. Até Jocelyn apareceu. Ela e uma amiga do colégio empurraram a cama de rodinhas até a piscina e ficaram ao lado dele enquanto ele olhava a água cinza.

Em algum momento no decurso de nosso sofrimento e frustração — nossa impotência ao ver nosso pai confuso, e depois, em colapso —, paramos de buscar formas de avisar às pessoas da barganha faustiana que estavam fazendo, e passamos a desejar seu castigo.

Nenhuma das duas se lembra de quem foi a primeira a ler *Padrões de afinidade*. Talvez tenha sido simultâneo, como foram muitas coisas para nós duas, durante muito tempo. Tampouco nos lembramos do que finalmente nos fez abrir esses livros finos que estavam intocados na estante desde 1995.

Padrões de afinidade introduz, com elegante simplicidade, fórmulas para se prever tendências humanas. Para funcionar, os algoritmos precisam ter um profundo conhecimento dos indivíduos em questão: uma quantidade de informações que nossa mãe só poderia obter em uma comunidade distante, isolada, na qual a história de cada um de seus membros era conhecida por todos os demais. Na conclusão do livro, ela especula que o potencial preditivo de suas fórmulas poderia, em tese, ser aplicado a pessoas que vivessem em um ambiente complexo, inconstante... *mas, para fazê-lo, seriam necessárias informações pessoais minuciosas, impossíveis de se adquirir em um contexto moderno sem que seja apresentada uma série de perguntas intrusivas cujas respostas poucas pessoas, se é que há alguém, se disporiam a fornecer.*

Engano seu, pensamos. As pessoas as estão trocando por música.

Que fique registrado que não fizemos nada sem a permissão explícita da nossa mãe.

Tudo o que eu fiz é de vocês, ela nos disse. Usem como quiser, e claro, tentem ajudar o pobre coitado do seu pai.

Para falar a verdade, ela não fazia ideia de o que estávamos pedindo.

A CASA DE DOCES

Mas nunca recuou dessa postura — pelo menos não na nossa frente —, mesmo depois de patentearmos seus algoritmos e vendê-los a gigantes da mídia social cujos nomes todos sabemos. Mais tarde, ela rejeitou o crédito que Bix Bouton e os outros tentaram lhe dar, e usou sua fama pop indesejada para atacar a intrusão representada pela coleta e manipulação de dados, para insistir na natureza profundamente privada da experiência humana etc. etc. Porém, nos manteve de fora. Nunca mencionou nossos nomes em público ou reconheceu, nem para nós, que tínhamos transformado sua carreira em uma tragédia ao deturparmos sua teoria para viabilizar o fim da vida privada.

Mas nos afastamos.

No final das contas, os três corações do monstro almejavam coisas diferentes. Eu, Melora, a caçula, levo adiante o legado do nosso pai. Boa parte da música que você escuta passa pelas minhas mãos, e incorporei incontáveis empresas ao longo do caminho, inclusive a de Bennie Salazar, embora por consideração eu o chame de sócio.

Lana fugiu em 2025, um ano depois de nossa mãe. Ela também se uniu aos enganadores — aquela tropa invisível de gente que desafia os dados. É provável que as duas estejam juntas, por mais que me doa pensar nisso.

Vencer tem seu preço, assim como tudo o mais.

Eu me pergunto incessantemente — obsessivamente — quando e como a perspectiva de Lana começou a divergir da minha depois de tanta história compartilhada. Se fizéssemos o *upload* de nossas memórias no Consciente Coletivo, eu poderia identificar o momento exato. Mas nós duas sabemos que não vale a pena.

A sala do nosso pai é minha. Seus troféus e os meus revestem as paredes, e o sol se fragmenta no mar em frente à minha janela. Enquanto o contemplo, às vezes imagino a mim mesma sendo transformada em uma enganação: vendendo Melora Klein barato ou consignando-a a um substituto (agora um ramo em alta e especializado) e recomeçando como outra pessoa. Não iria muito longe. Na verdade, minha fantasia predileta envolve retornar a Venice Beach em um domingo, algo que não faço há anos. Me imagino abrindo caminho entre patinadores e dançarinos e vigaristas e adolescentes chapados, atravessando hectares de banhistas que protegem os olhos para analisar suas telas enquanto entidades invisíveis também os analisam. Sigo meu curso até um banco genérico em que duas mulheres já estão sentadas, estranhas conhecidas, e enfim me sento ao lado delas.

Por onde vocês andavam?, me imagino perguntando enquanto as puxo para os meus braços.

Bem aqui, dizem elas. Esperando você.

Do que a floresta se lembra

Era uma vez, em uma terra distante, uma floresta. Ela já desapareceu (foi queimada), e os quatro homens que caminham por ela também desapareceram, e é isso o que a torna distante. Nem ela nem eles existem.

Mas em junho de 1965, as sequoias têm um visual primitivo e aveludado que evoca a imagem de duendes ou gênios ou fadas. Três dos quatro homens nunca estiveram nessa selva milenar, e para eles a floresta parece transcendental, tão distante de seus cenários corriqueiros de esposas e filhos e negócios. O mais velho, Lou Kline, tem apenas 31 anos, mas todos nasceram nos anos 1930 e foram criados sem antibióticos, o serviço militar finalizado antes de irem para a faculdade. Os homens da geração deles entravam de cara na fase adulta.

Portanto: quatro homens andando entre árvores cujas musculaturas lembram as coxas de gigantes. Quando os homens levantam a cabeça em direção ao cume pontudo das árvores para buscar o sol, ficam tontos. Até certo ponto, isso acontece porque acabaram de fumar erva; não era uma prática comum em 1965, principalmente entre quadradões, como qualquer pessoa concordaria que são esses quatro. Ou três deles. Existe um líder — geralmente existe um quando homens saem de seus perímetros estabelecidos —, e hoje ele é Quinn Davies, um homem bronzeado, com cara de honesto, equipado de artefatos da ascendência indígena que ele gostaria de ter. Normalmente, Quinn estaria usando *blazer*, assim como os outros, mas hoje ele veste o que seus amigos consideram uma fantasia: um casaco de veludo roxo e mocassins pesados que se mostram bem melhores para percorrer aquela vegetação rasteira lisa do que os *oxfords* nos quais os outros andam escorregando. Só Lou consegue acompanhar o ritmo de Quinn, apesar dos passos leves como os de um cervo que a façanha exige. Lou prefere parecer estar tendo espasmos a se arriscar a ficar para trás.

Todos os quatro se mudaram para a Califórnia faz pouco tempo, levados por um desejo de espaço impossível de ser saciado por cidades antigas com toques europeus e charretes e história. As montanhas e desertos e costas temerárias da Califórnia têm uma atmosfera desgovernada. Quinn Davies, o único solteiro do grupo, é homossexual, e desde cedo procurava uma forma altiva de sair de Bridgeport, Connecticut, onde sua família vivia havia gerações. Depois da Marinha, seguiu os *beats* até San Francisco, mas agora que está ali, eles se mostram irritantemente fugidios. Porém, existem marujos que compartilham da ideia de Quinn de que um homem pode ser de múltiplas formas, a depender das circunstâncias. Tem uma centelha de esperança quanto a um dos outros três: Ben Hobart, de Minnesota, casado com a namorada de colegial, pai de três. Mas é cedo demais para saber.

Os quatro trabalham em San Francisco, no setor bancário, cada um fazendo sua parte para fomentar a expansão que trará mais pessoas inquietas como eles à cidade. Bebendo na Montgomery Street algumas semanas antes, tocaram no assunto da maconha, ou "erva", como é conhecida até por aqueles que nunca a viram. Eles sabem que a erva está por todos os lados, mas o que ela *é* exatamente? O que ela faz? Os quatro gostam de beber: Ben Hobart, porque aplaca uma energia sôfrega que não pode ser escoada perto da esposa e dos filhos. Tim Breezely, porque está deprimido, mas ele não usaria esta palavra. Tim bebe para se sentir feliz. Bebe porque, depois de várias doses de *bourbon*, é tomado por uma sensação de leveza sublime, como se finalmente tivesse largado um par de valises pesadas que não tivesse percebido que carregava. Tim Breezely tinha uma esposa reclamona e quatro filhas reclamonas. Em sua casinha na Lake Street, é carregado por uma maré de descontentamento feminino estridente que vai do ressentido e exausto (a esposa) ao gritado e infantil (a bebê). Um filho teria feito diferença, Tim tem certeza, mas beber ajuda — ah, se ajuda. Vale os dois para-lamas tortos, a lanterna traseira quebrada, e os inúmeros amassados que fez no Cadillac.

Não importa o quanto Lou Kline beba — e ele bebe muito —, parte dele está sempre afastada, observando com um ligeiro distanciamento os homens à sua volta tomarem um porre. Lou espera alguma coisa. Achava que fosse amor até se casar com Christine, que ele venera; depois, imaginava que fosse a paternidade; em seguida, a mudança para o oeste, que fizeram dois anos antes. Mas a sensação de espera persiste: a insinuação de uma transformação iminente que não tem nada a ver com Christine ou com os filhos deles ou com a casa em Tiburon à margem de um lago artificial em que Lou nada um quilômetro e meio todas as manhãs e veleja em uma pequena embarcação. Ele se tornou o organizador social da rua sem saída onde moram, promotor de churrascos e coquetéis e até de um baile no verão passado, com dezenas de vizinhos balançando descalços à beira do lago, ao som de Sinatra e Beatles. Instigado por Christine, ele desenterrou o sax e o tocou naquela noite pela primeira vez desde sua época de bandinha de jazz, na Universidade de Illinois, e ficou meio extasiado ao ver todo mundo batendo palmas. A vida é boa — é perfeita, na verdade —, porém Lou é assombrado pela impressão de que há algo logo adiante, algo que lhe falta.

Charlene, a quem todos chamam de Charlie, tem 6 anos. Nessa manhã ela esquadrinhou Lou, enrugando o nariz queimado de sol, e perguntou:

— Aonde você vai?

— Vou fazer uma viagenzinha para o norte — disse ele. — Pescar um pouco, caçar uns patos, quem sabe…

— Você não tem arma — rebateu Charlie.

Ela o observava calmamente, o cabelo longo embaraçado filtrando a luz.

Lou se pegou evitando seu olhar.

— Os outros têm — explicou.

O filho pequeno, Rolph, o agarrou na porta. Pálido e de cabelo preto: o colorido de Christine, seus olhos iridescentes. É muito estranho quando Lou segura o menino, como se a pele deles começasse a se fundir; por isso, soltar o filho causa uma sensação de rasgo. Tem a consciência culpada por amar Rolph mais do que Charlie. É errado? Será que não são todos os homens que se sentem assim pelos filhos homens — ou os que têm a sorte de ter filhos homens? Pobre Tim Breezely!

Não haverá pescaria nem caça. O que Quinn revelou, naquela tarde em Montgomery Street, enquanto bebiam e fumavam seus cigarros Parliament e davam gargalhadas estrondosas antes de entrarem em seus carrões e voltarem para as esposas e filhos, era que ele conhecia uns "boêmios" que *cultivavam erva* no meio de uma floresta perto de Eureka. Recebiam visitas.

— Podemos ir passar a noite um fim de semana desses, se vocês quiserem — disse Quinn.

Eles queriam.

Como é possível que eu saiba de tudo isso? Eu tinha apenas 6 anos, e estava presa em casa apesar do meu desejo ardoroso de ir junto — eu sempre queria ir com o meu pai, pois sentia desde cedo (ou parece, pensando em retrospecto) que a única forma de chamar sua atenção era ficar perto dele. Como ouso descrever acontecimentos que ocorreram na minha ausência em uma floresta atualmente carbonizada e que agora exala um odor que parece o de carne queimada? Como tenho a audácia de inventar apesar das diferenças de gênero, idade e contexto cultural? Acredite em mim, eu não teria essa audácia. Todos os pensamentos e dores que registro surgem da observação concreta, embora obter tal informação seja quase indiscutivelmente mais presunçoso do que seria inventá-la. Cada um que escolha seu veneno — se imaginar não é permitido, todos teremos que recorrer a cinzas.

A CASA DE DOCES

Tive sorte: as lembranças dos quatro homens estão no Consciente Coletivo, pelo menos em parte — surpreendente, dada a idade deles, e um simples milagre no caso do meu pai. Ele morreu em 2006, dez anos antes do lançamento do Domine Seu Inconsciente da Mandala. Então, como ele poderia tê-lo usado? Bom, lembre-se: a genialidade de Bix Bouton está no refinamento, na compressão e na produção em massa, pois, como produto irresistível, cativante, a tecnologia já existia em estado rudimentar. Já havia rumores sobre externalização da memória nos departamentos de psicologia no começo dos anos 2000, com docentes especulando sobre seu potencial para revolucionar a terapia que lidava com traumas. *O que aconteceu de fato? Não ajudaria muito saber o que exatamente você reprimiu?* Por que minha cabeça (por exemplo) insiste em se desviar para uma festa de família a que meus pais me levaram em San Francisco mais ou menos na época em que esta história aconteceu? Me lembro de me arrastar com um bando de crianças pelas raízes de uma árvore muito antiga; depois, me lembro de estar sozinha no sótão de alguém, ao lado de uma cadeira branca de vime. Vezes sem conta: andando com as crianças; depois, sozinha em um sótão desconhecido. Ou não sozinha, pois quem me levou até lá, e por quê? O que acontecia enquanto eu olhava para aquela cadeira? Já me perguntei inúmeras vezes se saber as respostas teria me permitido viver minha vida com menos dor e mais alegria. Mas na época que uma das cuidadoras do meu pai nos contou sobre um professor de psicologia do Pomona College que estava fazendo o *upload* da consciência das pessoas para um projeto experimental, eu era cautelosa demais para participar. Todo ganho é uma perda no que diz respeito à tecnologia — era o que a implosão da indústria do meu pai havia me ensinado. Mas ele não tinha muito o que perder: já tinha sofrido cinco derrames, e agonizava a olhos vistos. Queria participar.

Lana e Melora estavam absortas na tentativa de salvar o império musical do nosso pai, Roxy havia se mudado para San Francisco, e Kiki morava em Connecticut. Fazia muitos anos que Rolph havia morrido. Então, coube a mim receber o jovem professor de Pomona, que usava tênis de cano alto vermelho, junto com seus dois alunos de pós-graduação e um caminhão de mudança cheio de equipamentos, numa manhãzinha na casa do meu pai, em 2006. Reparti os parcos resquícios do cabelo de surfista do meu pai e grudei doze eletrodos à sua cabeça. Em seguida, ele precisava ficar imóvel — adormecido, desperto, não importava, e não havia muita diferença àquela altura — por onze horas. Eu havia transferido sua cama hospitalar para perto da piscina, para que ele pudesse ouvir a cascata artificial. Passei boa parte do tempo sentada a seu lado: o processo me parecia íntimo demais para deixá-lo se submeter a ele com desconhecidos. Segurei sua mão frouxa enquanto uma máquina do tamanho de um armário retumbava ao nosso lado. Depois de onze horas, o armário continha uma cópia da consciência do meu pai na íntegra: todas as percepções e sensações que havia experimentado a partir do instante de seu nascimento.

— É bem maior do que um crânio — comentei com um dos pós-graduandos.

Tinha vindo buscar o armário com um carrinho de mão. Meu pai continuava com os eletrodos.

— O cérebro é um milagre da compressão — justificou o professor.

Não tenho lembrança dessa conversa, aliás. Eu a vi e ouvi apenas quando revi aquele dia do ponto de vista do meu pai. Olhando através de seus olhos, percebi — ou melhor, *ele* percebeu — meu corte de cabelo curto, desinteressante, a pança de meia-idade que já começava a se acumular, e o ouvi meditar (mas "ouvir" não é a palavra certa: não é exatamente em voz alta que ouvimos nossos pensamentos), *Como aquela menina linda acabou com essa aparência tão comum?*

Quando Domine Seu Inconsciente foi lançado, em 2016, pude transferir o conteúdo do armário para um luminoso Cubo de Consciência Mandala amarelo de trinta centímetros. Optei pelo amarelo porque me fazia pensar no sol, no meu pai nadando. Com suas memórias dentro do Cubo, finalmente pude vê-las. A princípio, a ideia de partilhá-las nem me passou pela cabeça; eu não sabia que isso era possível. O Consciente Coletivo não era o foco do *marketing* inicial da Mandala, cujos *slogans* eram "Recupere suas memórias" e "Saiba o que você sabe". O consciente do meu pai me parecia mais do que suficiente — impressionante, na verdade — e talvez por isso, com o passar do tempo, eu tenha passado a desejar outros pontos de vista. O preço era dividir o dele. Como guardiã daquele material, autorizei sua disponibilização anônima, na íntegra, no coletivo. Em troca, posso usar datas e horários, latitudes e longitudes, para pesquisar as memórias anônimas dos outros presentes naquele dia, naquela mata, em 1965, sem ter que inventar nada.

Voltemos aos homens que se arrastavam atrás ou do lado (no caso do meu pai) de Quinn Davies, o guia. A apresentação à erva se deu no início da trilha, onde Quinn passou para o resto do grupo um cachimbinho que foi recarregado algumas vezes. A maioria das pessoas não ficava dopada no primeiro contato (era aquela boa *maconha* à moda antiga, veja bem, cheia de caules e sementes, muito anterior à época da sinsemilla hidropônica). Quinn queria tirar esse primeiro fumo do caminho para preparar os amigos — sobretudo Ben Hobart — para ficarem bem e genuinamente *chapados* depois.

Um rio entra e sai do campo de visão bem abaixo, como uma cobra que desliza entre as folhas. À medida que sobem, os tropeços e gargalhadas dos homens dão lugar a resmungos, arfadas e dificuldades. Os quatro fumam cigarros e nenhum deles se exercita como achamos normal hoje em dia. Até Ben Hobart, um daqueles caras excepcionalmente sadios que podem comer de tudo, está esbaforido demais para falar quando chegam ao cume do morro e vislumbram a Casa-A, como é conhecida. Enfiada em uma clareira na mata e feita de sequoias aplainadas, a Casa-A é o tipo extravagante de estrutura de madeira com vidro que vai se tornar lugar-comum na arquitetura californiana dos anos 1970. Mas, para esses homens, é como uma aparição saída de um conto de fadas: *É de verdade? Que tipo de gente vive aí?* O que contribui para o ar lúgubre é "The Sound of Silence", de Simon e Garfunkel, brotando dos alto-falantes estéreo voltados para fora no terraço de sequoia. O idealizador da Casa-A, Tor, conseguiu, sabe-se lá como, instalar uma rede elétrica em uma casa no meio de uma floresta, onde só se chega a pé.

Hello, darkness, my old friend...

Um silêncio assombrado engolfa os quatro à medida que se aproximam. Lou fica para trás, e deixa Quinn abrir caminho até a imponente catedral do espaço cujas enormes janelas triangulares vão até o teto pontudo. O aroma de sequoia é sufocante. Quinn apresenta Tor, uma eminência austera que tem uns 40 anos e cabelo comprido precocemente grisalho. A "senhora" de Tor, Bari, é uma presença robusta e mais calorosa. Uma mistura de jovens perambula pela sala e o terraço, sem demonstrar interesse nenhum pelos recém-chegados.

Esse arranjo esquisito deixa nossos três recém-chegados sem saber o que fazer. Lou, que não suporta se sentir um parasita, de repente fica bravo com Quinn, que fala baixinho, a sós, com Tor. *Que merda de recepção é essa?* Hoje em dia, um homem que está pouco à vontade em determinado ambiente saca o celular, pede a senha do *wi-fi* e retorna à esfera virtual em que sua identidade é constantemente reafirmada. Dediquemos um instante para pensar bem no isolamento que era costumeiro antes de essa época chegar! A única fuga possível para Lou e seus amigos implicava refazer seus passos floresta adentro, sem migalhas de pão para mostrar o caminho. Então, Lou anda de um lado para o outro da Casa-A de um jeito que parece ser incapaz de evitar (embora sinta a perturbação que causa), vociferando perguntas esporádicas a Tor, que está sentado no alto de uma cadeira grande de madeira com um jeitão irritante de trono:

— Bela casa, Tor. Que tipo de trabalho você faz? Deve ter sido infernal trazer o encanamento até aqui...

Lou abre portas e espia os cantos com cheiro de sequoia que se passam por quartos naquele lugar doido. Toma um susto em um deles, ao ver uma menina de cabelo preto nua, sentada no chão, de pernas cruzadas sob uma janelinha, os olhos fechados. A luz filtrada pelas árvores salpica sua pele e a parte escura de pelos pubianos. Seus olhos se abrem devagar devido à intrusão. Lou solta:

— Opa, perdão, me desculpa mesmo.

E sai de fininho.

O grupo incoerente começa, por fim, a se reunir em volta de Tor, se preparando para ficar chapado. The Yardbirds está tocando, mas o universo retratado pela música é distante demais do de Lou para que ele aproveite. Porém, recebe de bom grado a sensação de coerência incipiente, uma nova estrutura de sentido. Tor tem o dom de produzir momentos assim. Íntimo de Kerouac, amante eventual de Cassady, futuro fornecedor de LSD para Kesey, Wavy, Stone e os outros, Tor é daquelas figuras essenciais que catalisam os atos de outras pessoas e depois se esvai na inexistência sem entrar para a história.

Segundo minhas contas, são dezessete farristas: Tor e Bari, nós quatro, a garota nua que pegou Lou de surpresa, agora coberta por um vestido largo florido e olhando nos olhos dele sem constrangimento, e vários outros que parecem estar no final da adolescência e na faixa dos vinte e poucos anos, moradores dos vários anexos da Casa-A e cultivadores da maconha de Tor.

Lou prefere bem mais o *bong* de Tor, que parece um totem, ao cachimbinho que fumou com Quinn. Ao longo de uma hora de fumo coletivo e música, o grupo é levado a um estado de assimilação mútua limitada que é inédita para Lou, Tim e Ben, que até então só conheciam a bebida como forma de alteração da consciência. Conversas básicas se alongam como frutas em *time-lapse* amadurecendo e caindo em mãos esticadas.

— Essa… erva… foi… cultivada… aqui… perto…? (Ben Hobart perguntando a Tor)

— É, a… plantação… fica… a alguns… passos… (Quinn respondendo a Ben Hobart)

— Você... mora... aqui... em... tempo... integral...? (Lou perguntando a Tor)

— Acabamos... a construção... faz... um ano... (Bari respondendo a Lou)

Tor, talvez você repare, não fala quase nada. Ele também tem sua história, mas não posso contá-la — ele e Bari não têm filhos, e não existem lembranças íntimas no coletivo para se escavar. Como Tor vai falecer bem antes da época do Domine Seu Inconsciente, só temos esses vislumbres dele pelos olhos de conhecidos.

Ainda restam alguns enigmas.

Quando a intoxicação generalizada foi alcançada, o grupo se reuniu em volta de uma mesa comprida. Ou melhor: os homens se reuniram. Bari e as outras mulheres vão e voltam da cozinha, preparando uma opulenta refeição vegetariana em tigelas e travessas. Para os homens do Meio-Oeste, cujos dias começam com linguiça de carne suína e terminam com estrogonofe de carne ou carne moída com batatas (ou, melhor ainda, bife ou assado), a expressão "refeição vegetariana" é um paradoxo. O que será que quer dizer? Para Lou, é a comida mais deliciosa com a qual já se empanturrou na vida — embora, dado o despertar chapado de seu apetite, biscoito seco e água quente lhe suscitariam um êxtase parecido. Bari serve abóbora e nabo e tomate colhidos de sua horta junto com *molho de tahine*, que nossos visitantes nunca tinham provado, mas que seriam bem capazes de acreditar terem sido colhidos dos Campos Elíseos. Depois, vieram tigelas de sorgo e trigo-sarraceno, fáceis de mastigar, molhadinhos e quentes, servidos em pilhas altas que devoram às colheradas junto com tufos de broto de alfafa e abacate fatiado e o pão integral recém-saído do forno de Bari.

Ao assistir a tudo isso pelos olhos do meu pai, me peguei me fazendo uma pergunta que ele talvez estivesse chapado ou desorientado demais para fazer a si mesmo: *por quê?* Por que Tor e Bari — e Quinn também, por sinal — estão estendendo o tapete vermelho a três caretas que estão cem por cento na ponta consumidora do negócio? Bem, quantas razões podem existir? Dinheiro ou sexo: escolha seu veneno! Para Quinn, é sexo, que ele já fez com homens da Casa-A (inclusive com Tor, uma vez), e que espera fazer naquela noite com Ben Hobart, com base em nada além de uma intuição. Para Tor, é por dinheiro. Ele gastou boa parte de uma herança construindo aquele lugar e plantando quatro hectares de maconha; ter um ou dois investidores não seria nada mal. E existe uma razão mais íntima: Tor se jogou na criação de um universo alternativo, mas quase ninguém o viu. Como é uma pessoa que se sente mais viva ao despertar os outros, ele almeja testemunhar sua visão flamejando em novos olhos.

O sol se põe atrás das montanhas no final da refeição, fazendo com que as silhuetas das sequoias pareçam figuras de ferro através das janelas. Como se fosse um sinal, os jovens foliões da Casa-A se levantam da mesa e começam a pegar instrumentos do canto onde Tor e Bari os guardam: bongôs e castanholas, chocalhos e flautas doces e *ukuleles*, diversas opções para quem não consegue cantar no tom. A menina que estivera nua aparece com um clarinete que deve ser dela mesma. Várias pessoas têm violões, e Tor segura uma flauta. Eles saem da casa, andando aos pares ou trios pela trilha que leva ao topo do morro em meio às sequoias. Lou e seus amigos são arrastados pela mata fria, fragrante. Quinn ousa passar o braço pelos ombros de Ben Hobart, fazendo uma centelha perigosa de eletricidade descer pela coluna de Ben. Ele olha para Quinn, muito alarmado, e não se afasta.

Tim Breezely se arrasta no final da fila. Gostaria de um drinque. Fumar erva drenou seu vigor e agregou ao peso de suas valises invisíveis o do bandolim que alguém lhe entregou. É o último a alcançar o alto do morro. Ao chegar, as sequoias dão lugar a uma clareira, e fica ensolarado outra vez, os últimos raios navegando entre as folhas serrilhadas da plantação de maconha que bate em sua cintura. O humor de Tim Breezely melhora nessa vastidão e luz. O ar tem uma vivacidade seca, azeda. Um círculo já foi criado para acenderem fogueiras em noites frias, e o grupo se reúne ali como que por hábito, todos pegando nas mãos dos vizinhos antes de se sentar. Animado pelo sucesso de antes, Quinn segura a mão de Ben Hobart, evocando choques de sensação em Ben que chegam perto dos orgasmos que tem com a esposa. Lou se vê, por mero acaso, sentado ao lado da clarinetista antes nua, embora as pernas dele não se cruzem de verdade: ele não se senta "em pernas de índio" desde a infância.

Depois que se sentam, todos fecham os olhos como se meditassem. Testemunhei esse momento de silêncio a partir de todas as consciências disponíveis no coletivo, e tive vislumbres do que se passou pela cabeça de todos os presentes ao se sentarem nos resquícios de sol: Primeira Comunhão em uma manhã de chuva; peixes-dourados pretos sendo tirados de um lago; um zumbido nos ouvidos; a sensação de aterrissar de um salto mortal para trás... Mas meu problema é o mesmo de todo mundo que coleta informações: o que fazer com elas? Como separá-las e formatá-las e usá-las? Como não se afogar nelas?

Nem todas as histórias precisam ser contadas.

Tor rompe o silêncio com o primeiro e único pronunciamento mais longo que os convidados vão ouvir dele naquele dia. Com a voz fina, pede que sintam a presença de um poder superior nos alimentos que comeram, na terra sob seus pés e no céu lá em cima; que sintam a singularidade desse momento do século XX — que se esqueçam, por um instante, do flagelo das guerras e dos armamentos apocalípticos em prol dessa beleza, dessa paz.

— Sintam, meus amigos — diz Tor —, e sejam gratos pela presença abençoada de todos nós que estamos reunidos aqui.

Uma vibração parece vir de dentro da terra quente. O sol some atrás da montanha, um leve indício de frio, uma insinuação do Oceano Pacífico rosnando nos despenhadeiros a alguns quilômetros dali. Tim Breezely percebe que seus olhos estão rasos d'água. Ele os enxuga discretamente enquanto os outros começam a tocar seus instrumentos, e então dá uma batidinha titubeante no bandolim. Um garoto de barba incipiente conduz o grupo no violão

A CASA DE DOCES

161

com a clarinetista, harmonizando em torno de "Michael, Row the Boat Ashore". É uma canção que os dois conhecem da igreja que frequentavam quando crianças. Ela é a irmã mais velha, e ele, o irmão caçula, como Rolph e eu.

O arranjo de instrumentos e vozes em harmonia tem um efeito empolgante. Bari fica de pé e começa a dançar. Os outros seguem seu exemplo, ainda tocando seus instrumentos. Quinn e Ben Hobart dançam juntos, as mãos fervorosamente dadas; Tim Breezely dança com o bandolim. Todos se movimentam e balançam, juntos e separados, à luz que esmorece.

Lou e Tor são os únicos que permanecem sentados. Para Lou, meu pai, a música e a dança provocam um tumulto de consciência sobressaltada, como se estivesse se lembrando de uma chama que ficou acesa, uma porta que ficou aberta, um carro que ficou ligado ao lado de um despenhadeiro. Com uma clarividência que o distinguirá no final da vida, Lou entende que a mudança que vinha esperando está diante dele. Chegou à sua fonte, a sente nas solas dos pés. Mas sabe que é velho demais para participar. Tem 31 anos: um velho! Na festa surpresa de 30 anos que organizou para Christine alguns meses antes, uma amiga lhe deu uma bengala pintada com bolinhas! Mas Lou Kline não suporta ser deixado para trás. Precisa se catapultar ao papel de produtor, assim como Tor — que é mais velho do que ele, pelo amor de Deus! Não cultivando erva, pois a agricultura lembra demais o terreno do Iowa que abandonou. Mas na música, sim. Nela, ele pode fazer alguma coisa. Lembra-se da noite na casa na rua sem saída em que todo mundo dançou à beira do lago. Dança diferente, som diferente: os Yardbirds e sua laia não têm nada a ver com a vida que Lou Kline planejou para si, a que está vivendo agora. Fazem parte da vida que ele viverá em seguida. Observa os musicistas irmãos e os imagina juntos no palco. Ele pensa: *Eu posso colocar eles lá em cima*. E faz isso. Todos conhecemos a música deles hoje em dia.

★ ★ ★

Naquela mesma noite, mais tarde, depois que Tor e Bari vão dormir e Quinn e Ben Hobart vão para sabe-se lá onde e alguns dos outros voltam à clareira para acender o fogo (o risco de incêndio já era uma ameaça naquela época), Lou, Tim Breezely, os irmãos musicistas e seus jovens amigos descem a montanha rumo ao rio para nadar. Lou toma a dianteira — é sempre atraído pela água. Vai descalço, um grande avanço em relação aos sapatos *oxford* e um ato francamente sensorial naquele tapete de deterioração aveludado, como se objetos pontiagudos não existissem.

O rio está calmo e inerte, espremido entre muros de sequoias e tão gelado que os dedos deles latejam quando os enfiam na água. Será que lhes faria mal mergulhar? Lou já ouviu falar que água muito gelada provoca ataques cardíacos e se sente responsável, pois levou todo mundo até ali. Enquanto refletem sobre a segurança de nadar, Tim Breezely de repente tira as roupas e pula de uma tora, nu em pelo. O choque do frio interrompe sua respiração: ele tem a breve sensação de blecaute da morte. Mas quando vem à tona, uivando, o que morreu foi sua melancolia — que ele deixou no leito do rio. Liberdade! Alegria! Tim Breezely em breve se divorciará — todos eles se divorciarão —, todo mundo se divorciará. Uma geração inteira jogará fora os grilhões do compromisso rotineiro em prol da invenção, da esperança — e nós, os filhos, tentaremos descobrir o momento em que os perdemos e nos preocuparemos com a ideia de que a culpa foi nossa. Tim Breezely se tornará um corredor dedicado quando ainda não existia ninguém que corresse sem ser perseguido. Vai escrever livros sobre exercícios e saúde mental que tornarão seu nome famoso, e receberá milhares de cartas de pessoas cujas vidas ajudará a transformar e até a salvar.

Xingando a si mesmo por não ter sido o primeiro a pular, Lou se livra das roupas e se lança na água tão gélida que faz com que seus testículos subam à garganta. Há esguichos e gritos quando todo mundo o segue água adentro. Mas quando a agonia passa e todos já chapinharam um pouco, o frio é revogado e se torna um calor radiante. Saem do rio vibrantes e eufóricos, unidos pela aventura, e sobem a montanha em direção à Casa-A, nus e sem vergonha nenhuma.

Aguardamos na janela, Rolph e eu, que nosso pai chegasse em casa. Por fim, saímos para a nossa rua sem saída. Nossa mãe deixou que ficássemos descalços, embora já tivéssemos tomado banho. Era um crepúsculo calorento de verão. Eu usava um roupão de banho marrom e laranja com estampa de caxemira, mas acho que não me lembraria disso. Tenho "lembranças" que na verdade são apenas retratos dos álbuns que nossa mãe adorava fazer, contando a história da nossa família por meio de fotografias quadradinhas, quase todas ainda em preto e branco, com um esporádico arroubo de cor, como se todo mundo tivesse acordado em Oz. O roupão de banho só me veio à cabeça quando assisti ao nosso pai se aproximando de casa pelo olhar dele. Senti quando reparou na beleza azulada do momento e experimentou a onda de amor que o dominou ao ver Rolph, com sua fralda de pano, correndo até ele ao meu lado, com suas pernas atarracadas de menino de 3 anos.

Agarramos as pernas do nosso pai, e ele pôs uma mão em cada uma das nossas cabeças, segurando bem a de Rolph e a apertando contra si. Então, ergueu os olhos para a nossa mãe, Christine, que sorriu para ele do lado da porta com um suéter azul, o cabelo preto caindo de uma presilha. Em volta dela havia brotos espigados que tinham escolhido em uma estufa e plantado juntos em torno da casa novinha em folha na Califórnia, presumindo que viveriam ali para sempre.

DIA CLARO

Em seus últimos meses de vida — ela morreria de overdose aos 57 anos, em 2025 — Roxy Kline deu para filosofar. Era o que ninguém esperava. No cálculo familiar que atribui funções segundo predileções de infância, Roxy foi desde cedo classificada como "selvagem" — principalmente em comparação com sua irmã caçula, Kiki, que colecionava rosários e fazia o sinal da cruz para os namorados da mãe quando passavam a noite. No decorrer da vida, Roxy não tinha apenas cumprido seu "papel"; na verdade, disse essa palavra — "selvagem" — tantas vezes durante seu tratamento que já não tinha significado nenhum para ela.

Nas sessões de Dungeons & Dragons do Dia Claro, seu centro de tratamento, nas manhãs de quinta, Roxy se encanta com a forma como personagens são criados: o jogador A rola os dados para definir valores de traços como Carisma, Destreza e Inteligência, além de habilidades adquiridas, como Furtividade e Adestramento de Animais. Alguns dados rolados, uma lista de pontuação, e bum — você tem um Ladino, um Mago ou um Guerreiro com pontos fortes, habilidades e fraquezas, exatamente como um ser humano. Uma vez, Roxy perguntou a Chris Salazar, que conduz o grupo de Dungeons & Dragons com sua amiga Molly Cooke, se ele já deu pontos a pessoas de verdade: Generosidade, Coordenação, Sistema Imunológico, *Sex Appeal*…

— Não faço isso — disse Chris —, mas os contadores fazem. E as empresas que compram os números deles, também. Além das pessoas que medem o próprio valor em cliques e visualizações.

— Que ruim — disse Roxy, preocupada.

Chris segurou suas mãos e as apertou. É trinta anos mais novo do que Roxy, ainda está com vinte e poucos anos, e a trata com uma tolerância carinhosa.

— Não esquenta — disse ele, dando um beijo na bochecha dela. — Todo labirinto tem uma saída.

Essa conversa aconteceu no apartamento minúsculo que Chris divide com a namorada, Samantha. Roxy estava ali para comemorar o Pessach. Roxy considera Chris Salazar mais parente seu do que a maioria de seus parentes, e é incluída nas festas dele. Chris é filho de Bennie Salazar, que o pai de Roxy orientou e amou desde que Bennie estava no colegial. Assim como Bennie, Chris é lindo, tem olhos pretos e pele escura, embora o cabelo de Bennie já esteja grisalho. Bennie juntou Chris e Roxy pela primeira vez dez anos atrás, quando Chris se mudou para a Costa Oeste para fazer faculdade. Mas só nos últimos três anos, desde que Chris começou o grupo de Dungeons & Dragons, foi que ele e Roxy se aproximaram.

D&D acontece de manhã cedo no Dia Claro, para que as pessoas que trabalham possam jogar durante uma hora depois de tomar as doses. Normalmente, joga-se à noite, diz Chris, após o trabalho, mas centros de tratamento de viciados em drogas não são lugares noturnos. O Dia Claro fecha à tarde.

Todos os jogadores habituais são homens, menos Roxy, que não joga de fato, mas gosta de assistir. Todas as semanas, Chris a convida a criar um personagem e participar do jogo. Nunca é tarde demais para participar — não existe "tarde demais" no tratamento, contanto que se esteja respirando. Mas Roxy tem medo de fazer alguma coisa errada ou não entender. Um de seus "e se" — que toma a forma do desenrolar da vida que você teria tido se certa situação ruim não tivesse acontecido (*e se eu não tivesse entrado naquele carro, e se a minha mãe tivesse entrado no quarto, e se eu não ligasse tanto para parecer bacana*) — é, para Roxy, *e se eu não fosse disléxica*, que é uma outra forma de dizer *e se eu tivesse nascido em 1998 e não em 1968*. De acordo com os vídeos a que assistiu, crianças disléxicas se saem muito bem hoje em dia — escrevem livros e dirigem escolas! Para Roxy, a escola foi um episódio prolongado de incompreensão: frases, parágrafos, capítulos. Equações matemáticas se desintegravam diante de seus olhos. Caso tivesse aprendido a ler de verdade, em vez da catação de milho que ainda é o seu máximo — se por acaso tivesse lido *A convidada do casamento*, de Carson McCullers, por exemplo, que Molly Cooke leu em voz alta no Dia Claro, em três prestações — teria descoberto que as emoções *exatas* que vivenciou depois de uma viagem a Londres com o pai, aos 16, uma viagem que a arruinou, já tinham sido experimentadas por outras pessoas. Não era excepcional, mas tampouco estava sozinha. A leitura poderia tê-la salvado.

—Você está com cara feliz, Rox — comenta Chris.

Ele lhe dá um abraço antes que ela se enfie em uma das cadeiras em volta da mesa de jogos da salinha de reuniões do Dia Claro. Ela acabou de engolir sua dose na janela e de devolver o copo vazio, e agora bochecha a água para impedir que os resíduos da metadona corroam o esmalte dos dentes.

— Qual é o segredo?

— Quem, eu? — pergunta Roxy, erguendo as mãos numa inocência dissimulada.

Todo mundo sabe que ela é uma diletante incorrigível que está tentando chegar à dosagem liberada depois de mais um teste de urina positivo.

Chris a observa com atenção. É tão empático que chega às raias da telepatia. Roxy *de fato* guarda um segredo esta manhã: seu Cubo de Consciência Mandala — um presente das irmãs por seu aniversário de 58 anos, que completará na semana seguinte — deve chegar hoje. Sua motivação para solicitar o Domine Seu Inconsciente *não é*, como foi para muitas pessoas que conhece, o uso do Consciente Coletivo para solucionar um mistério: *Quem era aquele menino que me bateu? Por onde anda aquele professor que me tocou? Quem matou meu amigo?* Ou, sendo mais otimista: *O que aconteceu com aquele cara com quem dividi uma cerveja no Café Trieste, na década*

A CASA DE DOCES

de 1990? Quem fez aquela massagem nas minhas costas no show do Green Day no Golden Gate Park? As histórias de reencontros amorosos levam Roxy às lágrimas, mas não abalam a crença de Chris de que externalizar a consciência, por qualquer razão que seja, ainda que para se proteger da demência, é um erro atroz.

— Se parasse por aí, quem sabe — ela já o ouvira dizer —, só que nunca para por aí. O coletivo é que nem a gravidade: quase ninguém resiste. No final das contas, as pessoas cedem tudo. E então o coletivo se torna ainda mais onisciente.

Quase ninguém resiste ao coletivo; Roxy será a exceção. Ela não tem nenhum interesse nas memórias alheias. Quer apenas reviver seus melhores dias — momentos que sabe que jamais serão superados por qualquer coisa que esteja por vir.

Hoje os jogadores de D&D são os quatro habituais mais um novo, marombado e de corpo inteiro tatuado, menos o rosto, que tem o aspecto acabado dos viciados em metanfetamina. Chris o orienta durante o lance de dados e o preenchimento da ficha de seu personagem. Roxy não se surpreende quando o novo jogador opta por ser uma Elfa: em D&D, as pessoas geralmente escolhem personagens que sejam o contrário de quem são no dia a dia. Homens musculosos interpretam Anões, homens delicados interpretam Bárbaros, o que já levou Roxy a ponderar, em uma virada filosófica atípica, qual dessas representações eles realmente *são?*

— Depende de qual dos mundos você acha que é o verdadeiro — dissera Chris, sorrindo, na ocasião da pergunta de Roxy.

Agora ele lhe acena com uma ficha de personagem em branco e fala:

— O que me diz, Rox? Hoje é dia?

Ela faz que não. Também interpretaria seu oposto: uma versão de D&D dela mesma aos 16 anos, uma garota com energia líquida se agitando no peito e estômago e virilha, que não teme olhar fixamente para um homem, se atrevendo a enfrentar as consequências. O que seria isso em termos de D&D, e como perguntar sem passar vergonha? Roxy perdeu a virgindade aos 13 anos, com o primeiro namorado, Terrence Chen, que estava no terceiro ano do colegial, e em seguida largou Terrence e partiu em busca de homens na faixa dos 20 e 30 anos, capazes de corresponder às suas expectativas. Ela se orgulhava de seus infortúnios. Tinha levado um soco! Tinha precisado de uma lavagem estomacal! Porém seu rosto no espelho era viçoso e intocado, seus ângulos de passarinho, encantadores até para ela mesma. Era uma sílfide, a mãe dizia. Não tinha nem um grama de gordura no corpo.

Roxy havia encontrado Terrence Chen outra vez — a versão virtual de Terrence —, assim que se mudara para o norte da Califórnia, aos trinta e poucos anos, no novíssimo milênio. Todo mundo achava todo mundo na internet naquela época. Terrence, ao que constava, também havia se mudado para a área da baía de San Francisco, e era veterinário no condado de Marin. Parecia forte e bonito em seu *website*, sorrindo acima de uma camada de pelos de golden retriever, e também parecia ter vários filhos e uma esposa cujo cabelo era da mesma cor do que o pelo do golden retriever. Roxy brincou com a ideia de levar seu novo gatinho adotado para ver Terrence, o veterinário, apesar da inconveniência de se arrastar até o outro lado da baía para ir ao seu consultório. Mas não, decidiu-se. Por enquanto, não. Precisava entrar pela porta da clínica de Terrence como uma vencedora evidente. Àquela altura ainda era bonita; Lana e Melora tinham pagado pela restauração de seu sorriso depois da perda de vários dentes, e para que endireitasse o nariz depois de uma fratura feia. Era magra e estilosa aos trinta e poucos anos, ainda sabia dançar. Mas também estava lutando contra o vício em heroína, e tinha nas costas uma dúzia de anos que Terrence provavelmente consideraria perdidos. Precisava ao menos fazer frente e, melhor ainda, exceder a alta pontuação de Terrence na vida antes de lançar sua persona um-pouco-menos-bonita-mas-inegavelmente-bonita no caminho dele. A fama serviria. Roxy sempre acreditara que seria famosa, e outras pessoas, também. E ao se mudar para San Francisco e localizar Terrence — agora fazia quase vinte e cinco anos —, a fama não estava fora de cogitação.

Dungeons & Dragons se desenrola glacialmente. Roxy se admira do profundo envolvimento dos jogadores, que nunca parecem impacientes. É como se o resto de suas vidas tivesse desacelerado para acompanhar o ritmo do jogo. A nova Elfa emprega a prestidigitação e alguns objetos mágicos para salvar os outros jogadores de um grupo de bandoleiros em uma selva ancestral. Não existem imagens dessa selva: é representada por um mapa desenhado à mão num papel quadriculado à moda antiga, do tipo que Roxy se lembra das aulas de geometria. Em outras folhas com desenhos feitos à mão, estão representadas masmorras, tavernas, cidades, catacumbas e até uma área ao ar livre: uma vasta rede de universos interligados que podem ser guardados, entre um jogo e outro, dentro de um envelope de papel pardo. Às vezes um jogador sai de um mapa por um "portal" e emerge em outra folha de papel quadriculado, uma transição que Roxy acha eletrizante. De um mundo para outro, *simples assim!* Sempre que um jogador aparece em outra folha, Chris e Molly trocam de papéis como líderes. O jogo é infinito.

Chris e Molly não estão em tratamento. Tampouco são um casal: Chris está com Samantha, e Molly tem namorada, Iris. Até o ano anterior, Chris encabeçava o grupo com Colin Bingham, seu melhor amigo de infância, que morreu de overdose há oito meses. Chris ainda não recobrou a alegria que tinha antes da morte de Colin. Roxy também ficou abalada: Colin estava na casa dos vinte anos, era jovem o bastante para retomar a vida convencional sem mal ter uma lacuna a justificar. A pele de Colin era limpa, ele ainda tinha os dentes. Ele e Chris cresceram juntos em Crandale, Nova York, onde, quando meninos, jogavam D&D. Molly também era uma amiga dessa época. Depois que Colin faleceu, Molly Cooke se ofereceu para substitui-lo no jogo, mas Molly é uma pessoa que gosta de agradar, é mansa e titubeante, e Roxy se esforça para não odiá-la.

Nenhum dos jogadores quer que a sessão acabe, eles nunca querem, e talvez a lentidão do jogo seja uma forma de protelação. Mas às nove têm de ceder a sala para a reunião semanal das clientes gestantes do Dia Claro. Algumas moças de barrigão esperam no corredor enquanto os jogadores vão saindo em fila, comentando animadamente sobre o enfrentamento dos bandoleiros como se tivesse sido um acontecimento real.

Chris e Molly levam seus livros e mapas para o escritório deles, em um andar superior do mesmo prédio do Dia Claro. A empresa de Chris, Mondrian, faz sessões de jogos em centros de tratamento por toda a área da baía. As paredes da salinha da Mondrian são cobertas por pôsteres de dragões cuspindo fogo e assassinos encapotados, e há prateleiras cheias de livros sobre criaturas mágicas e a estátua de ferro de um *orc* que Chris achou dentro de uma mala abandonada. Mas, aos poucos, Roxy foi começando a desconfiar que os jogos são uma fachada para os negócios mais sérios da Mondrian. Magos e Bárbaros têm suas habilidades especiais, assim como Ex-viciados — um deles é Intuir Subterfúgios. Roxy *sabe*. A vizinhança é coalhada de duplos sentidos: a banca na esquina do Dia Claro vende comprimidos de Oxycontin, o florista é olheiro, e na Betty's, uma lanchonete ali perto, pode-se conseguir heroína com os cumins combinando com antecedência. Como Roxy é uma boa Falsa Esquecida, outra habilidade dos Ex-viciados, as pessoas tendem a não segurar a língua perto dela. Usando de Aparente Desatenção e Olhar Perdido, ela entreouviu Chris ao telefone discutindo *contratos*, *personificação* e *mimese*. Ela já o ouviu dizer "a demanda é impressionante" e "ela tem ouvido bom pra diálogo". As habilidades de Roxy falham, no entanto, no entendimento de o que essas coisas significam. Seria a dislexia? A natureza do verdadeiro trabalho de Chris e Molly é tão ininteligível para Roxy quanto os esconderijos das drogas são para a mulher que estaciona a Mercedes na garagem da O'Farrell Street e vai saltitando pela calçada rumo à ópera em um fluido vestido turquesa. Além da certeza de que os negócios mais sérios da Mondrian são lícitos (nada de armas ou fugas da polícia) e sem fins lucrativos (o apartamento de Chris é minúsculo), Roxy não sabe de nada. Seja o que for, ele faz o que faz por amor.

Ela sai do Dia Claro para fumar um cigarro. O vento e o sol rasgam a neblina. O frêmito de cabos subterrâneos permeia o Centro da cidade, vagamente audível no silêncio matinal. Gaivotas brancas e cinza caminham pela calçada em busca de restos das festas da noite anterior (todos os dias tem festa nessas ruas), levando embora batatinhas e bordas de pizza em seus longos bicos amarelos.

Com quarenta e cinco minutos para matar antes de encontrar seu terapeuta às dez, Roxy segue até a lanchonete Betty's. Escuta passos trotados às suas costas, mas não se vira, desconfiada de que seja Molly. Como não podia deixar de ser, ouve "Você vai tomar um café?", e faz que sim, exasperada. Sua resistência a Molly não se deve apenas ao fato de que ela substituiu Colin, que Roxy amava. Com seu cabelo armado e sorriso inocente, Molly Cooke é uma deslocada no Dia Claro e na vizinhança. Ela não tem casca grossa, não é descolada — é o tipo de garota que Roxy teria rejeitado ou talvez torturado quando na adolescência. Molly sabe instintivamente onde não é benquista, e vai mesmo assim. Roxy não gosta dela, acima de tudo, porque desperta seu lado cruel.

Elas se sentam lado a lado no balcão e tomam xícaras de um café amargo, aguado, que alertaria qualquer um com a mínima capacidade de Intuir Subterfúgio para o fato de que os clientes da Betty's estão ali para comprar outra coisa. Externalizar o consciente para um Cubo Mandala leva quatro horas, e Roxy se convenceu de que talvez não consiga ficar tanto tempo imóvel sem ajuda química (Racionalização Virtuosa) na forma de alguns saquinhos que não vai usar de jeito nenhum, a não ser que não reste alternativa (Auto-Enganação). Molly Cooke beberica o café horroroso, distraída. Sua pontuação de Intuir Subterfúgio deve ser próxima de zero.

— Como era o Chris quando menino? — pergunta Roxy.

Gosta de falar de Chris; às vezes imagina que ele seja seu filho, não de Bennie.

—Ah, eu era apaixonada por ele — diz Molly. — Ele é um ano mais velho do que eu, o que só fazia aumentar sua grandiosidade.

—Você jogava D&D com ele?

— A gente jogava com o tio do Chris — conta Molly. — E com uma outra menina, a Lulu. Ela estava no funeral do Colin.

— Eu conheço a Lulu! — diz Roxy com empolgação. — Ela trabalha para o Bennie.

— A Lulu era a forasteira exótica que morava no norte do estado e só aparecia de vez em quando. Todos nós éramos apaixonados por ela.

— Você era apaixonada por todo mundo — diz Roxy com malícia. — Alguém era apaixonado por você?

— Não — responde Molly, e por um instante ela parece distante.

— Aposto que você era uma boa menina.

— Bom, todos nós éramos bonzinhos, até o Colin, e ele era do tipo "bad boy". A gente não tinha muito como arrumar confusão no *country club* de Crandale.

— Vocês frequentavam um *country club*? — pergunta Roxy, desdenhosa.

— Aham — diz Molly. — Passávamos nossos dias lá.

— Eu teria caçado uma confusão.

Molly ri; uma risada sincera, cheia de deleite ferino.

—Você teria mandado no *country*, Roxy.

Roxy sorri, satisfeita. Está começando a gostar de Molly.

— Eu dançava bem — declara.

Ela consegue o que queria com um dos cumins a caminho do banheiro. Não há traição em fazer negócios enquanto Molly espera a alguns metros dali. A Rede de Viciados é como uma folha de papel quadriculado separada daquela em que Molly está instalada, assim como a atividade secreta da Mondrian é outra folha, e a vida de Terrence, o veterinário cujo cabelo a esta altura está grisalho e que há pouco tempo deu as boas-vindas ao primeiro neto (Roxy acompanhou sua vida on-line durante todos esses anos, embora nunca tenha ido vê-lo), também. E, no entanto, esses muitos universos irreconciliáveis ocupam um único espaço material — como os mapas de D&D enfiados dentro de um mesmo envelope. Como é possível? Filosofia!

Depois do encontro de Roxy com o terapeuta, Chris a acompanha até sua casa. O prédio onde mora fica a dois quarteirões do Dia Claro, subindo uma colina íngreme. Ela precisa parar no meio do caminho para recobrar o fôlego.

— É o cigarro — diz ela, arfando.

Chris parece preocupado. Tem se preocupado mais com ela desde a morte de Colin, e sua capacidade de Intuir Subterfúgios, que se equipara à de Roxy, foi ativada naquela manhã. Será que intui os saquinhos transparentes em seu bolso? Quando voltam a andar, ele pergunta:

—Você vai à estufa hoje?

Roxy faz que sim, ainda esbaforida demais para falar.

Em frente ao prédio dela, Chris parece relutar em se despedir.

—Apareça para jantar lá em casa este fim de semana. Sam adoraria te ver; eu venho te buscar.

Mas Roxy está animada demais com o Domine Seu Inconsciente (e os saquinhos transparentes) para traçar planos concretos. Despede-se de Chris com um abraço.

A caixa da Mandala já está esperando junto à porta; Piers, seu vizinho, deve tê-la colocado ali. Roxy mora no mesmo conjugado há quase vinte e cinco anos (o aluguel é pago diretamente pelas irmãs; ninguém confia dinheiro a ela), e nos últimos dezessete ela dividiu uma parede com Piers. Ele parece ter uns sessenta e poucos anos, é gay e tem vida sexual ativa — ela já viu homens saindo do apartamento dele —, mas além de uma irmã que o visita de vez em quando com os dois netos, Piers é sozinho, como Roxy. São vizinhos cordiais que se esforçam para ir até a porta do prédio quando o interfone do outro não é atendido e veem uma caminhonete de entregas lá fora. Um nunca entrou no apartamento do outro. Deitada na cama vendo a neblina lilás correr pelo céu noturno, Roxy às vezes escuta, ou apenas sente,

Piers se movimentando perto da parede que dividem. Ela se impressiona, com força, com o fato de que ele exista mesmo quando não o vê. Tem dificuldade de acreditar que Piers é tão real quanto ela — tão cheio de pensamentos e lembranças e sentimentos. Mas deve ser real, sim, como também devem ser reais todos os outros nesse aglomerado de apartamentozinhos de aluguel barato cujos habitantes vão de refugiados da bolha tecnológica a "condenados" como ela e Piers. Como um projeto arquitetônico pode abarcar tantas vidas? Por que não explode com a pressão?

Chris está preocupado com a falta de intimidade de Roxy com os outros condenados. Por que ela e os vizinhos não são mais amistosos — *amigos* — depois de décadas de coexistência que incluíram períodos de quarentena pandêmica? Mas a amizade traz o risco do fim da amizade, e Roxy passou por amigos demais ao longo da vida. Talvez todos tenham passado — talvez ser um condenado em um prédio da O'Farrell Street suponha um rastro de amizades desfeitas. É melhor ela e Piers continuarem como estranhos amistosos do que correrem o risco de virarem inimigos que dividem uma parede.

Artie, o gatinho laranja que adotou três semanas antes, de um cliente do Dia Claro que estava com três enfiados no bolso do moletom, perambula pelo pacote enquanto ela abre com cuidado a caixa da Mandala, com seu hieróglifo inconfundível. Arruma o conteúdo no assoalho de tábuas reluzente, e passa limpa-vidros nele como se fosse uma janela. Depois de uma longa reflexão, ela escolheu a cor "grafite" para seu Cubo de Consciência: trinta centímetros cúbicos de material cintilante que parece ter sido extraído da lua.

Roxy tem o dom da intuição no que diz respeito a máquinas — poderia ter sido uma Bix Bouton, *se*... mas meio mundo deve pensar assim. Ainda assim, ela conseguiu ver a consciência do pai mesmo que Charlene tenha lhe dado a lista de senhas na ordem errada. Roxy queria assistir à sua viagem para Londres com o pai pelos olhos *dele*, a sua versão de 16 anos em ação como uma heroína de filme. Mas acabou arrancando o visor antes que o pai tivesse sequer saído de casa para buscá-la a caminho do aeroporto. Ficou enojada com o fluxo íntimo de seus pensamentos: de Jocelyn, sua namorada debilitada pelo vício, estirada na cama; um *loop* de acordes de guitarra; a coceira no saco; o zumbido de um cortador de grama vindo de algum lugar; o desejo de sanduíche de abacate com queijo branco; a vontade de ir para Londres sem Roxy; um acesso de arrependimento por tê-la convidado para acompanhá-lo — tudo incluso em um ataque de raiva ao ver Bowser cagando à beira da piscina.

Depois de arremessar o visor para longe, Roxy ficou entorpecida e horrorizada, achando que iria vomitar, ou morrer. Com a sensação de que engatinhava para longe de um precipício, lembrou a si mesma de que a magia da viagem para Londres só começaria quando ela e o pai estivessem no avião, na primeira classe, e ele a deixasse beber champanhe. Ela mal o conhecia até então, sendo uma das filhas do meio, da esposa do meio. De acordo com o relato amargurado da mãe, sua única função tinha sido tirá-lo da primeira esposa, Christine, a quem ele amava de verdade.

Roxy sempre tinha imaginado que o pai a levara a Londres para exibi-la: ela havia acabado de aparecer em dois clipes da MTV, uma novíssima invenção americana em 1984. Mas aqueles momentos desgraçados dentro da cabeça do pai revelaram uma outra motivação: educação. Isso explicava as visitas iniciais a uma catedral e a vários museus de arte. O pai conduzia Roxy a um quadro ou um altar, olhava para tal com um ar duvidoso de questionamento, e depois olhava para ela com expectativa, como se esperasse que o objeto tivesse exercido sobre ela uma influência que se recusava a ter sobre ele.

— Que se danem os museus — disse ele no terceiro dia.

O fracasso conjunto os aproximou.

Roxy reparte o cabelo para que todos os sensores toquem em seu couro cabeludo. Sente medo e tem o ímpeto de adiar o processo. Mas quer acabar antes de seu turno na estufa, que começa às três. Bota o Cubo de Consciência ao lado do futom e se deita com cuidado para não atrapalhar os sensores. Artie sobe em seu peito e espreme a cabecinha sob seu queixo como um calço de porta. Ela ouviu dizer que não se sente nada durante a externalização — a pessoa pode estar dormindo ou acordada, não faz diferença. Mas, assim que o Cubo começa a zumbir, Roxy experimenta um enxame de memórias como a poeira levantada por uma faxina vigorosa. No último dia deles em Londres, o pai a levou para almoçar em um restaurante francês chique em um bairro cheio de lojas de roupa *vintage*. Sentaram-se ao ar livre, a toalha branca da mesa ofuscante sob o sol. O pai lhe deu seus óculos escuros. Estavam acompanhando uma banda: quatro garotos ingleses de cabelo comprido, pouco mais velhos do que Roxy, com sotaques incompreensíveis. O pai dela e o empresário da banda estavam fechando um acordo, e o clima era de comemoração. Todo mundo tomava champanhe. O baterista roçou a panturrilha de Roxy por baixo da mesa e depois a interceptou em frente ao banheiro feminino, balançando uma ampola cheia de cocaína. Roxy inalou um pouco por cada narina. O baterista tentou beijá-la, mas seu bigode ralo era repulsivo e seu bafo cheirava a patê. Em outro dia, em outro lugar, Roxy talvez tivesse feito alguma coisa — transado com ele em uma cabine do banheiro, como já tinha feito duas vezes em boates *punk* de Los Angeles. Mas não ali. Ela voltou para a mesa, e se deleitou com o evidente alívio do pai ao vê-la retornar. Ele passou o braço em torno dela e encheu sua taça novamente. O sol era implacável, mas o champanhe, tirado direto do balde de gelo, estalava gelado em seu peito.

Depois do almoço, todos deram uma caminhada. O pai segurava sua mão. Londres estava opressiva e densa e verde. Ela se sentia adulta aos 16, andando ao lado de dois homens enquanto os quatro músicos se escondiam e faziam brincadeiras idiotas atrás deles. Ela balançava o braço do pai, champanhe e cocaína valsando no sangue. Em um parque, pararam à beira de um lago cheio de cisnes e veleiros de brinquedo. Enquanto os músicos tentavam se empurrar na água, o empresário de repente se virou para Roxy e perguntou:

— O que você pretende fazer da vida?

Normalmente, ela responderia *Virar dançarina ou atriz* ou apenas *Ser famosa!* (como todo mundo da idade dela em Los Angeles), talvez mencionasse os clipes da MTV e vários outros que já havia agendado. Mas Roxy disse:

— Quero deixar minha marca.

Deu essa resposta com uma determinação tão nítida que os dois homens riram de surpresa. Sentiu o orgulho do pai, arrebatador e inédito. Muito depois de os músicos se afastarem, Roxy continuou com o pai e o empresário da banda, caminhando e conversando noite adentro. Às dez horas, o sol ainda estava de pé. Foi o dia mais feliz de sua vida.

Na viagem de volta para Los Angeles, Roxy continuou bebendo champanhe, embora o pai já tivesse parado.

— Eu quero morar com você — disse ela.

— Não vai dar certo, Rox — respondeu ele. — Eu viajo muito. E a Kiki ficaria com saudades de você.

— Ela ficaria é feliz de se livrar de mim.

—Todo mundo precisa de um irmão de quem possa ser próximo.

— Eu poderia ir junto quando você viajasse. Que nem agora.

— Seria divertido, né?

Ele estava de óculos de leitura. Papéis se amontoavam na bandeja do avião, além de uma pilha de fitas cassete que ele precisava "dar uma ouvida" no *walkman*. Roxy entendeu naquele momento que a viagem havia terminado. A harmonia perfeita que sentira com o pai, a simbiose que tornara sua vida de antes obsoleta, tinha sido temporária. Ela começou a chorar.

—Você está cansada — disse ele. — Eu te exauri. A gente tem um longo voo pela frente; dorme um pouco.

Ela obedeceu, apoiando-se em seu ombro enquanto ele trabalhava. Quando acordou, o avião já sobrevoava Los Angeles, e o pai guardava as fitas. Roxy o observava com uma sensação de afogamento, mas tensionou o rosto e manteve os braços junto ao corpo. Só voltaria a vê-lo cinco meses depois.

Já em casa com a mãe e a irmã, estava rabugenta e desorientada. Kiki a recebera com indiferença; Kiki se recusava até mesmo a ver o pai, que considerara "um homem sem deus" ao saber por Charlie que ele havia seduzido Jocelyn quando ela ainda estava no colegial. Kiki passava seus dias no grupo da juventude cristã; Roxy presumia que, por ser sem graça, a irmã não tivesse alternativas melhores. Deus ama todo mundo, não é? Mas menos de um ano após a viagem de Roxy a Londres, Kiki fugiu com o líder do grupo de jovens, que tinha 26 anos. Roxy se lembra da estupefação ofendida que sentiu ao ser superada pela irmã enfadonha em termos de transgressão. O pai delas contratou detetives, mas nenhum conseguiu localizar Kiki antes que completasse 18 anos. Ressurgiu alguns anos depois, escrevendo cartas para a mãe do Extremo Oriente, onde havia se tornado missionária. No final das contas, se casou com um executivo da área de seguros, se instalou em Connecticut, e teve quatro filhos que agora são adultos. Atende pelo nome completo, Krysanne. Roxy só a viu duas vezes depois que ficaram adultas, no funeral do pai e, mais recentemente, no da mãe delas. Mas como a única coisa que têm em comum é a infância, sobre a qual Krysanne só faz repetir "graças a Deus eu escapei", têm pouco o que conversar.

Ficar chapada, o que é difícil de conseguir com metadona (é preciso tomar muita, Roxy tem de ser cautelosa), lhe dá uma sensação de poder e probidade transcendente que vai muito além de o que poderia ter imaginado ao pronunciar essas palavras: *deixar minha marca*. Deixar sua marca acabou não englobando nenhuma das coisas nas quais se fiava: sua dança, sua beleza, sua autoestima sexual; a bem da verdade, todas sucumbiram a ela. A heroína é seu grande amor, o trabalho de toda uma vida, e Roxy abrira mão de tudo por ela, mediante renúncia ou pura negligência. Ninguém pode dizer que ela não foi firme em seu propósito — ou melhor, todo mundo diz isso, mas só porque as pessoas não conseguem entender que seus braços cheios de cicatrizes e dedos inchados, seus dentes cinzentos e cabelo ralo e seu andar corcunda, hesitante, são provas de sua devoção feroz. Roxy foi muito além de Jocelyn, com quem costumava adormecer na casa do pai. Jocelyn se formara em serviço social aos quarenta e poucos anos, e por fim sossegou ao lado de um guitarrista famoso que era apaixonado por ela desde o colegial. Roxy não. Ela vai partir deste mundo de mãos vazias: um sacrifício que somente Kiki, no fervor religioso de sua infância, teria compreendido.

O Cubo soa antes do que Roxy esperava. Ela se senta, revigorada e com vontade de fazer xixi, como se tivesse dormido. Talvez *tivesse* dormido, porque cruzar o cômodo lhe parece diferente, esquisito. Bom. Ao lado do futom, o Cubo de Consciência está morno como um ovo recém-chocado, com Artie cochilando em cima dele. Roxy puxa o gatinho para a cama e levanta o Cubo. Parece mais pesado: o peso de seu passado. Ao arrancar os sensores da cabeça, sente uma leveza compatível, como se uma pressão interna tivesse sido amenizada. Uma vez assistiu a um vídeo sobre uma mulher que caiu de cabeça da janela do terceiro andar. Os médicos então abriram seu crânio e retiraram seu cérebro, e o colocaram em uma bacia de fluido cerebral para que pudesse inchar à vontade sem ser espremido dentro do crânio. É assim que Roxy se sente: como se seu cérebro tivesse sido libertado de uma cela já pequena demais para ele.

Ela manda uma mensagem para a estufa dizendo que não se sente bem e não pode ir, Prevaricação Fácil sendo outra habilidade de Ex-Viciado. O emprego na estufa é um programa do Dia Claro, o que significa que no dia seguinte ela terá de fazer exame de urina. Tudo bem — Roxy está limpa! Mas quer se entregar às repercussões, entender o que mudou. Artie pula no Cubo outra vez quando ela o larga. O Cubo é *ela*, de certo modo. Guarda todo o conteúdo de sua mente: todas as coisas de que se lembra e não se lembra, todos os pensamentos e sentimentos que já teve. Até que enfim é dona de seu inconsciente. Sabe onde tudo pode ser encontrado.

Isto é, tudo até a campainha. Os vinte minutos desde então não serão armazenados no Cubo a não ser que ela torne a grudar os sensores e atualize a externalização. Por enquanto, eles existem apenas em sua cabeça. E embora Roxy tivesse cobiçado um Cubo de Consciência como forma de voltar ao passado, é o diáfano presente novo, com seus minutos recém-nascidos, que a cativa. Ela toca no rosto, sentindo o calor da pele na ponta dos dedos. Vai à janela e a abre. Céu azul. O vento fresco de San Francisco. Um toque do oceano, embora esteja longe de seu campo de visão. A satisfação de uma boa respiração profunda. Inspira outra vez, ainda mais profundamente, e pensa, *Tenho sorte.*

O filme que almejava ver, de sua versão jovem em Londres, é o que acabou de assistir no turbilhão de memórias desalojado pelo *upload*. Do que mais ela precisa? De que forma revisitar aquela época em seu estado sem filtros poderia aprimorar a história que sua memória elaborou? E se, como naqueles momentos infames dentro da mente do pai, a verdade for uma decepção?

Agora Roxy entende por que Chris Salazar se opõe até aos usos mais privativos, mais limitados do Domine Seu Inconsciente. A lógica do processo é empurrar *para fora*. Roxy a sente como uma força natural, uma corrente que arrasta seu consciente além dos limites de si, para uma esfera mais ampla. Convergir, ser subordinada — como espera por isso! A perspectiva reluz diante dela: o cumprimento de tudo o que ela já quisera na vida. *Deixar uma marca.*

Estimulada pela necessidade de agir antes de ficar com medo, Roxy pareia o Cubo com o *wi-fi* e se senta de pernas cruzadas diante dele. Fornece a amostra obrigatória de DNA de dentro da bochecha, e o Cubo começa a zumbir, Artie ronronando de prazer com a nova onda de calor. Ela sente um chiado bem no âmago de si, o jorro de sua consciência sendo despejado na internet: uma torrente de lembranças e momentos, muitos deles dolorosos — alguns de fato lembranças de dores —, tudo se esvaziando em um cosmo que se debate e serpenteia como uma galáxia em expansão. O pai dela está ali, em algum lugar. Roxy sente suas memórias enfim se fundirem, como os braços dos dois balançando naquela longa noite clara. Seu passado inteiro se lança através de um portal em uma paisagem invisível e desparece em outra folha de papel quadriculado.

E nesta, uma nova vida secreta que só ela conhece, Roxy irá ao D&D e dirá a Chris e Molly:

— Estou pronta para criar meu personagem. Vocês me ajudam?

I, O PROTAGONISTA

Chris Salazar não conseguia se lembrar de que tipo de trabalho imaginava quando caiu na lábia de Sid Stockton, o diretor-executivo bizarramente carismático da SweetSpot Networks, durante uma entrevista pandêmica pelo Zoom, para acabar trocando seu trabalho de edição pela *startup* de entretenimento de Sid, mas sem sombra de dúvida não incluía encher paredes inteiras de álgebra. Mas ali estava ele, dois anos depois, com o braço doendo e o coração acelerado, depois de gastar vários pincéis atômicos defendendo sua série de "algebrizações" — palavra que teria tido dificuldade de definir dois anos atrás, mas que agora chegava a usar oitenta vezes por dia (já tinha contado).

Os contadores profissionais queriam saber (principalmente Jarred: turma de 2019 em Stanford, assim como Chris, mas com diploma em cálculo) por que Chris havia algebrizado *Uma bebida na cara* —

$$a \text{ (+bebida) } \times \text{ (ato de jogar bebida) } = a \text{ (- bebida) } + i/2$$

— fazendo de *i*, o protagonista, o *alvo* da bebida atirada e não quem a atira?

Sem olhar diretamente para Jarred, que Chris faz questão de ignorar, ele explicou ao grupo que o protagonista atirador de bebidas era de outro bloco de história, *Herói Dá Merecida Punição a Babaca Recorrente*, que Chris algebrizara alguns meses antes.

Jarred ficou insatisfeito; Jarred estava sempre insatisfeito com Chris, e o sentimento era mútuo.

— O *i* não devia ser elevado ao quadrado quando a bebida vai parar em seu rosto? — pressionou ele.

— Levar uma bebida na cara é humilhante — declarou Chris com firmeza. — O que aumenta a probabilidade de que *i* se sinta diminuído, ou *i* seja reduzido à metade.

— Sim — entoou Aaron.

O patrão deles era um homem de tão poucas palavras que a ocasional palavra que pronunciava tinha a irrevogabilidade perfurante de um machado partindo uma tora.

Chris sentiu um solavanco de euforia frenética. Estava arrasando, estava mandando ver; estava abafando na reunião; estava destruindo Jarred, pois tinha persistido em uma série inteira de algebrizações sem que nenhuma alteração matemática fosse solicitada. Incluíam, além de *Uma bebida na cara*, que havia catalogado como 3A*i*m:

- *Um tapa na cara [3Aiir]*
- *"Você nunca ligou pra mim." (Aos berros) [3Aviiy]*
- *"Como você ousa?" (Sussurrado) [3Aviiiz]*
- *Protagonista chega ao fundo do poço sozinho, à noite, pelas ruas da cidade (com Música Comovente) [3Aixb]*
- *Protagonista, bêbado, drogado, ou tendo batido a cabeça, cambaleia por uma paisagem distorcida [3Aixd]*
- *Estrondo noturno seguido pelo silêncio vazio da manhã seguinte (3Axiiw)*
- *Caras borradas se aproximam do protagonista, e aos poucos se tornam mais nítidas (3Axip)*
- *Mão escapa das cobertas para procurar celular tocando (3Ayiiin)*

Assim que Chris foi incumbido da tarefa de vasculhar filmes e programas de TV em busca de todos os possíveis elementos corriqueiros ("blocos de elementos") e depois catalogá-los e convertê-los em um sistema algébrico, ele imaginou que isso fosse impossível. Havia se formado em língua inglesa em Stanford: amava ler e ainda dedicava seu parco tempo livre à leitura. Findou descobrindo que representar narrativas corriqueiras algebricamente era mais fácil do que pensava:

Protagonista em estado animado: i^2
Protagonista em estado abatido: $i/2$
Protagonista, excluído pelos outros, se sente abatido: $i < (a, b, c...)$ $= i/2$
i, o protagonista, começou até a adotar a arrogância de um herói:

$$i!$$

Já *a*, *b* e *c* parecem analogamente exíguos — figurantes que não conseguiram entender que a história não é deles e que *i* sem sombra de dúvida triunfaria. No mundo dos blocos de elementos, a redenção era garantida.

"A SweetSpot vai fazer pelo entretenimento o que a MK fez pelas mídias sociais!" Sid Stockton tinha delirado naquela primeira entrevista pelo Zoom, e apesar de Chris ter assentido em ávida concordância, teve de pesquisar "MK" depois. Referia-se a uma antropóloga, Miranda Kline, que havia mapeado "o genoma das propensões humanas" quase trinta anos antes e criado algoritmos para a previsão de comportamentos. Havia se tornado famosa por fornecer às empresas de mídia social meios de monetizar seus negócios quando isso era novidade, embora não tivesse orgulho nenhum disso. Os trechos de entrevistas nos quais Chris dera uma olhada mostravam certa futilidade se insinuando na atitude de Kline ao longo dos anos. No mais recente, um entrevistador diz: "Você meio que parece ter 'superado a questão' a esta altura". Kline, uma mulher grisalha de 72 anos, com camisa de cetim vermelho, inclina a cabeça para trás e ri. "Ainda curto estar viva, se é isso o que você está perguntando", decla-

A CASA DE DOCES

rou. E então, em uma expressão que assombrou Chris, "Mas estou cansada da minha história".

Chris saiu da reunião matinal em um estado elevado de glória irrequieta que estranhamente o deixou à beira das lágrimas. O triunfo era prematuro: apresentaria outra série de algebrizações na manhã do dia seguinte, e não estava nem perto de acabar. Num estado de exaltação artificial (frequente em seu trabalho), ele evitava o jardim no terraço da SweetSpot — onde abelhas do apiário da empresa cochilavam em leitos de lavanda — e preferia se juntar aos fumantes, que acendiam seus cigarros fora do prédio, além de uma linha amarela que marcava o perímetro a nove metros da entrada do SweetSpot. O desdém dos fumantes pelo patrão e seu jeito antissocial confirmava com excepcional precisão o bloco de elementos 1K*ii*p, Marginalizados Extravagantes. Cada vez mais Chris reparava nessas semelhanças, que tinham o efeito de transformar o mundo inteiro em um jogo de correspondências. Mas elas também o preocupavam: o que significava o fato de boa parte de sua vida poder ser descrita em clichês padronizados?

Chris não fumava; sua atração por fumantes era consequência de sua própria função narrativa — Aliado Facilitador —, da qual havia se conscientizado timidamente ao longo de seus dois anos de codificação de blocos de elementos. Durante toda a vida tinha interpretado papéis coadjuvantes nos dramas alheios (menos nas partidas de D&D, em que costumava interpretar o líder corpulento), a começar por Colin, seu melhor amigo de infância e até os dias atuais, e chegando a Pamela, sua ex mais recente, cujo vício em heroína Chris não conseguiu resolver.

O marginalizado mais extravagante dos fumantes, Comstock, parecia não fazer nada *além* de fumar; Chris nunca o tinha visto dentro do prédio. Robusto e vestido de peças de couro, Comstock abafava uma tosse à espreita com tragos de xarope Robitussin DM de uma garrafa escondida entre suas camadas de couro (pós-pandemia, nem os marginalizados extravagantes tolerariam tossidas). Durante um raro diálogo, Comstock dissera a Chris que seu emprego na SweetSpot era na área de Diagnósticos, que descrevera como "uma oficina mecânica em que o pessoal que não se formou em Stanford mete a mão na massa". Ao que Chris replicou, em tom parecido, "E nós somos os puros-sangues que na verdade não sabem fazer nada". Era a resposta certa. Foi recompensado com um sorriso e algo parecido com contato visual.

— Saudações — disse Comstock, no cumprimento que lhe é típico, e depois acrescentou: — *¿Qué pasa, hombre?*

O espanhol assustou Chris — seria um comentário sobre sua etnia? Ele era parecido com o pai, que era, de fato, latino — *que se odeia*, Chris gostava de alfinetá-lo, embora fosse um grande exagero. Mas era justo dizer que Bennie Salazar havia incluído sua origem hondurenha em um Ar Contracultural (1A*iii*p) desde o colegial, bem ali em San Francisco. *Punk rocker* líder de uma banda com o imperdoável nome de Flaming Dildos, o pai tinha vergonha demais de levar qualquer amigo que fosse à sua casa em Daly City, onde morava com a avó e uma das quatro tias de Chris, que tivera um filho quando ainda estava no colegial.

Chris bem que gostaria de responder ao *¿Qué pasa?* de Comstock com uma torrente de espanhol, mas o pai sempre insistira que aprendesse francês.

— Faz quanto tempo que você trabalha na SweetSpot? — preferiu perguntar.

— Tempo demais.

— O que significa… uma semana?

— Cinco anos.

Chris sentiu um quê de dúvida.

— A gente não existe só há três…?

— Eu já estava na empresa antes de ela ser a SweetSpot — explicou Comstock. — Conheço o Sid de outros tempos.

Chris nunca tinha encontrado ninguém que *conhecesse* Sid Stockton; só outros feito ele, que tinham sido hipnotizados por ele.

— Então como é que você está parado em Diagnósticos se você e o Sid são amigos? — indagou.

A CASA DE DOCES

187

— Eu *não trabalho bem em equipe* — disse Comstock. — Mas o Sid não pode me mandar embora porque eu sei onde os corpos estão enterrados.

Chris sentiu um frêmito de vigília: a sensação de que uma nova experiência se curva à sua frente. Foi a sensação que teve da primeira vez que viu Pamela na formatura de Colin da Sylvan Shires, uma clínica de reabilitação em East Bay: a sensação de que a garota emotiva de brincos pendentes em forma de coração o levaria a um lugar novo. Chris tinha imaginado que Pamela fosse amiga ou parente de um formando, não uma pessoa viciada. Mas a sensação fora certeira: ele nunca tinha amado tanto alguém. E Pamela o amara, ou parecera amar até sua recaída, depois da qual Chris só conseguia se irritar em vão enquanto ela cochilava diante dos desenhos de *Yu-Gi-Oh!* que gostava de assistir quando estava chapada, filetes de baba de bala laranja escorrendo da boca. Os berros, súplicas e choros intermitentes de Chris não comoviam Pamela naquele estado: ela recebia tudo com uma euforia afetuosa, tacanha.

Comstock estava falando — o que, para Comstock, era basicamente varrer palavras na direção de Chris sem olhar para ele.

— Levar minha moto pra... Quer vir...?

— Claro — respondeu Chris em tom reflexivo, ciente de que os Marginalizados Extravagantes dificilmente repetiam uma proposta.

Na verdade, não podia ir a lugar algum: precisaria trabalhar o restante do dia para terminar as algebrizações até de manhã. Mas não havia necessidade de declinar por enquanto. Desceu a colina ao lado de Comstock, se distanciando do saguão de tábuas claras da SweetSpot, que se erguia, convidativo, atrás do vidro laminado. O quarteirão de frente para o deles era bifurcado pelo "Beco dos Viciados", onde Chris já tinha visto gente se injetando na virilha e no pescoço quando ousara olhar. A SweetSpot alegava não poder controlar o que acontecia do outro lado da rua, mas os fumantes tinham outra teoria: a gerência tolerava a simetria horrenda porque isso impedia que o pessoal da SweetSpot se aventurasse para fora de sua aconchegante cidadela.

A Harley-Davidson preta amassada de Comstock estava parada no meio de um bando de bicicletas que, a seu lado, pareciam cervos amedrontados. Havia chegado o momento de Chris se desgarrar — ou melhor, uma série de momentos tinham chegado e acabado, sendo que todos pareceram um pouquinho prematuros. Comstock bateu no assento da moto, convidando Chris a experimentar em primeira mão o novíssimo estofamento de couro. Chris subiu, ciente de que agora o momento havia definitivamente chegado, e foi pego de surpresa quando Comstock pulou na frente dele com uma agilidade surpreendente para um homem grande, o que fez seus torsos se juntarem numa união irresistível. Comstock ligou o motor e a moto deu uma guinada para a frente, o que obrigou Chris a apertar o diafragma quente daquele conhecido seu para não cair de costas na rua. Eles correram colina acima e avançaram pelo outro lado, açoitados pelo vento e pelas vibrações intensas, chiadas, da máquina. Chris ficou apavorado. Tinha pouca experiência com riscos físicos: os pais o haviam ensinado, em franco uníssono, que sua jovem vida era preciosa, e ele tinha aprendido a lição.

No entanto, quando por fim conseguiu relaxar ainda que só um pouco — destrincando os dentes, os bíceps, a barriga, as pernas e pés, e se abrindo para aquela jornada cuja brutalidade estrondosa devia, por direito, ter transformado os edifícios pelos quais passavam em pilhas de escombros em combustão —, Chris sentiu uma onda chocante de alegria. Ele se entregou ao passeio: as subidas aflitivas e as descidas em queda livre, curvas feitas em ângulos tão drásticos que o asfalto roçava seu ombro. Sentia um arrebatamento tão puro, tão distante dos triunfos inquietos do trabalho, que lhe pareceu uma novidade. Será que estivera deprimido? Uma sensação de fracasso o vinha assolando nos cinco meses desde que Pamela tinha sofrido uma overdose no banheiro do Starbucks e sido ressuscitada com Narcan. A mãe dela fora até San Francisco, ajudara Pamela a arrumar suas coisas, e a levara de volta para o Nebraska. Pamela mandou mensagem a Chris dizendo que não manteria contato: "É q preciso me concentrar em ficar bem…"

A CASA DE DOCES

Quem seria capaz de contestar? Só que agora, segundo seus *stories* nas redes sociais (que Chris monitorava com mais atenção do que os próprios), ela havia terminado outro programa de tratamento e feito uma tatuagem de aliança junto com um jogador de *ultimate frisbee* chamado Skyler.

Chris tinha fracassado; mas como? Fracassado em conseguir curar Pamela? Fracassado em bastar para ela — na cama, na vida — a ponto de impedi-la de ter uma recaída? A verdade lhe parecia mais profunda, mais esquisita: ele fracassara em sucumbir junto com ela à catástrofe. Em comparação com a infância de Pamela, barbarizada pelo abuso sexual de um tio agora preso, a dele tinha sido risível de tão tranquila. Sua única mágoa — o divórcio dos pais quando ele tinha 8 anos — fora apaziguada a ponto de virar uma nulidade quando seu tio Jules chegou para viver com eles. Jules era um escritor que vivia um bloqueio criativo, o que lhe dava bastante tempo para montar o Esconderijo do Abominável Homem das Neves de Lego para Chris enquanto ele estava na escola; para orquestrar partidas bissemanais de D&D para Chris e Colin e, quando estavam mais velhos, para levá-los de barca até um antigo acampamento de Bandeirantes em Nova Jersey, onde pessoas normais se transformavam em Arcanos de Guerra, Elfos Negros e Náiades azuis; onde Chris e Colin se revezavam interpretando cidadãos assustados ou vendedores ambulantes de passagem ou (o melhor de tudo) monstros sujos de sangue que rodeavam viajantes insuspeitos em estradas rurais, e borrifavam sangue imaginário em colinas de neve de verdade.

Tudo isso deixara Chris irrevogável, inabalavelmente *bem*, cauterizado contra dificuldades tal qual o pessoal da SweetSpot era à miséria infame daquele beco no final do quarteirão. Perder Pamela deixara uma sombra de tristeza com a qual estava tão acostumado que tinha parado de notá-la. E agora, essa sombra tinha se desfeito.

O fato de que cortavam um trecho aberto de estrada foi impregnando sua atenção aos poucos, culminando em um acesso de alarmismo. Precisava voltar! Tentou se inclinar sobre o torso de Comstock para gritar em seu ouvido algo como "Porra, cara, onde é que você está indo?", mas o vento brutal invadiu sua boca, ameaçando desalojar a pele de seu crânio e fazê-la voar pelas colinas como uma fronha. Tentou levantar o quadril para vociferar a pergunta no ouvido de Comstock, mas a ideia se provou impossível porque Comstock estava de capacete — e Chris não! Então, ele se segurou e aguentou, se tranquilizando com o fato de que seu apuro estava em perfeita conformidade com *Sujeito certinho, sequestrado por infrator, inesperadamente fica feliz* [2Pvii], um bloco de elementos firmemente alojado no âmbito da comédia. Estavam na Rodovia 101: a East Bay reluzia opalescente à esquerda e os sopés das colinas estavam acima, à direita, a neblina fazendo cócegas em seus cumes. Era um trecho da rodovia que Chris conhecia de idas ao aeroporto.

Como era de se esperar, pouco depois estavam espiralando entre terminais do Aeroporto de San Francisco.

— O que é que a gente está fazendo aqui? — Chris conseguiu de berrar quando Comstock parou para olhar o celular.

— Já faz umas duas horas que o avião dela aterrissou. Ela está puta.

Um instante depois, Chris viu *ela* no meio-fio, inconfundível com suas roupas pretas de couro, batom preto e expressão furiosa. Comstock foi até ela com um solavanco da moto, saltou e começou a beijá-la de boca aberta, enquanto Chris teve o recato de olhar para o outro lado. Em seguida veio o som *dela* gritando com Comstock em uma língua que Chris não reconheceu de cara — russo, talvez? O tráfego foi se acumulando junto ao meio-fio, e ele ouviu apitos da polícia. A moto nada fazia debaixo dele.

— Aqui, traz ela um pouco pra frente — disse Comstock.

Chris se virou para olhar para trás, com a certeza de que Comstock se dirigia a uma pessoa próxima que sabia pilotar motocicletas [1Ziiip]; mas não, ele estava mesmo falando com Chris.

— Não sei dirigir esse troço — cuspiu Chris.

— Então, desce daí.

Chris obedeceu com prazer, em seguida foi atacado pela sensação de que havia se metamorfoseado em pedra. A ansiedade e a frustração, obscurecidas até aquele instante pela movimentação, o acossaram. Que diabos ele estava fazendo no aeroporto? Quanto tempo havia perdido? O fantasma de Jarred se lançando sobre suas mínimas inconsistências fez sua cabeça acelerar.

Comstock ajudou a amiga a subir na moto, e ela ligou o motor e avançou até os limites do terminal. Comstock a seguia com sua imensa mala cinza de plástico industrial surrado. As rodinhas pareciam emperradas, e Comstock precisava arrastá-la pela calçada. Chris identificou um problema logístico óbvio: não havia como levarem uma terceira pessoa, muito menos uma mala enorme, na motocicleta de Comstock.

— Escuta, ela quer muito dirigir — murmurou Comstock para Chris de forma enviesada. — Que tal eu ir com ela e você segue a gente de táxi e leva a mala?

Chris não sabia exatamente como rejeitar aquela proposta absurda: *Não, eu vou pegar um táxi e não vou levar a mala...? Não, eu insisto em ir na sua moto com uma mulher que nunca vi...?* O absurdo estava no fato de ter se deixado arrastar até ali, para começo de conversa.

Chris fechou a cara para a fila de táxis. Por fim, um motorista enfiou a bagagem no porta-malas, Chris entrou no carro e bateu a porta para sinalizar sua revolta. Ficou sentado, rabugento, no banco de trás, enquanto Comstock, no papel de adulto, falava com o taxista. Mas por fim a caravana heterogênea se pôs em movimento, a amiga de Comstock de capacete e na direção enquanto Comstock, de cabeça exposta, a segurava por trás. Quando saíram do aeroporto e seguiram em direção ao norte pela 280, Chris se sentiu acalmar. Tinha a noite inteira para terminar a apresentação, se fosse necessário, e conseguiria bastante Adderall com Colin, cujo contato com vendedores de drogas continuava impecável mesmo durante o tratamento.

Chris passou os olhos pelos blocos de elementos 3Bi–3Bxii, que abarcavam:

• *Melhor amiga engraçadinha fala sério para botar juízo na cabeça do protagonista*

- *Montagem de transformação completa seguida por imagens de reações boquiabertas*
- *Companheiro que rejeitou protagonista vai socorrê-la em momento crucial*
- *Plateia se levanta em ovação inesperada...*

— Pra que merda de lugar ela pensa que eu estou indo? — disse o taxista.

Chris ergueu os olhos e reparou no homem como indivíduo pela primeira vez: cabelo grisalho comprido, bronzeado antigo, badulaques pendentes do retrovisor, uma vareta de incenso no painel. Um *personagem*.

— O seu amigo se acha o James Bond — comentou o taxista.

Chris deu uma risadinha educada e voltou à lista, mas o motorista tornou a falar logo depois, mais insistente.

— Não dá para acompanhar a velocidade deles. É só me dizer pra onde a gente está indo.

— Eu... eu não sei. Ele não te falou?

— Falou que era pra eu seguir a moto.

Chris havia presumido que o destino seria a SweetSpot, mas pensando melhor, a ideia lhe parecia improvável.

—Você não podia... dar uma acelerada? — indagou. — Não tenho cem por cento de certeza de onde a gente vai.

— Isso força o amortecedor. E periga de o radiador superaquecer.

— Escuta, no final você vai ganhar uma bela gorjeta — disse Chris, mas a referência ao dinheiro suscitou uma revelação desesperadora: se não acompanhassem o ritmo da moto, *ele* teria de pagar a tarifa exorbitante.

— Sentiu essa sacudida? — perguntou o taxista. — É o motor sobrecarregado. Já vou ter que trocar o óleo, e isso que semana passada eu gastei trezentos e vinte dólares em amortecedores novos.

Chris assentiu com impaciência em meio àquela hipocondria automotiva. O motorista, ele se deu conta, era *a*: o figurante que se engana ao acreditar ser o protagonista. Chris não desgrudou seu olhar da jaqueta de couro de Comstock e lançou comandos mentais furiosos para que desse meia-volta. Mas Comstock não virou — talvez não pudesse; talvez confiasse que *ela* não perderia o táxi de vista. Vai saber o que pensavam — eram completos desconhecidos! Ele e Comstock nem sequer tinham feito contato visual!

— Está ouvindo esse clique? Esse chiado baixo?

— Escuta, eu não preciso de um informe minucioso sobre o seu táxi — disse Chris. — Preciso só que você dirija. Se perder a moto, a gente vai arrumar uma encrenca.

— Eu não. Eu não vou arrumar encrenca.

— Eu estou sem a minha carteira. Se a gente perder a moto, você não recebe.

Mesmo se fosse verdade, o que não era o caso, seria uma ameaça vã: poderia pagar com o celular, obviamente, embora o motorista da geração dos *baby-boomers* talvez não soubesse disso. Chris só queria lembrar ao motorista que ele era a, não i, e por isso tinha de fechar a boca e cumprir sua função. Um silêncio emburrado reconfortou Chris brevemente, até que ele percebeu que a dera seta para mudar de pista e estava saindo da rodovia.

— Que merda é essa que você está fazendo? — vociferou.

Estava difícil ver a moto.

— Sem dinheiro, sem corrida.

— É claro que eu tenho como te pagar. Não quero, mas tenho como.

Mas uma ruptura havia ocorrido entre a e i.

$$a \neq i$$
$$a \leftarrow \rightarrow i$$
$$i$$

E foi assim que Chris se viu sozinho na calçada ao lado da mala de uma estranha sob um pôr do sol fulgurante no que agora percebia ser Daly City. Se permitiu soltar um uivo de frustração, o que provocou olhares desconfiados de trabalhadores que saíam da estação de metrô. Então, se acalmou. Afinal, não era ele quem tinha um problema: era *ela*. Chris não tinha gastado nem um centavo, a mala estava em bom estado e, segundo seu celular, ele estava a oito quarteirões da casa da avó. Ela vinha suplicando que aparecesse para jantar, e ele estava morto de fome. Abuela volta e meia jogava xadrez no fim da tarde, mas uma rápida troca de mensagens confirmou que ela estava em casa, a instantes de servir guisado de frango à prima de Chris, Gabriella, que tinha vindo de Fresno para lhe fazer uma visita. Essa última parte abafou um pouco o triunfo de Chris: a prima Gabby não gostava dele. Porém, a sorte de seu pouso suave o animou ao longo dos oito quarteirões montanhosos, arrastando a mala defeituosa ao passar por casas idênticas cujas individualidades vinham em forma de escolhas de tinta radicais — rosa-choque, azul berrante —, a psicodelia exacerbada pelo pôr do sol.

Abuela o recebeu na porta de sua casa verde-cinzenta e o tomou em um abraço débil mentolado pelos cigarros que ainda fumava aos 86 anos, apesar das arengas do pai de Chris. Esguia e delicada, só vestia Celine, tricôs elegantes azuis e beges, correntinhas finas de ouro no pescoço. O cabelo, do qual tinha apagado qualquer vestígio de grisalho, estava enrolado e preso na parte de trás da cabeça. Ela jogava xadrez todo dia, geralmente o dia inteiro, e acreditava que devia se sentar para a batalha em trajes de gala. Quando menina, em Honduras, ela fora campeã, mas sendo mãe de cinco em uma terra hostil, viúva aos 35 anos, tivera de desistir. Só quando o pai de Chris, o caçula, estava no colegial, "com vergonha de vir pra casa", como Abuela volta e meia reclamava, foi que ela retomou o jogo, e com o tempo os prêmios dos torneios lhe permitiram parar de trabalhar para a prefeitura e comprar uma casinha. Então, em uma aula de ioga aquática para a terceira idade na YMCA, Abuela fez amizade com uma mulher cujo filho mexia com uma moeda-corrente alternativa. Ela começou, por meio dele, a investir parte de seus ganhos com o xadrez — e por fim todo o seu patrimônio líquido — em *bitcoin*. Desfizera o investimento no auge do mercado, e obteve um lucro de incontáveis milhões (incontáveis porque ela se recusava a contar a qualquer pessoa), uma porção dos quais ela tinha investido, sob anonimato, em um leilão, em um quadro de Mondrian. Para Chris, a pintura nada tinha de excepcional: eram quadrados brancos e blocos de cores primárias. Mas, para Abuela, sua geometria era uma fonte inesgotável de renovação meditativa. "Quando fico perdida aqui, eu me ponho ali", ela gostava de dizer. "Em duas dimensões, os problemas ficam mais simples." O Mondrian ficava pendurado, sem seguro, na sala de estar; mesmo com alarmes, sua casa tinha sido considerada vulnerável demais por todos os atuários que havia consultado. Abuela se recusava a se mudar. "Esse pessoal não sabe a diferença entre um Mondrian e um merengue", Chris a ouvira dizer aos vizinhos. "Olha só como eles pintam as casas!"

O pai de Chris se negava a ficar sentado em uma sala com um Mondrian sem seguro, e esse impasse entre mãe e filho significava que, durante dois anos, iam exclusivamente a restaurantes quando o pai vinha de Nova York para visitá-la — muitas vezes com a madrasta do pai, Lupa, fotógrafa da vida silvestre especialista em insetos.

— Por que não curtir a beleza do meu Mondrian — pronunciava Abuela com um floreio francês — em vez de fazer esse estardalhaço todo?

Ela tinha feito a pergunta ao pai de Chris alguns meses antes, quando os quatro estavam comendo em um restaurante de North Beach perto do antigo Mabuhay Gardens, célebre casa punk extinta havia tempos, e em que a banda do pai, os Flaming Dildos, tinha tocado apenas uma vez, em 1979.

— Não vejo beleza. Eu vejo é um ponto vazio, e só Deus sabe quantos milhões descendo pelo ralo, quando um vândalo arrancar o quadro da sua parede — retrucou o pai.

Chris e Lupa trocaram um revirar de olhos.

— Benicio — repreendeu Abuela. —Você está chorando por um acontecimento que não aconteceu. Tem bobagem maior do que essa?

— Pendurar um Mondrian sem seguro na parede!

Havia um aspecto performativo na desavença, um quê de *Rebento de cabeça quente ralha contra responsável de cabeça fria* [2P*xix*l], que fazia Chris se perguntar se, sem ele e Lupa como plateia, eles sequer se dariam àquele trabalho.

— Sabe — disse Abuela com um olhar de soslaio para Chris —, *eu* passava o ferro no moicano dele. Para ele ser *punk rock*.

— Lá vamos nós — disse o pai.

— Na minha tábua de passar. Com o meu spray Aqua Net. Ele teria queimado a cabeça.

— Lembro disso — comentou Chris.

— Todo mundo se lembra — bufou Benny. —Você não deixa ninguém esquecer.

— Ele parecia um... um monstro, de assustar as crianças — disse Abuela, com um olhar carinhoso para o pai de Chris. — Mas eu fiz mesmo assim, e pra quê?

— Para fazer ele feliz — finalizou Lupa.

Passaram de carro pelo antigo Mabuhay Gardens depois do jantar. Os Flaming Dildos tinham sido a primeira de várias bandas de abertura, seu show recebido com lixo atirado no palco. Chris procurara, em vão, alguma filmagem daquele dia (que mundo era aquele, com tão poucas câmeras!). Se tivesse feito o jogo do Consciente Coletivo, sem dúvida poderia ver o show de múltiplos pontos de vista. Mas Chris tinha aversão ao Domine Seu Inconsciente — uma reação em radical descompasso com a de seus companheiros. Bix Bouton era um deus no universo de Chris, mas Chris secretamente (muito secretamente) tomava partido dos *baby-boomers*, que viam a "memorevolução" da Mandala com um horror existencial. Talvez fosse o único assunto em que ele e o pai concordavam.

Embora a apresentação dos Dildos estivesse perdida para Chris, fiapos dela conseguiram se estender ao longo de quarenta e três anos, e chegaram ao presente: Scotty Hausmann, o herói *folk* que ressuscitou a carreira de seu pai alguns anos antes, tinha sido vocalista do Flaming Dildos. Lou Kline, o finado produtor musical, tinha comparecido ao show dos Dildos e depois acolhido o pai de Chris debaixo de suas asas. A filha de Lou, Roxy, uma criatura instável que morava em San Francisco, às vezes jantava com Chris e o pai dele. Mas a ligação mais espantosa era aquela com que havia esbarrado havia pouco tempo, quando Miranda Kline, a antropóloga, vinha à sua cabeça espontaneamente. Indo mais a fundo na biografia dela, Chris descobriu que tinha sido *casada com Lou Kline* por um breve período dos anos 1970! O fato lhe causou um calafrio de identificação lúgubre — de confronto, até —, como se Miranda Kline acenasse para Chris, ou piscasse, de longe.

Abuela amarrou o avental com estampa de Mondrian sobre o vestido e despejou conchas de guisado de frango nas cumbucas com estampa de Mondrian. Entre seus objetos de Mondrian havia castiçais, vasos, guarda-chuvas, bandejas, copos, jogos americanos, toalhas, almofadas, pôsteres emoldurados, livros de mesa de centro e um banquinho bordado — tudo isso compunha, na cabeça dela, uma camuflagem tortuosamente impenetrável. "Ninguém que tem um Mondrian de verdade compraria essas porcarias", ela gostava de dizer.

— Você estava viajando? — berrou Gabriella para Chris enquanto matava tempo à mesa de jantar, esperando que ele a servisse.

Olhava para a mala, que ele havia deixado, discretamente, torcia ele, junto à porta da frente.

— Não é minha — respondeu ele.

— Isso não é uma coisa que não se deve fazer de jeito nenhum? Transportar a mala dos outros? — perguntou ela, com um visível tremor de deleite.

— Não ao embarcar num avião.

Gabriella era corpulenta e tinha um rosto lindo, taciturno. Supunha-se que sua mãe, Laura, tia de Chris, tivesse fervilhado de rancor do pai de Chris por ser o bebê mais querido e o único filho homem, mimado e com o moicano passado a ferro enquanto Laura ficava em casa enfrentando a maternidade na adolescência. Depois Laura havia prosperado e agora tinha uma casa compartilhada na Escócia, onde passava metade dos verões jogando golfe. Mas seu rancor havia se decantado em Gabriella, que o voltava contra Chris sempre que se encontravam.

— O que é que você anda fazendo no trabalho? — perguntou ela, quando todos já estavam acomodados. — Criando aplicativos?

— Não exatamente.

— Não é isso o que todo mundo que é formado em Stanford faz? Criar aplicativos?

— Me diz você.

— Não tenho como saber. Eu estudei na Estadual da Califórnia.

— O que é que o pessoal que se formou na Estadual da Califórnia faz?

—Vira carcereiro. Brincadeira, brincadeira — disse ela, em genuflexão, pois Abuela tinha uma política de tolerância zero por autocomiseração.

E, de qualquer modo, Gabriella era uma farmacêutica bem-sucedida.

— Que produto a sua firma está criando, Christopher? — perguntou Abuela, encarando-o com seus olhos calmos, observadores.

— Eu... não sei direito — respondeu Chris, que nunca soubera mentir para sua *abuela* ou sequer enganá-la. — Assim, nós somos uma empresa de entretenimento. Mas o que eu geralmente faço é decompor histórias em partes conhecidas e depois decompor essas partes em partes menores, que eu...

Chris não foi capaz de dizer "algebrizar".

— Meio que transformo em um diagrama. Eu acho que a ideia é...

Qual era a ideia? Criar arte — ou criar um *jeito* de fazer arte —, mas pelo que Chris sabia, não tinham nenhum produto em vista. Tentara perguntar a Aaron, seu chefe, em que direção exatamente o trabalho deles estava indo, mas Aaron respondera apenas, com sua objetividade de machado: "DNA".

— Você gosta desse seu trabalho, Christopher? — perguntou Abuela.

— Adoro — respondeu ele com fervor.

Gabby havia se retirado daquela conversa terna indo ao banheiro. Agora havia parado para examinar a mala.

— O que é que tem aqui dentro, Chris? Estou sentindo cheiro de ácido clorídrico.

Chris revirou os olhos, mas a avó se levantou logo da cadeira.

— Iiih, eu apagaria isso aí, Abuela — disse Gabby, pois a avó tinha acabado sua porçãozinha de guisado de frango e estava curtindo um dos cigarros finos mentolados que comprava no mercado clandestino, agora que estavam proibidos pelo FDA. —Vai que causa uma explosão.

Abuela entrou rápido na cozinha e apagou o cigarro sob a torneira.

—Vamos levar essa mala pra fora — disse ela.

—Vamos ligar pra polícia — sugeriu Gabby.

— Não! — disseram Chris e a avó em uníssono.

Abuela, ele sabia, relutava em comprometer o anonimato que acreditava proteger seu tesouro, e Chris não tinha vontade nenhuma de revelar o conteúdo desconhecido da mala perante a lei.

— Escuta, eu já estou indo embora — disse ele com um suspiro. —Vou pedir um Uber agorinha mesmo.

Era puro blefe, um convite para que Abuela insistisse para ele ficar e terminar de comer o guisado de frango. Mas foi um erro de cálculo.

— Acho melhor — disse ela a contragosto. — A gente pode esperar um táxi lá fora, juntos. Com a mala.

—Vou terminar o meu prato — anunciou Gabby. — Foi bom te ver, Chris.

Ela sorria, e por que não? Tinha conseguido bani-lo da casa.

★ ★ ★

Estava escuro quando o Uber de Chris parou em frente à SweetSpot Networks. Ele procurou por Comstock, mas não havia nenhum fumante do lado de fora — na verdade, não se lembrava de já tê-los visto à noite. Havia imaginado, durante a corrida, deixar a bagagem dentro do porta-malas do Uber, mas agora desistia da ideia, assim como desistira da ideia de levá-la para seu apartamento no bairro de Richmond. Não que fosse voltar para casa naquela noite — precisaria trabalhar direto para terminar a apresentação até a manhã seguinte. Guardava uma muda de roupas em seu cubículo para essas situações, além de Adderall.

Desceu do Uber sem verificar a tarifa — não queria saber. Enquanto arrastava a mala até as portas automáticas de vidro, notou que faíscas subiam do ponto onde as rodinhas riscavam a calçada. Puta merda! Segurou a mala nos braços, ciente pela primeira vez de seu peso anormal. Era grande o suficiente para conter um adulto compacto em posição fetal.

— Opa — exclamou Dieter, um dos vigias noturnos, enquanto Chris atravessava as portas de vidro cambaleando com o fardo insubordinado.

— Conhece o Comstock? — perguntou Chris, ofegante, o esforço de botar a mala no chão fazendo o suor escorrer da testa para os olhos. — Um cara chamado Comstock? Que dirige uma Harley? Vive fumando lá fora?

— A gente vai ter que abrir isso aí — disse Frank, o *Tira Malvado*.

— Não dá pra simplesmente… passar ela pela máquina?

— A máquina só pega certas coisas — explicou Dieter, o *Tira Bonzinho*. — Mas de qualquer forma ela é grande demais pra passar.

— O que é que tem aí dentro? — perguntou Frank.

— É da namorada do Comstock — disse Chris. — Ela é de outro país, acho que da Rússia. Eu fui de moto com o Comstock buscar ela no aeroporto, mas voltei separado, de táxi, com a bagagem dela.

Os vigias escutavam com atenção inexpressiva, como se esperassem um gancho de razão no qual pudessem prender sua compreensão.

— Não gosto de abrir a mala dos outros — disse Chris, mas era um eufemismo: a ideia o deixava zonzo de pavor. — Não dá pra eu... subir? Deixar ela aqui para o Comstock?

— A gente não conhece nenhum Comstock — retrucou Frank.

— Por que vocês não olham a lista de funcionários? — sugeriu Chris com impaciência. — Quantos Comstocks devem existir?

— Não existe lista — explicou Dieter. — A empresa cresceu rápido demais. Não dá pra você mandar uma mensagem pra esse tal de Comstock? Ou ligar pra ele?

— Eu não tenho o número dele.

Uma interrupção se abriu e se endureceu. Chris sentiu a estranheza de sua aflição se instalar nos três.

—Vou ter que pedir que você retire a mala do prédio — disse Frank em tom mais formal.

— Para o perímetro — Dieter disse como se pedisse desculpas. — É a regra.

Sem nem mais um pio, Chris cruzou as portas de vidro, arrastando a mala escuridão adentro. A névoa tombava do mar, e inundava os postes de luz. Ao som do sussurro das portas automáticas se fechando, sentiu que tinha sido afastado não só do *Tira Bonzinho/Tira Malvado*, mas do universo narrativo que ocupavam. Não conseguira dar à travessura uma resolução cômica. Na verdade, tinha ocorrido uma mudança de gênero, e a louca aventura havia tomado um rumo sério. Ou será que essa desolação estivera subjacente à travessura desde o começo?

Indiferente às faíscas, Chris arrastou a mala além da linha amarela e ficou ali, esperando. Frank foi lentamente até a janela para averiguar se ele havia acatado a ordem; depois, voltou para perto de Dieter. Chris ouvia as risadas dos dois.

$$i < (a + b) = i/2$$

Sentiu um espasmo de ódio pelo que sua obediência havia lhe custado: aquela merda de mala era a prova. Não conseguia abandoná-la, nem abri-la, nem levá-la para casa. Só conseguia ficar com ela aguardando que Comstock voltasse.

Vez por outra, grupos de funcionários da SweetSpot se aproximavam do prédio.

— Está subindo? — perguntavam os que Chris conhecia.

— Daqui a pouquinho — respondia sempre, e todos entravam sem olhar para trás.

$$i < (a, b, c...)$$

Houve uma longa calmaria, durante a qual a ansiedade de Chris pelo som de uma motocicleta se aproximando assumiu o tom do ronco de um motor. Era sempre nada. Suas pernas começaram a doer. Cogitou se aboletar em cima da mala, mas a possibilidade de que explodisse o deteve. De qualquer forma, Frank sem dúvida ficaria sabendo. Ou na verdade seria Dieter? Talvez Dieter fosse o idiota e Frank, o cúmplice. Talvez não fossem nem pessoas, mas máquinas programadas para animar os blocos de elementos que Chris vinha algebrizando nos últimos dois anos. Nenhum grau de perversidade parecia fora de alcance.

Reparando no rumo sombrio de seus pensamentos, Chris argumentou consigo mesmo: Comstock ainda existia. Estava em algum lugar naquele instante — trepando com *ela*, sem dúvida. Era inevitável que reaparecessem e reivindicassem a mala. Àquela altura do dia seguinte, as pontas soltas da história estariam todas amarradas — provavelmente com gargalhadas, talvez com uma recém-adquirida intimidade e o começo de uma amizade. Era assim que acontecia para os Aliados Facilitadores, Chris sabia por experiência própria.

Por fim, de pura exaustão, ele atravessou a rua arrastando a mala e virou num beco, onde a luz dos postes não chegava. Protegido pela escuridão, se apoiou no muro e se permitiu escorregar até o chão. Nossa, como era bom se sentar. Virou a mala de lado e se jogou em cima dela, deixando o plástico duro escorar seu peso. Tinha uma visão clara da entrada da SweetSpot, e veria quando

Comstock chegasse. Mas quanto mais Chris esperava, os olhos fixos nas portas de vidro que de vez em quando se abriam para receber ou vomitar um funcionário que *grosso modo* era intercambiável com ele mesmo, mais o interior reluzente portas adentro começava a parecer estranho. Chris tinha sido banido, ou havia se banido. *Estou cansado da minha história.* Ele nunca mais retornaria.

$$i \neq (a, b, c...)$$
$$i \leftarrow \rightarrow (a, b, c...)$$
$$i$$

A noite estava repleta dos sons das sirenes de nevoeiro. Chris tinha ouvido falar que não eram mais necessárias aos navios, eram apenas um toque nostálgico. Um bloco de elementos. Fechou os olhos e tentou decidir, a partir do arranjo de tons, se os sons eram comunicativos ou apenas decorativos. Queria que fossem de verdade! Com os ouvidos afinados, começou a perceber uma leve movimentação à sua volta, murmúrios e suspiros e pequenos ajustes ali perto. Abriu os olhos de repente. Agora que sua vista havia se acostumado à escuridão do beco, percebia que havia dezenas de corpos adormecidos jogados contra os muros, isolados ou aos pares, alguns estatelados na calçada como se tivessem caído ou sido atirados ali. O arrebatamento inicial de medo logo se aplacou, e Chris relaxou junto com seus novos companheiros. Seus rostos repousavam em expressões de paz absoluta. Inclinou a cabeça para olhar o céu, sua beleza rasgada enxaguada e embalsamada pela neblina, e imaginou ver os sonhos daquelas pessoas, embalados por opioides, ascendendo ao paraíso.

QUEDA

O PERÍMETRO: DEPOIS

Quando preciso muito me acabar de tanto chorar eu entro no Vestiário Feminino que fica vazio nos dias úteis porque as Mães Tenistas já estão jogando tênis e as Mães Golfistas estão jogando golfe e as Mães com Filhos Pequenos não podem levar os filhos ao Vestiário Feminino porque as crianças precisam ter mais de 13 anos então esse foi meu primeiro verão com idade suficiente e alguma coisa neste lugar me acalma, vai ver é o tapete macio ou as várias loções e cremes perto do espelho ou vai ver é o barulho, como o de alguém que murmura só uma nota, *mmmmmmmmmmmmmmmmm* que me ajuda a lidar com o fato de que a Stella minha melhor amiga está ME ABANDONANDO DE NOVO, isso vem acontecendo desde o quarto ano porque o único jeito de não ser abandonada pela Stella é agindo como se eu não ligasse mas EU LIGO, agora é tarde demais para arrumar amigos novos, os outros grupos não me querem porque a Stella é maldosa e eu fui maldosa tentando continuar amiga dela e simplesmente SER POPULAR e FICAR POR CIMA que é a única maneira de não viver com o risco constante de o que está acontecendo pelas suas costas que nem agorinha mesmo na Cabana dos Petiscos eu estava esperando os queijos-quentes com a Stella e a Iona e o Chris Salazar e o Colin Bingham passaram e a Stella e a Iona TROCARAM SORRISOS DISFARÇADOS e quando eu tentei sorrir junto as duas viraram a cara TENTANDO NÃO RIR o que quer dizer que a Stella ESTÁ DE CONVERSINHAS SECRETAS NO FACEBOOK SEM MIM sobre o Chris Salazar de quem ela gosta desde sempre.

Antes, quando minha família era vizinha de porta dos Salazar, a Stella falava tipo *Molly, você nunca vê o Chris Salazar dentro da casa dele?* e eu falava tipo *Não porque tem umas árvores entre a minha casa e a dele* e ela falava tipo *Bom, você sabe onde fica o quarto dele?* e por alguma razão eu falava tipo *Não*, mas na verdade eu sabia sim por causa de um coquetel que eu tinha ido antes, quando éramos vizinhos de porta. O quarto do Chris dá para a rua e tem um abajur verde na janela dele e agora às vezes eu saio com o Biscuit nosso novo Welsh Corgi e passo pela nossa antiga casa à noite onde a gente não mora mais porque Mamãe e Papai são Divorciados, e tento ver se o abajur verde está aceso e então sei que o Chris Salazar está acordado e talvez eu também esteja apaixonada por ele.

Depois que a Stella e a Iona e eu pegamos nossos queijos--quentes a gente estava levando eles para a Horta que é onde a Stella gosta de comer e eu parei para arrumar minha sandália e a Stella e a Iona CONTINUARAM ANDANDO E NÃO ME ESPERARAM e quando me levantei elas já estavam bem longe e eu teria que correr para alcançar as duas o que é difícil segurando um queijo-quente e eu sabia que elas iam ficar tipo *Ah. Oi Molly*, sem me querer ali, então peguei outro caminho e fui para o Vestiário Feminino para chorar.

Por que a Stella está no topo talvez você pergunte, bom quem é que entende a Popularidade apesar de ter certeza de que ela já foi estudada pelas Universidades, a família da Stella é rica mas vamos falar a verdade que ninguém é pobre aqui na região, ela é lindíssima com cabelo castanho volumoso e olhos verdes mas não é essa "a questão" pois tem outras meninas tão bonitas quanto ela mas elas não são eletrizantes. As cores ficam literalmente mais vivas quando a Stella te dá atenção total mas tem também uma sensação de paz, você não precisa lutar ou batalhar pra tentar chegar a um outro lugar porque você está LÁ, mas por outro lado talvez isso tudo aconteça PORQUE a Stella é popular e não seja a razão da sua popularidade, é uma "questão do tipo 'ovo-ou-galinha'" eu acho.

Quando eu era mais nova Minha Mãe dizia, "Olha, Molly, eu acho que você tem duas opções: parar de se importar com a Stella ou fazer ela voltar se arrastando, e se você escolher a segunda eu te ajudo". Eu não tive forças para me afastar da Stella então Minha Mãe planejou uma Festa dos Chapéus de Gatinho no quarto ano em que ela ajudaria todas as meninas a fazerem chapéus de gatinho, a Minha Mãe é ótima costureira e eu convidei todas as meninas importantes MENOS a Stella e é claro que ela descobriu e voltou a ser legal, mas a Minha Mãe disse NÃO AMOLEÇA até ela responder com Lágrimas e Humilhação, nada menos, e na manhã da Festa dos Chapéus de Gatinho a Stella veio na nossa casa com a mãe dela "querendo conversar", e a Minha Mãe serviu uma xícara de café para a Mãe da Stella apesar de às escondidas ter chamado a Mãe da Stella de "tola superficial", e a Stella e eu subimos para o meu quarto e ela chorou e pediu desculpas dizendo que eu era a melhor amiga dela e que ela só tinha vontade de me magoar às vezes mas que aquela tinha sido a última vez e POR FAVOR será que ela não podia ir na minha Festa dos Chapéus de Gatinho? Então eu tinha conseguido minhas Lágrimas e Humilhação, e a Stella e eu descemos de mãos dadas e eu disse *Mãe eu quero convidar a Stella, eu deixo ela ficar com o meu material de fazer chapéus de gatinho* mas a Minha Mãe falou, "Pensando bem, eu acho que a gente tem um sobrando!"

Foi assim que funcionou com os quadradinhos de crochê e uma outra vez na caça ao tesouro mas tudo isso foi ANTES de que o Meu Pai falasse para a Minha Mãe que queria a Separação. O Brian e eu não fazíamos ideia, era um dia de semana e a gente estava fazendo o dever de casa mas assim que ele falou para ela que queria a Separação, a Minha Mãe foi até o Armário de Materiais de Arte e fez um cartaz de "CASA À VENDA" com cartolina e canetinha preta e pregou numa estaca de jardim e martelou a estaca direto no gramado da casa num breu total, e quando eu e o Brian ouvimos a barulheira nós saímos e Meu Pai já estava lá implorando pra Minha Mãe, "Noreen, precisa mesmo disso?" e Minha Mãe disse, "Ações geram consequências, Bruce". Isso faz mais de um ano e eu não sei de que Ações ela estava falando, agora eu e o Brian vivemos com ela num Apartamento e a Hannah fica no Apartamento do Meu Pai quando volta da Faculdade, e quando eu perguntei pra Hannah sobre as Ações do Meu Pai e suas Consequências, ela disse, "Nossa Mãe é insuportável, Molly, você nunca percebeu?"

Quando termino de chorar eu encharco bolinhas de algodão em água de hamamélis e dou batidinhas com elas nas bochechas e penteio o cabelo e como uma bala de maçã verde Jolly Rancher que pego do vidro. Então escuto duas Senhoras entrando no Vestiário Feminino e por isso corro pra trás da última fileira de armarinhos de madeira lustrada para me esconder e reconheço as vozes da Stephanie Salazar que é a Mãe do Chris Salazar e da Kathy Bingham que é sua Dupla de Tênis. A Kathy é uma das Mães mais bonitas do Clube talvez A mais bonita, e o marido dela Clay é um dos Pais mais ricos e eles têm cinco filhos entre eles o Colin, melhor amigo do Chris que pouco tempo atrás foi pego furtando ferramentas na Home Depot. Eu ouço a Stephanie e a Kathy abrindo seus armários e a Kathy, claramente pensando que o vestiário está vazio, diz: o *backhand* da Harriet só piora. Ela devia parar com as aulas.

Stephanie: Ou quem sabe arrumar outro professor. Eu tenho lá minhas dúvidas sobre o Henri.

Kathy: O Henri é um puta desastre.

Stephanie: Ele ainda é novo. Vai saber se não ensinam tênis de outro jeito lá na França.

Kathy: Aquela loirinha, a Marisol, tem o pé tão virado pra dentro que é um milagre ela não cair de cara no chão.

Stephanie: Ela conseguiu arrancar uns pontos de você.

Kathy: Foi a primeira vez que joguei com ela.

Stephanie: Bom, em todo caso a gente ganhou.

Kathy: Queria que a gente tivesse ganhado com uma diferença maior.

Stephanie: Estou indo pra piscina.

Kathy: Dói muito fazer tatuagem?

Stephanie: Está pensando em fazer uma?

Kathy: Mais ou menos.

Stephanie: O que é que você faria?

Kathy: Sei lá, alguma coisa simbólica. Qual é o significado da sua?

Stephanie: Bom, a imagem vem de uma cerâmica minoica que foi feita em Creta na Idade do Bronze. Os minoicos tinham um jeito lindo de representar a vida marinha e me apaixonei por isso durante a matéria de história da arte que fiz na faculdade, e eu fiz a tatuagem com vinte e poucos anos assim que me mudei pra Nova York, então provavelmente significa acima de tudo um grande foda-se para os meus pais, que detestavam tatuagem e ficaram chocados.

Longo intervalo.

Kathy: Onde foi mesmo que você fez faculdade?

Stephanie: Na Universidade de Illinois em Champaign. E você?

Kathy: Em Harvard. É meio que incrível que nós sejamos amigas, né?

Stephanie: Eu diria que somos parceiras de dupla.

Kathy: Legal.

Stephanie: Você aguenta o baque.

Kathy: Você pega as cadeiras, eu vou pegar chá gelado pra gente.

Elas saem juntas do Vestiário Feminino e eu me sento lá tentando entender o que tinha acabado de ouvir, se a Stephanie e a Kathy são amigas ou não, e se estavam brincando ou não, ou se aquilo tinha sido uma briga. Então me dou conta de que enquanto ouvia a conversa das Mães Tenistas EU TINHA ME ESQUECIDO COMPLETAMENTE da Stella e da Iona e agora me sentia bem melhor, e como me sentir forte é a melhor maneira de reconquistar minha vantagem com a Stella que também adora

uma fofoca sobre os adultos, eu saio às pressas do Vestiário Feminino e corro pelo gramado em direção à Horta prontíssima para
cantarolar *Ei Galera!* só que A HORTA ESTÁ DESERTA e me
sinto o cocô do cavalo do bandido para usar uma expressão do
Meu Pai, então me curvo como se tivesse corrido só para cheirar
as ervas da Horta o que é erradíssimo, não ligo pra plantas isso é
com a Minha Mãe embora o jardim dela agora seja dos Dunn que
compraram nossa antiga casa mas Minha Mãe chama eles de
"Ocupantes" e se recusa a passar na frente dela.

Uma fileira de Ciprestes separa a Horta da Área da Piscina e eu
espio por entre as árvores a fila de crianças que esperam para entrar
na Plataforma de Salto. Mesmo de longe eu reconheço o Chris
Salazar por causa da pele mais escura, o Pai dele é hispânico o que
é claro que não tem importância, mas todo mundo sabe, o Sr. Salazar é o produtor musical que descobriu a banda preferida do
Meu Pai, os Conduits, e ele e a Stephanie Salazar são divorciados.
A Tatum e a Oriole e aquela turma estão na beirada da piscina mas
elas não são minhas amigas diretas e eu não posso ir ficar com elas
sem a Stella, ficaria esquisito e até pode ser que sejam legais mas
pode ser que me deem um gelo que nem eu e a Stella talvez fizéssemos se alguma delas colasse em nós de repente. Então agora estou sozinha e perdida sem ideia de onde a Stella e a Iona foram, e
isso me dá aquela sensação de que estou murchando que eu tenho
às vezes quando acho que a Stella se esqueceu de mim para sempre, como se eu fosse uma partícula voando invisível pelo espaço
e pudesse voar tão longe a ponto de deixar de existir até para mim
mesma. Como é que vou voltar? Preciso de um lugar para estar ou
alguém COM QUEM estar, mas a Hannah está em Berkeley e o
Brian está jogando beisebol e a Minha Mãe frequentava o Clube
Antes, mas agora diz que "Aquele lugar é cheio de idiotas" e suas
aulas de Estenografia para Tribunais ocupam todo o seu tempo
porque ela precisa começar uma Carreira agora que foi Descarta-
da. Então eu estou TOTALMENTE SÓ e tenho no máximo uma
aparência mediana, eu não sou uma das meninas radiantes, tenho

olhos azuis desbotados que doem no sol e meu cabelo é ralo e cacheado feito o de um bebê e tenho pelos bem grossos nas pernas que estão a um passo do Tarzan segundo o Brian, mas eu pareço mais bonita quando estou com a Stella, esse é um fato objetivo que vejo nas fotos, seria de se imaginar que eu sumiria ao lado dela mas é o contrário, como se um pouco do seu pó mágico caísse em cima de mim e grudasse.

Volto andando devagar até a Cabana dos Petiscos e entro na fila da comida porque essa é a única forma que eu acho de parar de boiar e de me enfiar em um lugar onde não possa ser questionada ou zoada. A Kathy Bingham está quase no início da fila irradiando uma impaciência extrema e atropelando a menina que está na frente dela que parece ter a minha idade e eu conheço de algum lugar, ela deve ser Não Sócia. Essa menina sai da fila como se tivesse esquecido alguma coisa e vai para o fim atrás de mim, e eu falo tipo, *Você saiu da fila por causa daquela Senhora que estava atrás de você?* e ela fala tipo, *É ela estava me estressando*, e eu falo tipo, *Poxa, pelo menos vai na minha frente*, e ela fala tipo, *Valeu* e eu lembro que essa menina estudava na minha escola uns anos atrás no ano abaixo do meu, e eu falo tipo, *Você mora em Crandale?* e ela fala tipo *Não a minha Mãe só me trouxe aqui pra passar o dia, somos amigos da família Salazar*, e me dou conta de que ela é a menina que FICOU COM A FAMÍLIA SALAZAR quando eu tinha 9 anos e estudou na nossa escola durante três meses porque A MÃE DELA ESTAVA NA PRISÃO e ela NÃO TEM PAI, que são Fatos incomuns na nossa região mesmo isoladamente, que dirá combinados.

Lembrar dos Fatos sobre essa menina me deixa com vergonha alheia, então abro meu celular na esperança de ter uma mensagem da Stella mas não tem mensagem nenhuma ponto final então eu olho com determinação para o meu celular *flip* que é vergonhoso em 2011 mas o Meu Pai diz que só posso ter um iPhone depois dos 14, e quando a menina na minha frente chega no balcão ela vira e diz tipo *O que é que você vai querer eu vou pedir pra nós duas* o que é muito legal da parte dela fazer com a fila indo devagar e eu fico tipo

Uau, valeu, eu vou querer um hambúrguer e uma Coca e ela pede dois hambúrgueres e duas Cocas que é meu segundo almoço porque já comprei o queijo-quente mas não dei nem uma mordida nele, acho que larguei o queijo-quente no Vestiário Feminino onde não é permitido entrar com comida! Pegamos o nosso lanche e meio que vamos juntas para a Área da Piscina e o nome dela é Lulu e ela também está boiando e graças a Deus que não tem nem sinal da Stella que daria uma boa gargalhada ao ver minha *nova amiga*.

A piscina do Clube tem um Trampolim e uma Plataforma de Salto e tem uma ampla Zona de Esguichos pavimentada onde os adolescentes se reúnem e depois dela tem um gramado denso em que os adultos se sentam em espreguiçadeiras de madeira que têm almofadas macias acopladas. A Stephanie Salazar e a Kathy Bingham estão de biquíni nas espreguiçadeiras tomando chá gelado, as duas serem Usuárias de Biquíni é surpreendente para a Kathy que tem cinco filhos inclusive gêmeos e ainda tem um tanquinho debaixo do que eu devo dizer que é muita pelanca e no lugar dela eu usaria maiô. A Stephanie Salazar por outro lado está meio que incrível, ela é muito bronzeada e tem uma tatuagem escura de polvo na panturrilha o que não se vê todo dia no *Country Club* de Crandale, e ela está deitada de costas lendo a *New Yorker* e debaixo do braço que segura a revista eu vejo pequenos tocos de pelinhos escuros que ela não raspa há um ou dois dias e é estranho eu ficar tão fascinada com o corpo das pessoas? Não existe segredo quando os adultos estão usando roupas de banho então meio que daria na mesma se estivessem pelados, eu mesma já vi vários Testículos de Pais balançando dentro dos calções quando estou deitada de cabeça para cima na toalha e eles passam por mim, parecem uvas rosadas que cresceram demais e não existe a menor possibilidade de que um dia eu faça sexo com um homem cujos Testículos são assim, é um empecilho como dizem por aí, e talvez eu não faça sexo de qualquer forma, a ideia é horripilante.

A Lulu se senta na grama comigo e eu falo tipo *Eu vou te pagar pelo hambúrguer* e ela fala tipo *Eu coloquei na conta, não esquenta* e é claro que ninguém paga nada no Clube a gente só assina bilhetes com os tocos de lápis verdes de golfe embora a Lulu seja Não Sócia então não sei direito quem vai pagar. A gente come os hambúrgueres vendo a Plataforma de Salto de onde o Chris Salazar e o Colin Bingham continuam pulando, o Colin é bem corajoso eu já vi ele mergulhar de barriga da Plataforma de Salto o que fez o Salva-Vidas entrar na água mas o Colin subiu rindo, ele é tipo um Caçador de Adrenalina. Pergunto pra Lulu onde ela mora e ela diz que é no norte do estado de Nova York e a Mãe dela tem uma loja *gourmet* e tem um monte de lagos e ela pode nadar vários quilômetros sem parar. Eu conto a ela que três semanas atrás eu voltei de um Acampamento no Maine e que minha Atividade Principal era Arco e Flecha e minha Segunda era Cestaria com Contas. A Lulu aponta a lua pálida à luz do dia acima das árvores e diz tipo *Eu adoro a lua eu procuro ela até durante o dia* e eu sou capaz de ouvir a Stella repetindo essas palavras com voz ridícula e isso me lembra que eu preciso me afastar da Lulu antes que a Stella volte.

Então me levanto tirando nossos pratos de papelão para jogar no lixo e vou ao Banheiro das Meninas para fazer xixi que fica bem do lado da Piscina, e demora um bom tempo pra Lulu captar a mensagem de que comer um hambúrguer juntas não nos transforma em Amigas de Dia Inteiro e desaparecer para eu poder voltar ao meu drama com a Stella que me parece arriscado eu esquecer por tempo demais. Quando volto para fora dou uma olhada para onde estávamos sentadas torcendo para a Lulu ter sumido, mas a Lulu continua lá e O CHRIS SALAZAR E O COLIN BINGHAM ESTÃO SENTADOS JUNTO COM ELA. No começo eu fico espantada demais para sequer me mexer, a Lulu é dois anos mais nova do que os meninos que têm 14 e estão indo para o primeiro ano, mas eu corro para lá e me sento com eles meio que tímida, os meninos ainda estão de calção e de camiseta e o Colin está jogando água na Lulu que ri tentando fugir das gotas e eu reparo que ela tem covinhas e argolinhas de ouro nas orelhas e uma risada bonita e eu falo tipo *Oi* e eles todos

A CASA DE DOCES

falam tipo *Oi* e a Lulu fala tipo *O Colin ia mostrar pra gente qual é o lugar preferido dele no Clube, mas eu não queria ir embora sem te avisar, Molly*, e eu fico nada menos do que maravilhada com a gentileza dela, isso não é coisa que se vê sempre no meu mundo, ser gentil e ser descolada são coisas que não se misturam se você é menina, ser descolada é excluir as pessoas, essa é a verdadeira definição da palavra porque se você for legal com todo mundo, como as pessoas próximas de você vão se sentir especiais e como as que NÃO são vão QUERER ficar próximas de você, e como alguém vai supor que os Momentos que estão vivendo sem você são piores que os Momentos que estariam vivendo com você?

Você vem, Molly? o Chris pergunta e pode apostar que vou sim, tenho poucas oportunidades de ficar perto do Chris Salazar agora que eu não sou mais vizinha de porta dele feito Antes. Quando estamos saindo da Área da Piscina o Chris passa perto da espreguiçadeira de sua Mãe Stephanie e ele encosta a mão na dela, eles nem se olham mas é um momento legal de conexão ao contrário do Colin que nem olha para a Mãe apesar de eu notar Kathy observando ele e depois que ele passa ela se vira de barriga soltando um suspiro. O Colin é magrelo com cabelo rebelde e os olhos estão sempre se mexendo como se ele estivesse de olho em alguma coisa que fosse acontecer a qualquer instante. Ele está andando de costas na nossa frente fazendo mãos de mágico como se hipnotizasse a gente para seguir ele, e a gente anda pelo pé da Colina Coberta de Grama que desce do Terraço do Restaurante e quando levanto a cabeça meu CORAÇÃO PARA DE BATER porque A STELLA E A IONA ESTÃO VINDO DAS QUADRAS DE SAIBRO PARA ENCONTRAR A GENTE. A Yvette está com elas com seu uniforme branco de tenista pois é outra discípula da Stella que é bem útil quando estou sendo excluída ou castigada. A Stella chama *Molly, onde é que você estava? A gente te esperou!* e a Iona solta pios de concordância e me dou conta de que a Stella está tentando me puxar de volta com essa mentira porque embora ache que eu circular sozinha ou andar com uma Não

Sócia que é mais nova e tem uma vida com Fatos estranhos seria digno de pena e evitável, eu e essa mesma menina MAIS os dois Meninos Quase do Ensino Médio, os dois que são descolados, é outra história. Levei a melhor pra cima da Stella por puro golpe de sorte e pela gentileza da Lulu, mas eu sei que não posso abusar da minha vantagem sem correr o risco de Exílio Permanente. A única atitude prudente a tomar agora é falar para a Lulu e o Chris e o Colin, *Desculpa — até mais galera*, e me distanciar para reivindicar o lugar que me cabe de Número Um da Stella, daí vamos nos livrar da Iona e da Yvette e passar um momento maravilhoso, pois a magia da Stella é mais intensa quando acabamos de nos reunir e tem um esplendor cintilante mesmo nas coisas mais normais feito o *Shuffleboard* ou as Quadras de Bocha ou o Balanço de Pneu. Largar meu novo grupo é a única atitude correta no meu drama com a Stella mas não consigo fazer isso, é uma decisão de frações de segundo — NÃO — então eu simplesmente sorrio para a Stella e a gente continua andando e me parece perigoso fazer isso, eu sei que vou pagar depois mas agora já foi.

Eu frequento o *Country Club* de Crandale desde sempre, já fiz festas de aniversário aqui, já fiz aulas de patinação no rinque no inverno, já joguei Tênis e Padel e fiz aulas de natação e aulas de mergulho e frequentei a Colônia de Férias, já fui a Chás de Mães e Filhas e Bailes de Pais e Filhas e três casamentos e um almoço pós-funeral e um aniversário de 16 Anos (o da minha irmã Hannah), já brinquei de Pique-Esconde e Pique-Bandeira e de Marco Polo e participei de Caças ao Tesouro e Caças a Ovos de Páscoa e Corais de Natal e Churrascos com Queima de Fogos no Quatro de Julho. O Clube quase não mudou desde que eu nasci, não existe Antes e Depois aqui, no verão tem sempre o *pof pof* fraco das bolas de tênis e as vozes das crianças misturadas aos esguichos da piscina e é um lugar bonito, o nosso *Country Club*, quando não estou lutando pela minha vida. Mas durante todo esse tempo eu nunca tinha estado no canto Preferido do Colin, que fica bem do ladinho do Muro marrom que delimita o Perí-

A CASA DE DOCES

metro do Clube perto dos Geradores que são enormes caixas de metal pesadonas que roncam e zumbem e eu imagino que mantenham tudo funcionando mas no calor absurdo de agosto eles são horrorosos.

O Colin puxa um maço de Cigarros Merit e oferece a todo mundo e a Lulu e eu fazemos que não e o Chris fala tipo *Cara, essas meninas não fumam* e o Colin diz tipo *Tem sempre uma primeira vez* e ele acende um cigarro e dá uma tragada forte e a Lulu diz tipo *Eu nunca vou fumar cigarro nem fazer tatuagem* e o Colin diz tipo *Eu já tenho tatuagem eu mesmo que fiz* e ele levanta uma das pernas do calção e a palavra HA está marcada no alto da coxa em letras maiúsculas grosseiras feitas com tinta azul borrada e eu falo tipo *A sua mãe sabe?* e o Colin fala tipo *Ela não liga para o que eu faço desde que larguei o tênis, eu estava de saco cheio de usar roupa branca* e a Lulu fala tipo *Você não é obrigado a usar roupa branca nas quadras públicas* e o Colin fala tipo *Cara, Lulu, a gente vive numa bolha isso aqui não é a vida real* e o Chris fala tipo *É isso que o* Country Club *É, cara, é uma bolha e é por isso que as pessoas querem entrar* e a Lulu fala tipo *Eu nunca vou entrar pra um* Country Club, *vou estar ocupada demais no Médicos Sem Fronteiras* e o Chris fala tipo *Os Médicos Sem Fronteiras são invisíveis? Eles se misturam com o ambiente que nem fantasma?* o que faz todo mundo rir e o Colin fala tipo *Pergunta séria: casa comigo, Lulu?* e a Lulu parece ter sofrido uma insolação violenta e me dou conta de que a Lulu e o Colin se gostam apesar de a Lulu ser uma nadadora de longa distância que é contra tatuagens e contra cigarros e o Colin ser um fumante que se tatua sozinho e furta lojas/mergulha de barriga, e a Lulu fala tipo *Não, você não tem um Estilo de Vida saudável* e o Colin fala tipo *Será que não dá para o Yelatin casar logo com a Gwenisphere?* e eu falo tipo *Ahn?* E o Chris fala tipo *São os personagens deles no D&D, Yelatin e Gwenisphere* e o Colin apaga o cigarro na Cerca do Perímetro e seus olhos se movimentam e ele pergunta tipo *Vocês duas têm bicicleta, né? Vamos dar uma volta* e então ele nos guia pelo Clube até o Bicicletário e enquanto a gente caminha eu pergunto para a Lulu se ela gosta de

Dungeons & Dragons que eu nunca joguei, e a Lulu fala que sim é que nem entrar num outro Mundo e sua personagem Gwenisphere é uma Espiã que consegue se camuflar em qualquer Situação e descobrir os Segredos dos outros.

Eu hesito antes de subir na minha bicicleta me perguntando se não estou esticando demais a corda com a Stella saindo do Clube mas não quero descobrir POR ENQUANTO e não quero ser deixada para trás então subo na minha bicicleta e a gente se afasta do Bicicletário com o Colin na frente e eu vivo pedalando a minha bicicleta é claro, todo mundo faz isso até completar 16 e começar a dirigir, mas pedalar com esse grupo é que nem alçar voo com um bando de pássaros indo a lugares desconhecidos embora o que pode ser desconhecido em Crandale Nova York? Passamos por uma parte que poderiam chamar de "lado de lá dos trilhos" que é mais arenosa e parece mais uma cidade e só vou lá para comer pizza com o Meu Pai quando o Brian e eu ficamos no Apartamento dele, e cruzamos voando os trilhos até o rio Muskaheegee que tem uma nova trilha onde bicicletas são proibidas mas a gente vai mesmo assim pedalando numa velocidade incrível com o Colin na frente e o vento quente na cara.

Um tempo depois o Colin para e nós deixamos as bicicletas caídas de lado e caminhamos embaixo de umas árvores até um píer pequeno no rio Muskaheegee que tem tantas substâncias químicas que a pessoa precisaria se vacinar para praticar esqui aquático nele. O Chris explica que ele e o Colin gostam de fumar maconha ali porque é isolado, e eu falo tipo *Não quero fumar maconha*, coisas ilegais me deixam nervosa com o Meu Pai sendo advogado e muito ligado em infrações à lei, e a minha irmã Hannah pretender virar advogada também e me falou no último Natal, "Os erros contam ainda assim Molly, mesmo se você for novinha ao cometê-los", e a Lulu fala tipo *Eu também não quero fumar maconha* o que não é nenhuma surpresa pois ela é contra cigarros e tatuagens mas eu não chamaria ela de Santa porque ela é feroz e orgulhosa de suas Crenças, e os meninos falam tipo *Tudo bem se a gente fumar?*

A CASA DE DOCES

Nós quatro tiramos os sapatos e nos sentamos lado a lado no píer, balançando os pés descalços sobre a água cor de leite com chocolate, os dois meninos nas pontas e a Lulu e eu no meio com a Lulu do lado do Colin e eu do lado do Chris, e os meninos passam o baseado pelas nossas costas para a gente não ter que tocar nele e eu nunca tinha estado com ninguém fumando maconha então é um novo Acontecimento na minha vida e talvez na da Lulu. Mais adiante no rio os galhos das árvores se curvam na direção da água como em outra época da História quando só os Povos Indígenas viviam aqui, e os meninos ficam de olhos vermelhos e começam a falar meio que devagar e eu falo tipo *Ei as mães de vocês são amigas?* me referindo a Stephanie e a Kathy que eu ouvi no Vestiário Feminino mais cedo apesar de parecer ter sido semanas atrás, e os dois meninos falam tipo *Elas são dupla no tênis* que é exatamente o que a Stephanie disse para a Kathy, o que me provoca uma gargalhada incontrolável e os meninos falam tipo *Você deve ter ficado chapada por osmose* e talvez eu tenha mesmo!

Por fim os meninos se deitam no píer de cara para o céu e a Lulu e eu rimos juntas porque eles parecem estar bem aéreos, e o Colin fala tipo *Nada de se aproveitar da gente, meninas* e os olhos do Chris estão fechados mas ele fala tipo *Não estou dormindo, estou vendo um filme sobre uma enorme bola de fogo vermelha se expandindo e contraindo* e o Colin fala tipo *Cara eu já vi esse filme um monte de vezes* e a Lulu fala tipo *Conta pra gente o que é que acontece* e o Colin fala tipo *Termina comigo beijando você, Lulu* e a Lulu fala tipo *Não, mas vou deitar do seu lado* e o Colin fala tipo *Você não pode pelo menos me dar a mão?* Então a Lulu se deita e ela e o Colin ficam de mãos dadas e agora eu sou a única que ainda está sentada e os olhos do Chris Salazar estão fechados então eu posso olhar pra ele com atenção, eu observo suas belas clavículas e me pergunto o que aconteceria se eu me curvasse e beijasse ele mas eu não sei beijar e talvez eu seja ruim nisso, então prefiro me deitar no píer que nem os outros e a brisa quente passa por nós e eu olho para as árvores balançantes e sinto tanta gratidão por termos saído do Clube porque esses Acontecimentos da última hora não poderiam ter acontecido lá, tudo isso seria impensável naquele Lugar, e agora eu entendo por que a Lulu jamais vai entrar para um *Country Club*: porque a Vida que ela deseja para si mesma não pode acontecer lá. Pego a mão da Lulu e ela aperta a minha mão e eu sussurro bem perto do ouvido dela *Lulu vamos ser amigas secretas e ninguém vai saber além de nós duas* e ela responde num sussurro bem baixinho *Amigas Sem Fronteiras* e uma aperta a mão da outra com força e essa é a nossa promessa. E me pergunto se não estou apaixonada pela Lulu em vez do Chris, ou se não amo os dois o que me parece possível no píer do rio Mus-kaheegee mas não nos outros lugares. Quero chegar mais perto da Lulu para nossos Eus inteiros se tocarem mas tenho medo, então me aproximo um tiquinho do Chris que está deitado no píer calorento com os braços esticados acima da cabeça e minha bochecha encosta nas costelas dele através da camiseta e eu sinto o peito dele se mexendo à medida que respira e eu ouço o som verdadeiro de seu coração, uma pancada regular como se alguém estivesse correndo e você achasse que a pessoa vai ter que parar logo para descansar, mas ela continua.

Esse momento agradável tem um fim confuso quando percebo que o telefone da Lulu está vibrando e me sento e descubro que OS TRÊS ESTÃO DORMINDO e talvez EU TAMBÉM ESTIVESSE DORMINDO porque o rio agora está preto-azulado e o céu virou uma chama laranja e eu falo tipo *Lulu, o seu telefone* e ela acorda no susto falando tipo *Caramba! A minha Mãe está vindo me buscar porque já acabaram os compromissos dela na Cidade!* e todos nós pulamos nas nossas bicicletas meio que grogues com a Lulu preocupada porque a Mãe dela queria dirigir até o norte do estado à Luz do Dia e nós pedalamos bem depressa até o Clube que não fica tão longe quanto pareceu no outro sentido. Uma Minivan Prata está esperando em frente ao Portão do Clube e uma voz manda, "Põe a sua bicicleta aí atrás, Meu Amor" e a porta traseira se abre e a Lulu põe a bicicleta lá dentro e se acomoda no banco de trás e a Mãe dela acena para nós parecendo bem normal e não

A CASA DE DOCES

como uma Presidiária, e elas vão embora e eu nunca consegui dizer tchau para a Lulu ou dar um abraço nela que eu imaginava que seria o caso depois de tudo o que aconteceu hoje, me parece incompleto.

Fico parada ao lado do Chris e do Colin me sentindo muito próxima deles agora, mas o nosso vínculo é o vínculo da falta da Lulu, sem ela existe um vazio entre nós porque apesar de ela ser mais nova e morar no norte do estado e ter uma vida com Fatos esquisitos ela se tornou o nosso âmago em uma tarde só, é milagroso. Como foi que ela fez isso?

Eu falo tipo, *Quando é que ela vai voltar?* e o Colin fala tipo *Vai levar um tempo* meio que triste e o Chris fala tipo *Molly, você devia jogar D&D com a gente, o meu tio Jules é o Mestre, ele é incrível* e eu hesito porque isso vai significar estar ao lado da nossa antiga casa de Antes, e talvez até ver os Dunn, seus Ocupantes, mas eu digo *Sim eu adoraria jogar.*

O Colin e o Chris vão embora mas esta noite eu vou jantar no Clube com o Papai e o Brian e a Tia-Avó Francine que praticava hipismo no CCC quando ele ficava no Interior de verdade e não no Subúrbio apesar de agora ela usar andador e ter 90 anos. Mando mensagem pra Minha Mãe perguntando se ela não poderia por favor me trazer um vestido fresquinho quando deixar o Brian e depois deixo a minha bicicleta no Bicicletário e passo de novo pelo enorme Portão de ferro com CCC em letras douradas e a temperatura está doze graus mais baixa depois do Portão e o gramado está úmido por causa dos aspersores que continuam ligados, de longe eu vejo suas plumas de água cintilantes e ouço seu barulho pulsante.

Não tem Criança nenhuma no Clube neste intervalo, até as que vão voltar para jantar estão em casa trocando de roupa, o que significa que não tem lugar nenhum onde eu deveria estar e ninguém COM QUEM eu deveria estar, e nenhuma forma de ser excluída porque não tem DO QUÊ eu ser excluída. Estou SOZINHA E EM PAZ e essa combinação é tão incomum, é como encontrar uma pessoa pela primeira vez. Tiro minha sandália e ando descalça pelo gramado úmido passando pela Piscina Infantil onde eu usava minhas boias com a Mamãe e pelo *Playground* em que eu aprendi a descer a rampa, tudo o que aconteceu Antes, e passo entre um emaranhado de árvores rumo ao Campo de Golfe que é proibido por motivos de segurança mas está escuro demais para alguém jogar golfe. Quando saio do emaranhado tudo se abre como se eu tivesse chegado em outra Terra, é como ir do Antes ao Depois em um segundo, as armadilhas de areia estão rosadas por causa do pôr do sol e a grama do Campo de Golfe está morna e esponjosa debaixo dos meus pés, então eu me sento e penso tipo *Oi Molly, que agradável me sentar aqui com você*, dizendo mesmo as palavras em voz alta mas bem baixinho, e abraço meus joelhos quentes e olho para o céu e lá está a lua que a Lulu apontou mais cedo só que agora está maior e ainda parece frágil como se fosse feita de açúcar ou papel e pudesse facilmente se quebrar ou rasgar, mas já está mais luminosa do que antes, e ainda nem é noite.

A CASA DE DOCES

LULU A ESPIÃ, 2032

I

As pessoas raramente têm a
aparência que você espera,
mesmo que já as tenha visto
em fotos.

Os primeiros trinta segundos
diante de uma pessoa são os
mais importantes.

Caso esteja com dificuldade
para perceber e projetar,
concentre-se em projetar.

Ingredientes necessários a uma
projeção bem-sucedida:
risadinhas; pernas à mostra;
timidez.

A meta é ser ao mesmo tempo
irresistível e invisível.

Quando você conseguir, os
olhos dele emitirão uma certa
agudeza.

2

Alguns homens poderosos de
fato chamam suas beldades
de "Bela".

Ao contrário do que se crê,
existe grande camaradagem
entre as beldades.

Caso seu Par Designado
seja muito temido, as beldades
da festa à qual você foi
omo agente secreta para
encontrá-lo serão
especialmente gentis.

A gentileza causa uma sensação boa, ainda que se baseie numa falsa ideia a respeito de sua identidade e objetivo.

3

Posar de beldade é não ler o que você gostaria de estar lendo em uma falésia do sul da França.

O sol na pele nua pode ser tão nutritivo quanto comida.

Até um homem poderoso vive um instante de acanhamento ao tirar o roupão e exibir seus trajes de banho.

É tecnicamente impossível um homem ficar melhor de sunga do que de calção de banho.

Se você ama alguém de pele escura, a pele clara começa a parecer drenada de algo vital.

4

Quando você sabe que uma pessoa é violenta e implacável, enxerga uma implacabilidade violenta em coisas básicas como suas braçadas ao nadar.

"O que você está fazendo?" dito por seu Par Designado em meio a ondas encrespadas depois de tê-la seguido mar adentro pode ou não revelar desconfianças.

Sua resposta — "Nadando" — pode ser ou não ser percebida como um sarcasmo.

"Vamos nadar juntos até aquelas rochas?" pode ou não ser uma pergunta.

"Até lá?" vai, tomara, soar sincero.

"Lá vamos ter privacidade" pode soar inesperadamente como um mau agouro.

5

Os trinta metros de Mediterrâneo preto-azulado darão bastante tempo para que você faça um sermão firme para si mesma.

Nesses momentos, talvez seja útil relembrar explicitamente seu treinamento:

"Vocês se infiltrarão na vida de criminosos.

"Estarão sempre em perigo.

"Algumas não vão sobreviver, mas as que sobreviverem serão heroínas.

"Algumas vão salvar vidas ou até mudar o curso da história.

"Pedimos de vocês uma combinação inacreditável de características: escrúpulos inabaláveis e disposição para infringi-los;

"Um amor constante pelo país e a disposição para se associar a indivíduos que trabalham ativamente para destruí-lo;

"Os instintos e a intuição das especialistas e a ficha limpa e o frescor genuíno das ingênuas.

"Cada uma de vocês fará esse serviço somente uma vez, e depois retornarão às suas vidas.

"Não temos como prometer que vocês serão exatamente as mesmas ao voltar."

6

Avidez e flexibilidade podem ser exprimidas até pela forma como você sobe do mar para as rochas amarelas de calcário.

"Como você nada rápido", dito por um homem ainda submerso, talvez não seja um elogio.

Dar risadinhas às vezes é melhor do que responder.

"Você é uma moça adorável" pode ser uma fala absolutamente direta.

Idem para "Quero trepar contigo agora".

"Então? O que é que você acha?" indica uma preferência por respostas verbais diretas em vez de risadinhas.

"Gostei" deve ser dito com entusiasmo suficiente para

compensar a falta de colorido verbal.

"Você não parece muito certa disso" indica entusiasmo insuficiente.

"Eu *não* estou muito certa" é aceitável somente quando seguido, recatadamente, por "você vai ter que me convencer".

Inclinar a cabeça para trás e fechar os olhos dá a impressão de disponibilidade sexual e ao mesmo tempo disfarça a repulsa.

7

Ficar a sós com um homem violento, implacável, rodeada por água, pode fazer a costa parecer muito distante.

Talvez você se solidarize, nesse momento, com as beldades que mal enxerga com seus biquínis coloridos.

Talvez você se pergunte, nesse momento, por que não está sendo paga por esse serviço.

Seu serviço voluntário é o ápice do patriotismo.

Lembre-se de que não está sendo paga quando ele sair da água e se arrastar na sua direção.

A Técnica Dissociativa é como um paraquedas — é preciso puxar a corda no momento certo.

Cedo demais, você suprime sua capacidade de agir em um momento crucial;

Tarde demais, você estará metida demais na ação para escapar.

Você ficará tentada a puxar a corda quando ele segurá-la com braços cuja força avultada lhe traz à mente, por um instante, os braços do seu marido.

Você ficará tentada a puxá-la quando sentir que ele começa a se mover contra você vindo de baixo.

Você ficará tentada a puxá-la quando o cheiro dele a

envolver: metálico, como uma mão quente que segura moedinhas.

A instrução "Relaxa" indica que seu incômodo é palpável.

"Ninguém está vendo" indica que seu incômodo foi interpretado como medo de expor o corpo.

"Relaxa, relaxa", pronunciado em tons cadenciados, guturais, indica que seu incômodo não é indesejável.

8

Dê início à Técnica Dissociativa somente quando a violação física for iminente.

Feche os olhos e conte devagar de dez a zero.

A cada número, imagine-se saindo de seu corpo e dando mais um passo para longe dele.

No oito, você já deve estar pairando pouco acima da própria pele.

No cinco, você já deve estar pairando a mais ou menos meio metro acima do corpo, sentindo apenas uma vaga angústia pelo que está prestes a acontecer com ele.

No três, você já deve estar totalmente distante do seu corpo físico.

No dois, seu corpo já deve ser capaz de agir e reagir sem a sua participação.

No um, sua mente já deve estar flutuando com tanta liberdade a ponto de você não ter noção de o que está acontecendo lá embaixo.

Nuvens brancas giram e ondulam.

O céu azul é tão insondável quanto o mar.

O som das ondas nos rochedos existia milênios antes de haver criaturas capazes de ouvi-lo.

Pontas e talhos nas pedras narram uma violência de que

a própria terra já se esqueceu há tempos.

Sua mente se reunirá ao corpo quando for seguro.

9

Volte ao seu corpo com cuidado, como se voltasse para casa após um furacão.

Resista ao ímpeto de reconstituir o que acabou de acontecer.

Prefira se concentrar em aferir a reação do seu Par Designado à nova intimidade que há entre vocês dois.

Em alguns homens, a intimidade suscita indiferença bruta.

Em outros, a intimidade talvez desperte uma curiosidade problemática a seu respeito.

"Onde você aprendeu a nadar assim?" dito em tom preguiçoso, enquanto ele está deitado de costas, com dois dedos no seu cabelo, indica curiosidade.

Fale a verdade sem exatidão.

"Cresci perto de um lago" é ao mesmo tempo verdadeiro e impreciso.

"Onde ficava o lago?" transmite insatisfação com a sua imprecisão.

"No norte do Estado de Nova York" indica precisão enquanto a evita.

"Em Manhattan?" trai falta de familiaridade com a geografia do Estado de Nova York.

Jamais contradiga seu Par Designado.

"Onde *você* foi criado?", perguntado a um homem que acabou de lhe fazer a mesma pergunta, é algo conhecido como "espelhamento".

Espelhe atitudes, interesses, desejos e gostos do seu Par Designado.

A meta é se tornar parte de sua atmosfera: uma fonte de bem-estar e tranquilidade.

Só então ele baixará a guarda quando você estiver por perto.

Só então ele terá conversas relevantes ao alcance de seus ouvidos.

Só então ele deixará os pertences em um estado poroso e desassistido.

Só então você começará a colher informações de forma sistemática.

10

"Vem. Vamos voltar", dito em tom brusco, indica que seu Par Designado tem tanta vontade de falar de si quanto você.

Evite a tentação de analisar os humores e caprichos dele.

A água salgada tem efeito purificante.

11

Você verá nos olhos de todas as beldades na costa o entendimento de sua intimidade recém-adquirida com seu Par Designado.

"Guardamos o almoço para você" é provavelmente uma alusão ao motivo de sua ausência.

Peixe frio é insosso mesmo quando servido com um bom molho de limão.

Seja simpática com as outras beldades, mas não solícita.

Quando estiver conversando com uma delas, é essencial que não seja considerada nem mais nem menos do que ela.

Seja franca acerca de todos os aspectos da sua vida menos o casamento (se houver).

Se casada, diga que você se divorciou, para dar a impressão de liberdade irrestrita.

"Ah, que pena!" indica que sua interlocutora gostaria de se casar.

12

Caso seu Par Designado de repente se volte em direção à casa de veraneio, vá atrás dele.

Pegar a mão dele e sorrir criará um senso discreto de camaradagem.

Um sorriso distraído como reação talvez indique preocupações urgentes.

As preocupações do seu Par Designado são as suas preocupações.

13

O quarto concedido a um homem poderoso será mais luxuoso do que aquele em que você dormiu enquanto aguardava a chegada dele.

Jamais procure por câmeras escondidas: o fato de procurar vai entregá-la.

Avalie se seu Par Designado almeja intimidade física; se não, simule o desejo de um cochilo.

Seu sono fingido permitirá que ele tenha a sensação de estar sozinho.

Encolher-se debaixo das cobertas, até daquelas pertencentes a um alvo inimigo, talvez seja reconfortante.

É mais provável que você ouça o visor dele vibrar se estiver de olhos fechados.

14

Uma porta se abrindo sinaliza o desejo dele de atender a uma chamada na varanda.

As conversas importantes do seu Par Designado sempre acontecerão ao ar livre.

Caso consiga ouvir a conversa, grave-a.

Como beldades não usam cadernos ou relógios, é implausível que você carregue um gravador.

Um microfone foi implantado logo depois da primeira curva do canal do seu ouvido direito.

Ligue o microfone apertando o triângulo de cartilagem no orifício do seu ouvido direito.

Você ouvirá um leve chiado quando a gravação começar.

No silêncio absoluto, ou para a pessoa cuja cabeça esteja ao lado da sua, o chiado talvez seja audível.

Caso o chiado seja detectado, bata na orelha como se espantasse um mosquito, acertando a cartilagem de ligar/desligar para desativar o microfone.

É desnecessário identificar ou compreender o idioma que seu alvo está usando.

Sua função é a proximidade: se estiver perto do seu Par Designado, gravando a fala confidencial dele, você estará triunfando.

15

Imprecações soam iguais em todas as línguas.

Um alvo zangado vigiará as palavras com menos atenção.

Caso seu alvo esteja zangado, deixe sua posição camuflada e se aproxime dele para melhorar a qualidade da gravação.

Talvez você sinta medo ao fazer isso.

Seu coração acelerado não será gravado.

Caso seu Par Designado esteja na varanda, fique na porta logo atrás dele.

Caso ele se vire e descubra você por perto, finja que você

estava prestes a se aproximar dele.

A raiva geralmente supera a desconfiança.

Caso o alvo passe por você às cotoveladas e saia do quarto batendo a porta, deduza que você escapou da detecção.

16

Caso seu Par Designado se distancie de você uma segunda vez, não vá atrás dele.

Desative o microfone e retome o "cochilo".

O momento de repouso é uma boa hora para reconfortar seus entes queridos.

A comunicação nuançada é muito facilmente monitorada pelo inimigo.

Seu Sistema de Pulsação Subcutânea emite bipes tão genéricos que a detecção não revelaria nem fonte nem intenção.

Um botão foi embutido atrás do ligamento interno de seu joelho direito (no caso de destras).

Pressione duas vezes para indicar aos entes queridos que você está bem e está pensando neles.

Você pode mandar esse sinal somente uma vez por dia.

A pressão ininterrupta do botão indica uma emergência.

Você vai ponderar, todo dia, qual é o melhor momento para mandar seu sinal.

Você vai refletir sobre o fato de seu marido, oriundo de uma cultura de laços tribais, entender e aplaudir seu patriotismo.

Você vai refletir sobre a vida reservada e alegre que compartilham desde a pós-graduação.

Você vai refletir sobre o fato de que os Estados Unidos é o

país de escolha do seu marido, e que ele o ama.

Você vai refletir sobre a convicção mútua de que seu serviço tinha que ser cumprido antes de que tivessem filhos.

Você vai refletir sobre o fato de estar com 33 anos e ter passado a vida profissional fomentando tendências musicais.

Você vai refletir sobre o fato de ter sempre acreditado que faria um trabalho mais relevante.

Você vai refletir sobre o fato de que reflexão demais é inútil.

Você vai refletir sobre o fato de estas Instruções de Campo estarem se tornando cada vez menos instrutivas.

Suas Instruções de Campo, guardadas em um gorgulho dentro do crânio, servirá tanto de registro dos seus atos quanto de guia para suas sucessoras.

Pressionar seu polegar esquerdo (no caso de destras) contra a ponta do dedo médio esquerdo inicia a gravação.

Para obter resultados mais claros, fale o pensamento em voz alta mentalmente.

Sempre filtre suas observações pela lente de seus valores instrutivos.

Seu treinamento é constante: você deve aprender com cada passo dado.

Quando sua missão estiver terminada e o gorgulho for removido, você poderá revisar seu conteúdo antes de incluir suas Instruções de Campo no arquivo de sua missão.

Caso pensamentos fortuitos ou particulares tenham se intrometido, você poderá deletá-los.

Devido à natureza sigilosa deste trabalho, você é

rigorosamente proibida de fazer o *upload* ou compartilhar qualquer parte da sua consciência pelo tempo que durar sua vida.

17

O sono simulado pode levar ao sono de verdade.

Barulhos de chuveiro indicam a volta do seu Par Designado.

Espera-se que beldades retornem a seus quartos com frequência para trocas de roupas: a aparência renovada durante as refeições é essencial.

A meta é ser uma surpresa adorável, inócua, em evolução.

Um vestido branco fresquinho na pele bronzeada é considerado atraente pela maioria.

Evite cores muito vivas: chamam a atenção e impedem a camuflagem.

Branco não é, no sentido técnico, uma cor viva.

Branco é, ainda assim, uma cor viva.

Sandálias douradas finas podem comprometer sua capacidade de correr ou pular, mas ficam bonitas em pés bronzeados.

Trinta e três ainda é jovem o suficiente para ser entendida como "jovem".

Ser entendida como "jovem" é algo especialmente bem-vindo àqueles que talvez não sejam entendidos como "jovens" por muito mais tempo.

Caso seu Par Designado a conduza ao jantar com o braço em sua cintura, considere sua troca de roupas bem-sucedida.

18

Quando homens começam conversas sérias, beldades são deixadas à própria sorte.

"Quanto tempo faz que você é divorciada?" indica o desejo de retomar uma conversa anterior.

"Alguns meses", quando inverídico, deve ser dito sem contato visual.

"Como ele era, o seu marido?" pode ser respondido com sinceridade.

"Era da África. Quênia" talvez sacie a vontade de falar de seu marido.

"Negro?", com sobrancelhas erguidas, talvez indique racismo.

"Sim. Negro", em tom cadenciado, deve funcionar como uma censura delicada.

"Negro até que ponto?" indica que não funcionou.

"Muito negro" é um pouco menos delicado, sobretudo quando acompanhado por um olhar incisivo.

"Legal" indica experiência pessoal.

"Sim. É legal" contradiz o suposto divórcio da pessoa e deve ser reformulado às pressas para "*Era* legal".

"Mas não era legal o suficiente?", com risadas, indica uma intimidade amistosa. Sobretudo quando seguido por "Ou legal demais!"

19

Anfitriões de festas em casa estão sem exceção ávidos para fazer os convidados comerem.

Para a maioria das beldades, o fascínio da comida é um perigo; sendo uma beldade de curto prazo, você pode comer o que quiser.

Pombo pode ser consumido despedaçando-se o pássaro com as mãos e sugando-se a carne dos ossos.

Uma expressão espantada indica que o anfitrião esperava o uso de talheres.

A proximidade entre a cadeira dele e a sua talvez pressagie confidências.

Virar a orelha para a boca de seu anfitrião a poupará de ter que sentir seu hálito.

As orelhas devem estar sempre limpas.

Caso seu anfitrião avise que seu Par Designado talvez represente um perigo para você, suponha que ele tenha saído da sala.

20

Ir ao banheiro é o meio mais eficiente de autoalijamento.

Nunca transpareça pressa, nem mesmo em um corredor vazio.

Caso não tenha ideia de onde seu Par Designado foi, não saia do lugar.

Caso se veja do lado de um par de portas de vidro, você pode abri-las e olhar para fora.

As noites no sul da França são esquisitas, sombrias, de um azul cortante.

A lua radiante pode surpreender independentemente de quantas vezes você já a tenha visto.

Caso tenha sido uma criança que adorava a lua, olhar para ela fará com que você se recorde da infância.

Meninas que não têm pai talvez atribuam à lua certo potencial paternal.

Todo mundo tem pai.

Uma história vaga do tipo "Seu pai morreu antes de você nascer" pode satisfazer mesmo uma criança astuta durante um número improvável de anos.

A verdade sobre sua paternidade, descoberta na vida adulta, fará com que a mentira pareça retroativamente ridícula.

Assessoras de imprensa vez por outra têm casos com seus clientes astros de cinema.

Descobrir que você é filha de um astro de cinema não é necessariamente um consolo.

Não é um consolo sobretudo quando o astro em questão tem outros seis filhos de quatro casamentos.

Descobrir que você é filha de um astro de cinema talvez a instigue a assistir mais de sessenta filmes que datam do começo da carreira dele.

Talvez você pense, ao assistir aos filmes dele: *Você não sabe que eu existo, mas eu estou aqui.*

Talvez você pense, ao assistir aos filmes dele: *Sou invisível para você, mas eu estou aqui.*

A súbita reconfiguração do seu passado pode alterar a forma e a sensação da sua vida adulta.

Talvez a afaste da mãe cujo único objetivo era a sua felicidade.

Caso seu marido tenha passado por grandes transformações na vida, ele compreenderá a sua transformação.

Evite o excesso de autorreflexão: sua função é olhar para fora, não para dentro.

2 1

"Aí está você", sussurrado às suas costas pelo seu Par Designado indica que ele estava procurando você.

"Venha", dito em tom suave, talvez comunique o desejo renovado de contato íntimo.

A face serena da lua fará com que você sinta, de antemão, que é compreendida e perdoada.

Pode-se ouvir o mar bem antes de vê-lo.

Mesmo à noite, o Mediterrâneo é mais azul do que preto.

Caso deseje evitar intimidade física, a visão de uma lancha trará alívio apesar da miríade de problemas que representa.

Caso não haja troca de palavras entre seu Par Designado e o capitão da lancha, é provável que o encontro tenha sido marcado com antecedência.

Um homem conhecido por sua crueldade talvez ainda assim demonstre muito cuidado ao conduzir sua beldade até uma lancha oscilante.

Ele interpretará sua hesitação ao embarcar como medo de cair dentro da lancha.

Resista ao ímpeto de perguntar aonde vocês estão indo.

Tente, quando ansiosa, soltar uma risadinha apatetada.

Localize sua Fonte Pessoal de Serenidade e a utilize.

Caso sua Fonte Pessoal de Serenidade seja a lua, sinta-se grata porque a lua está particularmente radiante.

Reflita sobre as diversas razões pelas quais você ainda não pode morrer:

Você precisa ver seu marido.

Você precisa ter filhos.

Você precisa contar ao astro de cinema que ele tem uma sétima filha e que ela é uma heroína.

22

A lua pode dar a impressão de estar se mexendo, mas na verdade é você quem está.

Em alta velocidade, a lancha bate contra a crista das ondas.

Medo e empolgação às vezes são indistinguíveis.

Quando o capitão de um barco adapta a rota segundo as ordens do seu Par Designado, pode ser que não saiba aonde a está levando.

Caso seu Par Designado não pare de olhar para cima, é provável que esteja usando as estrelas como instrumento de navegação.

O Mediterrâneo é vasto a ponto de já ter parecido infinito.

Uma beldade não deve exigir mais contexto do que a presença de seu Par Designado.

Ela deve dar a impressão de que aprecia qualquer passeio que ele empreenda.

Simule tal apreço passando o braço carinhosamente em torno dele e aninhando sua cabeça junto à dele.

Alinhar sua cabeça à do seu Par Designado lhe permitirá compartilhar as coordenadas dele e calcular seu itinerário.

À noite, longe da costa, as estrelas pulsam com uma força inconcebível quando próximas da luz.

Seu paradeiro jamais será um enigma para nós: você estará visível como um ponto de luz nas telas dos que zelam por você.

Você é uma entre centenas, todas possíveis heroínas.

A tecnologia permitiu que pessoas comuns tenham a chance de brilhar no cosmos das realizações humanas.

Sua falta de treinamento para ser espiã é o que torna sua ficha limpa e neutra.

Você é uma pessoa comum que realiza uma tarefa extraordinária.

Você não precisa ser notável pelas habilidades, somente pela valentia e pelo equilíbrio.

Saber que você é uma entre centenas não deve rebaixá-la.

No novo heroísmo, a meta é
se fundir a algo maior do que
você mesma.

No novo heroísmo, a meta é
que você se dispa do flagelo
do egocentrismo.

No novo heroísmo, a meta é
que você renuncie à fixação
moderna por ser vista e
reconhecida.

No novo heroísmo, a meta é
cavar debaixo da sua persona
reluzente.

Você ficará surpresa com o
que jaz abaixo: um espaço
esplêndido, profundo, de
possibilidades.

Alguns comparam essa
descoberta a um sonho em
que uma casa conhecida
adquire novas alas e ambientes.

O poder do magnetismo
pessoal não é nada se
comparado com o poder do
esforço abnegado conjunto.

Talvez você realize façanhas
pessoais assombrosas, mas

Agentes Cidadãos não buscam
o mérito individual.

A necessidade de glória pessoal
é como o tabagismo: um
hábito que parece vital ao
mesmo tempo em que mata.

A busca de atenção pueril
geralmente é saciada à custa de
poder verdadeiro.

Um inimigo do Estado não
teria como inventar forma
melhor de nos enfraquecer e
distrair.

Agora nosso famigerado
narcisismo é nossa
camuflagem.

23

Depois de algumas horas de
viagem sacolejante, talvez
de início você não perceba
que a lancha se aproxima
da costa.

Uma única estrutura
iluminada se destaca grandiosa
na costa deserta.

O silêncio após o ronco do motor é uma categoria de som.

A partida imediata da lancha indica que seu regresso não ocorrerá em breve.

Saber sua latitude e longitude não equivale a saber onde se está.

Um novo lugar remoto e desconhecido pode fazer o lugar remoto e desconhecido anterior parecer seu lar.

Imaginar-se como um ponto de luz em uma tela pode ser bizarramente reconfortante.

Como seu marido é um visionário em termos de segurança nacional, ele às vezes tem acesso a essa tela.

Caso a acalme imaginar seu marido monitorando seu ponto de luz, imagine.

No entanto, não feche os olhos ao subir uma trilha rochosa calçando sandálias de tiras no breu total.

Na Latitude X, Longitude Y, a flora é seca e se desintegra sob seus pés.

Uma voz vinda de cima indica que sua chegada era esperada e vigiada.

Uma costa deserta não necessariamente está sem patrulha.

Os melhores patrulheiros são imperceptíveis.

24

Um aperto de mãos formal entre o novo anfitrião e seu Par Designado talvez signifique que nunca tenham se encontrado.

Em certos homens ricos e poderosos, a falta de força física parecerá uma fonte de força.

A incapacidade do novo anfitrião de reconhecer sua presença talvez demonstre que mulheres passam despercebidas em seu campo de visão.

Ser invisível significa que você não será observada com atenção.

Sua função é ser esquecida, porém continuar presente.

Uma casa branca e reluzente de veraneio em meio a tanta vegetação rasteira, na escuridão parecerá uma miragem.

Um homem para o qual as mulheres são invisíveis ainda assim pode ter várias beldades sob seu domínio.

Essas beldades negligenciadas disputarão sua parca atenção.

Dentre as beldades negligenciadas, em geral existe uma beldade alfa que assume o comando.

Ao entrar na casa de veraneio, o escrutínio frio da alfa reverberará pelas demais beldades e se contrairá à sua volta.

A sensação lhe trará à mente a lembrança de ter ido a uma escola quando criança, ou a um *country club*, onde não conhecia quase ninguém.

Sentir-se à mercê das pessoas à sua volta suscitou uma reação interna sísmica.

A vontade de se integrar e prosperar entre desconhecidos lhe pareceu irrefreável.

Você nunca foi infantil, nem quando criança.

Sua falta de infantilidade é algo que seu marido sempre amou em você.

Depois que as novas crianças viravam suas aliadas, era lancinante abandoná-las.

25

Uma mesinha e cadeiras esculpidas no alto de um promontório espigado sem dúvida foram feitas para conversas particulares.

Caso seu Par Designado a leve a esse lugar, talvez não esteja completamente à vontade com o novo anfitrião.

Quando o novo anfitrião dispensa sua beldade alfa, é provável que negócios importantes estejam em andamento.

Uma beldade alfa não vai tolerar sua exclusão caso outra beldade seja incluída.

Caso o primeiro gesto do novo anfitrião para você seja de dispensa, volte-se para o seu Par Designado.

Não aceite ordens de outra pessoa que não seu Par Designado.

Caso seu Par Designado mantenha o braço em torno de você apesar da dispensa do novo anfitrião, você se tornou o objeto de uma disputa de poder.

Caso seu novo anfitrião fale olhando-a de frente, de perto, é provável que esteja botando à prova sua ignorância do idioma dele.

Caso seu Par Designado se enrijeça a seu lado, é provável que as palavras do novo anfitrião sejam ofensivas.

A risada de incompreensão é a ferramenta mais confiável de uma beldade para dissipar conflitos.

Caso os homens relaxem na cadeira, sua neutralização foi bem-sucedida.

O novo anfitrião a insultou e, portanto, insultou seu Par Designado.

Seu Par Designado prevaleceu na alegação de que você é inofensiva demais para que se deem o trabalho de mandá-la embora.

Parabenize-se por ter preservado sua proximidade e ligue o microfone na sua orelha.

26

Quando presente em discussões de negócios, projete

uma absoluta falta de interesse e curiosidade.

Esteja sempre ciente de onde está.

No promontório alto e estreito na Latitude X, Longitude Y, o mar e o céu brilham em todas as direções.

Talvez haja momentos durante a missão em que você tenha a sensação de que informações cruciais são iminentes.

Ela talvez venha sob a forma de uma onda de alegria.

Essa alegria pode vir da sua descoberta de que a lua, sólida e radiante, continua lá no alto.

Talvez venha da sensação de que você entrou no universo fantástico em que as histórias infantis se passam.

Talvez venha da compreensão de que, quando a tarefa estiver cumprida, você voltará ao marido que tanto adora.

Talvez venha do extremo grau de beleza natural à sua volta e da percepção de que você está viva neste momento.

Talvez venha da compreensão de que você cumpriu todas as metas que estabeleceu para si desde a infância.

Talvez venha da compreensão de que, enfim, você encontrou uma meta à altura de suas energias prodigiosas.

Talvez venha da compreensão de que, ao cumprir essa meta, você terá ajudado a manter a vida americana da forma como a conhece.

27

Uma onda de alegria pode tornar difícil que você fique sentada, impassível.

Tenha cuidado com estados internos — positivos ou negativos — que toldem o que está acontecendo à sua volta.

A CASA DE DOCES

Quando dois alvos começam a fazer esboços, o planejamento concreto foi iniciado.

A câmera implantada no seu olho esquerdo é acionada com a pressão do canal lacrimal esquerdo.

Sob parca iluminação, o *flash* pode ser ativado pressionando-se a ponta externa da sobrancelha esquerda.

Quando estiver usando o *flash*, cubra sempre o olho sem câmera para protegê-lo da cegueira temporária.

Nunca acione o *flash* na presença de outras pessoas.

28

Pular da cadeira com um suspiro e olhar em direção à casa de veraneio vai voltar a atenção dos outros na mesma direção.

"Que foi? O que foi que você escutou?" dito perto do seu rosto pelo seu Par Designado

indica que sua manobra para desviar a atenção é verossímil.

Espere até que a avidez de ambos por compreensão vire quase raiva; então lhes diga, baixinho, "Escutei gritos".

Homens violentos vivem com medo de retaliação.

O novo anfitrião será o primeiro a ir em disparada até a casa.

A olhadela de seu Par Designado na direção da doca, lá embaixo, indica que seus interesses não estão totalmente alinhados aos do novo anfitrião.

A preocupação instantânea com o próprio celular talvez signifique que esteja chamando o capitão da lancha.

Entre os violentos, sempre há um plano de fuga.

29

Um celular ofuscante vai, espera-se, distrair seu usuário

do *flash* da câmera pouco distante.

Aproxime-se o suficiente dos esboços que deseja fotografar a ponto de tomarem todo o seu campo de visão.

Fique completamente imóvel.

O *flash* é bem mais drástico no breu total.

Um xingamento seguido por "Que porra foi essa?" indica que você superestimou a concentração de seu Par Designado no telefone.

Uma cegueira branca, latejante, indica que você se esqueceu de cobrir o olho sem câmera.

Distancie-se do envolvimento no *flash* berrando, com veracidade, "Não estou enxergando nada!"

É difícil atravessar o promontório a alta velocidade e com segurança estando cega.

É impossível adiar a supracitada travessia quando

seu Par Designado está puxando sua mão com força.

Um zumbido pressagia a aproximação da lancha.

Tentar descer por uma trilha de árvores quebradiças em um estado de cegueira (e salto alto) levará a tropeços e quedas.

Passos se afastando indicam que você exigiu demais do valor limitado que tem para o Par Designado.

A desorientação cega talvez a impeça de fazer algo além de chamá-lo do lugar de onde caiu.

A lancha indo embora em alta velocidade acarretará uma vibração que faz tremer o chão.

30

A cegueira temporária exacerba o apreço da pessoa por sua visão.

Como resultado da cegueira, um acúmulo de objetos ao seu redor pode ter uma característica quase sensual.

O entendimento de que está sem seu Par Designado se dará lenta e friamente.

Cada nova fase da solidão revela que anteriormente você estava menos sozinha do que imaginava.

Esse isolamento mais profundo talvez resulte, a princípio, em paralisia.

Caso se deitar na terra a acalme, deite-se.

A lua brilha em todos os lugares.

A lua pode parecer tão expressiva quanto um rosto.

Os seres humanos são feroz e primitivamente resilientes.

Os feitos míticos a respeito dos quais você adorava ler quando criança são insignificantes se comparados às realizações dos seres humanos na Terra.

31

A descoberta de outra pessoa por perto quando você se imaginava sozinha pode causar medo.

Passar de supetão da posição deitada de costas para uma postura de pé provocará vertigem.

"Estou te vendo. Aparece" deve ser dito com calma, da Posição de Prontidão.

Como esperava um homem, o surgimento de uma mulher talvez lhe traga alívio, apesar de tudo o que você sabe e é.

"O que você está fazendo aqui?", dito pela beldade alfa do novo anfitrião, é provavelmente uma fala hostil.

Responda a perguntas abstratas no nível mais literal: "Ele foi embora sem mim".

"Babaca", murmurado com amargura, indica experiência com o fenômeno de ser deixada para trás.

A solidariedade vinda de uma fonte inesperada pode desencadear uma onda de emoções.

Avalie o risco de derramar lágrimas antes de deixar que caiam.

Os braços perfumados de uma beldade podem injetar força e esperança diretamente na sua pele.

32

Uma casa de veraneio luxuosa no alto de um penhasco talvez pareça ainda mais uma miragem na segunda aproximação.

Sustentar uma atmosfera de luxo em um lugar isolado requer uma quantia exorbitante de dinheiro.

Assim como a violência coordenada.

Sua função é seguir o dinheiro até a fonte.

Um homem poderoso cujo aliado fugiu do recinto depois de um alarme falso provavelmente não estará feliz.

O ressurgimento da beldade desamparada desse aliado sumido provavelmente o assustará.

A estupefação é agradável de se ver em qualquer rosto que seja.

"Porra, aonde é que ele foi?" pode ser decifrado mesmo numa língua que você não reconheça.

Dar de ombros é um gesto cujo entendimento é universal.

A indiferença de uma beldade alfa à consternação de seu par talvez signifique que ele fica facilmente consternado.

Também pode significar que
ele não é o par dela.

33

Como beldade, às vezes será
esperado que você mude de
mãos.

Em geral, você passará das
mãos de um homem menos
poderoso às
de um mais poderoso.

Sua função é idêntica,
independentemente das mãos
em que esteja.

Avançar mais em direção à
fonte de dinheiro e controle é
um progresso.

Caso sua vulnerabilidade e
desamparo tenham despertado
o interesse de um alvo
inimigo, ressalte essas
características.

Joelhos sujos, sangrando, talvez
ressaltem tanto a sua
vulnerabilidade a ponto de
causar repulsa.

No entanto, talvez assim você
consiga um banho quente.

34

As casas dos ricos violentos
têm excelentes armários de
primeiros-
-socorros.

Se, depois de cuidar de seus
arranhões, lhe indicarem uma
área de banho com cascata,
parta do princípio de que você
não ficará sozinha por muito
tempo.

O fato de um homem tê-la
ignorado e insultado não
significa que não queira te
comer.

Homens esguios, poderosos,
via de regra se movimentam
com a agilidade dos felinos.

Comece sua contagem
regressiva cedo — enquanto
ele entra na banheira.

Quando ele segurar seu braço,
você já deverá estar no cinco.

Quando sua testa for esmagada contra a rocha, você já deverá perceber seu corpo apenas vagamente, de cima.

35

Caso sinta, ao voltar ao seu corpo, que muito tempo se passou, não pense muito nisso.

Caso seus braços e pernas doam e sua testa esteja arranhada e em carne viva, não pense muito no porquê.

Emergir de um banho quente, turbulento, em que você passou um período indeterminado, a deixará trêmula e fraca.

Lembre-se de que não está sendo paga, em moeda nenhuma, por este ou qualquer ato no qual se envolveu.

Esses atos são formas de sacrifício.

Uma abundância de roupões de banho diáfanos indica que mulheres volta e meia visitam essa área de banho.

Um vestidinho branco sujo e rasgado talvez lhe pareça bizarramente valioso quando é a única coisa que se tem.

Guarde sempre consigo as coisas relevantes — você nunca voltará para pegá-las.

36

Caso lhe indiquem um quartinho apertado com uma cama enorme, pode ser que sua utilidade para o novo anfitrião não tenha se esgotado.

Pode ser que às vezes você tenha vontade de evitar a lua.

A lua talvez pareça um mecanismo de vigilância que monitora seus movimentos.

Durma sempre que puder fazê-lo em segurança.

37

Seu despertar abrupto talvez
pareça uma reação a algum
barulho.

Em momentos de extrema
solidão, talvez você acredite ter
ouvido seu nome.

Nos reconfortamos evocando,
em sonhos, aqueles que
amamos e dos quais temos
saudades.

Ao despertar e se dar conta de
que estão ausentes, talvez
fiquemos com a sensação de
termos
falado com eles.

Até as casas mais protegidas
atingem, na calada da noite,
um estado de relativa
inconsciência.

Uma beldade em um roupão
de banho lilás diáfano pode ir
aonde for, contanto que pareça
estar indo se entregar a
alguém.

O princípio universal da
construção de casas torna
possível sabermos qual porta
dará no quarto principal.

Armários de roupas de cama,
com portas fechadas, podem
lembrar quartos principais.

Assim como banheiros.

Pés descalços não fazem
barulho em assoalhos de pedra.

Um homem esguio, felino,
ainda assim pode roncar.

Quando invadir o quarto de
um homem adormecido, vá
direto para a cama dele, como
se o estivesse procurando.

38

Uma beldade alfa que parecia
não ter vínculo nenhum com
seu novo anfitrião talvez se
revele íntima dele.

O entrelaçamento dos dois ao
dormir pode contradizer tudo
o que você presenciou
anteriormente entre eles.

Os seres humanos são incognoscíveis; por isso o fascínio faustiano do compartilhamento da consciência.

Um bercinho ao lado da cama indica a existência de um bebê.

Evite sucumbir a seu assombro: é desperdício de tempo.

39

Alvos inimigos guardam seus celulares longe de onde dormem.

O *closet* de uma beldade é inconfundível, como uma aljava de flechas brilhantes.

Depois de localizar o espaço particular de um homem, procure o Ponto Ideal onde ele esvazia os bolsos no fim do dia.

Caso seu celular esteja no Ponto Ideal, cogite a possibilidade de usar o Fluxo de Dados para captar o conteúdo.

O Fluxo de Dados só deve ser empregado caso você tenha certeza de que se trata de um conteúdo excepcional.

Será necessário muito trabalho para separar e processar a quantidade de informações captadas.

Sua transmissão será percebida por qualquer dispositivo de monitoramento inimigo.

Só garantimos sua eficácia uma vez.

40

Localize o ponto entre o quarto dedo e o mindinho do pé direito (no caso de destras) e retire o Plugue de Dados do Orifício Universal.

Insira o filamento magnético do plugue em qualquer orifício do telefone do Alvo.

Sente-se no chão, longe de
superfícies pontiagudas, e
apoie as costas na parede.

Uma fita vermelha foi enfiada
no seu Orifício Universal:
segure-a na palma de uma das
mãos.

Separe os dedos do pé e com
delicadeza reinsira o plugue,
agora magneticamente
conectado ao telefone de s
eu alvo, no seu Orifício
Universal.

Você sentirá o fluxo à medida
que os dados inundarem seu
corpo.

O fluxo pode conter
memórias, calor, frio, saudades,
dor, ou até alegria.

Embora os dados sejam
alheios, as memórias
desalojadas serão as suas:

Descascando uma laranja para
o marido na cama em um
domingo, o sol salpicando as
cobertas reviradas;

O aroma de terra esfumaçada
do pelo do gato que você
tinha na infância;

O sabor das balas de hortelã
que sua mãe guardava para
você na escrivaninha dela.

O impacto do Fluxo de Dados
talvez provoque a perda da
consciência ou uma perda de
memória de curto prazo.

O propósito da fita vermelha é
orientá-la: se você acordou
segurando uma dessas, olhe
para o pé.

Quando seu corpo estiver
quieto, retire o celular do alvo
e ponha-o de volta no mesmo
lugar.

41

O Fluxo de Dados deixará um
zumbido no seu ouvido que
talvez encubra o som da
chegada de outra pessoa.

Um rosto que lhe trouxe
alívio talvez lhe provoque
alívio uma segunda vez.

Quando uma beldade alfa gritar com você em uma língua desconhecida, pode ser que esteja sonolenta demais para se lembrar de quem é você.

Também pode ser que esteja chamando outra pessoa.

O *status* de beldade não lhe servirá de desculpa para estar onde não deveria.

Prepare-se para se defender ao primeiro sinal de invasão física.

Seu novo anfitrião, avançando contra você, berrando "Que porra é essa que você está fazendo?" constitui invasão física.

Enfiar seu cotovelo no alvéolo macio sob o maxilar o jogará de costas no chão.

O choro do recém-nascido afastará sua mãe até das angústias físicas de seu par.

Um homem incapacitado por uma cotovelada quase não reagirá ao choro do bebê.

42

Diante da revelação do conhecimento de artes marciais, um homem que a percebia apenas como beldade recalculará seus objetivos.

Recomenda-se a saída imediata.

Um homem esguio, felino, pode muito bem se recobrar antes que se possa fazer uma saída às pressas.

Observe os olhos: ele estará medindo a distância entre ele e a arma de fogo mais próxima.

Chutá-lo no pescoço, mesmo descalça, causará o bloqueio temporário de sua traqueia.

A beldade alfa de um homem violento saberá onde ele guarda a arma de fogo e como usá-la.

Uma mulher que segura uma arma e um bebê já não é considerada uma beldade.

Nenhuma beldade é de fato uma beldade.

Incapacitar a portadora da arma provavelmente machucará o bebê que ela está segurando.

Como americanos, prezamos acima de tudo os direitos humanos, e não podemos consentir com sua violação.

Quando alguém ameaça *nossos* direitos, no entanto, uma liberdade de movimento mais abrangente se torna necessária.

Siga seus instintos e ao mesmo tempo tenha em mente que precisamos e vamos nos conformar aos nossos princípios.

Uma mulher que em um dos braços segura um bebê que se debate talvez tenha dificuldade de mirar a arma de fogo com a outra mão.

Balas de fato sibilam em um espaço fechado.

Caso a pessoa tenha atirado em você uma vez e errado a mira, imobilize-a antes que ela tenha outra chance.

Relutamos sobretudo em ferir aqueles que achamos parecidos conosco.

43

Um breve instante separa o momento em que a pessoa leva um tiro e entende que levou um tiro.

Supondo-se que nenhuma artéria seja atingida, feridas nos membros superiores são preferíveis.

As partes do corpo mais ossudas, mais cheias de tendões, sangram menos, mas são de reconstrução mais difícil caso sejam estilhaçadas.

O ombro direito é uma parte ossuda, cheia de tendões.

Quando tiros são disparados na casa de um homem poderoso, você tem minutos, se não segundos, até a chegada de seguranças.

Seu corpo físico é nossa Caixa-Preta: sem ela, não temos registros de o que transcorreu durante sua missão.

É essencial que você se retire do domínio do inimigo.

44

Quando se encontrar encurralada e em desvantagem numérica, talvez você solte, como último recurso, seu Clamor Primal.

O Clamor Primal é o equivalente humano a uma explosão, um som que mistura grito, berro e urro.

O Clamor deve ser acompanhado de contorções faciais e movimentos frenéticos do corpo que indiquem um estado feral, desvairado.

O Clamor Primal deve transformá-la de beldade em monstro.

O objetivo é horrorizar o oponente tal qual figuras que inspiram confiança, quando transformadas em diabólicas, tornam-se horripilantes nas histórias infantis e nos pesadelos.

Empregue o *flash* da câmera repetidas vezes enquanto Clama.

Quando abordada por um monstro uivante, espasmódico, lampejante, a mulher que segura seu recém--nascido rapidamente abre caminho.

Interrompa o Clamor no instante em que estiver livre de risco imediato.

Os que saem correndo para ajudar um homem poderoso mal vão reparar na beldade desgrenhada pela qual passam no corredor.

Se tiver sorte, com isso você ganhará tempo para fugir da casa.

Retome seu papel de beldade enquanto corre: alise o cabelo e cubra a ferida ensanguentada com o vestidinho que enfiou no bolso.

O fato de não ouvir alarmes não significa que você não os tenha disparado.

45

Após a violência em ambiente fechado, o ar frio da noite terá um efeito purificante.

Chegue ao final de um caminho íngreme de terra do jeito que der, inclusive escorregando e rolando.

Nas residências dos ricos violentos, haverá pelo menos um segurança em cada ponto de saída.

Na calada da noite, se você tiver muitíssima sorte, o segurança estará cochilando.

Adote, na medida do possível, ares de beldade que dá cambalhotas travessas.

Caso correr descalça na doca a remeta à infância, pode ser que a dor esteja lhe causando alucinações.

Deitar-se na doca morna próxima de um *country club*, segurando a mão de um menino pela primeira vez, é uma sensação de que você se lembrará mesmo após muitos anos.

O retrospecto cria a ilusão de que era inevitável que sua vida chegasse ao momento presente.

É mais fácil acreditar em uma conclusão previsível do que aceitar que nossas vidas são guiadas por acasos.

Comparecer a um curso de robótica por acidente, devido a uma confusão de salas com sua disciplina sobre Homero, é um acaso.

Achar uma cadeira vazia ao lado de um garoto de pele escura e mãos bonitas é um acaso.

Quando alguém se torna essencial, você ficará maravilhada de ter se deitado na doca morna sem que ainda o tivesse conhecido.

Presuma que a reintegração à sua antiga vida seja difícil.

A experiência deixa marcas, independentemente das razões e princípios existentes por trás dela.

O que nossos Agentes Cidadãos via de regra precisam é que o tempo simplesmente passe.

Nossos Agentes Terapêuticos estão disponíveis em tempo integral nas primeiras duas semanas de sua reintegração e, depois desse período, em horário comercial.

Descrever qualquer aspecto da sua missão a civis, inclusive a profissionais de saúde mental ou orientadores espirituais, é terminantemente proibido.

Confie que temos todos os recursos necessários para atender às suas necessidades.

46

Nem uma capacidade sobrenatural de nadar pode fazê-la atravessar o mar preto-azulado.

Observar da ponta da doca com uma ferocidade desejosa não pode fazê-la atravessar o mar preto-
-azulado.

Quando a seu corpo foram concedidos poderes excepcionais, é surpreendente se deparar com um abismo entre seus desejos e suas capacidades.

Ao longo de milênios, engenheiros deram aos seres humanos o poder de realizar façanhas míticas.

Seu marido é engenheiro.

Crianças criadas entre predadores naturais aprendem a detectar formas irregulares e movimentos na paisagem.

A intimidade com outro ser humano pode lhe permitir esquadrinhar seus arredores como ele esquadrinharia.

Junto a uma falésia, enluarada, a forma irregular é um ângulo reto arfando no ritmo das ondas, debaixo de um mato saliente.

É provável que o novo anfitrião tenha escondido uma lancha para o caso de uma fuga de emergência.

A chave estará dentro dela.

47

Deslize por entre os galhos e entre no barco; desamarre-o e abaixe o motor até a água.

Sinta-se grata aos lagos do norte do estado de Nova York, onde você aprendeu a pilotar lanchas.

Dê volume ao cabelo com o braço funcional e estampe à força um sorriso largo, relaxado, no rosto.

O sorriso é como um escudo: ele congela seu rosto e o transforma em uma máscara atrás da qual você pode se esconder.

O sorriso é uma porta ao mesmo tempo aberta e fechada.

Gire a chave e engate o motor antes de mirar o mar preto-
-azulado e apertar o acelerador.

Acene e dê uma risada alta para o segurança atônito, sonolento.

Pilote em ziguezague até estar longe do alcance de armas.

48

A exultação da fuga será seguida quase imediatamente por uma onda esmagadora de dor.

A casa de veraneio, seus ocupantes, até os tiros parecerão fantasmas em comparação com esse imediatismo clangoroso.

Caso a dor impossibilite o raciocínio, concentre-se na navegação.

Podemos intervir apenas em Pontos de Acesso Geográficos específicos.

Enquanto navega até um Ponto de Acesso, indique que há uma emergência apertando o botão atrás do joelho por trinta segundos consecutivos.

Você precisa permanecer consciente.

Caso ajude, imagine-se nos braços do seu marido.

Caso ajude, imagine-se em seu próprio apartamento, onde a faca de caça do avô dele fica exposta dentro de uma caixa de acrílico.

Caso ajude, imagine-se colhendo os tomatinhos que você cultiva no parapeito da janela durante o verão.

Caso ajude, imagine que o conteúdo do Fluxo de Dados auxiliará a frustrar um ataque em que milhares de vidas seriam perdidas.

Mesmo sem aperfeiçoamentos, você consegue pilotar um barco estando semiconsciente.

Seres humanos são sobre-humanos.

Deixe-se guiar pela lua e as estrelas.

49

Quando chegar ao local aproximado de um Ponto de Acesso, desligue o motor.

Você estará no breu total, no silêncio total.

Caso deseje, deite-se no fundo do barco.

O fato de ter a impressão de estar morrendo não significa que você vá morrer.

Lembre-se de que, caso morra, seu corpo revelará uma mina de dados cruciais.

Lembre-se de que, caso morra, suas Instruções de Campo servirão de registro da sua missão e de lição para as que vierem depois.

Lembre-se de que, caso morra, terá triunfado pelo mero fato de entregar seu corpo físico às nossas mãos.

O movimento do barco no mar lembrará o de um berço.

Você se lembrará de sua mãe embalando-a nos braços quando você era criança.

Você se lembrará de que ela sempre a amou fervorosa e integralmente.

Você perceberá que a perdoou.

Você entenderá que ela escondeu quem é seu pai devido à fé de que o amor infinito dela lhe bastaria.

O desejo de dizer à sua mãe que você a perdoa é mais uma razão para você chegar em casa viva.

A ideia de que seu pai jamais saberá o que perdeu é mais uma razão para você chegar em casa viva.

A necessidade de lhe contar o que ele só não perdeu por um triz é mais uma razão para você chegar em casa viva.

Você não será capaz de esperar, mas terá que esperar.

Nunca deixamos de recuperar um Agente Cidadão, morto ou vivo, que conseguiu chegar a um Ponto de Acesso.

50

Pontos de Acesso não são confortáveis.

Até uma noite quente fica fria no fundo molhado de um barco.

Ao olhar para cima, para as estrelas piscando, dispersas, talvez você tenha a sensação de que voa acima delas e olha para baixo.

O universo parecerá pairar abaixo de você em seu cintilante mistério lácteo.

Só quando perceber uma mulher como você, amarrotada e ensanguentada no fundo de um barco, é que você se dará conta de o que aconteceu.

Você utilizou a Técnica Dissociativa sem querer.

Não existe mal nenhum nisso.

Sem dor, você pode flutuar livremente pelo céu noturno.

Sem dor, você pode encenar a fantasia do voo que acalentava quando criança.

Mantenha seu corpo visível o tempo inteiro: caso sua mente perca seu corpo de vista, talvez seja difícil — até mesmo impossível — reunir os dois.

Enquanto flutua livremente pelo céu noturno, talvez você perceba uma agitação de ritmo constante nas rajadas de vento.

O barulho de um helicóptero é ameaçador por natureza.

Um helicóptero sem luzes é uma mistura de morcego, pássaro e inseto monstruoso.

Resista ao ímpeto de fugir dessa aparição: ela veio para salvá-la.

51

Saiba que, ao retornar ao seu corpo, você está consentindo em ser assolada pela dor física.

Saiba que, ao retornar ao seu corpo, você está consentindo em levar adiante uma reintegração perturbadora em uma vida alterada.

Alguns Agentes Cidadãos optaram por não retornar.

Eles deixaram seus corpos para trás, e agora brilham de forma sublime nos céus.

No novo heroísmo, a meta é transcender a vida individual, com seus amores e dores triviais, em prol do esplêndido coletivo.

Você pode imaginar cada estrela pulsante como a alma heroica de uma antiga beldade agente.

Você pode imaginar o céu como uma tela enorme repleta de pontinhos de luz.

52

Caso deseje retornar ao seu corpo, é essencial que você chegue nele antes do helicóptero.

Caso ajude, faça uma contagem regressiva.

No oito, você deverá estar próxima o bastante para ver seus pés descalços e sujos.

No cinco, você deverá estar próxima o bastante para ver o vestido ensanguentado enrolado nos seus ombros.

No três, você deverá estar próxima o bastante para ver as covinhas pelas quais era elogiada quando criança.

No dois, você deverá ouvir o balido raso de sua respiração.

53

Depois de retornar ao seu corpo, assista à descida lenta e pulsante do helicóptero.

Talvez ele lhe pareça o instrumento de um mundo puramente mecânico.

Talvez você tenha a impressão de que ele veio para aniquilá-la.

Talvez seja difícil acreditar que existam seres humanos dentro dele.

Você só terá certeza ao vê-los agachados lá em cima, o rosto tenso de esperança, prontos para saltar.

O PERÍMETRO: ANTES

— Como é que a gente vai saber se o cara é mesmo irmão dela? — pergunta mamãe uma noite, depois do jantar, quando Brian e Molly já subiram para fazer o dever de casa e eu a estou ajudando a pôr os pratos na lava-louças

— Que cara? — pergunta papai, sentado na cadeira reclinável do escritório ao lado da cozinha. — Irmão de quem?

— Me parece meio... não sei, coincidência demais — diz ela. — O tal irmão chega e nove meses depois, bum. O marido sai de casa.

— Ah — solta papai.

Não por concordar com a mais recente teoria da conspiração da mamãe (ele nunca concorda, nenhum de nós concorda), mas por ter entendido do que ela está falando: de nossos vizinhos de porta, a família Salazar.

Mamãe sai da cozinha e para ao lado da cadeira reclinável de papai, olhando para baixo.

— Eles não são nem um pouco parecidos — comenta ela. — Você vê alguma semelhança do tipo que irmãos têm?

— A gente nunca esteve tão numa boa com ele a ponto de eu poder dar uma boa olhada na cara dele — responde papai.

— Eu acho que ele largou mão do jornalismo — diz mamãe. — Ele passa muito tempo em casa.

— Você passa muito tempo em casa — observa papai.

— Estou de olho nele.

O papai larga o jornal com cuidado — gesto equivalente, para papai, a se levantar e olhar dentro dos olhos de mamãe.

— Toma cuidado com os limites da casa, Noreen — diz ele. — Se você invadir a propriedade deles outra vez, não vou ter como te proteger. Hannah, está escutando?

Ele fala comigo pela porta da cozinha. Estou sempre escutando.

—Você é minha testemunha.

— E se ele invadir? — pergunta mamãe.

Alguns meses depois de o irmão de Stephanie Salazar se mudar para a casa do Sr. e da Sra. Salazar, mamãe o viu entrar na casa pela janela (ele tinha esquecido a chave) e ligou para a polícia para denunciar uma invasão. Sabia muito bem quem era, mas não confiava nele, disse ela ao papai (que me disse), porque havia recebido olhares hostis enquanto cuidava do jardim perto da cerca de ripas de madeira que separa o nosso quintal e o dos Salazar. O que a mamãe não sabia era que o irmão de Stephanie estava em liberdade condicional, o que levou a polícia a levá-lo embora algemado. Naquela noite, os Salazar vieram conversar com mamãe e papai sobre o irmão de Stephanie e sua saúde mental. Como Bennie Salazar descobrira a banda preferida do papai, os Conduits, e produzira todas as músicas deles, o papai abriu o *bourbon* e assentiu com empatia enquanto a mamãe olhava pela janela como se estivesse distraída com um barulho que ninguém mais ouvia. Como era de se esperar, enquanto a conversa acontecia, uma parte da cerca entre nossos quintais tombou drasticamente na nossa direção, violando nosso "espaço aéreo", nas palavras da mamãe, e "atacando" uma porção de suas floxes cor-de-rosa. Poucas semanas depois, mamãe desencavou uma das ripas da cerca com uma pá elétrica que alugou na Ace Hardware e instalou a ripa doze centímetros adentro do terreno dos Salazar. Estava eufórica quando chegamos da escola. Cantava enquanto cozinhava e ria ao dobrar as roupas. Naquela noite, eu atendi quando tocaram a campainha da porta da frente e me deparei com o irmão de Stephanie Salazar, pálido e trêmulo de raiva, segurando uma trena. Chamei papai e eles foram ao quintal e olharam a ripa da cerca juntos. Papai concordou que tinha sido deslocada, e chamou um faz-tudo para botá-la de volta no lugar.

Isso foi dois anos atrás, quando eu estava no primeiro ano do colegial. Todos lamentamos quando os Salazar se separaram, sobretudo papai. Bennie Salazar se mudou para Manhattan, e agora só o vemos quando vem buscar e deixar o filho deles, Christopher, que é um ano mais velho do que Molly. Bennie Salazar nos acena da janela de seu carro esporte.

— Que grande perda — exclama papai toda vez.

Quando mamãe e eu terminamos a limpeza, eu fico no primeiro andar com papai, estudando para as provas das disciplinas avançadas, e mamãe sobe para ajudar Brian e Molly com as várias coisas nas quais precisam de ajuda. O suporte atlético do Brian é incômodo e ele tem uma partida de beisebol amanhã; então, mamãe vai até a Modell's, que fica a quatro cidadezinhas de distância e fica aberta até tarde, para comprar um suporte atlético novo em um tamanho maior, e depois ajuda Brian com matemática (mamãe é bizarramente boa em matemática). Depois ouço Molly chorando com mamãe pela saga com as amigas, que é interminável. Parei de levar meus problemas à mamãe alguns anos atrás, como ela tinha previsto. "Só posso te ajudar até o colegial, Hannah, talvez nem até lá, e depois disso você vai ficar por conta própria", costumava dizer apesar das minhas objeções e negativas. Mas, tinha razão: no colegial, eu já via mamãe de outra forma. Agora é ao papai que eu recorro.

Quando eu era pequena, tinha medo de morrer dormindo. Mamãe nunca disse, "Que bobagem. Você vai viver pra sempre, meu amor, e eu também, e também a nossa família inteira e todo mundo que a gente ama". Preferia pegar o estetoscópio, um termômetro hospitalar e um medidor de pressão arterial e verificar meus sinais vitais.

— Está normal — dizia ela. — Esta noite você não morre.

Segundo mamãe, é preciso tomar cuidado para as forças da morte não se juntarem contra você. As coisas são mais interligadas do que parecem. O mundo é cruel e irracional, os fortes prosperam à custa dos fracos, e os finais felizes são pura questão de enquadramento. Ela ressaltava essa última ideia no fim de todos os contos de fadas que lia para nós:

— Veremos se o príncipe continua amando a mulher quando ela estiver na meia-idade e tiver estrias, ou se vai trocar ela por um modelo mais novo.

"Sim, o príncipe herda o reino que é dele por direito. Até que um príncipe inimigo o invada e massacre todo mundo.

"'Felizes para sempre' contanto que as centenas de servos que trabalham no campo e os montes de criados que tornam o castelo habitável continuem na labuta.

"No mundo real, só existe um final, e ele não é feliz", mamãe nos dizia desde que eu me entendia por gente. E quando essas afirmações tenebrosas nos faziam chorar, ela nos abraçava e murmurava, "Meus filhos amados, as coisas estão interligadas de maneiras que a gente nem entende. Existem conspirações. Existem tramoias. Eu sou a mãe de vocês. Vocês vieram do meu útero. E vou matar quem for preciso matar para proteger vocês".

Hoje em dia, acho doloroso ter uma mãe que todo mundo considera desequilibrada — uma mãe da qual meus amigos riem. Mas quando eu era nova e ela era a única coisa que eu tinha, eu vivia num campo de força que me blindava de todos os perigos sem escondê-los. Ela me tornou forte.

Às vezes acho que a mamãe é como um personagem de conto de fadas: capaz de monopolizar minha atenção até que eu ficasse velha demais para aquele tipo de história. Agora quero ler outras coisas.

Na noite seguinte, com Brian e Molly à mesa de jantar, mamãe diz:

— Ele não gosta de mim.

— Ninguém gosta de você — diz papai com aquele sorrisinho que é a versão do papai para o sorriso irônico. — Tirando a gente.

— A gente te ama — declara Molly.

No mundo das mães, a nossa é solitária. Não é convidada para as reuniões de mães ou as festas de mães, não é incluída nos clubes do livro de mães nem em degustações de vinho nem em visitas a lojas em liquidação nem em idas ao teatro nem nos finais de semana em *spas* nem mesmo nos torneios *round-robin* de mães, apesar de já ter sido uma tenista novata com potencial.

— Ele é um criminoso condenado — diz ela.

— Não vamos entrar nessa — pede papai. — Ele é um cara normal que saiu dos trilhos. Você mais do que ninguém devia entender.

— Eu nunca saí dos trilhos.

— Pode-se dizer que você nunca *esteve* nos trilhos — diz papai com uma piscadela para mim.

— Bruce — diz mamãe com a voz bem suave. — Assim você me magoa.

Ela se levanta da mesa e sobe com a cesta de costura, que contém o novelo de fio felpudo branco para a festa dos chapéus de gatinho que está organizando para Molly reconquistar sua melhor amiga monstruosa, além de várias blusas cujas etiquetas Brian precisa que ela remova porque arranham sua nuca. Não dá para simplesmente cortar a etiqueta com a tesoura porque assim sobra um pedacinho incômodo de etiqueta que é pior ainda do que a etiqueta em si. Mamãe arranca cada costurinha minúscula, praticamente invisível, que prende a etiqueta à blusa usando tesourinhas que têm de ser encomendadas na Alemanha e guardadas em um cilindro de vidro deionizado para não perder o gume da noite para o dia.

Brian, Molly e eu tiramos a mesa e limpamos tudo enquanto o papai fica sentado na cadeira reclinável lendo o *The Wall Street Journal*. Na ausência de mamãe, o silêncio se torna opressivo.

— Papai — eu o chamo, pairando sobre sua cadeira —, você tem que pedir desculpa.

— Por favor não usa esse tom comigo, Hannah — retruca ele em tom brando.

Um tempo depois, Molly sobe no colo dele, desarrumando o jornal, e lhe dá um beijo na bochecha — o tipo de coisa que passa ilesa quando se tem 9 anos.

— Por favor, fala desculpa pra mamãe — pede ela com doçura.

—Vou pensar, meu bem.

Brian, que não era de falar muito e cada vez falava menos, para a um metro da cadeira do papai e mexe no tapete com os dedos do pé. Por fim, murmura:

— Papai.

— Pois não, Brian?

—Vamos.

— Perdão?

—Você sabe.

— Sei o quê?

— *Faz* isso logo.

— Não estou entendendo qual é o tema da nossa conversa, Brian.

— Agora, papai.

— Agora *o quê*?

Brian respira fundo e grita na cara do papai:

— PEDE DESCULPA PRA MAMÃE!!!

Devagarinho, papai põe a cadeira reclinável na posição vertical — gesto equivalente, para papai, ao de saltar da cadeira.

— Eu estava mesmo indo fazer isso, filho — diz ele, indo a passos lentos em direção à escada. — Obrigado pela lembrança.

Mamãe atribui sua exclusão pelas outras mães à influência venenosa de uma mãe fundamental: Kathy Bingham, que mamãe chama de Sumo-Sacerdotisa das Vacas. Kathy tem cinco filhos, todos negligenciados de forma vexaminosa (segundo mamãe) enquanto Kathy joga tênis obsessivamente no Country Club de Crandale, onde tem vencido o campeonato individual *e* o de duplas ao longo dos últimos oito anos. Segundo mamãe, Kathy controla todos os aspectos do tênis feminino no CCC com a brutalidade implacável de uma chefona de crime organizado. Kathy nem olha para a mamãe, muito menos fala com ela, embora a mamãe insista não ter feito nada que justifique o ódio de

Kathy. "Acho que é o meu cabelo", diz ela, e é verdade que ela tinge o cabelo de um louro bem mais platinado do que as luzes sutis das outras mães.

— Um dia eu subo no telhado, vocês podem ter certeza — disse ela certa vez. — E dada a química do descolorante que eu uso, talvez isso aconteça antes do que vocês imaginam.

Quando suplicamos que ela parasse de usar descolorante, mamãe disse:

— De jeito nenhum. A vida é um toma lá dá cá e eu estou disposta a abrir mão de alguns anos de vida para ter o cabelo igual ao da Marilyn Monroe.

Algumas noites depois, após o jantar, enquanto papai estava à mesa calculando a nota do meu simulado de SAT, mamãe disse:

— Bruce, estou aflita com a sua indiferença diante da ameaça muito verdadeira que estou enfrentando.

Papai arrasta a cadeira pra trás. Papai é advogado.

— Ele te ameaçou?

— Ele me encara com raiva do lado de lá da cerca.

Papai tira os óculos de leitura e ergue os olhos para mamãe.

— Por que você vive indo ficar perto da cerca, Noreen?

— Estou cuidando do jardim. Estamos em maio, é o melhor mês para a jardinagem.

— Por favor, mantenha-se do nosso lado — pede papai. — Estou falando de você *e* da cerca.

—Você vive falando isso, Bruce.

Mamãe o chama pelo nome quando está chateada com ele.

— Estou começando a não ligar mais — acrescentou ela.

— Pouco me importa se você liga ou não liga. Só não cruze os limites do terreno.

—Você está falando de novo.

— Nunca é demais.

— É sim, Bruce — retruca mamãe. —Você está falando demais agora.

A CASA DE DOCES

Os dois se encaram. Então mamãe lhe dá as costas e vai para o jardim pela porta dos fundos. Papai se volta de novo para o meu simulado, fingindo estar pouco se importando, mas não se aguenta. Levanta-se para olhar pela janela da cozinha, e depois sai pisando firme pela porta dos fundos — gesto equivalente, para papai, a sair correndo. Pela janela da cozinha, vejo que mamãe pulou a cerca entre o nosso quintal e o dos Salazar, e está no jardim deles. O cabelo platinado brilha no escuro.

— Cruzei os limites do terreno, Bruce — brada mamãe. — O que é que vai acontecer?

— Não cabe a mim dizer — diz papai do nosso lado da cerca. —Você está fora da alçada da minha proteção.

—Você já não estava me protegendo mesmo.

— Eu te protejo de formas que você nem sabe — responde papai —, mas não tenho como te proteger de si mesma.

Me afasto da janela ao ver Stephanie Salazar sair, mas não resisto a me esgueirar pela porta dos fundos e me agachar atrás da churrasqueira do papai, com seu toldo caído. Stephanie tem cabelo preto curto e é totalmente diferente das outras mães. Alguns meses depois de os Salazar se mudarem para cá, ela virou parceira de dupla de Kathy Bingham, a Sumo-Sacerdotisa das Vacas. Elas venceram à beça até Bennie Salazar sair de casa, momento em que Stephanie e Kathy deixaram de ser parceiras de duplas e também deixaram de se falar. Isso suscitou cochichos em que se especulava se Kathy teria tido algum papel no rompimento dos Salazar, mas os cochichos eram baixinhos porque (segundo a mamãe) ninguém quer correr o risco de ser aniquilado por Kathy.

Então no ano passado houve a partida de individual entre Stephanie e Kathy pelo Título Feminino de 2006 do Country Club de Crandale. O jogo durou quase cinco horas. Todos os pontos duravam uma eternidade; todo *set* ia ao *tiebreaker*, que exigia *tie-breakers* para serem decididos. Por fim, montes de gente do clube inteiro se juntaram para assistir. Quando Kathy enfim venceu, Stephanie caiu na quadra com o rosto entre os punhos, soltou um uivo animalesco e começou a soluçar. Para o espanto de todos, Kathy deu a volta na rede e se ajoelhou ao lado de Stephanie no saibro e passou os braços em volta dela — algo em que ninguém acreditaria, e mais tarde imaginaria não ter visto: devia ter sido um efeito do lusco-fusco. Mas tinha acontecido: eu vi. Kathy ajudou Stephanie a se levantar, e elas foram juntas para o vestiário. Depois disso, voltaram a ser parceiras de duplas. Não tinham perdido nenhuma partida desde então.

— Oi, Noreen — diz Stephanie, atravessando o próprio gramado na direção de mamãe com um jeito amistoso. — Tudo bem aqui?

— Estou só defendendo uma ideia — diz mamãe.

— Bom — diz Stephanie. — A noite está linda.

—Verdade — concorda papai do outro lado da cerca.

E é verdade: o céu está escuro e limpo, e tudo tem um aroma fresco devido à tempestade que caiu mais cedo.

— Seus lilases estão enlouquecidos — diz Stephanie à mamãe. — Nossa, esse cheiro... Eu queria morar dentro dele.

Ela é boa de manejar mamãe... mas, me pergunto, será que está *manejando* a mamãe ou só sendo simpática?

— Obrigada — diz mamãe, e começa a se dirigir à cerca.

Nesse exato momento a porta da casa dos Salazar se escancara e Jules, o irmão condenado, irrompe no gramado com o filho de Stephanie, Chris, e uma menina chamada Lulu que por alguma razão está hospedada com eles. Jules não mudou muito desde que o vi na nossa porta dois anos atrás: está pálido e acima do peso, a camisa de botão para fora da calça. Parece normal a não ser pelos olhos, que não param quietos.

— O que você está fazendo aqui fora? — pergunta ele a Stephanie. — Por que é que *ela* está no nosso terreno?

— A gente está conversando sobre os lilases — diz Stephanie.

— Ela está no nosso quintal. Não existe nenhum motivo para isso.

— Noreen — diz papai —, que tal você...

A CASA DE DOCES

— Cai fora do nosso terreno — Jules ordena a mamãe. — Agora.

Stephanie se vira para o irmão no mesmo instante.

— Não fala assim com ela, Jules! Ela é nossa vizinha. Meu Deus.

— O terreno não é seu — corrige mamãe. — O terreno é da sua irmã e do marido dela.

— Na verdade, a gente se divorciou — explica Stephanie. — Então, o terreno é meu.

— Eu sou irmão dela — retruca Jules. — Cai fora.

— Jules, para com isso!

—Vocês dois não parecem irmãos — diz mamãe.

— Ela é maluca — diz Jules a Stephanie. —Você está deixando uma maluca ficar no nosso quintal. Por quê?

Papai e Stephanie se aproximam de mamãe de lados opostos da cerca.

— Noreen, por favor, volta pra cá — pede papai, e ouço na voz dele a angústia que sente quando acha que leis estão prestes a ser infringidas.

— Peço desculpas pela grosseria do meu irmão — diz Stephanie.

— Ele foi grosso, mas tem razão — responde papai.

— Alguém com a cabeça no lugar! — berra Jules. — Obrigado!

—Você não tem jeito — diz mamãe ao papai.

— Noreen, tem alguma coisa daqui de que você precise? — pergunta Stephanie, e me dou conta de que ela *está* manejando mamãe, e o que a torna tão boa em manejar mamãe é ter que manejar o irmão dia após dia. — Porque se não tem, eu acho que o Jules ficaria mais tranquilo se você…

— CAI. FORA. DESTE. TERRENO! — grita Jules a plenos pulmões, e o som ricocheteia entre as duas casas.

— Não permito que ninguém grite comigo — mamãe esbraveja.

— Deixa ela aí — diz Stephanie a Jules. — Que importância tem?

—Você perdeu a cabeça, Steph. Por que é que você passa tanto pano pra ela?

— Jesus Cristo, Jules! A gente está falando de uma porcaria de uma cerca — retruca Stephanie, levantando a voz pela primeira vez. — O Oriente Médio está implodindo, tem refugiados tentando criar os filhos debaixo de toldos improvisados com plástico e sem água potável... Existem conflitos por espaço no mundo que são importantes de verdade, mas a nossa cerca suburbana não faz parte da lista.

Escuto Stephanie Salazar e a venero. Papai a venera. O filho dela, Chris, a venera, assim como Lulu. Stephanie é assessora de imprensa de estrelas do *rock*, mas devia *ela mesma* ser uma estrela do *rock*.

— Se as pessoas respeitassem as cercas alheias, não teríamos esse tipo de problema — diz Jules, torcendo o nariz.

— Eu desisto — declara Stephanie, e caminha em direção à sua casa. — Chris, Lulu, vamos. Vamos entrar.

E eles entram. Stephanie não dá meia-volta. Ela diz que vai entrar e entra.

Faz-se um longo intervalo. Papai, mamãe e Jules ficam parados como peças de xadrez em suas respectivas posições. Por fim, papai diz:

— Eu também vou entrar, Noreen.

E eu entro em casa correndo antes dele.

Papai se senta no escritório e assiste ao noticiário das onze, mas na verdade está esperando mamãe. Observo da janela da cozinha ela e Jules se encararem em silêncio. Jules não deu nem mais um passo em direção à mamãe. Tem medo dela. E ela, dele.

— Tem um seriado com uma história assim — digo a papai. — Pode até ser que a gente já tenha visto.

— Os seriados deixam muita coisa de fora — diz papai. — É por isso que são engraçados.

— O que é que vai acontecer?

— Não sei, Hannah — responde ele. — Mas estou ficando cansado.

A CASA DE DOCES

Quando papai e eu damos boa-noite à mamãe pela porta dos fundos, Jules já entrou em casa. Mamãe está sozinha no quintal enluarado dos Salazar.

Na manhã seguinte, mamãe sacode os cabelos sobre a pia da cozinha para tirar as folhas antes de começar a fazer nossos omeletes de queijo e preparar o almoço que Brian e Molly vão levar para a escola.

—Você dormiu no quintal deles? — questiona papai. —Você se deitou?

— Eu cochilei.

—Você deu sorte de ele não ligar pra polícia.

— Condenados não ligam pra polícia.

—Você está satisfeita? Considera isso uma vitória?

— Você não precisa mais se preocupar, Bruce — diz mamãe —, com o que eu sinto.

De repente mamãe está muito inquieta. Não faz mais afirmações incoerentes sobre Jules Jones, mas volta e meia um leve sorriso passa por seu rosto quando dá uma olhadela na direção da casa dos Salazar.

— Que foi? — pergunta papai depois de um desses sorrisos.

— Quê?

Mamãe arregala os olhos numa inocência exagerada.

— Estou com a sensação de que está acontecendo alguma coisa que talvez a lei não permita.

— Bom, se for verdade — diz mamãe com astúcia —, e não estou de jeito nenhum sugerindo que seja... não é melhor que você, como advogado, não fique sabendo?

Uma noite, depois que mamãe nos busca no encontro das Bandeirantes (Molly), no treino de beisebol (Brian) e na reunião do Anuário (eu), ela faz um desvio até um dos shoppings e diz:

— Preciso de uma coisa da Ace Hardware.

— Posso ir junto? — pergunta Brian.

Ele adora a Ace Hardware.

— Prefiro que desta vez você não venha.

Depois de um bom tempo, ela surge com um saco desajeitado, grandalhão, para que não vejamos o que tem dentro. Pede para eu ir para o banco de trás e põe o saco a seu lado, no banco da frente, preso pelo cinto de segurança.

— O que você comprou? — pergunta Brian.

— Artigos pessoais.

— Tão pessoais que precisam de cinto de segurança? — indago.

— É para o troço não soltar um bipe.

— Você não conta mais as coisas pra gente — reclama Molly.

— Eu nunca contei — responde mamãe. — Vocês é que me contavam as coisas.

— A gente está se sentindo sozinho — diz Molly, se lamentando. — Excluídos.

— É — confirma Brian.

Mamãe se vira pra encarar nós três no banco de trás.

— O mundo é um lugar solitário. Nunca tentei esconder isso de vocês.

Uma semana depois das minhas provas de disciplinas avançadas, mamãe olha pela janela dos fundos durante o jantar e diz:

— Ele está observando a gente.

Todos olhamos para fora. Os dias estão ficando mais longos e o céu ainda está claro. Tordos se espalham pelo nosso gramado.

— Onde? — pergunto.

— Ele está dentro da casa dele olhando pra gente dentro da nossa casa.

— Ele não tem a capacidade de fazer isso — retruca papai. — É fisicamente impossível.

— Talvez haja máquinas envolvidas.

Papai deixa o garfo no prato — gesto equivalente, para papai, a se levantar e pigarrear.

— Eu tenho a sensação de que estou te perdendo, Noreen — diz ele. — As tarefas não estão sendo feitas. Tem uma pilha enorme de roupas para lavar. Não tenho mais meia.

À menção de lavar roupas e meias, a atenção divagante de mamãe é visivelmente mobilizada; portanto, papai continua e nós fazemos coro a ele: meu casaco verde-claro não está no meu armário e as marionetes da Molly estão com buracos e mamãe não ligou para o Seattle Seahawks para ver se os jogadores podem autografar a camisa do Brian e devolvê-la se ela incluir um envelope pré-pago e nossos pães de hambúrguer não estavam tostados e ela não tinha comprado gotas de chocolate para fazer o *brownie* de baunilha para a festa de Bandeirantes da Molly e tinha faltado a duas consultas ao veterinário e agora a Fizzy não estava castrada e parecia estar no cio e a lâmpada do banheiro de baixo estava queimada e não tínhamos pilhas palito para o controle remoto do Wii e a mesa de pingue-pongue estava bamba e ela não ia chamar o cara da grama para dar uma olhada naqueles amarelados e não ia tentar descobrir de onde vinham aqueles três parafusos que a Molly tinha achado no chão da cozinha? E a bancada da cozinha devia ser calafetada a cada seis meses — tinha sido? Porque estava manchando mais facilmente quando a gente derramava líquidos escuros nela feito café ou suco de uva, e o queijo tinha acabado e a areia de gato estava no fim e a cesta de costura estava ficando meio cheia e a cola de madeira que ela tinha usado para ajudar o Brian a fazer a rampa para a aula de ciências não tinha colado, deviam ter usado pregos como ele tinha sugerido de cara e será que não podiam arrumar com pregos esta noite?

Mamãe se empertiga na cadeira, os olhos dilatados.

— Sim — diz ela. — Podemos.

— Faz dois anos que ela botou pra fora aquele marido simpaticíssimo dela — mamãe diz quando o convite chega. — Isso é motivo pra comemorar?

—Você não faz ideia se foi ela quem botou ele pra fora — retruca papai.—Vai ver que ele é que saiu batendo porta.Vai ver que ela está dando a festa para celebrar depois de dois anos difíceis.

— Pode acreditar, ele foi colocado pra fora. E o suposto irmão dela está por trás disso.

—Você não é uma fonte confiável.

Mas um ou dois dias depois, papai é quem retoma o assunto enquanto mamãe está reorganizando os armários da cozinha e eu estou fazendo o dever de casa no computador do escritório.

— Noreen, à luz de tudo o que aconteceu — diz ele —, eu acho essencial a gente ir.

— Ir?

— À festa da Stephanie.

— *Eu* devia ir? — questiona mamãe.

— Foi isso o que eu quis dizer com "a gente".

— Bruce, você não está vendo que é uma cilada?

— Eu fico preocupado quando você fala desse jeito.

— É pra ficar preocupado mesmo!

— Fico preocupado não só porque é um delírio, mas também porque a gente tende a projetar nosso estado de espírito nos outros. Então, o fato de você acreditar que os nossos vizinhos estejam tramando contra você levanta a hipótese de que talvez você esteja tramando contra eles.

— Eletrificar a cerca só vai fazer mal se eles encostarem nela — declara mamãe.

—Você não vai eletrificar a nossa cerca.

— Por enquanto não… Preciso ler um pouquinho sobre energia eletroestática — explica mamãe. — Mas já comprei o material todo.

Papai fecha os olhos — gesto equivalente, para o papai, a enfiar o rosto entre as mãos.

—Vai você — diz mamãe. — Eu fico em casa com as crianças.

— Não, mãe — digo do escritório, de onde vinha escutando a conversa. — A gente vai. Nossos amigos vão.

—Você chama eles de amigos, Hannah — ataca mamãe, me confrontando da porta com as mãos na cintura —, mas a sua ligação com eles é circunstancial. Daqui a uns anos você vai olhar pra trás e se perguntar o que você via na maioria dessas pessoas.

— Você deve ter razão — digo, pois as previsões de mamãe foram certeiras numa quantidade surpreendente de vezes. — Mas daqui a três semanas, quando a festa acontecer, eles ainda vão ser nossos amigos.

O coquetel de Stephanie acontece em uma tardinha quente em meados de junho, perto do fim do ano letivo. Minhas provas de disciplinas avançadas acabaram e as notas ainda não foram lançadas, e o céu ainda tem um azul pálido veranil. Sempre gostei de festas com gente de todas as faixas etárias, mesmo antes de meus amigos e eu começarmos a nos embebedar ao lado dos pais. Ali estava, o mundo que tinha me formado: uma fantasia na qual posso acreditar por mais um ano, segundo a mamãe. Isso também é um conto de fadas e, depois que eu crescer, essas festas serão parte da paisagem mítica perdida da minha infância.

Mamãe nos aguarda à mesa da cozinha, de vestido preto com bolonas brancas — uma escolha bizarra para quem alega querer passar despercebida. Segura duas garrafas de água com gás nas mãos.

Papai desce com uma das gravatas-borboletas elegantes que sempre usa nas festas.

— Eu imagino que tenha água com gás lá — diz ele à mamãe.

— Talvez *ele* esteja servindo — retruca mamãe. — E eu não vou aceitar bebida nenhuma daquele homem.

Todos saímos de casa pela porta da frente como se estivéssemos indo à igreja. Vou na frente com papai, de braços dados. Descemos o acesso da nossa garagem, feito de pedrinhas, e nos viramos para subir os paralelepípedos brancos que levam à porta da frente da casa dos Salazar.

— A gente podia ter simplesmente pulado a cerca — diz mamãe.

Papai lhe lança um olhar severo e ela sorri.

— Brincadeira.

A porta está aberta. As pessoas perambulam nos arredores, as mulheres, de vestidinhos coloridos, os homens, de short de anarruga ou calças de golfe, segurando taças de gim-tônica. Todos trabalham na cidade e todo mundo sabe quem são os mais ricos. Nunca seremos ricos-ricos, segundo a mamãe, porque advogados só podem cobrar por hora. "Mas quando a bolha estourar, e eu imagino que isso aconteça logo", ela vem dizendo ultimamente, "o pai de vocês ainda vai ter emprego".

É difícil imaginar Bennie Salazar, com sua pele escura e cabelo desgrenhado, no meio desse povo, mas dois anos atrás, a casa era dele. *Que grande perda.*

Stephanie nos cumprimenta na porta em um vestido salmão sem mangas. Seus ombros são fortes e bronzeados: todo aquele tênis.

— Estou muito feliz que você tenha vindo, Noreen — diz ela, tirando as garrafas de água com gás dos punhos fechados da mamãe. — Posso levar essas para o bar e te servir um copo?

— Obrigada — diz mamãe friamente. — Seria ótimo.

Papai desaparece. Uns minutos depois, escuto sua risada, o que significa que está tomando *bourbon*. Brian e Molly subiram para o canto onde estão as crianças. A Sumo-Sacerdotisa das Vacas, Kathy Bingham, reina junto à janela em um vestido branco sem mangas, seus ombros firmes uma versão mais pálida dos de Stephanie. Mamãe desvia o olhar de Kathy estremecendo, e eu não consigo deixá-la sozinha.

— Não estou vendo seu irmão — comenta mamãe com Stephanie enquanto o *bartender* enche um copo da água de uma de suas garrafas.

— Ah — diz Stephanie com grande expressividade. — Acho que o Jules preferiu ficar de fora da festa.

Sinto o corpo inteiro de mamãe se enrijecer, assim como acontece com a Fizzy quando um falcão pousa na árvore atrás da nossa casa.

— Mas por quê? — pergunta mamãe com cautela.

Stephanie baixa a voz.

— Cometi o erro de chamar a ex dele.

— A ex dele! — repete mamãe, fascinada. — Quem é?

Stephanie indica com o cotovelo, sem virar a cabeça.

— Ali. De vestido de malha azul. O nome dela é Janet Green…
agora Kramer. Ela se mudou com o marido para cá faz pouco
tempo, e não conhece muita gente. O Jules não viu problema nisso, mas agora que ela está aqui, ele ficou bem chateado.

Janet Green/Kramer tem o torso comprido e é muito bronzeada, tem cabelo castanho com luzes e sorriso torto. Parece outra
mãe qualquer. Mas é impossível eu não pensar, enquanto a vejo
dar golinhos em uma taça de vinho branco: o Jules Louco foi
apaixonado por essa mulher. Eles ficaram *juntos*. Isso faz com que
Janet Green pareça intensa, enigmática.

— Foi um término complicado? — pergunta mamãe.

— Foi arrasador pra ele. Causou tudo: a crise nervosa, o ataque…
Stephanie balança a cabeça.

— Que ideia péssima eu tive.

— O Jules está aqui? — pergunta mamãe. — Está em casa?
Stephanie fica logo desconfiada.

— Ele quer ficar a sós, Noreen.

Um monte de gente surge porta adentro, e mamãe e eu seguimos Stephanie em direção às pessoas. Mas assim que Stephanie
começa a cumprimentar os convidados, mamãe se volta para a
escada.

— Mãe! — exclamo, e consigo chamar a atenção de Stephanie.

Ela corre até lá. Mamãe já subiu os degraus, mas Stephanie a
segura pelo braço e a obriga a dar meia-volta.

— Noreen — diz ela, olhando para mamãe de um degrau mais
baixo —, eu não sei por que, mas você deixa o Jules tenso e ele é
capaz de ficar perigosamente instável quando está tenso. Então
estou te pedindo: por favor, deixe ele em paz.

Ela olha com firmeza para o rosto de mamãe. Em seguida, vai
receber os convidados sem olhar para trás.

Mamãe continua a subir a escada.

— Você acabou de prometer — digo, subindo atrás dela.

— Não prometi nada — retruca mamãe. — Eu nem abri a
boca.

No segundo andar, ela bate nas portas e as abre logo depois.

—Você tem que esperar depois de bater — sibilo. — É pra isso que serve o gesto de bater.

— Hannah — diz ela, sem desacelerar —, a cada dia que passa você fica mais parecida com o seu pai.

— Que bom — respondo. — Quero ser advogada.

Mamãe sobe às pressas uma escadinha que leva ao terceiro andar, que reverbera com o barulho de pés correndo no sótão, onde as crianças estão. Nesse andar só existem duas portas. Mamãe bate na primeira e ouvimos o brado gutural lá dentro:

— Não!

Ela escancara a porta. Jules Jones está descalço no meio do cômodo, no que parece ser uma postura de artes marciais. Ao ver mamãe, ele dá um grito, como se enfrentasse um demônio.

—Você! Cai fora.

Ele está de calças cáqui e camisa lilás com as dobras da lavagem a seco ainda perceptíveis, como se tivesse se vestido para ir à festa antes de mudar de ideia.

Há uma cama de solteiro no canto do quarto. À janela, uma escrivaninha grande coberta de livros e papéis e um *notebook*.

— Relaxa — diz mamãe. — Eu venho em paz.

— Até parece.

Descalço, Jules se debruça na janela e olha para os dois quintais. Ele está mais parecido com os pais de Crandale, mas só até certo ponto, assim como a mamãe lembra um pouco as outras mães sem nunca ficar totalmente camuflada.

— Eu não toquei na cerca — diz ela. — Juro.

— Seu juramento não significa nada pra mim — retruca ele. — Menos do que nada.

Ele espia pela janela outra vez, como se fosse incapaz de se conter. Noto uma trena no parapeito: é a mesma que levou à nossa casa quando mamãe trocou a ripa de lugar dois anos antes.

—Vamos descer pra medir — sugere mamãe. — Anda.

Jules faz que não.

— Agora eu não posso.

— Claro que pode. E daí se a sua ex está aí embaixo? Agora você tem outra vida.

— Não — contesta Jules. — Ela tem outra vida.

— Poxa, faz anos que você não está com essa mulher. E francamente, ela não está envelhecendo bem.

Uma longa pausa.

— Eu queria que a gente tivesse filhos — conta Jules. — Mas ela teve com outro.

— E daí? Você pode ter os seus com outra.

—Você está me zoando?

— Escuta, Jules — diz mamãe. — Eu tenho coisas importantes a te dizer.

Ela se aproxima dele, que a encara com desconfiança, o suor brotando da testa pálida. Suspenso entre os ruídos dos passos vindos de cima e das risadas vindas de baixo, o cômodo me parece estranhamente imóvel.

— Eu tenho três filhos — diz mamãe. — Essa aqui é a Hannah, a mais velha. Daqui a um ano ela vai sair de casa e os outros também vão embora logo mais. Eles são as melhores e únicas coisas que eu consegui fazer neste mundo. Não tenho amigos, e só Deus sabe por quanto tempo o Bruce vai continuar comigo depois que a Hannah for embora. Eu não sou a mulher com quem ele se casou, como ele vive me lembrando.

— Mãe, para com isso — peço.

Mas entendo o que ela está falando, e sinto o embrulho do pavor.

— Se eu posso, qualquer um pode — diz mamãe a Jules. — Você pode, sem sombra de dúvida. Você tem habilidades, profissão, um lugar no mundo.

Jules percebe minha presença no quarto pela primeira vez. Depois, volta a olhar para mamãe. Eu o observo olhando-a: uma mulher magra, ansiosa, com cabelo oxigenado, de vestido de poá.

—Você mexeu na cerca — diz ele. — É por isso que você está falando essas coisas.

—Vamos lá — diz mamãe.

Jules pega a trena e eles saem do quarto lado a lado, comigo logo atrás.

— Você está... escrevendo uma matéria? — pergunto, para amenizar o silêncio. — Tinha um monte de papel na sua escrivaninha.

— É um livro — responde Jules friamente. — Sobre o vocalista dos Conduits, Bosco Baines. Ele está na turnê de shows que em tese o mataria, mas ele não morre nunca.

—Você podia matar ele — sugere mamãe.

Jules fica pasmo.

— Brincadeira — explica ela.

No segundo andar, paro e deixo que sigam sem mim. Eles não parecem reparar. Assim como Stephanie, fiz o possível. Agora viro as costas como ela virou.

A sala de recreação dos Salazar tem uma TV enorme com som estéreo na qual Bennie Salazar exibia os shows de artistas com os quais tinha trabalhado. Ele convidara papai algumas vezes para assistir a shows antigos dos Conduits, e papai voltava sorridente e cheirando a *bourbon*. Agora Chris Salazar, Brian e os outros meninos usam a tela para jogar Wii, e Molly e as outras meninas brincam de jogos de tabuleiro. Meus amigos estão estirados no sofá em forma de L, uma mistura de meninos e meninas tomando latas de refrigerante batizados com gim e vodca que furtaram do bar. Alguém me passa uma lata e conversamos sobre visitas a universidades e estágios de verão. Em breve começaremos o último ano.

Não paro de ir à janela para olhar minha mãe, mas o jardim fica tão longe que tenho de subir num banquinho para vê-la.

— O que é que a Hannah está olhando? — pergunta alguém.

— Minha mãe — respondo, e todo mundo ri.

Da primeira vez que olho, mamãe e Jules estão agachados na terra com a trena aberta.

Da segunda vez, os dois estão de pé, com copos de água com gás na mão.

A CASA DE DOCES

Da terceira vez, estão encostados na cerca lado a lado, olhando para o céu. Está elétrico por conta do lusco-fusco.

O segredo do final feliz, mamãe costumava nos dizer, *é saber a hora de ir embora.*

Depois de ver mamãe encostada na cerca com Jules, me obrigo a não olhar outra vez.

Ver abaixo

I

Joseph Kisarian → Henry Pomeranz
SIGILOSO

Caro Sr. Pomeranz:

Chegando ao final da minha licença, é minha incumbência informar de minha constante preocupação com a saúde mental e física de minha esposa, Lulu Kisarian (Agente Cidadão 3825), que completou sua missão há quase dois anos.

Parte da dificuldade vem das várias cirurgias pelas quais Lulu teve de passar para corrigir os danos causados pelo tiro que levou no ombro direito (ela é destra), um empecilho aos cuidados aos nossos gêmeos de 8 meses, que ela tem dificuldade de pegar nos braços. Porém, minha maior preocupação é com seu estado mental. Ela está convencida de que ainda há um *spyware* dentro de seu corpo, e cita os seguintes sintomas como prova:

- A tendência a pensar aforisticamente na segunda pessoa, como as Instruções de Campo de sua missão lhe exigiam (ex.: "Meias limpas desaparecerão apesar de todo o seu esforço para rastreá-las"; "Ler livros sobre o sono dos bebês pode não resultar num sono melhor para seus bebês").
- O desejo persistente de retomar a missão, apesar de suas aflições, como se fosse a terra mítica de um sonho ou de um livro.

- A certeza de que ela — e eu — teríamos "saído ganhando" se ela tivesse morrido ao final da missão em vez de ter voltado.

Já nos valemos de todos os expedientes internos em termos de terapia e raios–X, mas a atual desconfiança quanto à nossa instituição torna inúteis essas garantias. Entendo que, devido à matéria reveladora do outono passado e a subsequente suspensão do programa de Agentes Cidadãos, buscar auxílio externo seja duplamente impossível no momento. Porém, ficamos de mãos atadas.

O receio e a ansiedade de Lulu nos impedem de fazer uso de qualquer tipo de cuidado infantil. A mínima tranquilização a respeito da seleção e referências de babás ou creches a instigam a citar sua própria doutrinação: "Sua falta de treinamento para ser espiã é o que torna sua ficha limpa e neutra." E é claro que ela tem razão.

O sigilo acerca da missão de Lulu a distanciou de amigos de longa data, e ela evita a companhia de outras mães de primeira viagem. Por essas razões, minha volta precisa ser condicional. Não estou aflito com a segurança física das crianças ou de Lulu: eu nem voltaria se fosse esse o caso. Mas se o sofrimento e o mal–estar dela não forem minorados, terei de tirar uma licença por prazo indeterminado para ajudá-la.

Atenciosamente,
Joseph Kisarian

Henry Pomeranz → Joseph Kisarian
Que bosta, Joe. Lamento muito.

Joe → Henry
Tem momentos lindos com os bebês, mas a Lulu virou outra pessoa.

Henry → Joe
Tem alguma coisa que eu possa fazer pra te ajudar? Além de apresentar essa carta?

Joe → Henry
Queria que existisse um jeito de ela se comunicar com outros Agentes Cidadãos. Creio que o isolamento dela seja nocivo.

Henry → Joe
Romperia *firewalls* de segurança demais, como você está careca de saber.

Joe → Henry
Eu ajudei a levantá-los, mas não posso derrubá-los.

Henry → Joe
Ela acha que a gente está usando ela para te vigiar? É isso?

Joe → Henry
As palavras dela sobre o assunto são comedidas, como se um inimigo estivesse ouvindo. E isso cria um distanciamento entre nós.

Henry → Joe
Nossa.

Joe → Henry
Minha esperança é a de que, por conta própria, a Lulu encontre uma solução que ela não consegue encontrar comigo ao lado dela dia e noite. Tenho uma fé enorme nas habilidades dela.

A CASA DE DOCES

289

Dolly Peale → Joseph Kisarian

Querido Jojo,

Estou ansiosa para ir para a casa de vocês e ajudar a Lu com os bebês nas primeiras duas semanas que você estiver de volta ao trabalho. Mas também adoraria ouvir seus conselhos sobre como me aproximar da Lu. Existe um abismo entre nós que deve ter a ver com o serviço que ela fez, que eu sei que ela é proibida de mencionar. Mas, pensando bem, me pergunto se esse abismo já não tinha aparecido antes de ela ir embora. Fico devastada de preocupação e culpa pelas escolhas que fiz muito tempo atrás, e fico pensando no que posso fazer para ajudar a Lu — e a nós.

Confio nos seus instintos e seguirei seus conselhos.

Com amor, Dodo

Joseph Kisarian → Dolly Peale

Querida Dodo,

A Lulu vem desfrutando do seu amor a vida inteira, e é isso o que interessa. Por favor, fique tranquila. Sua ajuda com os bebês será inestimável, pois dará a Lulu um tempo (tomara) para se reconectar com os amigos de longa data pela internet e talvez até pessoalmente. Agradeço você imensamente por isso. Omar e Festa adoram a vovó, assim como nós.

Com amor, Jojo

2

Lulu Kisarian → Kitty Jackson

Cara Kitty Jackson,

Não nos vemos há décadas, mas não somos desconhecidas. Talvez você se lembre de mim como a menina de 9 anos que a acompanhou em uma visita secreta a X, então governada pelo General B, com a minha mãe, Dolly Peale, vinte e seis anos atrás (!). Minha mãe e eu celebramos seus diversos triunfos profissionais desde aquela viagem esquisita e sobrenatural.

Estou lhe escrevendo basicamente do nada, eu sei. Sinto o desejo de retomar o contato com você desde que voltei dois anos atrás de uma tarefa complicada no exterior que me fez pensar em como deve ter sido para você. Mas, além disso, na semana passada assisti ao seu filme mais recente, *Deslumbre enviesado*, com Jazz Attenborough. Preciso me corresponder urgentemente com o Sr. Attenborough. Você poderia por favor me ajudar a entrar em contato com ele?

Aguardo resposta, Lulu Peale Kisarian

Ashleigh Avila → Lulu Kisarian
Cara Sra. Kisarian,

A Sra. Jackson agradece o recente e-mail. Infelizmente, não tem como apresentá-la a outros atores, e sugere que a senhora contate o Sr. Attenborough por meio de sua assessora de imprensa, ou talvez por suas contas em redes sociais.

Atenciosamente, Ashleigh Avila

Lulu Kisarian → Kitty Jackson
Cara Kitty,

Não sou uma fã enlouquecida que merece a resposta de uma assistente. Sou a filha da Dolly Peale, a assessora de imprensa que ressuscitou sozinha sua carreira em 2008. Também sou uma profissional de 35 anos com muitos anos de sucesso na indústria musical, que inclui a minha participação na produção do show Footprint, de Scotty Hausmann, catorze anos atrás.

Estou pedindo, com educação e respeito, seu auxílio para contatar o Sr. Attenborough. Não é pedir muito, levando em conta o que a minha mãe fez por você.

Aguardo resposta, Lulu Kisarian

FWD: Ashleigh Avila ➔ Kitty Jackson
Ver abaixo. Um "não" bem-educado?

Kitty ➔ Ashleigh
Acabei de me dar conta de quem é ela. Deixa comigo.

Kitty Jackson ➔ Lulu Kisarian; cc: Ashleigh Avila
Querida Lulu,

Uaaaaaaaaaaaaaaau... é você de verdade?!? Me desculpe por você ter ficado enrolada nas garras da minha empresária/assessora de imprensa/assistente/mamãe-leoa, que tenta fazer as coisas (e pessoas) sumirem sem que eu fique sabendo que elas existiram!

Passei os últimos quinze minutos me atualizando sobre suas conquistas. O show Footprint do Scotty Hausmann... Quê????? QUASE CAÍ PRA TRÁS!!! Eu já fingi que ESTAVA nesse show, mas sei muito bem que não dá pra eu tentar uma dessas contigo! Imagino que sua mãe esteja viva e bem? Mande notícias! E me diga, é claro, o que eu posso fazer para te ajudar.

Beijos carinhosos, Kitty

Lulu ➔ Kitty
Querida Kitty,

Que alegria receber uma resposta numa voz que reconheço como sua. Ainda estou me recuperando de um período de serviço no exterior que me deixou com o ombro direito reconstruído. Isso me levou a um estado de reavaliação que eu acho que você de certo modo entende: não posso retomar a vida que eu tinha antes, mas não posso seguir em frente sem resolver alguns assuntos pessoais pendentes.

Isso tudo me leva a Jazz Attenborough. Talvez, como ponto de partida, você possa me contar como ele é cara a cara? Ele parece não dar entrevistas, o que dificulta que eu forme alguma impressão dele pela internet. Devido à história que compartilhamos, suas impressões seriam muito importantes para mim.

Aguardo resposta, Lulu

Kitty → Lulu; cc: Ashleigh Avila
Querida Lulu,

Você me fez pensar naquela viagem maluca a X pela primeira vez em muuuuuuito tempo. Mas espera aí… como é possível que eu fosse adulta 26 anos atrás se eu agora só tenho 26 anos? ;-) Não dá pra negar, sua mãe salvou a minha pele. Por favor, mande um beijo enorme pra ela.

Então, o Jazz. Ele é um renomado cafajeste, como você deve saber. Não é nem de longe um jovenzinho, mas é *sexy* e está em ótima forma. Como a maioria dos galinhas inveterados, é um mentiroso: me disse que foi por causa DELE que me ofereceram o papel de protagonista (depois descobri que ele brigou pra tentar a Anne Hathaway). Também disse que fazia anos que tentava trabalhar comigo (mentira). Mas depois que tiramos essa bobajada do meio do caminho, passei a adorá-lo. Nós dois adoramos os Conduits e não importava que música eu dissesse, ele cantava a letra inteira com a afinação perfeita!

Algo mais que você queira saber? Você teria como me dizer o PORQUÊ da pergunta? Que horror o negócio do ombro. Você tem filhos, aliás?

Beijos, Kitty

Ashleigh Avila → Kitty Jackson
A não ser que você esteja com vontade de morrer, NUNCA MAIS escreva um e-mail desse jeito. Se essa tal de "Lulu" é quem ela diz ser — e a gente não faz nem ideia — só Deus sabe o que ela está querendo. "Serviço no exterior"? "Ombro reconstruído"? PQP!!! Moral da história: ela encaminha suas reflexões sobre JA a cinco amigos e sua carreira acaba.

Kitty → Ashleigh
Calma lá. Isso é pouco pra destruir uma carreira.
Não se esqueça, eu já acabei com a minha uma vez.

Ashleigh → Kitty
É, e você tinha 22 e era linda. Agora você tem, hmm, 51 e segue linda. [Insira um elogio vazio sobre sua aparência incrível para a idade.]

Kitty → Ashleigh
Agradeço a sinceridade. Agora, vai se foder.

Ashleigh → Kitty
Aliás, acabei de gastar um tempinho pesquisando sobre a sua visita a X em 2008. Não tem referência nenhuma à tal Lulu, mas achei uma menção a "assessora de imprensa Dolly Peale". Você sabia que ela é a mesma que cumpriu pena em 2007 depois que os lustres dela derreteram e despejaram óleo quente em cima de 700 pessoas????

Kitty → Ashleigh
Acorda pra vida. Foi POR ISSO que ela aceitou o trabalho de amenizar as atrocidades do General B. Filha pra sustentar etc.

Ashleigh → Kitty
Já pensou num livro/documentário sobre essa história?

Kitty → Ashleigh
Assinei inúmeros acordos de confidencialidade. Além de ter uma péssima memória (bebia muito na época).

Ashleigh → Kitty
O General B morreu dois anos atrás; então, os acordos não têm efeito legal. O Domine Seu Inconsciente resolveria os

problemas de memória. Não vale pensar em um documentário? A história secreta do caso de amor de Kitty Jackson com General B, e a subsequente virada democrática de X??? Poderia te dar um gás enorme!!!

Kitty → Ashleigh
Ah sim, já se vai um ano desde a sua última ideia de documentário. Eu bem devia ter esperado que viesse outra. [Insira tranquilização vazia de que eu apoio seus sonhos criativos e tenho toda a fé do mundo na sua genialidade cinematográfica.]

Kitty Jackson → Jazz Attenborough
Oi Jazzy,
Ei, onde foi parar o nosso plano de comer ostras e tomar vinho branco quando a filmagem terminasse? Imagino que você diga isso a todas as garotas com quem você canta.
Outro assunto: uma amiga minha produtora musical pediu que eu a colocasse em contato contigo. Posso?
Beijos carinhosos, Kitty

Jazz Attenborough → Kitty Jackson
Querida, por favor diga não a ela. Ostra com vinho branco quando quiser. Em Belize até fim de maio. Abraços, JA

Lulu Kisarian → Kitty Jackson
Querida Kitty,
À sua outra pergunta, tenho gêmeos de 8 meses, um menino e uma menina chamados Omar e Festa. São criaturinhas lindas que me fazem chorar muito, talvez por ELES chorarem muito, pois são bebês, e também por minha lesão no ombro.
Você poderia me passar o contato do Jazz Attenborough para que eu possa falar direto com ele? Ele nunca vai ficar sabendo que foi você, eu juro.
Aguardo resposta, Lulu

Kitty → Lulu; cc: Ashleigh Avila
Gêmeos!!!! MEU DEUS espero que você tenha babás incríveis. Quanto a mim, hoje em dia eu tenho oito cavalos. Acho que eu poderia dizer que são os meus bebês. Não sei bem se tenho o e-mail do JA, vou tentar, mas sem otimismo.

Beijos carinhosos, Kitty

Ashleigh Avila → Kitty Jackson
Kitty por favor dá logo o contato do JA pra ela. Se você resolver levar a cabo a ideia do documentário a gente vai precisar que ela, e principalmente a mãe dela, coopere.

Kitty → Ashleigh
Não posso. Já perguntei ao JA, e ele disse não.

Ashleigh → Kitty
Ele nunca vai ligar uma coisa à outra. Você ocupa menos a cabeça dele do que imagina.

Kitty → Ashleigh
Talvez eu ocupe mais a cabeça dele do que VOCÊ imagina!

Ashleigh → Kitty
!!!! O que foi que eu perdi?

Kitty → Ashleigh
Eu NUNCA revelo minhas intimidades, como você já deveria saber.

Ashleigh Avila → Lulu Kisarian
Cara Sra. Kisarian,

Espero que você não leve a mal o fato de minha cliente, Kitty Jackson, ter me copiado na correspondência entre vocês. Aqui vai o endereço pessoal de Jazz Attenborough, mas não fui eu quem te deu! E a Kitty ficaria furiosa comigo se soubesse que estou passando por cima dela; então, por favor, não conta!

Atenciosamente, Ashleigh Avila

Lulu → Ashleigh
Cara Ashleigh,

Muito obrigada! Por meio deste eu nego saber qual foi a fonte dessa informação.

Grata, Lulu

Ashleigh → Lulu
Cara Lulu,

Agora que abrimos nossa própria linha de comunicação, e que me pus a par da história incrível que você e a Kitty compartilham, tenho uma pergunta nada a ver: o que você e sua mãe diriam sobre a ideia de um documentário acerca da visita a X, da relação da Kitty com o General B, e de suas consequências geopolíticas?

Atenciosamente, Ashleigh

Lulu → Ashleigh
Cara Ashleigh,

Eu duvido muito que minha mãe concordasse, pois esse foi um momento MUITO baixo da vida dela. Faz anos que não tocamos no assunto.

Lulu

Ashleigh → Lulu
Entendido. Me diga se você chegar a algum lugar com JA, e se eu posso ajudar de alguma forma.

Atenciosamente, Ashleigh

Lulu Peale → Jazz Attenborough
Caro Sr. Attenborough,

É urgente que eu fale com o senhor por razões que ficarão claras assim que eu me explicar. Mas é preciso que seja pessoalmente. Moro em Nova York, mas estou disposta a ir aonde for. Por favor, diga que é possível.

Aguardo resposta, Lulu Peale

Eric Platt → Lulu Peale
Cara Sra. Peale,

Infelizmente o Sr. Attenborough não tem como responder a todos que desejam falar diretamente com ele. Em nome da equipe lhe desejo tudo de bom.

Sinceramente, Eric Platt
3º assistente de Jazz Attenborough

FWD: Lulu Kisarian → Ashleigh Avila
Cara Ashleigh,

Veja abaixo. Acho que pode ser caracterizado como "chegar a lugar nenhum". Eu gostaria de ouvir qualquer ideia que você possa ter de como conseguir contatar o Sr. Attenborough, embora minhas razões sejam pessoais, e não possa dividi-las com você.

Aguardo resposta, Lulu

Ashleigh → Lulu
Qual seria o resultado ideal?

Lulu → Ashleigh
Uma conversa particular cara a cara com ele.

Ashleigh → Lulu
Que tal entrevistá-lo camuflada de jornalista? Seu currículo na música poderia tornar o disfarce verossímil.

Lulu → Ashleigh
Pensei nisso, mas ele parece não topar entrevistas.

Ashleigh → Lulu
Ele fez 70 anos na semana passada: um grande marco para um astro do cinema. Estou aqui pensando se a gente não poderia propor um tema de "interesse especial" (ex.: vinho, charutos) que o agradaria. Vou dar uma investigada. Enquanto isso, você poderia por favor perguntar à sua mãe sobre a ideia do documentário sobre o General B?
Carinhosamente, Ash

Lulu Kisarian → Dolly Peale
Oi mãe. Muito obrigada pela visita e a ajuda. O Omar e a Festa já estão com saudades. Escuta, do nada eu fui contatada por uma representante da Kitty Jackson que perguntou se estaríamos dispostas a participar de um documentário sobre a nossa viagem a X com a Kitty em 2008. Obviamente uma ideia horrível, mas essa pessoa está me ajudando com outra coisa (um possível trabalho); então, eu queria fingir por enquanto que estamos abertas à ideia. Tudo bem se eu te colocar em contato com ela para blefar por um tempo?
Com amor, Lu

FWD: Dolly Peale → Joseph Kisarian
Jojo, ver abaixo. Alguma ideia de que "possível trabalho" é esse?

Joseph Kisarian → Dolly Peale
Nenhuma. Mas a Lulu melhorou a olhos vistos desde a sua visita! Se a mentira não for incômoda demais pra você, talvez se justifique temporariamente? ☺

Dolly ➔ Joe

A mentira é cômoda até demais pra mim (sou ex-assessora de imprensa, não se esqueça). Te vejo no sábado, a tempo de ficar de babá para que vocês dois possam sair!

Com amor, Dodo

Lulu Kisarian ➔ Ashleigh Avila
Querida Ashleigh,

Minha mãe está disposta a conversar com você sobre o documentário. No entanto, antes de te colocar em contato com ela, preciso deixar uma coisa claríssima: minha mãe não sabe, e NÃO PODE saber, que estou tentando me encontrar com Jazz Attenborough. Preciso ter 100% de garantia de que o nome dele não será mencionado entre vocês duas.

Aguardo resposta, Lulu

Ashleigh ➔ Lulu

Está garantido. E para fechar nosso círculo de silêncio, lembro que a Kitty não faz ideia de que estamos bolando uma estratégia para te colocar numa sala com JA, e ficaria furiosa com nós duas se descobrisse.

Carinhosamente, Ash

Ashleigh ➔ Lulu

Outro fio: lanchas!! JA coleciona e gosta de passear com elas pela costa do sul da Califórnia a velocidades extremas (três desavenças com a Guarda Costeira nos últimos dez anos). Uma entrevista/matéria sobre lanchas teria uma chance mínima de ser bem-recebida por um astro do cinema recém-septuagenário que está lutando para manter o *sex appeal* e se esquivar dos papéis de vovô. O que você acha?

Ashleigh Avila → Kitty Jackson
Queridíssima Kit Kat: Lulu, Dolly etc. estão totalmente a fim de participar do documentário sobre sua relação com o General B e seu impacto positivo sobre a humanidade!

POR FAVOR pense nisso. Lembrete sutil: não tenho nada a ganhar com isso. Minha única preocupação é com o seu futuro e seu desejo de se esquivar dos papéis de vovó.

Kitty → Ashleigh
Sua mentirosa de merda, não me venha fingir que você não quer crédito de produtora.

Ashleigh → Kitty
Bom, eu vou mesmo produzir o filme.

Kitty → Ashleigh
Puxão de orelha: não existe filme nenhum. Não existiu "relação" sobre a qual eu queira discutir. Sou uma atriz de meia-idade de segunda categoria, e você é só mais uma pessoa formada em cinema pela NYU que não deu em nada.

Ashleigh → Kitty
Atriz de terceira. Vai se fuder você também.

Ashleigh → Kitty
Piranha, eu estou puta de verdade contigo.

Kitty → Ashleigh
Me avisa quando o ataque de pelanca acabar. Estou aqui pensando se eu preciso mesmo de assistente, ainda mais uma que não sabe nada de adestramento de cavalos?

Kitty → Ashleigh
Oiêêêêê. Ainda atacada?

A CASA DE DOCES

Kitty ➜ Ashleigh

Estou aqui pensando: se a gente não está se falando mais, por que eu estou te pagando?

Ashleigh ➜ Kitty

Porque ninguém mais suportaria essa pessoa patética que você é.

Kitty ➜ Ashleigh

Também te amo.

3

Lulu Kisarian ➜ Jules Jones
Caro Jules Jones,

Sou uma admiradora de longa data do seu trabalho, sobretudo de *Turnê suicida*, o livro-reportagem sobre *rock and roll* mais incrível que já li na vida. Também sou amiga da família: sua irmã, Stephanie Salazar, trabalhou com a minha mãe, Dolly Peale, por muitos anos, e você me ensinou a jogar Dungeons & Dragons com o Chris e o Colin (que ele descanse em paz) em um jogo do qual de vez em quando eu participava. Comecei a chefiar a equipe de *marketing* do Bennie Salazar na época da faculdade, e ajudei a produzir, entre vários outros, o show Footprint, do Scotty Hausmann.

Estou te escrevendo agora com um pedido impensável: você teria interesse em entrevistar o ícone hollywoodiano Jazz Attenborough sobre a paixão dele por lanchas? Sei muito bem que você detesta a cultura de celebridade, mas ao que consta o Attenborough é um grande fã dos Conduits, sabe todas as letras da banda, e sem dúvida leu o *Turnê suicida*. Por favor, me diga.

Aguardo resposta, Lulu Peale Kisarian

Jules Jones → Lulu Kisarian

Cara Lulu,

Eu me lembro de você. Com covinhas, não é? Sua personagem não era uma espiã?

Algumas perguntas:

1. Que veículo está tentando a entrevista com Jazz Attenborough?
2. Quem você está representando?

Abraço, JJ

Lulu → Jules

Caro Jules,

Deixei essa informação de fora porque temia que as respostas não o agradassem. Resposta sincera: não existe veículo. Minha intenção é sugerir a pauta a Jazz Attenborough somente DEPOIS de você embarcar nela. Em outras palavras, seu nome e influência são essenciais para o sucesso da empreitada.

Torço para que as lisonjas e a curiosidade superem a frustração e a impaciência.

Aguardo resposta, Lulu

Jules → Lulu

Você ainda não respondeu à minha segunda pergunta: qual é a sua função nisso tudo? É uma empreitada para ganhar dinheiro (difícil de acreditar)?

Para ser totalmente franco, uma pesquisa apressada revela que seu marido é o Joseph Kisarian, da Segurança Nacional. Se essa "ideia de pauta" é uma artimanha para bisbilhotar minha vida, por favor diga de uma vez. Eu tenho problemas de saúde mental que me tornam propenso a paranoia, e não consigo lidar com incertezas nesse âmbito. Se agentes do governo quiserem me interrogar, que fiquem à vontade.

Abraço, JJ

Lulu → Jules

Caro Jules,

Me desculpe por assustá-lo! Não tem nada a ver com a ASN ou o Joe, que voltou recentemente ao trabalho depois de uma licença de 9 meses por conta do nascimento dos nossos gêmeos (que estão com 8 meses). Esse projeto jornalístico é "um bico" para mim (repare que são 3 horas da manhã!), e o Joe não está nem sabendo. Ele já tem coisa demais na cabeça.

Tenho razões particulares para querer me encontrar com Jazz Attenborough, mas elas não vão significar nada para ele, e é por isso que estou adotando esse caminho extremamente tortuoso.

Aguardo resposta, Lulu

FWD: Jules Jones → John Hall

Ver abaixo. Se Jazz Attenborough estivesse disposto, seria vantajoso para mim? Estou dentro do prazo do livro, e isso não interferiria.

JJ

John Hall → Jules Jones

Claro: lembre ao mundo antes do lançamento que você pode fazer a p*rra toda, incl passear de lancha c/ celebridades (apesar de ter cumprido pena por odiar/atacar eles). Revistas de luxo/sofisticadas melhor exposição na minha opinião. Ficaria feliz de vender a pauta.

Jules → John Hall

Periga ser hipocrisia?

John Hall → Jules

Você é velho demais para hipocrisia. Eu daria uma de eminência inibida sendo irônica.

Jules → John Hall

Você falou para mim que escritores nunca ficam velhos.

John Hall → Jules

Só até os 70. Depois disso, todo mundo é velho.

Jules Jones → Lulu Kisarian

Cara Lulu,

Meu agente está disposto a sugerir a pauta a revistas de luxo depois que obtivermos a aprovação de Jazz Attenborough. Imagino que você tenha como contatá-lo.

Abraço, JJ

Lulu → Jules

Caro Jules,

Tenho os contatos tanto de Jazz A quando de seu 3º (!) assistente, mas um convite vindo de mim não levará a lugar nenhum. Já tentei.

Outra ideia da calada da noite: existe a possibilidade de que o Bosco, dos Conduits, queira participar? Não faço ideia de o que ele anda fazendo hoje em dia (ele está vivo, né?), mas como o Jazz A é um fã inveterado dos Conduits, trazer o Bosco pra história pode ser o fator que o convença? Ou essas são ideias loucas que surgem às 4 da manhã na cabeça de uma mulher com um gorgulho deixado no cérebro pelo órgão do governo pelo qual ela quase morreu? Apertando "enviar" antes de começar a deletar.

Jules → Lulu

Cara Lulu,

Da próxima vez, DELETE. Não tenho estômago para esse papo de gorgulho. Eu já fiz exames de rastreio de *hardwares* invasivos inúmeras vezes pelas mãos de um "lavador" clandestino. Mesmo de brincadeira me dá ansiedade demais ler essas ponderações, e elas evocam o fantasma de que você faz parte de um plano do governo para invadir meu cérebro.

Sobre Bosco: ideia bizarra. Preciso pensar. Sim, ele está vivo.

JJ

Lulu → Jules

Caro Jules,

Existe alguma forma de tranquilizá-lo quanto às minhas boas intenções e ao mesmo tempo jurar que eu nunca brincaria com uma coisa dessas?

Aguardo resposta, Lulu

P.S. Você ficaria à vontade de me passar o contato do serviço de lavagem a seco que mencionou? Tenho um vestido que está muito manchado, e queria muito restitui-lo a seu estado original.

Jules → Lulu

Acho que a gente devia se encontrar pessoalmente (supondo-se que você não esteja compartilhando sua consciência com o coletivo). Você está em NYC, não é? Ficaria feliz em ir até aí na semana que vem.

JJ

Ashleigh Avila → Dolly Peale

Cara Dolly Peale,

Fiquei exultante de tanta alegria ao saber pela sua filha, Lulu Kisarian, que você estaria disposta a participar do documentário sobre a relação de Kitty Jackson com o General B e suas consequências históricas. Agora fico me perguntando quantos participantes de 2008 podemos reunir? Creio que você, a Lulu, os fotógrafos que captaram as imagens do General B com a Kitty, e especialistas dos setores militar e político que possam falar da resultante guinada democrática do General B.

O que nos falta é alguém do círculo do General B que possa descrever os acontecimentos desse ponto de vista. Será que você não conseguiria desenterrar seus contatos do antigo regime para ver se alguém ainda está vivo e acessível?

Atenciosamente, Ashleigh Avila

Lulu Kisarian → Ames Hollander

Caro Ames Hollander,

O jornalista Jules Jones me passou seu e-mail. Entendo que você tem um serviço de lavagem a seco especializado na remoção de manchas profundamente entranhadas e difíceis de remover. Tenho um amigo que necessita urgentemente desse tipo de lavagem. Como posso colocá-lo em contato com você?

Aguardo resposta, Lulu Kisarian

Ames Hollander → Lulu Kisarian

Cara Lulu,

Por favor peça ao seu amigo que me contate via Mondrian, uma rede mais segura que o obrigará a atravessar diversos obstáculos para garantir que nossa comunicação seja confidencial.

Ames Hollander

Lulu → Ames VIA MONDRIAN

Oi Ames, aqui é a Lulu Kisarian. Como meu amigo pode descrever o problema de lavagem a seco se está sendo vigiado de dentro?

Ames → Lulu VIA MONDRIAN

Lulu, por favor aconselhe seu amigo a FECHAR OS OLHOS enquanto digita suas necessidades de lavagem a seco, e que aperte "enviar" ANTES de abrir os olhos.

Ames Hollander

A CASA DE DOCES

Lulu → Ames VIA MONDRIAN

OK vrsão curta desculpa ps erros eu fui agente cdda por seis meses incl fluxo de dados lesão por tiro e salvamento em ponto de acesso desconfio de ainda estar sendo moniyorada sinto outros olhos vendo pelos meus olhos otras pessoas esctando dentro da minha cabeça é uma agonia que eu faria de tudo para paaer inclsive tirarminha vida mas macgucaria os outros demais temos gêmeos oito meses preciso de lavagem por favoir marido Joseph Kisarian trabaçlha na ASN talvez seja ele que estejam espionando

Ames → Lulu VIA MONDRIAN

Cara Lulu,

É claro que posso ajudar seu amigo com as manchas, mas estou no norte do estado e passo apenas alguns dias por mês na cidade de Nova York. Minha lavanderia é meio difícil de encontrar, mas como o Jules já esteve lá, vou marcar horário direto com ele. Por favor, peça ao seu amigo que fale direto com o Jules daqui em diante.

Obrigado pela indicação!

Ames Hollander

Jules Jones → Bosco Baines

Querido Bosky, quanto tempo. Um obrigado atrasado pelo sorvete, que espero todo ano no Natal com mais ansiedade do que eu gostaria de admitir. Não entendo como suas gotas de chocolate ficam derretidas em vez de cerosas. Ah, as maravilhas, os mistérios.

Como vai sua saúde? Imaginando que bem, estou curioso para saber se você estaria a fim de brincar de jornalismo *gonzo* com direito a viagem, lanchas e um ícone cinematográfico que parece saber todas as suas letras. O que você acha?

Abraço, JJ

Bosco → Jules

Saúde excelente. Quadris novos e joelhos novos me deixaram novinho em folha. Perdi 40 quilos nos últimos dez anos, chupa essa. Essa brincadeira é com tudo pago eu aceito? Seria divertido te rever, meu velho, mesmo que seja numa lancha.

Jules → Bosco

Começando dieta de fome. Baixando *app* de abdominais. A brincadeira ainda é uma promessa distante, mas é assim que as coisas boas começam, né?

Te amo, meu velho, JJ

4

Eric Platt → Jazz Attenborough

Caro Sr. Attenborough,

Recebemos um pedido de entrevista curioso demais para rejeitar de cara como eu geralmente faço. Elementos poderosos: Bosco, dos Conduits; Jules Jones (autor de *Turnê suicida*) e lanchas. Algum interesse?

Sinceramente, Eric Platt

3º assistente de Jazz Attenborough

Jazz Attenborough → Eric Platt

Parece pegadinha. Você verificou?

Eric → Jazz

Caro Sr. Attenborough,

Desculpe, me empolguei. Vou verificar.

Sinceramente, Eric Platt

3º assistente de Jazz Attenborough

Jazz Attenborough → Carmine DeSantis
Novo 3º assistente é um desastre. Por favor, ache outro.

Carmine DeSantis → Jazz Attenborough
Vou começar a procurar, mas confirmar referências toma tempo.
   Você leu os roteiros?

Jazz → Carmine
Me lembra?

Carmine → Jazz
Vovô; Papai Noel; Feiticeiro da Caverna Subaquática.

Jazz → Carmine
Não, não e não. Quero papéis mais sensuais. Como formar
par com estrelas mais novas?

Carmine → Jazz
Vovô. Papai Noel, Feiticeiro da Caverna Subaquática!!

Jazz → Carmine
Lifting facial?

Carmine → Jazz
Óbvio demais. Continue com rugas.

Eric Platt → Jazz Attenborough
Caro Sr. Attenborough,
   Tudo confirmado. As pessoas existem de fato. Falei com
o autor, Jules Jones, que continuou amigo de Bosco Baines
(dos Conduits) depois de escrever sobre ele em *Turnê suicida*. Seria uma ótima publicidade para o senhor.
   Sinceramente, Eric Platt
   3º assistente de Jazz Attenborough

Jazz → Eric

Encaminhe para Carmine, ele lida com isso. 1° e 2° assistentes ocupados demais.

FWD: Eric Platt → Carmine DeSantis

Caro Sr. DeSantis,

Favor ver abaixo minha correspondência com o Sr. Attenborough a respeito de uma possível entrevista a ser feita em uma ou mais de uma de suas lanchas. Falei com o jornalista e tudo se confirma. Acho que poderia ser uma ótima forma de lustrar a imagem do Sr. A como alfa grisalho.

Sinceramente, Eric Platt

3° assistente de Jazz Attenborough

Carmine → Eric

Alfa grisalho, gostei. Você não viu o Jazz de 70 com calção de banho ultimamente, né?

Eric → Carmine

Sim, ele tinha acabado de sair da piscina quando eu cheguei para a minha entrevista. Está ótimo para um senhor: bronzeado, musculoso, com o peito cheio de pelos grisalhos, abdômen magro/definido.

Carmine → Eric

Dá para tingir os pelos do peito?

Eric → Carmine

Dá. Minha namorada é maquiadora. Ela faz isso com escova de dentes.

Carmine → Eric

Diga sim ao jornalista. Problema: Jazz quer que eu te substitua. Se você cuidar da logística, apresento como minha.

Eric ➔ Carmine
Com o devido respeito, Sr. DeSantis, por que eu me contentaria com isso?

Carmine ➔ Eric
OK, vamos lá: expectativas e sonhos em cinco palavras ou menos.

Eric ➔ Carmine
Roteirista/Diretor

Carmine ➔ Eric
Por meio deste eu me comprometo a ler seu próximo roteiro e representá-lo caso você assim deseje.

Eric ➔ Carmine
Obrigado, Sr. DeSantis! O senhor poderia por favor incluir rapidinho a assinatura de uma testemunha?

Carmine ➔ Eric
Você está aprendendo rápido.

Jules Jones ➔ Ames Hollander VIA MONDRIAN
Caro Ames,
   Embora aprecie sua confiança, preciso sair do meio dessa história. Estou preocupado com gorgulhos pela primeira vez em um ano, e já tenho problemas demais para ter que lidar com uma crise nervosa no momento.
   Atenciosamente, JJ

Ames ➔ Jules VIA MONDRIAN
Caro Jules,
   O medo de gorgulhos supera a incidência em 5 mil para 1, e é por isso que eles são classificados como *Arma Terrorista* e

não *Dispositivo de Vigilância*. Dito isso, como existe uma ligeira possibilidade de brecha no caso da sua amiga, estou colocando-a no topo da minha lista de NYC. Conheço um pouco o marido dela por conta das minhas interações com a ASN (cara bacana), mas como o governo tem uma norma rigorosa contra lavadores externos, é impossível que ele esteja envolvido ou sequer saiba disso. Você é a pessoa mais óbvia, Jules. Faço um exame de "afinação" de graça em você, se isso ajudar.

Ames Hollander

Jules → Ames VIA MONDRIAN
Porra. Vou sair pra correr. Aflito demais para continuar esse papo, e tentando perder peso.

Carmine DeSantis → Jazz Attenborough
Jazzy, sugiro enfaticamente que você faça o perfil na lancha com Jules Jones (*TURNÊ SUICIDA*) e Bosco (CONDUITS), e tomei a liberdade de responder "sim" em seu nome.

Jazz → Carmine
Quanto tempo faz que trabalhamos juntos, Carmine?

Carmine → Jazz
Minha carreira inteira, 23 anos.

Jazz → Carmine
Se eu tivesse um lema, desde o primeiro dia, qual seria ele?

Carmine → Jazz
Eu sei eu sei, "Sem Reuniões". Mas eu achava que era só com ex-mulheres bravas e filhos imprestáveis.

Jazz → Carmine
É com todo mundo.

Carmine → Jazz
Bom você não conhece nem Bosco Baines nem Jules Jones; então, vai ser uma reunião para ELES, mas não pra você. Mudando de assunto, por que demitir o 3º assistente se a ideia dele acabou dando certo?

Jazz → Carmine
Não gosto de voltar atrás. Substitua.

Eric Platt → Jules Jones
Caro Sr. Jones,
   Fico contente em comunicar que o Sr. Attenborough está disposto a participar da entrevista com o senhor e com Bosco Baines depois que voltar de Belize no mês que vem. Como a segurança na casa dele é rigorosa, poderia me dar uma ideia de quantas pessoas estariam presentes? A equipe deve ser mínima, e vamos precisar de declarações assinadas de todos os presentes confirmando que o dia será completamente deletado de qualquer *upload* ao Consciente Coletivo.
   Respeitosamente, Eric Platt
   3º assistente de Jazz Attenborough

Jules → Eric
Caro Eric,
   Notícia excelente. Somos uma equipe básica composta por mim, Bosco, um fotógrafo/cinegrafista e minha amiga Lulu, uma produtora musical tarimbada e pau pra toda obra.
   Abraço, JJ

Eric → Jules
O Sr. Attenborough me demitiu, por um capricho, mas o Sr. DeSantis me manteve às escondidas para cuidar desse projeto. Pergunta quase à toa: alguma chance de que sua amiga Lulu esteja disposta a bancar a nova 3ª assistente do Sr. Attenborough

até que essa filmagem esteja concluída, para que o Sr. DeSantis não precise posar de intermediário? O Sr. DeSantis vai garantir ao Sr. A que verificou referências etc.

Respeitosamente, Eric Platt
3º assistente de Jazz Attenborough

5

Lulu Kisarian → Jazz Attenborough
Caro Sr. Attenborough,

Aqui é Lulu Kisarian, sua nova 3º assistente. Contente em realizar quaisquer tarefas que o senhor precise — e é claro, em conhecê-lo pessoalmente quando o senhor voltar de Belize. Agradeço muito pela honra de trabalhar com o senhor.

Respeitosamente, Lulu Kisarian

Jazz → Lulu
Você está sob contrato de experiência. Imagino que conheça todo o meu trabalho.

Lulu → Jazz
Assisti a todos os seus filmes.

Jazz → Lulu
Anexando três roteiros para que você leia e comente como teste. Por favor me comunique suas conclusões, em vez de transmiti-las ao 1º e 2º assistentes, para que eu possa avaliar seu trabalho pessoalmente.

Dolly Peale → Arc
Caro Arc,

Fico pensando se isto aqui um dia chegará até você — acho que faz dez anos que tivemos nosso último contato!

Está tudo bem por aqui; tem mais gente se mudando para o norte do estado, e todo mundo parece adorar queijo. Tenho uma pergunta específica para lhe fazer, mas perguntar agora, depois de tanto tempo sem nos comunicarmos, parece transacional demais até para mim. Pensando nas consequências do nosso serviço louco para o General B, sou tomada de carinho, lembranças doces e curiosidade quanto à sua vida. Mande notícias se por um milagre você ler este e-mail!

Afetuosamente, Dolly Peale

Arc → Dolly Peale
Ah, Dolly, que prazer singular ter notícias suas. Lembranças boas de fato.

Tenho a bênção de contar que eu e minha família estamos bem. Minhas duas filhas se casaram e tenho três netos. As mudanças políticas mais recentes no nosso país, apesar de salutares de modo geral, não me beneficiariam pessoalmente. Tenho vínculos demais com os desmandos do general, não tenho mais permissão para sair do país, e é em grande medida por isso que não mantive contato. Embora sinta falta de estar no governo, minha manufatura continua intacta, e a paz e estabilidade econômica duradouras da nossa nação são, é claro, boas para todos.

Como vai a Lulu? E... sua pergunta?

Mandando lembranças carinhosas, Arc

Dolly → Arc
Caro Arc,

Que maravilha saber de você! A Lulu vai bem, e agora sou avó de belos gêmeos de 8 meses, Omar e Festa.

Acho que você mais ou menos respondeu a minha pergunta, mas lá vai: existe um interesse em um documentário sobre a "relação" da Kitty Jackson com o General B. A ideia é dar um gás na carreira da Kitty (ela está com 51 anos, para você não precisar fazer as contas) retratando-a como uma heroína na guinada democrática de X. Você e eu, no entanto, seríamos os vilões: nosso plano para reabilitar a imagem do general com o caso fajuto teria de ser divulgado, além do caráter puramente acidental do "despertar" político do General B. Como você deve imaginar, estou com pavor disso tudo. Também exigiria que você viajasse para os EUA. Eu quero é saber da sua reação visceral à ideia.

Afetuosamente, Dolly

Arc → Dolly
Caríssima Dolly,

"Reação visceral" é uma expressão tão norte-americana: grotesca, mas de certo modo adequada. A minha inclui a recordação do silêncio profundo e obscuro junto ao lago onde você mora e dos abetos que o cercam. O aroma de pinho é ao mesmo tempo mais doce e mais salgado do que qualquer um que eu tenha sentido antes ou depois.

Tudo isso para dizer que eu voltaria aos EUA imediatamente — na verdade, já teria voltado — se não fosse impedido, como é o caso. Infelizmente, não posso. Se os cineastas obtivessem permissão para vir a X (muito improvável), eu participaria de bom grado.

Com o mais profundo respeito, Dolly, preciso corrigir sua descrição das motivações que tínhamos para juntarmos o General B com Kitty Jackson em 2008. Não articulamos a impressão de envolvimento romântico entre eles como "cavalo de Troia" para dar fim às depredações do general? Esse era o meu plano, sem dúvida — e o seu também, como lembro de ouvi-la dizer bem explicitamente. Se examinar os recônditos de sua memória (talvez você a tenha externalizado, como tanta gente?), tenho certeza de que esses detalhes louváveis voltarão à tona.

O amplo reconhecimento de nosso plano heterodoxo e bem-sucedido para levar a democracia ao meu país melhoraria minha situação com o regime atual, e eu apreciaria a oportunidade de falar disso "oficialmente".

Mandando lembranças carinhosas, Arc

Dolly Peale → Ashleigh Avila
Cara Ashleigh,

Entrei em contato com o homem que intermediava minha relação com o regime do General B em 2008. Embora em tese ele esteja disposto a participar, infelizmente ele caiu em desgraça com o regime atual e não pode sair do país. Ele vai dar início ao processo de solicitar um visto de turismo, mas deve ser lento. Vamos esperar.

Tudo de melhor, Dolly

Ashleigh → Dolly
Cara Dolly,

INCRÍVEL que você tenha achado essa pessoa e que ele esteja receptivo!!! E não perca as esperanças: tenho uma grande amiga que emigrou de X quando criança e tem família no atual regime! Vou perguntar a ela sobre licenças para gravar DENTRO de X, o que seria milhares de vezes melhor por conta das locações originais e a atmosfera. Não sei se comentei que sou formada em produção de documentários (Mestrado/NYU)? Tenho experiência com a logística de licenças e um número suficiente de patrocinadores interessados para que uma viagem ao exterior funcione.

Com esperança e expectativa, Ash

FWD: Dolly Peale → Joseph Kisarian
Jojo, SOCORRO! Ver abaixo: dei uma mancada horrenda admitindo que o Arc ainda está vivo e receptivo. Estou morrendo de medo de dar um passo em falso e contrariar a Lu, mas esse

"documentário" tem de ser interrompido antes que outras providências sejam tomadas! Por favor, me diga o que fazer!

Com amor, Dodo

Joe → Dolly

Dodo, por favor não fique chateada! Tenha em mente o meu lema: "Se todo mundo está vivo, qualquer problema pode ser resolvido".

Você vai ver com seus próprios olhos neste fim de semana que a Lulu fez um enorme progresso! Está dormindo bem, e ouvi ela gargalhar, gargalhar de verdade, pela primeira vez desde que voltou do serviço. São lampejos da Lulu de antigamente: animada e radiante com só uma leve insinuação de subterfúgio. Ela está aprontando alguma coisa, a nossa Lulu, que está deixando ela alegre.

Com amor, Jojo

6

Bosco Baine → Bennie Salazar

Ei amigo,

O Jules me meteu num projeto jornalístico que envolve Jazz Attenborough (grande fã dos Conduits, quem diria!). A ideia é a de que Jazz e eu andemos na lancha supersônica dele no mês que vem, em LA, e Jules escreva sobre o passeio, e as pessoas façam vídeos e memes e transmissões, e então os veteranos comecem a transmitir as memórias de nossa grandeza original daqui a um milênio, e nós fiquemos famosos de novo. Me perguntando se não dá pra gente pegar carona nessa brincadeira para fazer um pequeno relançamento dos Conduits; aquela coisa de canções antigas em nova roupagem? Só uma ideia.

Te amo, *baby*, Bosky

Bennie → Bosco

Bosco, *baby*!! Que bom ter notícias suas. Obrigado de novo pelo sorvete, embora a adolescente e suas amigas vorazes tenham devorado quase tudo. Vou olhar os números dos Conduits e dar uma pensada. O material mais melodioso ficaria sensacional acusticamente. Como vai a voz?

B

Bosco → Bennie

Sinceramente não sei direito. Vou tentar umas escalas pra ver. Ando levando uma vida saudável, o que já é alguma coisa.

Bosky

Bennie → Bosco

Acabei de olhar, e os números são surpreendentemente altos nos clássicos dos Conduits. O momento também é bom: os fãs originais, de modo geral, ainda estão vivos, e me disseram que existe um sistema solar de lembranças dos Conduits no coletivo. Uma renovada no material antigo poderia trazer o pessoal mais novo. Vamos nos reunir daqui a um ou dois dias para eu e a Melora ouvirmos a voz.

Bosco → Bennie

Preciso de mais um tempinho pra me aquecer.

Bennie → Bosco

OK, mas só pra deixar claro, Bosky, a regravação tem que ser ÓTIMA para dar certo. Menos do que isso vira comédia, e não do tipo legal.

Bosco → Bennie

A Melora foi copiada nesse e-mail?

Bennie → Bosco
Muito engraçado. A Melora é uma sócia talentosa com quem tenho uma valiosa colaboração criativa, além de ser a filha caçula do meu adorado mentor, Lou Kline.

Bosco → Bennie
Então por que ela roubou sua empresa e te obrigou a se mudar para LA e ser lacaio dela?

Lulu Kisarian → Jazz Attenborough
Caro Sr. Attenborough,
Favor ver meu teste que abarca os três roteiros que o senhor me enviou, anexados e copiados abaixo em ordem crescente de qualidade:
1. VOVÔ RESMUNGÃO, comédia
O senhor interpreta um avô mal-humorado amolecido por um fim de semana cheio de travessuras com cinco netos que o ajudam a resolver um caso de homicídio. Já vimos esse filme milhares de vezes. Como o senhor nunca fez papel de avô, eu hesitaria em colocá-lo nessa categoria por conta de um projeto tão batido assim.
2. SURPRESA DE NATAL, comédia
O senhor interpreta um Papai Noel alcoólatra da Macy's que, ao ver uma mulher que leva os netos para se sentarem no seu colo, a reconhece como a menina que ele amava na escola — que agora está convenientemente viúva. Tem algumas cenas bem escritas do Papai Noel embriagado indo atrás de seu amor verdadeiro (por quem ficará sóbrio, é claro), mas o senhor passaria boa parte do filme parecendo um bufão.
3. SEREIADO, fantasia
Título horroroso, mas o papel de Feiticeiro da Caverna Subaquática tem potencial. O senhor faria um feiticeiro poderoso, que tem um romance com a Rainha das Sereias que seria cativante com a atriz certa. Se bem-feita, a paisagem

do fundo do mar pode ser linda e transcendental. Vale a pena considerar.

Sinceramente, Lulu Kisarian
3ª assistente de Jazz Attenborough

Jazz → Lulu
Teste aprovado. Vou dar uma olhada no feiticeiro da caverna. Enquanto isso, por favor me atualize sobre a entrevista a ser feita após o meu retorno. Tem a ver com lanchas, que eu coleciono.

Lulu → Jazz
O senhor tem mais de 40 lanchas, creio eu.

Jazz → Lulu
Belíssimo dever de casa. Raramente falo sobre minha coleção de lanchas.

Lulu → Jazz
Sinceramente nunca tive a sensação de que era um dever de casa.

FWD: Jazz Attenborough → Carmine DeSantis
Ver abaixo. Preocupado que a nova 3ª assistente seja maluca. Parece meio ávida DEMAIS. Quem investigou o passado dela?

FWD: FWD: Carmine DeSantis → Eric Platt
Ver abaixo

FWD: FWD: FWD: Eric Platt → Jules Jones
Caro Jules,
Favor ver abaixo. Você poderia pedir à sua amiga Lulu para dar uma maneirada (não que assim ele vá ficar satisfeito)?
Obrigado, Eric

Bennie Salazar → Alex Applebaum
Ei Alex,

Quanto tempo, *baby*! Escuta, existe uma chance de eu e o Bosco gravarmos acusticamente alguns dos clássicos dos Conduits durante uma viagem que ele vai fazer a LA daqui a umas semanas. Não faço ideia de como anda a voz dele — ou, francamente, a cara dele! Você conseguiria ir lá logo e trabalhar um pouquinho com ele? Ele não está querendo me deixar ouvi-lo, e talvez seja porque a voz dele está uma merda. Preciso saber antes de começar a pensar nos músicos etc.

Tudo de bom, Bennie

Alex → Bennie
Querido Bennie,

Que alegria saber de você!

O Bosco… Meu Deus ele ainda está vivo? Parece que a Turnê Suicida na verdade foi a turnê da longevidade! Feliz de me envolver, e o momento é bom… estamos terminando nossos semestres.

Mais em breve, Alex

Alex Applebaum → Bosco Baines
Caro Bosco (se me permite):

Leciono Análise de Som no Queens College, e sou um colaborador de longa data do Bennie Salazar, desde o show Footprint do Scotty Hausmann, catorze anos atrás. O Bennie mencionou que você talvez faça uma regravação acústica de alguns dos clássicos dos Conduits, e implorei para ser incluído. Toco piano e violão razoavelmente, e ficaria muito feliz de trabalhar contigo da forma que for mais proveitosa.

Seu fã, Alex

Bosco → Alex
Timing ótimo. Adoraria ter sua ajuda. A voz está meio vacilante, preciso confessar.

Jules Jones → Ames Hollander VIA MONDRIAN
Me sujeitei a levar nossa amiga à sua clínica na semana que vem, mas como?? Ela tem gêmeos de 8 meses e não confia em babás. Eu tenho medo de bebês, pois são imprevisíveis e não gostam de mim.

Ames → Jules VIA MONDRIAN
Existe alguém em quem você confie de olhos fechados que possa vir junto para ajudar com os bebês? De preferência alguém que tenha filhos.

Jules → Ames VIA MONDRIAN
Duas opções: minha amiga Noreen, meio instável, mas é avó hiper-participativa de um monte de crianças. Ou minha irmã Stephanie, que é absolutamente confiável, mas é avó de uma só criança, que mora longe.

Ames → Jules VIA MONDRIAN
Vamos de Stephanie.

Alex Applebaum → Bennie Salazar
Querido Bennie,

Arrumei um tempo no final de semana para visitar o Bosco antes que ele mudasse de ideia. Ele mora em uma fazendinha de gado leiteiro (belas vacas amarelas com chifres compridos e curvos). Não o reconheci — ele está <u>magro</u>, juro que não estou brincando, e em excelente forma! Me mostrou os pesos que usa para malhar no antigo celeiro. Parece mais o Bosco dos velhos tempos do que o de qualquer época depois de 2000 (mesmo com as rugas e o cabelo grisalho).

A parte estranha é a seguinte: a voz dele está mais aguda do que antes. Tem uma textura rouca (imagino que sejam pólipos) que cheguei à conclusão de que dá uma densidade a mais ao semifalsete de seu canto.

Resumindo: está com uma aparência ótima, se movimenta bem, a voz está um pouquinho aguda, mas acho que dá pra encarar. *Link* da gravação abaixo.

Alex

Bennie → Alex
Semifalsete? Como assim? Ouvindo agora.

7

Stephanie Salazar → Bennie Salazar
B,

Não sei direito o que indica sobre a minha vida o fato de que a única pessoa que vai entender o dia que acabei de ter seja o cara de quem me divorciei quase trinta anos atrás. Não vou esquentar a cabeça com isso, estou ansiosa demais para contar de uma vez.

O Jules me mandou uma mensagem perguntando se eu poderia encontrá-lo no sul de Manhattan daqui a alguns dias para ajudá-lo com "um projeto". É urgente, mas não tem nada errado. Ele está escrevendo um livro novo e está saudável (perdeu 7 quilos!); então, eu concordo sem perguntar nada.

Dois dias depois, de manhã, ele me encontra em frente a um prédio residencial em Tribeca suando frio: a cara pálida, a gola ensopada. Eu disse Jules, a gente não devia ir para o hospital? Ele diz não, está tudo bem, ele só está aflito. Me diz que as próximas horas vão parecer estranhas, mas não tem nada errado. Ah, e minha função vai ser cuidar de um casal de gêmeos de 8 meses!

Entramos no prédio e pegamos o elevador. O Jules abre a porta do apartamento e dou de cara com um menino e uma menina lindos afivelados a um carrinho duplo, começando a choramingar. Tem uns brinquedos espalhados; então, me sento no chão, sacudo um chocalho e eles se acalmam. Enquanto isso, o Jules vai na outra sala e volta segurando a mão (longe do olhar dos bebês) de uma mulher de capuz preto que cobre o rosto inteiro e um braço numa tipoia! Ela me parece tranquila, e chega a me acenar com o braço bom, e é só por isso que não ligo pra polícia.

O Jules indica com gestos que devo sair do apartamento com o carrinho. Ele já chamou um carro com duas cadeirinhas. A mulher encapuzada fica fora do meu campo de visão até eu afivelar os bebês. Então, ela entra no banco da frente usando um chapéu de abas largas e óculos escuros, fazendo o capuz parecer só uma máscara facial. Ninguém diz nada. Os gêmeos se alvoroçam um pouco no começo, mas o meu chocalho os distrai.

Paramos em frente a um bar esquisito perto da Penn Station. Escuto o Jules chiar como se estivesse tendo um ataque de pânico. Afivelo os gêmeos no carrinho e o Jules indica que eu entre primeiro no bar imundo. Fico pensando que não pode ser, mas o *bartender* me olha e aponta para os fundos com o queixo. Empurro o carrinho até uma porta encardida, gordurenta, que eu imagino que dê em um banheiro que represente um risco biológico, dá quase para sentir o cheiro, mas me jogo contra a porta e a abro com um empurrão.

Então, é como se tivéssemos atravessado o portal de um dos *videogames* antigos do Chris: estamos dentro de uma clínica médica, e um cara parrudo com jeito de militar e máscara cirúrgica nos recebe com um silêncio acolhedor. Nós o seguimos até uma sala que só não é um breu total porque tem um anel roxo brilhante no meio do chão. Estou tentando entender o cenário: é um jogo? Uma *performance*?

Um teste? Mas o Jules está morbidamente sério e ninguém dá nem um pio; então, fico quieta e vou na onda.

O Jules se senta comigo no banco junto à parede com o carrinho do lado. Os gêmeos estão hipnotizados pelo anel roxo. O militar leva a mulher encapuzada até o meio do anel e tira seus óculos escuros e chapéu, mas deixa o capuz. Então, ele desaparece. Escuto um zumbido e um braço mecânico ergue o anel do chão lentamente. Vai dos pés da moça às canelas, às coxas, ao quadril, ao torso e, por fim, à cabeça. A luz roxa tem um efeito entorpecente: os gêmeos dormem na mesma hora, e sinto o Jules desabar em cima de mim e eu entro num transe, acho eu, só de olhar para a luz roxa.

Depois que o anel sobe pelo corpo inteiro da mulher, a luz roxa se apaga e o militar reaparece e a conduz a uma cadeira. Então, ele se senta atrás de uma tela e passa um bom tempo olhando para ela. A única luz da sala é o brilho verde-azulado no rosto do cara, e a única coisa que vejo por cima da máscara que ele usa são os olhos.

Por fim, as luzes se acendem devagarinho e o cara se levanta. Ele olha à sua volta e percebe que estou acordada. Quando nossos olhares se cruzam, ele diz "você não fica enjoada", e me dou conta de que essa é a primeira voz que escuto desde que me encontrei com o Jules de manhã.

"Nunca", respondo.

Ele vai até a mulher na cadeira e tira o capuz com delicadeza. Ela também está adormecida. O cara se agacha ao lado da cadeira, chega perto do rosto dela, e diz, "Você está limpa, Lulu. Não tem nada".

Ela se levanta e é neste momento que eu a reconheço: é a Lulu. A NOSSA Lulu, filha da Dolly. É A LULU!!

É quando o feitiço se quebra: os gêmeos começam a chorar e a Lulu se curva sobre o carrinho, beija os dois e também cai no choro. Ela está esquelética, e um dos braços meio que pende do lado do corpo, como se ela não conseguisse usá-lo direito. O Jules apresenta o cara militar como "A", um "lavador", ou seja, uma dessas pessoas que fazem exames em busca de gorgulhos. Ele prometeu um exame ao Jules (não é o primeiro, ao que parece), que é claro que não dá em nada.

A Lulu espera comigo e com os gêmeos em outra sala enquanto o Jules é examinado pelo anel roxo. Perguntei sobre o braço lesionado, mas ela foi ambígua e evasiva. Foi difícil para ela parar de chorar, o que foi esquisito de se ver. Eu acho a Lulu tão habilidosa, tão estoica. Pobrezinha, ela sem dúvida passou por coisas terríveis, mas eu não quis me intrometer. Fico pensando se o Chris sabe.

Bom, e esse foi o meu dia. Como foi o seu?

S

Bennie → Stephanie
Steph, você tem certeza de que não foi um sonho?

Stephanie → Bennie
Qual foi a regra que eu criei da primeira vez que você me levou pra cama? E que TAMBÉM estava nos nossos votos de casamento.

Bennie → Stephanie
Eu sei: não obrigar o outro a ouvir nossos sonhos. Mas... Lulu e Jules? Quando foi que eles se reencontraram?

Stephanie → Bennie
Parece que estão colaborando em uma entrevista com alguma celebridade com a participação do Bosco, em Los Angeles...!?

Bennie → Stephanie
Interessante. Eu já soube do projeto por meio do próprio Bosco. Não sabia do envolvimento da Lulu. Coincidên-

cia, ou todas as estradas começam a convergir depois dos 70?

Jules Jones → Stephanie Salazar
Mana, dizer o quê? A vida seria impossível sem vc.
Seu Mano que te ama, Jules

Stephanie → Jules
Sempre que precisar. Você sabe disso.

Jules → Stephanie
Queria que você tivesse aceitado a proposta de exame do Ames. É MUITO difícil conseguir um.

Stephanie → Jules
A não ser que alguém queira se infiltrar no Circuito de Tênis das Mulheres de Terceira Idade de Westchester, acho que estou a salvo.

Jules → Stephanie
Não passa pela sua cabeça que outra entidade possa estar enxergando através dos seus olhos e escutando pelos seus ouvidos ou proferindo palavras pela sua boca?

Stephanie → Jules
Não. Mas já me passou pela cabeça que comprar um anel fluorescente e oferecer "exames" seria um golpe lucrativo. O "Ames" já achou algum gorgulho na vida?

Jules → Stephanie
Ele tem um no próprio cérebro!

Stephanie → Jules
O quêêêêê?

Jules → Stephanie
Eu vi. Parece um tatuzinho estreito, pontudo, com escamas sintéticas flexíveis.

Stephanie → Jules
Eu queria poder desler isso.

Jules → Stephanie
Ele era das Operações Especiais, depois, trabalhou como empreiteiro fazendo coisas que os militares não queriam fazer. Moral da história: se um dia você se pegar pensando que a extinção em massa da humanidade seria boa para o controle populacional, talvez seja uma boa ser examinada.

Stephanie → Jules
Ih. Eu vivo pensando nisso.

8

Ashleigh Avila → Dolly Peale
Cara Dolly,
NOVIDADE INCRÍVEL. Minha amiga de X me pôs em contato com uma pessoa que é relações-públicas do círculo íntimo do regime atual. Eles estão dispostos a deixar a gente gravar o documentário lá. É um sinal verde oficial!!!!!!! O financiamento está todo disponível — é maior do que o esperado, na verdade. Vamos discutir a programação.
Uau, né?! Ash

FWD: Dolly Peale → Joseph Kisarian
Jojo, ver abaixo. Estou transtornada. A Ashleigh vai ficar furiosa quando eu cancelar, e obviamente a última coisa que

eu quero fazer é atrapalhar a oportunidade da Lu, seja ela qual for. Mas que alternativa me resta? Esperar só vai piorar a situação. Socorro!!

Com amor, Dodo

Joe → Dolly
Ontem à noite, a Lulu plantou sementes de tomate em vasinhos no parapeito da nossa janela pela primeira vez depois de três anos. Fiquei tão comovido que chorei quando ela mostrou pra mim. Não podemos abalar sua recém-descoberta felicidade.

Dolly → Joe
OK, então como é que a gente acaba com isso sem irritar nem abalar ninguém? Podemos falar que a Segurança Nacional não permite...??

Joe → Dolly
Isso é mentira. Nós gostaríamos de estabelecer uma relação mais próxima com o novo regime de X.

Dolly → Joe
Espera aí — como é que é???? Você está sugerindo que a Lulu e eu devíamos IR A X e fazer o documentário?

Joe → Dolly
Eu não teria problema para tirar outra licença curta para cuidar dos gêmeos enquanto vocês estivessem viajando.

Dolly → Joe
Jojo, a ideia está FORA DE COGITAÇÃO. Meu papel na situação toda foi deplorável, e não se esqueça de que eu teria de reviver a catástrofe do óleo quente.

A CASA DE DOCES

Joe → Dolly
Não foi você a primeira a me explicar que os norte-americanos adoram histórias de redenção justamente por serem irrevogavelmente maculados pelo pecado original?

Dolly → Joe
Não é uma história de redenção! É a história de como me rebaixei a ponto de aceitar o trabalho de camuflar as atrocidades de um ditador genocida!

Joe → Dolly
Não foi você quem me disse que uma boa assessora de imprensa é capaz de transformar um golpe violento em uma missão de resgate humanitário?

Dolly → Joe
Mas eu não sou mais assessora de imprensa: sou dona de um mercado *gourmet*. Minha reputação é tudo para mim.

Joe → Dolly
Não foi você quem me disse que a celebridade é um amplificador neutro — positivo, negativo, não faz diferença nenhuma?

Dolly → Joe
Caramba, Jojo, me espanta que você tenha decorado tantos dos meus pronunciamentos. E me deleita, tenho de confessar.

Joe → Dolly
Eu imaginava que chegaria um dia em que relembrar suas palavras se mostraria essencial.

9

Ashleigh Avila ➜ Kitty Jackson
Novidades estupendas, Kit Kat:

Tenho todas as peças engatilhadas para o documentário, sendo a mais importante a cooperação e até — será que ouso dizer? — o ENTUSIASMO do regime atual de X. Você tem muitos fãs nos círculos íntimos do governo de lá. Não só amam seus filmes, como acreditam que você foi fundamental para a "conversão" (poderia também ser "castração" ou "iluminação", dependendo da tradução) do General B. É claro que esperam que você esteja disposta a dividir novas informações "íntimas" sobre ele, agora que os grilhões jurídicos acabaram — quanto mais chocantes, melhor, obviamente, embora eu JAMAIS fosse incentivar você a mentir ou exagerar (nem pensar!), apesar de que, por estar morto, o general não possa exatamente contradizer você e eu já me tenha me certificado de que não tem Cubo Mandala nenhum em jogo...

Por fim, perguntaram se você teria interesse em cavalgar alguns garanhões excelentes da manada selvagem que perambula pelas praias. Vídeo curto em anexo: veja as crinas com cachos naturais!

Por favor, me diga se posso levar o projeto adiante.

Beijos, Ash

Kitty ➜ Ashleigh
Deixa eu ver se entendi: estão me pedindo para divulgar detalhes libidinosos sobre o General B, assim me revelando como prostituta, em troca de cavalgar um cavalo de crina cacheada? E a pessoa que está arquitetando isso NÃO é uma inimiga doida pra me destruir, mas uma pessoa da minha confiança e confidente/assessora de imprensa a quem eu PAGO para proteger minha reputação e interesses.

Deixei passar alguma coisa?

Ashleigh ➜ Kitty
Sim, sua piranha mimada, você está deixando passar algumas coisas que serão creditadas a VOCÊ (já que ninguém mais importa de fato) fazendo isso:

1. Enorme exposição como pessoa disposta a fazer QUALQUER COISA em prol da democracia — uma Agente Cidadã antes que isso existisse, por assim dizer —, e uma mulher tão encantadora que foi capaz de converter/iluminar/castrar um déspota genocida e assim transformar uma região volátil e salvar milhões de vidas.

2. Uma oportunidade de aumento exponencial de *status* cultural que a colocaria entre os grandes nomes, de cuja categoria você tem zero chance de fazer parte de outra forma, porque a) você está velha demais, e b) você nunca foi tão boa assim como atriz.

Essas são as oportunidades que criei para você. Menospreze se quiser, mas saiba bem do que você está abrindo mão, sua imbecil.

Kitty ➜ Ashleigh
Você me fez chorar. Te odeio.

Ashleigh ➜ Kitty
Sim ou não?

Kitty ➜ Ashleigh
Sim, contanto que eu possa ficar o mais distante possível de você.

Ashleigh ➜ Kitty
Está garantido.

Lulu Kisarian ➡ Jazz Attenborough

Caro Sr. A,

O senhor poderia por favor me dizer até quantas pessoas podem andar confortavelmente nas suas lanchas, para podermos finalizar os planos para a matéria/sessão de fotos com Bosco, dos Conduits, e Jules Jones, o autor de *TURNÊ SUICIDA*?

Sinceramente, Lulu Kisarian

3ª assistente de Jazz Attenborough

Jazz ➡ Lulu

Nada em um passeio de lancha é "confortável", a não ser que você curta bater com violência na crista das ondas, como eu curto. A pergunta de verdade é: esses cavalheiros idosos vão dar conta? Como meus barcos são extremamente compridos, espaço não é problema.

Lulu ➡ Jazz

Caro Sr. A,

Vou avisar aos cavalheiros idosos, mas as dificuldades deles talvez façam o senhor parecer mais à vontade. Dar a impressão de que se sai bem em um ambiente aquático pode ser útil como pré-publicidade para o papel de Feiticeiro da Caverna Subaquática, caso o senhor o aceite.

Sinceramente, Lulu Kisarian

3ª assistente de Jazz Attenborough

Jazz ➡ Lulu

Você gosta de mim nesse papel. Por quê? (5 palavras no máximo)

Lulu ➡ Jazz

Vai ser o par romântico.

Jazz → Lulu
Até que ponto é romântico se a Rainha das Sereias não for nova?

Lulu → Jazz
Depende da atriz. Kitty Jackson está numa forma física fenomenal (é uma cavaleira premiada), e ouvi dizer que a reputação dela em breve vai ganhar um gás.

FWD: Jazz Attenborough → Carmine DeSantis
Ver abaixo. Do que a 3ª ass. está falando a respeito de Kitty Jackson?

Carmine → Jazz
Existem boatos de um documentário da Kitty Jackson sobre os acontecimentos de 2008. Ver *link* abaixo.

Jazz → Carmine
Por que eu não recebi essa informação sobre Kitty ANTES de trabalhar com ela em *DESLUMBRE*??

Carmine → Jazz
É de conhecimento geral, eu acreditava que você soubesse.

Jazz Attenborough → Lulu Kisarian
Preciso arrumar um novo empresário. Carmine é um imprestável.

Preferiria não envolver o 1° e o 2° assistentes, pois eles o conhecem bem. Pergunte por aí e me providencie alguns nomes.

Lulu → Jazz

Caro Sr. A,

Me desculpe, mas, como foi o Sr. DeSantis quem me contratou, seria constrangedor eu tomar providências para substitui-lo.

Sinceramente, Lulu Kisarian

3ª assistente de Jazz Attenborough

Jazz Attenborough → Carmine DeSantis

Preciso de outro 3º assistente. Lulu é imprestável. E tb, por favor, aceite o papel de Feiticeiro da Caverna Subaquática em SEREIADO, sob a condição de que Kitty Jackson aceite o papel de Rainha das Sereias.

10

Alex Applebaum → Bennie Salazar

Querido Bennie,

Primeiro as boas notícias: o trabalho de voz com o Bosco correu bem. Leite quente, que tem em abundância por aqui (tem mais vaca do que gente, como dizem por aí), parece abrandar a rouquidão. Rearranjei os 15 maiores *hits* dos Conduits para adequá-los a seu tom mais agudo.

Más notícias: por conta própria, a voz do Bosco vai soar, na melhor das hipóteses, boa (nem mesmo muito boa).

O Bosco me falou que o Jazz Attenborough (isto é, o ator) está planejando comparecer à sessão de gravação. Parece que é um grande fã. Attenborough atuou em musicais no início da carreira, e sua voz era potente e cristalina (ver abaixo os *links* das gravações). E se convidássemos o Attenborough para cantar com o Bosco?

Mesmo se o Attenborough aceitar e soar bem (grandes "se"), qualquer tentativa de grandiosidade terá de ser suprida pelo acompanhador e o contexto/momento, à la show Footprint do Scotty Hausmann. Ah, onde estão o Scotty e a Lulu quando mais precisamos deles?

Alex

P.S. Onde ESTÃO o Scotty e a Lulu hoje em dia (pergunta séria)?

Bennie Salazar ➔ Jocelyn Li
Oi, Joc

Escuta, eu tenho uma proposta para o Scotty que na verdade é uma proposta para vocês dois. O Bosco está vindo pra LA para gravar acusticamente alguns dos clássicos dos Conduits, e eu estava pensando se o Scotty não estaria disposto a acompanhá-lo na *slide guitar*.

Beijos, B

Jocelyn ➔ Bennie
Oi, Bennie, ele disse que claro. Adoramos os Conduits! Eu tinha uma BAITA paixonite pelo Bosco antigamente (não conta pro Scotty).

Beijos, Joc

Bennie ➔ Jocelyn
Maravilha. Tudo bem se o Jazz Attenborough (sim, ESSE mesmo) participar nos vocais?

Bennie Salazar ➔ Jocelyn Li; Alex Applebaum
Joc, Alex,

Juntando os dois para vocês resolverem os detalhes da gravação. Jocelyn e eu fomos colegas de banda no colegial (junto com Scotty) na sensação *cult* Flaming Dildos. Joc tem uma bela voz, como me lembrei há pouco tempo quando cantamos juntos num karaokê. Alex foi o parceiro silencioso do show Footprint, e, portanto, fundamental para a fama mundial do Scotty e a ressurreição da carreira deste que vos fala.

Então, aqui estamos, confabulando mais uma vez para elevar a reputação do Scotty, junto com a do Bosco e — sejamos francos — a minha e a de todo mundo acima dos 60 que esteja lutando por relevância cultural num mundo que parece acontecer em um "lugar" inexistente que nem sequer conseguimos achar sem que nossos filhos (ou netos!) mostrem ele pra nós. O único caminho rumo à relevância na nossa época é por meio da nostalgia com ar irônico, mas essa não é — quero deixar muito claro — nossa maior ambição. A nostalgia com ar irônico é apenas o portal, a casa de doces, se me permitem, por meio da qual esperamos atrair uma nova geração e cativá-la.

Aquilo que muda tudo: não é sempre esse o objetivo?

OK, chega de retórica. Vocês dois podem assumir o comando daqui em diante?

B

11

Bennie Salazar → Stephanie Salazar
Steph,

Agora me vejo exatamente na mesma situação em que você esteve umas semanas atrás: ansioso para contar a história de um dia cujas reviravoltas só você vai ser capaz de apreciar. Isso significa que devíamos ter continuado casados? (Estou brincando! Sua carreira de tenista não teria acontecido comigo por perto, e a Lupa de certo modo me aguenta.)

Decidimos fazer a gravação na antiga casa do Lou Kline (que agora é da Melora, mas ela estava viajando) porque tem a praia particular e a doca, e vamos direto do passeio de lancha para a sessão de estúdio. Eu não tinha certeza se a Jocelyn estaria disposta a voltar à casa do Lou — baita *vibe* ruim —, mas ela topou retornar como sobrevivente. Então, ela e o Scotty chegaram por volta do meio-dia, e a Lupa e eu já estávamos com o Alex, um cara do som com quem, entre idas e vindas, eu trabalho desde o Footprint. Abrimos uma garrafa de Jägermeister em homenagem ao Scotty, e brindamos na mesa enorme do Lou com os montes de cera no meio (ela continua lá, dá pra acreditar?) debaixo do candelabro com aquele bando de velas. O Scotty está em ótima forma — os dentes novos são um progresso e tanto se comparados àqueles branquíssimos, e ele é feliz ao lado da Joc. Tive uma sensação boa antes mesmo de o Scotty começar a brincar com novos arranjos na *slide guitar*, mas quando eu os ouvi, eu pensei, puta merda: na verdade eles soam melhores, mais contemporâneos e simplesmente melhores no todo, do que os originais. Foi aí que eu soube que seria ótimo, mesmo se o Bosco e o Jazz Attenborough não soassem bem. Já fizemos isso antes.

Estamos com a adolescente e as amigas, e elas estão curtindo a piscina do Lou com seus biquínis, pois parece que o nome de Jazz Attenborough ainda significa alguma coisa para a galera de 15 anos (bom sinal!). Passado um tempo a gente vai ao deque com vista para o mar e é claro, um barco preto e comprido aparece, do tipo que você imagina que entrega tabletes de cocaína nas redondezas de Miami. Ele é tão veloz que vira um borrão, mas a Lupa trouxe a câmera que ela usa para fotografar insetos voando, e ela filma o barco e depois transforma o filme em fotogramas para a gente poder dar zoom e ver todo mundo. A cena é forte: em uma delas, o Bosco está suspenso no ar com uma expressão à la Grito, de Munch, no rosto. Tem uma do Jules vomitando da lateral do barco, e depois ele some. Não está em lugar nenhum!

O Jazz Attenborough tem um sorriso meio lupino, como se estivesse adorando levar todo mundo às raias da morte ou talvez além dela (cadê o Jules?). Depois de um tempo, eles se afastam e ressurgem em outro barco, esse ainda maior, de tom amarelo-canário. No barco amarelo, a Lulu e o Jazz Attenborough entabulam uma conversa séria que distrai Jazz a ponto de ele desacelerar o barco e conseguirmos enxergar todo mundo claramente. O Jules está de volta, muito pálido. O Attenborough entrega o leme a Lulu e se senta com uma cara inexpressiva. A Lulu sabe mexer na lancha, e eles dão mais algumas voltas antes de enfim se dirigirem à doca do Lou.

Fico pensando se vamos ter de carregar o Bosco e o Jules para fora do barco, e também fico pensando se o Bosco teria gritado tanto a ponto de perder a voz. Mas o Bosco e o Jules saem do barco urrando, exultantes, os dois de calção de banho (o Jules estava de camiseta e você tem razão, ele afinou bastante!), os dois gritando a plenos pulmões. É um festival da terceira idade. O fotógrafo e cinegrafista os segue barco afora, e as adolescentes cochicham e dão risadinhas, meio intimidadas com os alfas anciãos, e agora está todo mundo esperando só o Jazz.

Ele é o último a sair, junto com a Lulu. Eu sei que ela está na faixa dos trinta e que é mãe, mas acompanhada dos velhinhos ela parece ter 21 outra vez. O Jazz não para de se virar pra ela, de olhar para ela, preocupado com seu braço lesionado, e meu estômago começa a se revirar (você sabe a reputação que ele tem). Então, ele pega a mão da Lulu para ajudá-la a desembarcar, e o rosto dos dois fica lado a lado por um instante, e me dou conta de que É EXATAMENTE O MESMO ROSTO. Covinhas, maçãs, queixo. Pensa nisso, Steph. Ela é praticamente um clone dele.

Tem mais, como eu tenho certeza de que você já soube pelo Jules. Mas vou parar por aqui para deixar você digerir.

Com amor, B

12

Lulu Kisarian ➜ Chris Salazar e Molly Cooke, VIA MONDRIAN

Ei, vocês dois,

Acho que não vejo vocês desde o funeral do Colin (dez anos atrás, talvez?), mas penso muito nos dois, sobretudo naquele dia em que saímos de bicicleta do *country club* e cochilamos no píer. Essa é uma daquelas estações secundárias para onde sempre volto, talvez por causa do Colin. Ainda não consigo acreditar que ele morreu.

Bom, estou entrando em contato agora por sugestão de Ames Hollander, que há pouco tempo me ajudou imensamente com uma lavagem. Mundo pequeno, grandes mentes, todas as estradas etc. Quem precisa de Consciente Coletivo?

Tenho 35 anos, estou desempregada e em busca de uma forma de tornar o mundo melhor, não pior. Sei um pouquinho sobre o trabalho de vocês por meio de Ames Hollander, e por boatos, e pelos céus (e pela sua mãe, Chris, que veio me trazer um prato para eu almoçar há pouco tempo). Se vocês me aceitarem, adoraria trabalhar para vocês.

Aguardo resposta, Lulu

Lulu Kisarian ➜ Joseph Kisarian

Joseph, meu amor,

O complexo de prédios do general é uma ruína, mas nos deixaram passear dentro dele.

Uma árvore com enormes folhas cerosas se enfiou no meio do quarto em que mamãe e eu dormimos.

Criaram um feriado em homenagem a Kitty, e filmaram ela cavalgando um garanhão selvagem rumo ao poente. Vão botá-la em um selo postal.

Kitty e meu pai estão planejando fazer um faroeste juntos. Parece que cavalos e lanchas têm mais em comum do que se imagina.

Na calada da noite, quando presto atenção aos barulhos da floresta tropical, tenho a sensação de que voltei à minha missão.

As paisagens não têm nada em comum.

Agora entendo que o lugar que eu desejava era minha própria imaginação.

Estava comigo antes, e sempre estará. Está em todos os livros infantis.

Dê milhares de beijos nos nossos bebês, e não se esqueça de regar as plantas.

Estou contando os segundos para te ver na semana que vem.

CONSTRUÇÃO

Ouro de Eureka

I

Foi anunciada como uma daquelas nevascas à moda antiga, do tipo que tinham previsto ao longo dos 28 anos de vida de Gregory, mas que nunca se concretizava totalmente (de acordo com o pai dele), sempre se resumindo a uma chuva ou chuvisco, virando uma camada de gelo ou se transformando cedo demais em neve derretida, e instigando, nos jantares de família dominicais a que Gregory comparecia esporadicamente, devaneios nostálgicos do pai — que caminhara muito por Nova York antes de ficar famoso — sobre as nevascas *de verdade*: a suavidade, o silêncio, a transformação da cidade frenética em uma paisagem felpuda, sussurrante.

—Você fala isso sempre, pai — ralhava Gregory. — Palavra por palavra.

— Sério? — perguntava o pai, que sempre parecia surpreso.

Agora, de seu colchão de água, Gregory ouvia o cara com quem dividia o apartamento se movimentando pela pequena área compartilhada enquanto preparava uma série de entregas de maconha de última hora, para acalmar as pessoas em meio à *quarentena da neve*.

—Você nem imagina quem é que está na minha lista — berrou Dennis. — A Athena.

— Não acredito — disse Gregory.

—Terceira vez. Ela adora a antiga.

Dennis vendia maconha *vintage*: a Humboldt Caseira, o Ouro de Eureka, ervas de outros tempos, que eram folhosas e ácidas e cheias de sementes, mas davam um barato que era o equivalente ao vinil em termos de maconha: "verticilado" e "sombreado", "sonoro" e "abundante" (o mestrado em poesia de Dennis lhe servia bem nessas descrições marqueteiras) — em outras palavras, *autêntico* de formas que os extratos sem vida e inodoros que se passam por erva hoje em dia não são.

— Como é que vai a nossa Athena? — projetou Gregory, com certo esforço, em direção à porta aberta de seu quarto.

Nas semanas transcorridas desde que uma fadiga misteriosa o havia confinado à cama, Gregory e Dennis tinham aperfeiçoado a arte de conversar entre um cômodo e outro.

— Igualzinha — disse Dennis. — *Tópica. Temível.*

Ele apareceu por um instante no vão da porta de Gregory.

— *Veneno* — disse Gregory.

— Formiiiiiiga — disse Dennis, imitando barulho de campainha. — Palavra-cápsula.

—Verdade — disse Gregory. — "Veneno" já não é mais tóxico.

— "Tóxico" já não é mais tóxico — retrucou Dennis.

— "Tóxico" é anódino — concordou Gregory. — "Robusto" é flácido. "Catalisador" não gera reação.

— Os "silos" e "baldes" são vazios — declarou Dennis.

— E "vazio"? — perguntou Gregory. — "Vazio" é vazio?

— "Vazio" tem que ser vazio — disse Dennis. — "Vazio" é imprestável se estiver cheio.

— Mas "vazio" transmite um vazio *suficiente*?

Eram capazes de fazer isso o dia inteiro.

Fora Athena a primeira a conscientizá-los, na oficina em que Gregory e Dennis se conheceram, quanto às palavras-cápsula e expressões-cápsula: linguagem estripada que ela comparava a substitutos. "Achem o enganador", ordenava a seus extasiados alunos de pós-graduação, semicerrando os olhos com íris de pontinhos dourados ao observá-los do outro lado de sua mesa. "Quero as palavras que continuam vivas, que vibram. Palavras quentes, pessoal! Me deem a bala, não a cápsula. Atirem no meio do meu peito. Eu morreria feliz por uma linguagem com frescor."

Ela se referia à prosa deles, não à fala, mas Gregory e seus colegas se esforçavam para achar jeitos mais vigorosos de dizer, na oficina, que um texto era potente ("espiralado", "obsidiano", "hegemônico") ou chocho ("encerado", "amendoado", "pó de café"). Athena era autora de *Jorro*, uma coletânea de ensaios eróticos que tinha levado seus alunos de todos os gêneros a um estado de tesão frenético antes de sequer a conhecerem. Era conhecida por transar com aqueles cujo trabalho admirava. Gregory foi o primeiro da oficina a ser ungido; depois de elogiar profusamente o romance que ele estava escrevendo, Athena o recompensara com um boquete em meio às telas amontoadas de uma galeria de arte onde acontecia a festa de um livro depravado. O encontro nebuloso, embriagado, deixou em Gregory a convicção de que estava apaixonado por Athena, mas ele sabia, por amigos que tinham feito a matéria dela no semestre anterior, que o sexo só aconteceria uma vez. Gregory torcia para ter ostentado sua falta de excepcionalidade com dignidade, mas um destinatário posterior da benesse de Athena desmoronou, proferindo seu amor por ela em aula antes de fugir para sua terra natal, Estocolmo. O incidente chegou aos ouvidos da administração da NYU e Athena fora demitida com discrição. Mas seu novo livro de ensaios, *Troça*, tinha chegado a várias listas de *best-sellers*, e Gregory ouvira dizer que ela conseguira um cargo de docente em Columbia.

A neve começou a cair pouco depois de Dennis sair para fazer as entregas, torrões empapados que passavam diante da janela de Gregory como uma carga fétida sendo despejada. Imaginou a crítica do pai; depois, sentiu um leve choque — como se tivesse se apoiado em uma parede que não existisse. O pai tinha falecido dois meses antes, de esclerose lateral amiotrófica. As reclamações sobre a neve afetada pelo clima tinham acabado; os jantares dominicais tinham acabado; a casa da família em Chelsea em breve não existiria, pois a mãe já tinha declarado que pretendia vendê-la. "Não sou do ramo dos museus", dissera ela.

A CASA DE DOCES

O apartamento que Gregory e Dennis dividiam fazia um ano ficava no décimo primeiro andar de um prédio alto do East Village. De seu colchão de água, Gregory conseguia ver uma fatia de céu e as janelas a partir do oitavo andar até o topo do prédio do outro lado da rua. Desde o princípio de sua exaustão, ele começara a monitorar — muitas vezes enquanto estava entre o sono e a vigília — uma série de vidas humanas que se desenrolavam atrás daquelas janelas. Tinha visto um homem se masturbar diante do *laptop* enquanto a esposa/companheira amamentava a bebê deles no quarto ao lado (Punheteiro). Tinha a Moça do Jardim, que cuidava dos doze globos de vidro pendurados que cobriam sua janela, cada um deles contendo uma planta diferente. O Casal Cocaína, lésbicas de meia-idade que cheiravam carreiras à noite e depois entravam em um frenesi de faxina até que a Peça da Máquina Corporativa, que dormia com uma arma embaixo do travesseiro no quarto genérico que ficava ao lado, esmurrar a parede para que elas parassem.

No momento, só se via os Peles: um homem e uma mulher mais ou menos da idade de Gregory que passavam horas sentados em um sofá de couro branco usando visores da Mandala. Ficavam sempre de mãos dadas, o que indicava que provavelmente estavam usando a nova ferramenta Pele-com-Pele® da Mandala, que permitia que uma pessoa tivesse acesso direto ao consciente de outra caso suas peles estivessem se tocando. "O Fim da Solidão", dizia a propaganda — agora era possível partilhar do sofrimento, da confusão e da alegria alheios imediatamente e sem palavras. Mas os Peles tinham propensão a urrar em uníssono, o que levava Gregory a pensar que usavam o Pele-com-Pele para assistir a transmissores que difundiam suas percepções em tempo real usando gorgulhos que implantavam neles mesmos. As redes sociais estavam mortas, todo mundo concordava; autorrepresentações eram intrinsicamente narcisistas ou propagandistas ou ambos, e grosseiramente inautênticas.

O pai de Gregory levava o crédito — e a culpa — por ter prenunciado esse novo mundo, embora a Mandala repudiasse gorgulhos (dispositivos militares reciclados vendidos no mercado clandestino) e desaconselhasse veementemente seu uso. Gregory tinha recusado até o *upload* "padrão" ritual a um Cubo Mandala, agora costumeiro aos 21 anos como salvaguarda em caso de lesões cerebrais. Nisso ele fez parte de uma resistência fragmentada cujo líder simbólico era Christopher Salazar, enigmática figura da Costa Oeste, dez anos mais velho do que Gregory. A organização sem fins lucrativos de Salazar, a Mondrian, operava uma rede de jogos de RPG nos centros de tratamento de dependentes químicos da baía de San Francisco, mas também levava vastamente o crédito — e a culpa — por coordenar uma rede de enganadores e substitutos que ajudavam as pessoas a escapar de suas identidades on--line, às vezes por anos a fio. Todo mundo adorava rivalidades, e a existente entre Mandala e Mondrian tinha sido considerada pela imprensa uma batalha existencial cujos termos eram decididos pelo grupo ao qual a pessoa pertencia: Vigilância vs. Liberdade (Mondrian); Colaboração vs. Exílio (Mandala). O irmão mais velho de Gregory, Richard, herdeiro legítimo da Mandala, havia convencido o pai deles a organizar uma campanha de relações públicas no ano anterior para lembrar ao mundo quais milagres o Domine Seu Inconsciente tinha operado durante seus dezenove anos de existência: dezenas de milhares de crimes solucionados; pornografia infantil praticamente erradicada; Alzheimer e demência drasticamente reduzidos por meio da reinserção do consciente sadio guardado; idiomas agonizantes preservados e ressuscitados; uma legião de pessoas desaparecidas reencontradas; e o aumento global da empatia que acompanhou a queda brusca de ortodoxias puristas — que, agora as pessoas sabiam, depois de perambularem pelos corredores bizarros, tortuosos das mentes alheias, sempre tinham sido hipócritas.

Gregory foi despertado de um cochilo pela volta precoce de Dennis. A bicicleta tinha derrapado na neve e o derrubara em uma poça, encharcando a mochila com as encomendas. A maconha estava segura em caixas hermeticamente fechadas, mas preci-

A CASA DE DOCES

saria trocar alguns dos saquinhos de belbutina vermelha que eram sua marca registrada. Dennis estava nervoso e apressado: tinha de terminar as entregas a tempo de chegar no restaurante vegano onde trabalhava à noite. Nos finais de semana, ele tinha um terceiro emprego, em que separava os livros doados à biblioteca pública. No ano transcorrido desde que tinham terminado o mestrado, Dennis tornara-se esquelético e agitado, atormentado pela dívida do financiamento estudantil. Só tinha tempo para escrever poesia de madrugada, depois que o restaurante fechava. Às vezes Gregory o ouvia andando de um lado para o outro pela área compartilhada às escuras, vez por outra ativando a lanterna do celular para anotar um verso.

— Eu faço a entrega da Athena — disse Gregory.

Dennis apareceu no vão da porta com uma expressão atônita: fazia mais de dois meses que Gregory não saía de casa.

— Está falando sério? — perguntou Dennis. —Você vai salvar a minha pele.

Gregory queria salvar a pele do amigo, mas o que provocou essa oferta ambiciosa foi uma necessidade súbita, enorme, de ver a ex-professora. Não era sexual. Estava muito esgotado para sequer fantasiar, e tinha ouvido o boato perturbador (que não tinha repetido a Dennis) de que Athena já tinha sido homem. O desejo de vê-la tinha mais a ver com o fato de que aqueles dois anos de pós-graduação, de oficinas de escrita e aulas de literatura, tinham sido os mais felizes de sua vida. Carregava caixas para uma empresa de mudanças, lia dois livros por semana, e tinha começado o romance de que Athena e também alguns outros leitores tinham gostado. Sozinho por vontade própria nas noites de sábado, escrevendo junto à janela aberta de seu conjugado, Gregory tinha vivenciado uma espécie de euforia: uma ânsia crescente, explosiva, ardente, que tinha um pouco a ver com tesão, mas que abarcava todo mundo, dos festeiros em frente à janela aos bêbados de seu andar. Ele estava onde queria estar, e não precisava de mais nada.

—Você vai deixar ela em choque — disse Dennis. — Ela perguntou por você, e eu contei como você estava. Espero que não tenha problema.

— A Athena perguntou?

— Querido, todo mundo pergunta — respondeu Dennis.

E é claro que aquilo era verdade. A informação de quem era o pai de Gregory tinha circulado, apesar de ele jamais ter mencionado o vínculo.

— Ela queria saber se você andava escrevendo.

— O que você respondeu?

— Respondi que eu não sabia. Você anda? — perguntou ele, parecendo em dúvida.

Gregory tinha parado de escrever no dia em que ficara sabendo do diagnóstico do pai. O que começara como interrupção havia se solidificado, nos oito meses seguintes, em renúncia. Tinha dúvidas se um dia retomaria. Porém, às vezes fingia que *ele* era o narrador onisciente das cenas que testemunhava através das janelas do outro lado da rua: um romance sobre a vida secreta dos nova-iorquinos vizinhos. Ele o havia intitulado *Contíguo*.

— Estou escrevendo dentro da minha cabeça — explicou ele. Dennis riu.

— Não se atreva a falar uma coisa dessas pra Athena.

Gregory se levantou do colchão de água e vacilou ao lado dele, se acostumando à verticalidade. No banheiro, se equilibrou na pia para escovar os dentes e jogar água fria no rosto. Tinha tomado banho naquela manhã com a ajuda da "cadeira de banho" que Dennis tinha comprado em uma loja de artigos hospitalares e montado (depois de falar para Gregory, "Você está fedendo, querido"). No espelho, Gregory se achou mais ou menos normal: um homem alto, antigamente atlético (agora um pouco emaciado), etnicamente ambíguo, muito necessitado de um corte de cabelo. Gregory tinha o Encanto da Afinidade, segundo o pai, que era um jeito chique de falar que poderia se passar por um homem grego, latino, italiano, indígena, judeu, oriental e árabe, bem como negro e branco, a depender da alquimia entre observador e contexto. Mas *não era* alquimia, o pai sempre insistira — aquilo poderia ser previsto pelos algoritmos criados por Miranda Kline, uma antropóloga que evocava numa frequência irritante naqueles que acabaram sendo seus últimos anos de vida. Até Richard ficara de saco cheio de ouvir falar dela (Gregory percebia, embora Richard não dissesse). Era como se Kline fosse uma parenta falecida que o pai quisesse que eles honrassem. Um fato sobre ela de fato interessava a Gregory, em nada relacionado às suas teorias: Kline tinha conseguido escapar dez anos antes, em meados de 2020, época em que escapar era novidade. Nunca fora encontrada.

A parca de Gregory estava pendurada em um gancho do lado da porta, o gorro de lã, ainda no bolso — a mesma que estava usando ao desmoronar na rua cinco dias antes da morte do pai. Dennis o observou amarrando o cadarço das botas.

— Fácil assim? — perguntou ele.

— É que você não sentiu do meu ponto de vista — respondeu Gregory.

Os dois riram: era piada entre os amigos deles que o consciente de Gregory, abandonado dentro dele, era um mistério insondável.

Gregory estava dando uma volta no dia em que desmaiara, para escapar da vigília diante da casa onde havia sido criado. Uma versão encolhida, amassada do pai estava inerte na cama *king size*, pouco mais do que uma cabeça com sensores grudados para que fizessem o *upload* de seu consciente para um Cubo Mandala azul. Todo mundo tinha conseguido ser essencial na crise: as duas irmãs e o irmão de Gregory, e até a amiga de longa data da mãe, Sasha, vinda da Califórnia, ficava recebendo mensagens e fazendo chá atrás de chá enquanto seu marido, Drew, lidava com os médicos. Só Gregory parecia não ter função. Todo dia ele simulava empenho até se esconder furtivamente em seu quarto da infância, onde ficava separando cartas de Magic antigas. A cada manhã ele sentia mais pavor de voltar a Chelsea e retomar a farsa. Gente demais amava seu pai. Havia irmãos demais, cômodos demais na casa, visitas demais: um desfile reverencioso interminável de amigos e colegas e jornalistas estimados e entusiastas em busca de sensatez, perspectiva, conforto. Ninguém queria largá-lo. Admiradores se reuniam na frente da casa de Chelsea sob granizo e chuva; afugentavam os detratores de seu pai (a maioria deles guardara silêncio depois que a vigília começou) e esticavam faixas que eles viam das janelas. "Te amamos, Bix." "Obrigado, Bix." "Não nos abandone, Bix." Dezenas de pinturas detalhadas de mandalas.

Gregory tinha acabado de comprar uma garrafa de suco de manga, e o enfiava goela abaixo em frente a uma mercearia da Sétima Avenida, quando percebeu um anel brilhante pulsar no meio de sua visão. Quando deu por si, estava na calçada olhando para o rosto assustado de estranhos. No St. Lukes's Roosevelt, para onde foi de ambulância, recebeu o diagnóstico de pressão baixa, provavelmente por desnutrição. Dennis foi encontrá-lo e voltaram para casa de metrô — a família de Gregory já tinha muito com o que se preocupar. Mas na manhã seguinte ele acordou fraco demais para andar pelo quarto. A distância entre o colchão de água e a casa de Chelsea parecia se dividir e subdividir infinitamente, e o peso da impossibilidade o empurrava de volta. Gregory se convenceu de que sua presença na casa não fazia diferença nenhuma — um a mais, um a menos —, mas sabia que só uma paralisia poderia justificar sua ausência do leito de morte do pai. E, portanto, ficou paralisado, mijando em garrafas nas primeiras duas semanas, sob os cuidados de Dennis quando ele estava em casa, incapaz de comparecer ao funeral.

Depois do funeral, chegaram os médicos: do tipo que tiravam sangue e do tipo que faziam perguntas sobre pensamentos suicidas (exaustivo demais para sequer cogitar). Suas irmãs, Rosa e Nadine, vieram, desabaram em uma das pontas do colchão de água de Gregory e provocaram ondas que quase o derrubavam pelo outro lado. Pronunciavam longos parágrafos que equivaliam a "Estamos preocupadas" e mais parágrafos que equivaliam a "Você está deprimido".

— Só estou precisando descansar — dizia Gregory.

O irmão, Richard, estava imerso demais nas questões da Mandala para visitá-lo (tradução: estava punindo Gregory por sua ausência). A mãe apareceu, é claro. Gregory era o caçula, e tinha mamado por tanto tempo que ele chegava a se lembrar do ato. Ela o observou com atenção, sua análise corroendo a distância respeitosa que guardava da cama.

— Que foi, mãe?

— Quê?

—Você está me encarando.

— E o que mais eu faria?

— Sei lá, ler um livro. Olhar para o celular.

— Estou aqui pra ver você.

— "Ver" não precisa ser um ato constante. Nem literal.

— Eu sou uma senhora literal — retrucou a mãe. — Está bem, vou olhar pela janela.

Ela de fato fez isso, e Gregory fechou os olhos e se deixou levar, mas, ao abri-los, a mãe tinha voltado a observá-lo.

— O papai te amava — disse ela. — E sabia que você amava ele. Estou preocupada com a possibilidade de você ter se esquecido disso.

Gregory assentiu. Embora bem-intencionadas, suas palavras eram um lembrete lúgubre de o que todos sabiam, mas ninguém dizia: Gregory não era próximo do pai. Tecnologia, riqueza, fama: para Gregory, esses eram aspectos de um mundo em que as coisas que eram relevantes para ele — os livros e a escrita — não serviam de nada. Tinha rechaçado tudo isso desde cedo. As irmãs e o irmão foram de escolas particulares para universidades da Ivy League, mas Gregory insistira em ser transferido para uma escola pública no sétimo ano. Usava o nome do meio, Cyrus, como sobrenome, de início por ordens da equipe de segurança do pai (diminuía o risco de sequestros); mais tarde, porque preferia assim. Pagou as próprias mensalidades do Queens College estudando em meio período ao longo de seis anos e trabalhando como peão de obra.

O pai, ele sabia, ficara magoado com essas escolhas. Gregory tinha 9 anos em 2016, quando o Domine Seu Inconsciente fora lançado, e anunciou imediatamente ao pai que jamais o usaria. ("Poxa, leva na brincadeira", ele entreouvira a mãe dizer. "Ele é atrevido.") Mas o pai de Gregory ligava para suas opiniões. "Adoro livros. Você sabe disso, né?", lembrara a Gregory no decorrer do tempo, a certa altura pegando uma brochura de *Ulisses* caindo aos pedaços como prova de sua seriedade literária. Mas nada poderia abalar a crença de Gregory de que o Domine Seu Inconsciente era uma ameaça existencial à ficção.

E, no entanto, o tempo inteiro, Gregory havia acalentado a certeza paralela de que um dia ele e o pai seriam próximos. Chegara a conceber a imagem dessa comunhão: rir com o pai, feito dois semelhantes, sobre a peça teatral que tinham acabado de assistir. E então, do nada, o pai adoecera — estava morrendo de uma doença da qual sabia havia meses e que já não podia esconder. Gregory tentava não ficar pensando em quando Richard ficara sabendo. Durante o definhamento telescópico do pai, ele e Gregory tiveram as conversas essenciais — "Você sabe que eu te amo", "Sei e eu também te amo" —, mas tinham sido conversas forçadas, apressadas, e era inequívoco o alívio no rosto do pai quando Richard entrava no quarto. Gregory tinha esperado tempo demais. Tinha desperdiçado sua chance, e agora a chance tinha acabado.

2

Ele foi até o Upper West Side pegando três linhas de metrô diferentes. Teve um momento ruim em que não conseguiu assento na linha 2 e ficou se segurando na barra e se balançando de olhos fechados até um banco vagar. Desceu na rua Cento e Dez com a Broadway, e se deparou com a neve amontoada que salientava a paisagem de concreto sedenta de árvores. O endereço que

Dennis lhe dera ficava na Cento e Sete, na direção do Central Park. Enquanto Gregory caminhava, os prédios residenciais antigos e grandiosos acima e ao redor começaram a lhe parecer estranhamente familiares — não por suas próprias lembranças, ele percebeu, assustado, mas pelas do pai! O pai tinha mostrado certas partes de sua consciência a Gregory e seus irmãos, geralmente para ilustrar um argumento ou lhes ensinar uma lição — embora ultimamente passasse pela cabeça de Gregory que talvez, na verdade, o pai quisesse que os filhos o conhecessem melhor. Uma dessas lembranças era a da noite em que havia concebido o Domine Seu Inconsciente. A lição declarada era a de que a inspiração poderia vir de qualquer lugar; de que jamais deveriam desistir. Tinham assistido em família, espalhados na cama enorme dos pais, cada um com seu próprio visor. Gregory tinha 10 anos. Era a primeira vez que o pai lhes mostrava o que chamava de Antivisão: um vácuo em que uma nova ideia se recusava a surgir. Enchia a tela por momentos a fio, plano e branco. Gregory ficara fascinado. Estava de fato vazia?

A Antivisão deu lugar às ruas do Upper West Side quando o pai procurava um endereço, as folhas secas caindo em cima de suas botas.

—Você pode voltar para a Antivisão? — pediu Gregory.

Mas a Antivisão não era o cerne. O pai acelerou as partes da reunião dos professores e de suas interações ridículas com Rebecca, a bela pós-graduanda — primeiro no metrô, depois, no East Village, onde se seguiram e fugiram um do outro na escuridão. As irmãs de Gregory tiraram os visores em agonia.

— Meu Deus do céu, pai! Você era muito babaca!

— Acho que a palavra certa é "paquerador" — rebateu a mãe, cutucando o pai deles com o dedo do pé. — Mal sabia eu!

O pai ativou a parte de pensamento-e-sensação de seu consciente logo antes do momento da revelação. Gregory sentiu que ele se esforçava para se lembrar do garoto que tinha se afogado; depois, sentiu o urro de frustração por causa da inacessibilidade de suas lembranças. Mas, em meio à frustração, houve um estalinho — quase um soluço — de possibilidade.

— Pronto. *Aí!* — disse o pai enquanto espiavam através do olhar dele o rio preto ondulante. —Vocês sentiram o instante em que aconteceu? Eu só soube depois.

E Gregory sentira: era como se caísse por um alçapão sem perceber, por enquanto, que tudo estava diferente.

— Posso ver a Antivisão outra vez? — pediu ele de novo, e todo mundo suspirou.

Em outra noite, o pai mostrou a eles sua volta ao apartamento dos professores. A lição ali era a importância de se confessar e demonstrar gratidão, mesmo quando fosse difícil ou — nesse caso — controverso. Uma professora chamada Fern não parava de interromper enquanto ele tentava explicar por que tinha se disfarçado da primeira vez.

—Você já mentiu pra gente uma vez — disse ela. — Por que é que a gente deveria confiar em você agora?

— Cala a boca — gritaram as irmãs de Gregory com ela, cada uma em seu visor. — Deixa ele terminar de falar.

O pai de Gregory encerrou agradecendo ao grupo por ter gerado uma ideia que nortearia a próxima etapa de seu trabalho. O anfitrião, Ted Hollander, que afinal era tio de Sasha, amiga de sua mãe, explodiu:

— Que maravilha! Nós te ajudamos a mudar um paradigma sem saber quem você era ou com o que você estava lidando! Você tinha razão de não contar pra gente: a fama distrai.

— Parece meio bíblico, né? — disse o Cara de Sotaque Inglês. — Demos abrigo a um viajante cansado e, vejam só, ele afinal era Cristo, nosso Senhor. Que sorte a nossa!

—A gente não *deu abrigo a ele* — retrucou Kacia, a professora brasileira de estudos animais. — Ninguém aqui se conhecia, lembram?

O pai de Gregory acabou contratando Kacia alguns meses depois, e ela chegara a chefiar um departamento da Mandala.

— Parece até que somos um grupo focal para o Bix, não que isso aqui fosse uma reunião de colegas — disse Portia, a esposa de Ted.

Rebecca se pronunciou com um pouco de timidez.

— Essa experiência toda me ajudou a decidir o tema da minha tese. A *autenticidade* problematizada pela experiência digital. Então, obrigada a todos.

Ela e o pai deles nunca mais se reencontraram, mas Rebecca Amari tinha escrito inúmeros livros — na verdade, era ela quem tinha cunhado o termo "palavras-cápsula" em *Comendo o próprio rabo: o desejo de autenticidade em um mundo hipermediado*, que Athena tinha recomendado que os alunos lessem na oficina.

— Você devia entrevistar o meu filho Alfred — disse Ted a Rebecca. — Ele é obcecado por autenticidade. Ele grita em público só pra ver como as pessoas vão reagir.

— Uau — respondeu Rebecca. — Sem dúvida.

— O que você quer da gente? — perguntou Fern, em exigência ao pai de Gregory.

— Ele queria participar de um grupo de discussão — disse Ted. — E depois de uma reunião, ele superou um bloqueio mental. Na minha opinião, melhor pra ele.

Naquele instante, Gregory sentiu a alegria do pai: uma carga exultante de potencial junto com a cadência débil de um pensamento: *Eu consegui. Eu consegui. Eu consegui.* Ele estava prestes a mudar tudo, mais uma vez, mas ninguém sabia disso.

— O que me incomoda — declarou ele — é que talvez eu tenha descarrilhado este grupo.

— Se a gente se deixar descarrilhar, problema nosso — disse o Cara de Óculos Quebrados. — supostamente somos todos profissionais.

— Supostamente somos todos professores! — acrescentou o Cara de Sotaque Inglês com um olhar irônico para Rebecca.

— Posso ir embora quando vocês quiserem, sem rancor. Querem terminar a reunião de hoje sem mim?

Fez-se um longo intervalo.

— Por que é que está todo mundo olhando pra mim? — perguntou Fern.

— Fica — disse Ted. — Por favor.

3

Athena abriu a porta vestindo um quimono roxo comprido. A aparição de Gregory atrapalhou sua atitude fria só um pouquinho, como o tilintar tênue de um vidro.

— Ele anda — disse ela. — Ele se mexe. Ele está vivo.

— Oi, Athena.

— Ele fala.

Gregory entregou o saquinho vermelho de Dennis e disse:

— Ei, tem problema se eu me sentar um minutinho?

Durante a caminhada, Gregory tinha começado a sentir que a cabeça era um balão que pairava acima do corpo.

— Tira os sapatos, por favor — pediu Athena antes de entrar.

Ele deixou as botas no corredor que cheirava a cebola e entrou se arrastando no apartamento de Athena, que era pequeno e tinha pé-direito alto, com pinturas abstratas a óleo desbotadas nas paredes e um aquecedor sibilando no canto. Ela serviu dois copos de uísque em um barzinho avulso. Dave Brubeck tocava na vitrola antiga. Enquanto se sentava em um banco acolchoado junto à janela, Gregory teve um lampejo de imaginação que lhe pareceu uma lembrança: caras brancos de gola rulê dos anos 1950 em um apartamento como aquele, bebericando martínis enquanto entabulavam um debate literário enérgico. A visão provocou um calafrio de atenção, como se tivesse vislumbrado um feixe de luz de outra dimensão.

Athena pegou seu copo de uísque e um cinzeiro e se sentou ao lado dele, as pernas longas expostas em meio às dobras do quimono. Tatuagens dos Sete Anões davam a volta em suas panturrilhas. Estava igual: cabelo volumoso pintado de preto; franja curta, olhos

A CASA DE DOCES

361

com cílios longos. O batom escuro feito amora era tão invariável que Gregory desconfiava de que os lábios fossem tatuados. Ela tinha apenas um nome, com que sem dúvida não havia nascido, e lhe parecia uma pessoa sem origem, que tinha se criado do zero. O boato sobre seu sexo só aumentava o assombro da autogênese de Athena.

— Como vai Columbia? — perguntou ele.

— Eu adoro. Meus alunos são *nativos*.

— Na escrita? — perguntou ele, incapaz de resistir.

Athena semicerrou os olhos.

— É, na escrita — disse ela. — Eu tive que assinar um contrato de conduta para conseguir o emprego. Além do mais, estou numa relação monogâmica.

Gregory demonstrou surpresa.

— O nome dele é Barney. Tem 62 anos. Eu tive que concordar em parar de compartilhar com o Coletivo para ele dormir comigo.

— Foi difícil?

— Pra caramba. Minha vida parecia ser feita de fiapos em desintegração. Mas agora eu gosto. *Incógnita*. Acho que já chega de Coletivo. Foi mal, Bix.

Athena ergueu os olhos para o céu.

— Ah, ele aprovaria — disse Gregory. — O Cubo dele é programado para ser deletado caso alguém tente compartilhá-lo com o Consciente Coletivo.

— Mas foi ele que inventou o negócio!

— É, mas só como uma extensão para resolver problemas específicos. Acho que nunca tinha passado pela cabeça dele que as pessoas fossem entregar suas cabeças aos contadores ou transmitir suas percepções com gorgulhos.

— Era a idade — ponderou Athena.

— Ele não era tão velho assim. Tinha 66.

— Meus sentimentos pelo seu pai — disse ela. — Eu devia ter falado isso antes. Deve ser muito difícil. Ai, condolências-cápsula. Mas falo de coração.

Ela pegou a mão de Gregory e a segurou com atenção, examinando os dedos e os nós e a palma como se lesse sua sorte. As mãos de Athena eram macias e quentes, as unhas pintadas de magenta e lixadas para ficarem pontudas. Sempre que essas pontas afiadas o arranhavam, Gregory sentia uma centelha de excitação que se assemelhava, de certo modo, àquele lampejo imaginativo dos martínis e das golas rulê. Desejo — era isso o que sua lassidão havia aniquilado. Desejo por qualquer coisa.

Athena soltou a mão dele e abriu o saquinho de belbutina vermelha.

—Vamos?

Mas não era uma pergunta de fato.

Gregory não gostava de ficar chapado: deixava sua mente descontrolada demais, e o separava das pessoas à sua volta e às vezes até de si mesmo. Mas sua excitação fugaz — seu desejo de sentir *desejo* — era um argumento a favor.

O baseado crepitou e faiscou como lenha molhada quando Athena deu a primeira tragada longa.

— Caramba — exclamou Gregory, afastando as centelhas dos olhos.

— São as sementes — disse Athena com voz estridente, passando-o para ele. — Ouro de Eureka. Clonado de uma safra autêntica cultivada pelos *beats* na Califórnia nos anos sessenta. A floresta inteira pegou fogo no começo da década de vinte. Viagem pelo espaço: estamos indo a um lugar de verdade que já não existe mais.

Curioso, Gregory pegou o baseado e inalou uma fumaça tão insalubre que seus pulmões ofendidos a expeliram num acesso de tosse violento.

— Você *pagou* por esse troço? — perguntou ele, ofegante e enxugando os olhos.

— É desagradável — admitiu Athena. — Mas espera o barato. É... natural. Cordial. Feito pêssego maduro.

Pêssego maduro o fez pensar nas garras magenta de Athena apertando a pele de um pêssego quase a ponto de estourá-lo, soltando seu sumo, mas não exatamente. Ela passou o baseado para ele outra vez, e os pulmões de Gregory aceitaram um trago rápido de má vontade.

— Seu pai se gravou? No final? — perguntou Athena.

Não era o assunto pelo qual ele torcesse.

— Claro que sim.

Milhares de pessoas tinham feito o *upload* de (e, mais recentemente, transmitido) suas mortes, na esperança de que dar aos sobreviventes um vislumbre de o que haveria depois. Mas as tentativas "bem-sucedidas" tinham sido todas falsas.

— … E?

— E nada — disse ele. — A luz se apagou.

Ele sabia desses fatos por meio da mãe, pois estava dormindo no colchão de água no momento em que o pai falecera. Mas houvera uma espécie de Depois — uma consequência inesperada. No mês anterior, a advogada de longa data da família, Hannah Cooke, uma pessoa imperturbável a quem o pai chamava, em tom admirado, de "o Cofre", tinha convocado a família a seu escritório no Centro de Manhattan. Gregory compareceu remotamente. Na reunião, Hannah deu a notícia de que Bix Bouton tinha deixado uma enorme herança para a Mondrian, a organização sem fins lucrativos de Christopher Salazar. Apesar das objeções esbaforidas dos irmãos de Gregory, Hannah explicou laconicamente que no último ano de vida do pai deles, quando só Lizzie sabia da esclerose lateral amiotrófica, ele fora tomado pela necessidade de contatar Miranda Kline, a antropóloga. Ninguém ouvia falar de Kline desde que tinha escapado, uma década antes. Mas, fazia pouco tempo, Bix tinha comparecido ao casamento do filho de Sasha, Lincoln, um contador de alto nível, e na surdina recrutara Lincoln para ajudá-lo a encontrar Miranda Kline. Lincoln seguira seus rastros digitais até o Brasil, onde afinal ela havia falecido um ano antes, em 2034, aos 84 anos. Em seguida, Lincoln havia localizado Lana Kline, a filha de quem Miranda continuara próxima até sua morte. Foi Lana Kline quem organizou o encontro de Bix com

Christopher Salazar, que tinha ajudado a mãe dela a escapar quando escapar ainda era novidade. Bix se encontrou com Salazar várias vezes nos seus últimos meses de vida, sem que ninguém soubesse disso, nem mesmo Lizzie.

Os irmãos de Gregory vociferaram a incredulidade que sentiam e dispararam perguntas para o Cofre (que serenamente assegurou sua ignorância acerca de qualquer coisa além do que havia contado): várias vezes onde? Várias vezes quando? Salazar tinha entrado na casa deles em Chelsea? Que interesses em comum o pai podia ter com ele? Isso significava que Bix andava atuando contra seus próprios interesses — os interesses deles, os interesses da Mandala? Significava que se arrependia do Domine Seu Inconsciente? Havia renunciado ao Consciente Coletivo? Do que ele e Salazar tinham falado? Teria Salazar feito uma lavagem cerebral no pai para trapaceá-lo? Richard, normalmente o mais tranquilo dos quatro, berrava sua exigência de provas, o rosto umedecido pelas lágrimas.

A mãe ficou quieta o tempo inteiro. De repente, se levantou, assustando até mesmo Gregory, que assistia pelo celular. Tinha 61 anos e era uma mulher estilosa, que havia começado a criar roupas quando Gregory estava no colegial.

—Vocês estão se deixando levar, crianças — disse ela. — O pai de vocês era um homem reservado. Não nos devia explicações por nada que tivesse feito.

— Que mentira do caralho — vociferou Richard; era a primeira vez que Gregory o ouvia falar palavrão na vida. — Impossível que o papai fosse se encontrar com o Salazar sem me falar nada. Im.Pos.Sí.Vel.

— Parece que foi possível sim — retrucou a mãe. — E dada a sua reação, não me surpreende que ele tenha guardado segredo.

Gregory ficou feliz de não estar naquela sala. Também tinha chorado ao ouvir o que o Cofre dissera, mas não pela mesma razão do que Richard. O que angustiava Gregory era a ideia de um homem à beira da morte tentando corrigir um mundo que sem querer havia criado e se redimir. Gregory nunca conhecera esse homem, e queria conhecer.

Ao relembrar tudo isso agora, no interior da orbe cálida do Ouro de Eureka, Gregory se viu impactado novamente, profundamente. Um silêncio onírico dominava o cômodo e, nas vibrações desse silêncio, ele identificou uma verdade: ele e o pai eram parecidos, afinal.

—Você está escrevendo? — perguntou Athena, assustando-o.

— Não muito — admitiu Gregory, o que soava melhor do que *Nem uma palavra*. — Ando esgotado demais.

—Vai ver que não escrever é o que está te deixando esgotado. Vai ver que você cortou sua fonte de energia.

— Tenho pensado muito — declarou ele, para desviar do assunto.

Athena se virou para ele.

— Termina a porra do livro, Gregory — disse ela, em tom delicado. — Já tem anos e anos.

—Você está tentando me chatear? Ou está fazendo isso sem querer?

Ela deu de ombros.

— Sou sua professora de redação. Você esperava o quê?

Havia muitas respostas possíveis para essa pergunta, nenhuma delas muito gentil. Gregory evocou a lembrança rebelde de Athena pagando um boquete para ele em meio a pilhas de telas, mas seus olhos dourados provocantes pareciam, em retrospecto, oferecer uma ferroada idêntica: *termina o livro!*

Ela olhou para o celular e se levantou.

— O Barney chegou — anunciou. —Vai nessa.

Na portaria, ele passou por um alfa grisalho com um belo cavanhaque tirando um pouco de neve de cima de uma baguete. Resolveu pegar a linha C rumo ao Centro da cidade, e caminhou às cegas em meio ao vento da nevasca, rumo ao lado oeste do Central Park. Ao chegar lá, entrou no parque. O vento diminuiu como que por mágica. Na quietude, Gregory reparou que todos os galhos e ramos continham um montinho de neve. A neve enxameava feito abelhas no brilho dourado lançado pelos postes de luz à moda antiga; se espalhava nos troncos das árvores e cintilava como diamantes pisoteados a seus pés. Ouviu um sussurro e viu duas pessoas deslizando entre as árvores em esquis. Um esplendor lunar lilás enchia o parque. Era o mundo da infância: castelos e florestas e lâmpadas mágicas e príncipes escalando muros revestidos de arbustos espinhosos. *Esse* mundo.

Ele contaria ao pai!

Não. E com esse estribilho monótono, o estorvo da exaustão de Gregory voltou. Olhou à sua volta à procura de um banco, mas só viu neve acumulada e alguns vultos borrados pela neve que caía, que os transformava em sombras ou fantasmas. Duas pessoas estavam deitadas, mexendo os braços para desenhar anjos de neve. Aquilo era uma ideia: Gregory se deixou cair de costas num montinho que o segurou como um colchão de plumas, tão leve e seco que não sentiu seu gelo.

Ele se viu olhando para o vácuo branco-acinzentado. Ficou desorientado: olhava para cima ou para baixo? Só perto do rosto seus conteúdos se revelavam em ciscos rodopiantes de gelo que alfinetavam seus globos oculares e vibravam em sua garganta quando inspirava o ar. Havia algo de familiar naquilo tudo. Já tinha feito aquilo antes: deitado de costas em uma nevasca, olhando para o céu plano, vazio. Mas quando? Devia ser um *déjà vu*. E então, com uma onda de entendimento, Gregory reconheceu a Antivisão do pai: aquela visão branca desoladora que o assombrara e o atormentara, que o levara disfarçado àquela mesma vizinhança vinte e cinco anos antes. A Antivisão jamais tinha sido uma ausência — pelo contrário! Era a densidade das partículas rodopiantes. Só que o pai não tinha se aproximado o suficiente.

Gregory olhava, hipnotizado, enquanto a neve caía sobre ele como detritos espaciais; como uma revoada desordenada de pássaros; como o universo se esvaziando. Sabia o que significava a visão: vidas humanas do passado e do presente, em torno dele, dentro dele. Abriu a boca e os olhos e os braços e as puxou para si, sentindo um acesso de descoberta — de arrebatamento — que pareceu levantá-lo da neve. Queria rir ou gritar. *Termina o livro!* Ali estava o presente de despedida do pai: uma galáxia de vidas humanas correndo ruidosamente em direção à sua curiosidade. De longe, desapareciam na uniformidade, mas se moviam, todos impelidos por uma força singular que era inesgotável. O Coletivo. Estava sentindo o Coletivo sem precisar de máquina nenhuma. E suas histórias, infinitas e particulares, caberia a ele contar.

Filho do meio (Área Destacada)

Não há mistério quanto a essa criatura: um menino humano. Com 11 anos de idade, meio encolhido no uniforme bege, nada que atraia o olhar caso ele não seja seu irmão ou filho, mas todos os olhos estão nele agora, pois é quem segura o taco, as bases ocupadas, os pais e os dois irmãos na arquibancada, a mãe apertando um novelo de lã porque é uma agonia vê-lo rebater (ou tentar rebater, ele nunca consegue), suas emoções um clichê para qualquer um que tenha lido um livro ou visto um filme sobre crianças praticando esportes e como as mães se sentem, e no entanto — como é possível? —, fervorosamente específicas: o desejo de arrancá-lo daquele lugar e fazê-lo ressurgir em outro onde possa protegê-lo; uma ânsia de segurá-lo como fazia quando ele era recém-nascido e cheirava a leite (o primeiro sorriso dele, um pinguinho de luz em seu rosto, algo de que volta e meia ela se recorda); uma esperança de que não fosse eternamente ofuscado pelo irmão mais velho, que circula pelo mundo como se fosse uma fila de cumprimentos; um apelo a alguém, algo, de que a singularidade do filho, tão evidente a seus olhos apaixonados, fosse revelada a todos: uma peculiaridade que, se houvesse justiça no mundo, reorganizaria o cenário atual e faria um feixe de luz cair bem na cabeça dele.

Mas não havia feixe — não havia nem sol. Um crepúsculo nebuloso no final da primavera em um subúrbio no norte do estado de Nova York conectado a tantos outros, em volta de uma cidade como muitas outras. De noite, da janela de um avião, suas luzes parecem veios de minério de ouro em rochas pretas. E entre as dezenas de milhares de subúrbios que circundam as cerca de três mil cidades norte-americanas, talvez haja, de abril em diante, sete ou oito centenas de meninos parados na base do rebatedor a qualquer instante que seja, todos imitando a postura de rebatida de qualquer que seja o herói no pôster pendurado em cima da cama, e uma multidão de pais, alguns tocando sininhos, alguns falando grosserias — histórias de má conduta dos pais fazem parte de um quadro que se torna genérico no instante em que você deixa de ter interesse nele, isto é: o menino do taco é seu filho.

O nome dele é Ames Hollander. Filho do meio, espremido entre a divindade acima e a excentricidade abaixo. As pessoas esquecem seu nome. Esquecem que ele existe — que ele vê e ouve e se lembra assim como elas. A mãe se preocupa, tricotando o suéter marrom de gola em V que ele vai rejeitar no inverno, quando ela lhe apresentar a peça (*Ninguém usa suéter de tricô, mãe!*): como o amor e a apreensão que sente pelo filho do meio podem ser convertidos em algo tangível, em algo que possa ajudá-lo? O horror da maternidade jaz nos momentos em que se consegue enxergar tanto a perfeição do filho quanto sua absoluta desimportância para os outros. Existem tantos meninos no mundo. À distância, todos se parecem até para ela, sobretudo de uniforme.

É 1991, e um monte de coisas que estão prestes a acontecer ainda não aconteceram. As telas que todo mundo vai segurar dali a vinte anos ainda não foram inventadas, e seus predecessores grandalhões, lentos, ainda não romperam a superfície da vida normal. Ninguém naquela plateia tinha sequer *visto* um celular, o que confere a esse momento a característica de uma pausa. Todos esses pais e mães reunidos sob a luz que esmorece, e nem um único rosto iluminado por um brilho azulado! Estão todos *ali*, em um só lugar, a atenção concentrada na base do rebatedor, na qual Ames Hollander, parecendo menor do que nunca, está achatado pelos fatos macabros que convergiram nele: dois jogadores fora da partida, bases ocupadas, a última possibilidade de virar o placar, o time de fora vencendo por três pontos. A partida sem dúvida está perdida, mas a possibilidade de uma vitória ainda existe, caso o rebatedor — isto é, Ames — consiga fazer um *home run*. E apesar de Ames Hollander ser o último jogador do time de casa com probabilidade de conseguir essa façanha (ele não rebateu nem uma vez durante a temporada), todos os membros do time de casa e pais e mães do time de casa são tomados por uma fé louca, irracional, de que ele é capaz. Tinha sido descartado da temporada depois de três partidas, mas agora gritam seu nome e batucam os pés nas arquibancadas frias de metal em um berro coletivo de convicção.

Rebatida um. Não deu a tacada. É possível que nem sequer tenha visto a bola.

Como todos os times, esse time de casa tem uma história que deixaria em coma qualquer um que não tivesse nada em jogo, mas para quem tem, suas minúcias são um material inesgotável de discussões veementes, confusas, regadas a cerveja (os pais, de modo geral) ou feitas por meio de telefones presos a paredes, os fios espiralados dando nós e se enrolando quando estendidos até o fim para que as mães possam conversar a portas fechadas sem que os filhos as ouçam. Seja com cervejas ou fios tortuosos, as conversas têm alguns refrões idênticos:

1. Os filhos dos presentes não tiveram tempo suficiente em campo e/ou estão na posição errada.
2. O treinador recompensa o próprio filho para além de suas capacidades.
3. À exceção dos presentes, os pais dão importância demais ao time e seu desempenho.

Rebatida dois. Dá a tacada, pelo menos.

Ames desconhece essas confabulações dos pais. O que ele sente, sob a forma de acessos amorfos de inquietude, é sua suspensão precária entre a infância e o que quer que venha depois, e entre dois irmãos que o empurram de cima e de baixo, mal lhe deixando espaço para respirar. O olhar das pessoas passa por Ames e se instala em Miles, dois anos mais velho, cujas vantagens são tão ri-

A CASA DE DOCES

sivelmente evidentes (é um atleta melhor, é um aluno melhor, é mais bonito) que ele chega a ser *gentil* com Ames, tão ameaçado por ele quanto um rei se sentiria por um criado. Ou se fixam em Alfred, o "bebê", que já transforma em arte seu desgosto peculiar. Há momentos em que o rosto assustado do próprio Ames no espelho do banheiro lhe parece irritantemente inexpressivo, como se fosse nada. Ele deveria existir? Qual será seu valor, se não vale nada para si mesmo? Existe um toque perigoso nesses pensamentos, uma falta de gravidade atordoante como o momento de soltar a corda que todos usam para se balançar sobre o lago a partir do "despenhadeiro" na colônia de férias abandonada — desativada depois que um menino morreu *balançando daquele mesmo despenhadeiro* (o mito bem mais divertido do que a verdade: a queda no número de matrículas e um contador que embolsava dinheiro). Mas de algum lugar do âmago de Ames, a resposta vem em seu socorro: ele é especial, e isso é segredo. O vazio que enxerga no espelho é o disfarce da invisibilidade que esconde uma força vulcânica. São tão imensas as dúvidas que a voz interna de Ames tem de sufocar que sua autodefesa é quase titânica. Ele é incrível no sentido trovejante da palavra — não no sentido vago, onipresente, que em breve assumirá em conversas casuais. Ele é capaz, seja do que for! É claro que nem sempre consegue, mas quando não consegue (rebater a bola, por exemplo), o fracasso repousa em algum empecilho à potência cataclísmica de sua tacada: ela foi desviada pelo vento, uma luz atingiu seus olhos, sentiu uma coceira na mão — existe sempre uma razão para Ames não rebater quando não rebate (o que acontece sempre), tornando cada não rebatida uma exceção bizarra à regra com que só ele conta.

Quando a bola sai da mão do arremessador, Ames sente aquela hiperconsciência em câmera lenta que sempre se segue ao arremesso: a bola avançando; os pais lado a lado na arquibancada, mas, por algum motivo, sempre distantes; Miles esquadrinhando, preparando um catálogo dos erros de Ames; Cecily, irmã de um colega de time e paixonite secreta dele, soprando bolhas de sabão perto da primeira base, que voam em direção ao lusco-fusco cujo pedacinho de lua mal se sustenta contra os céus latejantes mais além; os esqueletos dos indígenas Onondaga que antigamente dominavam a floresta cujo último vestígio encrespado é agora ocupado por esse campo de beisebol, contorcidos e sussurrantes lá embaixo. Ames dá uma tacada e acerta: bate na bola conforme previsto (por ele), *destrói essa maldita dessa bola* (a voz do pai dentro de sua cabeça), um acontecimento carregado de sensações chocantes — não pelo fato de rebater, que ele já esperava, mas pela sensação de rebater, que era totalmente inédita: a violência do ato, a dor bifurcando seus braços; e o barulho, um *crec* como de pedra se partindo. Um lampejo branco da bola paira por um breve instante ao lado da lua (embora Ames não veja por estar ocupado demais correndo) antes de desaparecer atrás do campo, provocando uma vitória que esvazia as bases, levando três corredores à base principal, além de Ames, e ganhando a partida por 5 a 4. Ames ainda não sabe de nada disso — *Continua correndo*, o treinador volta e meia insiste com eles, *nada de parar pra curtir a vista* —, então, corre sem parar, sem saber que o estrondo martelado que escuta vagamente é o barulho das pessoas vibrando.

Virou um mito essa tacada, uma característica topográfica que brilhou em certas psiquês pelo resto de suas vidas, misturando-se à paisagem dos contos de fadas. Assunto dos colegas de time de Ames no colégio; motivo de orgulho de Miles na escola, que tomou o triunfo como seu (a família é um time!); razão de caras feias de Alfred, que não achava uma maneira de contradizer a pureza da bola batendo no taco. É tentador elaborar uma versão da vida de Ames em que essa rebatida foi um "divisor de águas", o empoderamento em um momento crucial etc. (bloco de elementos 3M*iis*), mas seria falso, como o Alfred de 9 anos já gosta de dizer. O alcance mundial da rebatida se manteve somente durante a temporada, outras quatro semanas em que os colegas de time de Ames entoavam seu nome, em vão, sempre que estava no turno defensivo. Na primavera seguinte apareceu um novo treinador que não tinha visto Ames rebater; que conseguia ver apenas o que conseguia ver, o que não era muito, e o cortou do time. A tacada tinha sido um golpe de sorte, uma explosão de força fortuita que só Ames sabia possuir. Ele levou consigo essa consciência durante o colégio, depois, para o Exército (apesar das objeções veementes dos pais), em que, no campo de treinamento, ele atirava no coração dos bonecos que fazem às vezes de alvos humanos com muito mais frequência do que os outros recrutas. Pode-se dizer que Ames era uma arma à espera de um disparo desde a infância.

Ele completou 21 anos dias antes do Onze de Setembro, já um exímio atirador do Exército; foi recrutado pelas Operações Especiais e, por fim, aos trinta e poucos, saturado dos *nerds* da tecnologia que eram seus superiores e louco para ganhar dinheiro de verdade, foi trabalhar para uma empresa privada conhecida por lidar com "execuções estratégicas" — taticamente convenientes, porém mais complicadas de se justificar do ponto de vista militar. Chegar aos alvos, fosse sozinho ou em equipes pequenas, exigia proezas de resistência sobre-humana, como navegar em submersíveis e depois mergulhar até a costa; escalar montanhas ou fazer rapel penhascos abaixo; subir rápido cordas lançadas de helicópteros que sumiam na noite no instante em que as soltava. Trabalhou em desertos, florestas e cidades, dormiu em redes esticadas dentro de aviões de carga esvaziados em viagens internacionais. Riscos enormes seguidos por um fugaz triunfo clandestino — não havia emoção mundana que se equiparasse a esse ciclo. Ames tinha uma tentativa, talvez duas, antes de o martelo da segurança ser batido; se a fuga planejada desse errado, viria a captura. Morte. Sua possível exterminação era uma parceira oculta que o acompanhava no decorrer do trabalho. Ninguém tinha sorte sempre.

Ficava perplexo com pessoas que viviam da forma oposta: Mark Tucker, com quem jogava Nintendo, agora era pai de três e chutava bolas de borracha para os cantos para poder receber Ames na sala de estar. Ames ficava entediado, sonolento. Tomava um copo de limonada no sofá arranhado pelo gato de Mark e se perguntava o que dizer a um homem que passava os finais de semana treinando o time de hóquei no gelo das meninas. Ames não tinha cônjuge, não tinha namoros duradouros; sentia-se completamente distante até da mãe, a pessoa de quem era mais próximo. E ela também sentia isso. Há muito tempo divorciada, uma corretora de imóveis cuja vida social incluía amantes (às vezes casados), Susan era assombrada pelo abismo entre a sensação de três meninos escalando seu torso como se fosse uma árvore, passando os dedos melados nos seus cabelos, cochichando em seus ouvidos — e as restrições da vida adulta: *Como você está, meu bem? Você está com cara de cansado. Tem algo que eu possa fazer por você? Que tal um abraço da mamãe?* Se tivesse algum sinal, antigamente, da dor que tais restrições lhe causariam, ela nunca — *jamais!* — teria dito "Me soltem, meninos, eu preciso de um minutinho de paz" e se desvencilhado deles. Teria ficado imóvel e deixado que eles a pegassem, entendendo que não haveria nada melhor para que se resguardar.

Fechando os olhos, Ames via uma sequência de corpos zumbindo em seus últimos momentos de vida: ensaboando costas flácidas no chuveiro; descascando uma manga com todo o cuidado; dando migalhas de torrada a pardais briguentos; lutando para endireitar uma veneziana, a barriga exposta pela camiseta levantada. Na época, esses vislumbres significaram para ele nada mais do que o progresso de um alvo. Mas sem que Ames soubesse, esses lampejos de humanidade se acumulavam dentro dele. Certo dia em 2023, ele ficou agachado junto a uma árvore por horas a fio, monitorando um alvo por relances através das janelas e esperando, com paciência reptiliana, que ele pusesse os pés para fora. Por fim o homem saiu, se sentou ao sol com um livro de poesia, um gatinho cinza se atrapalhando no seu colo. Ames hesitou. Através do cabelo ralo do sujeito, viu o brilho de perspiração em sua cabeça, e, de repente, não tinha o direito de lhe tirar a vida. A descoberta chegou tão incontestável quanto a noite: o reconhecimento, aos 43 anos, daquilo em que seu trabalho o havia transformado.

E assim ele voltou à cidade no norte do estado de Nova York onde tinha sido criado. A mãe tinha acabado de botar a casa antiga à venda pela terceira vez desde que ela e o pai dele tinham se divorciado, mais de vinte anos antes. De brincadeira, Ames apareceu num horário de visitação: casais jovens com filhos, professores da faculdade em que o pai lecionara. Circular entre desconhecidos pelos ambientes de sua infância era como voltar a Oz ou à gruta de Ali Babá: o cano pelo qual jogavam as roupas sujas no cesto, através do qual ele e os irmãos trocavam recados puxando e baixando uma cesta pendurada em uma corda; a garagem que cheirava a casca de nozes e gasolina; o próprio quarto, onde ainda estava o "x" que tinha feito a canivete na parte interna da porta do *closet*, sob camadas de tinta. Como alguém que não ele poderia viver ali? Ames resolveu, naquele instante, comprar aquele palácio da memória (conhecia a corretora, afinal) e começar uma nova vida onde havia começado a primeira.

Ames se mudou para a casa da família e se casou e começou a ter filhos — encheu a sala de estar de bolas de borracha que as visitas tinham que chutar para os cantos quando se aproximavam do sofá puído, e os anos voaram como as folhas de calendário sopradas pelo vento nos filmes antigos, a esposa enxugando sua testa suada quando ele acordava gritando. Mas existe um fundo falso nesse final feliz, um vácuo em torno das palavras. Dá para ouvir? Não havia esposa (embora tivesse conseguido descobrir o paradeiro de Cecily, sua paixonite de infância, on-line: uma irreconhecível mãe de quatro filhos que agora morava em Tucson). Não havia filhos a não ser os que Ames imaginava ouvir ao se sentar no antigo escritório do pai: fungadas e suspiros vindos do corredor que o levavam a se perguntar se a casa, sabe-se lá como, conserva a lembrança de tudo o que acontecera entre suas paredes — e, nesse caso, três meninos curiosos ainda rondavam à porta do escritório, os dedos sujos manchando as paredes à medida que prestavam muita, muita atenção, às batidas do coração do pai. Havia um ponto depois do qual as armadilhas da vida convencional se tornavam difíceis de se pressupor, e Ames havia passado desse ponto. A mãe dele entendia. Na cozinha em que preparava os almoços que ele levava para a escola trinta anos antes, jogavam Scrabble e cartas; na sala da família, assistiam a programas sobre papagaios-do-mar e pandas, e ela tricotava suéteres que ele de fato usava. Embora Susan se lamentasse pela vida que ele poderia ter tido, ficava aliviada de tê-lo de volta e beijava o cabelo ralo no alto de sua bela cabeça quando se despediam. E talvez devêssemos encerrar aqui, nessa conjunção de amor e tristeza entre uma mãe e seu filho do meio (P2liv), mas seria fácil demais — outro fundo falso — porque tem mais.

Quatro anos após seu regresso, em 2027, Ames resolveu tirar o gorgulho implantado pelo governo em seu cérebro. Sabia que o dispositivo estava inativo — sabia, como qualquer iniciado no mundo do serviço secreto sabe, que a vigilância exige recursos demais para desperdiçá-los em pessoas sem relevância. Porém, queria retirá-lo. Uma cirurgia pequena com um pernoite para observação, e então! Rejuvenescimento! Uma renovação pujante que poderia ser explicada psicologicamente, um subproduto de ter sido aberto e recosturado. Fóruns na internet estavam apinhados de depoimentos de ex-soldados e espiões a respeito dos efeitos salutares da remoção de gorgulhos defuntos para tratar depressão e transtorno de estresse pós-traumático. Entre civis, o pavor de gorgulhos correu solto nos anos pós-pandêmicos, uma invenção da psicose em massa que caracterizava essa época sombria da vida norte-americana. Ames passou meses bolando um aparelho de imagem de baixa-frequência. Com a ajuda de Drew, marido de sua prima Sasha, fez um protótipo: uma máquina para mitigar o medo dos paranoicos e acalmar a mente de pessoas que não se sentiam bem dentro do próprio corpo; cujos sonhos haviam se tornado esquisitos; que acreditavam estar sendo vigiados de dentro ou usados para observar as pessoas que as rodeavam; que não conseguiam mais se concentrar; e a cada tacada de alívio (e, um punhado de vezes, de detecção) que conseguia oferecer, Ames tinha a impressão de ter dado mais um passo rumo à absolvição.

A CASA DE DOCES

E talvez devêssemos encerrar por aqui — Ames renovado, Ames com uma namorada que tinha conhecido no trabalho, e em agosto, Ames recebendo os irmãos e suas famílias na casa de antigamente, onde assavam um leitão no quintal. Por que acompanhá-lo até seus últimos anos, em um asilo no norte do estado, o derradeiro irmão Hollander? Temos os seguintes fatos — creme de espinafre, campeonatos de Go, uma enfermeira jamaicana chamada Annalise que poderia ter sido o grande amor de Ames se não fossem os cinquenta anos de diferença de idade (ela também dizia isso, suas mãos firmes segurando as dele, trêmulas), um ninho de tordos na sua janela em uma primavera que continha quatro ovos azuis, "F-e-l-i-z-A-n-i-v-e-r-s-á-r-i-o" soletrado em letras de cartolina brilhosas sobre a porta do salão comunitário no dia em que completou 90 anos. Graças a Bix Bouton, aquele gênio, tudo isso está ao nosso alcance.

Mesmo assim, existem lacunas: buracos deixados por separatistas enganadores decididos a se apropriar de suas memórias e guardar seus segredos. Só a máquina de Gregory Bouton — esta, a ficção — nos permite passear com liberdade absoluta pelo coletivo humano.

Mas saber de tudo é muito parecido com não saber nada: sem história, tudo é apenas *informação*. Então, vamos retomar a história que começamos: Ames correndo pelas bases sob o estrondo de júbilo que se assemelha a um fenômeno meteorológico. As pessoas avançam campo adentro enquanto ele cruza a base do rebatedor: uma multidão de pais extasiados e colegas de time e irmãos o rodeando de um jeito que seria assustador não fosse pelos rostos eufóricos. Os colegas de time o levantam no ar como formigas que erguem um graveto e o carregam pelas bases uma segunda vez antes de colocá-lo no chão e despejar um balde de Gatorade em sua cabeça.

Miles passa uma toalha no cabelo com cheiro de limão de Ames porque Miles adora vencer e a família é um time, e o treinador dá um sermão nos meninos radiantes e em suas famílias radiantes sobre paciência e empenho e *acreditar em si mesmo*, e há abraços e despedidas entre os pais exultantes, mas Miles insiste que não podem ir embora, não sem achar a bola — *Poxa, é o nosso troféu!* Por isso, a família Hollander continua lá depois que todo mundo já foi embora. Em silêncio, dão a volta no campo, chegando ao seu limite mais distante, e se dispersam entre os pinheiros farfalhantes naquele restinho de floresta antiga. Separam-se para olhar entre os pinhos na escuridão cada vez mais densa até que a mãe a encontra — é especialista em achar coisas que eles perderam (ela acha duas bolas de beisebol, a bem da verdade, a alguns metros de distância uma da outra, e às pressas enfia uma debaixo de um arbusto antes de berrar "Achei!").

Troféu recuperado, caminham até a perua, o único carro que ainda resta no lote, atravessando um asfalto que cintila feito estrelas sob as luzes do estacionamento. Miles se apossara da bola da sorte, jogara-a para cima e pegara. Ames anda entre os pais segurando a mão dos dois, com Miles e Alfred logo atrás, uma esfera de felicidade os envolvendo à medida que caminham juntos na sonora noite preta aquática.

Quando chegam ao carro, o pai tira o boné de beisebol de Ames e beija sua cabeça suada.

— E agora, artilheiro? — pergunta ele. — Pode escolher o que quiser.

Agradecimentos

A cada livro me torno mais dependente das pessoas que me ajudam a fazer este trabalho — ou talvez simplesmente mais consciente de o quanto sempre fui dependente!

Primeiro, sempre, a David Herskovits — pelas décadas de leituras, conversas e tudo.

A nossos filhos, Manu e Raoul Herskovits, por terem atraído minha atenção para esferas essenciais a este livro.

À minha agente e parceira, Amanda Urban, e suas equipes na ICM e na Curtis Brown: Sophie Baker, Felicity Blunt, Daisy Meyrick e Charlie Tooke.

À minha editora, Nan Graham, e a todos na Scribner: Dan Cuddy, Ashley Gilliam, Erich Hobbing, Roz Lippel, Jaya Miceli, Katherine Monaghan, Sabrian Pyun, Kara Watson e Brianna Yamashita.

A Alex Busansky, Ken Goldberg, Barbara Mundy e Dr. George Carlo pela consultoria jurídica, tecno-histórica, acadêmica e militar.

Por fim, aos meus leitores, alguns em cujas opiniões francas me fio há décadas. Além do meu grupo de escrita, ao qual dediquei este livro, há também Monica Adler, Genevieve Field, James Hannaham, David Herskovits, Don Lee, Gregory Pardlo, Gregory Sargeant, Ilena Silverman, Deborah Treisman, Kay Walker e Stephanie Weeks.

intrinseca.com.br

@intrinseca

editoraintrinseca

@intrinseca

@editoraintrinseca

editoraintrinseca

1ª edição	SETEMBRO DE 2022
impressão	CROMOSETE
papel de miolo	PÓLEN NATURAL 70G/M²
papel de capa	CARTÃO SUPREMO ALTA ALVURA 250G/M²
tipografia	BEMBO